KB062773

검은
집

黒い家

KUROI IE

Copyright ⓒ 1997 by Yusuke KISHI

First published in 1997 by KADOKAWA SYOTEN PUBLISHING CO., LTD.

Korean Translation rights arranged with

KADOKAWA SYOTEN PUBLISHING CO., LTD. Tokyo.

through Shin Won Agency Co., Seoul.

Korean Translation rights ⓒ 2004 by Chang Hae Publishing Co.

이 책의 한국어판 저작권은 Shin Won Agency를 통해
저작권자와의 독점계약으로 도서출판 창해에 있습니다.
저작권법에 의해 한국 내에서 보호를 받는 저작물이므로
무단전재와 무단복제를 금합니다.

검은 집

기시 유스케 지음
이선희 옮김

창해

차 례

악몽의 서막 **1**

어두컴컴한 집 안으로 발을 들이민 순간,

이상한 냄새가 코로 파고 들었다. 그러자 다음 순간,

마치 정체를 알 수 없는 짐승의 소굴로

들어가고 있는 듯한 착각마저 일어났다.

1

1996년 4월 8일 월요일

와카쓰키 신지는 파란 연필을 손에 든 채, 팔을 살짝 뻗어 자그맣게 기지개를 켰다.

블라인드를 걷어놓은 총무부 동쪽 창문에서 해맑은 햇살이 파고들어와 책상 위에 작은 빛을 뿌리자, 볼펜과 스탬프, 서류의 인영(印影)을 확인하기 위한 확대경들이 가느다란 빛의 입자를 받아 화려한 빛을 뿜어냈다.

창문 밖으로 눈길을 돌리자 교토의 하늘은 새파란 그림물감을 풀어놓은 듯했고, 군데군데에 솜뭉치 같은 새하얀 구름이 빨려들어갈 듯이 자리잡고 있었다.

상쾌한 아침 공기를 가슴으로 들이마시고 나서, 신지는 또다시 산더미처럼 쌓여 있는 사망보험금 청구서류에 시선을 고정시켰다.

'48세 목수, 피를 토하고 입원하여 위암 선고를 받다. 60세 회사 임원, 골프를 치던 도중 의식을 잃고 쓰러지다. 검사 결과 뇌종양이 발견됨. 올해 성년을 맞은 대학생, 차를 몰고 가던 도중 과속으로 인해 커브길을 제대로 돌지 못하고 전봇대에 부딪히다…….'

그가 마주하고 있는 것은 일면식조차 없는 사람들의 죽음이었다. 이른 아침을 가장 먼저 여는 일치고 그다지 기분 좋은 일은 아니었다.

그는 입사 5년차이던 작년까지 본사의 외국채권투자과라는 부서에서 근무했다. 그 무렵은 미국의 장기 금리나 외환 시세와 같은 거시 경제가 머리를 온통 채우고 있어서, 생명보험회사에 입사했다고 하기보다 금융기관의 직원이 되었다는 막연한 의식밖에 없었다. 그러나 작년 봄에 교토 지사 발령을 받고 사망보험금의 사정(査定) 일을 맡게 되어, 비로소 사람의 생사를 다루는 기업의 직원이라는 사실을 뼈저리게 실감하고 있는 중이었다.

"오늘도 죽은 사람이 무지막지하게 많군."

옆자리에 앉은 요시오 과장이, 신지의 책상 위에 쌓인 서류더미를 쳐다보면서 말을 걸었다.

"화창한 봄날에 요단강을 건너야 하다니, 정말 안됐어."

그 말을 듣고 보니, 분명히 이상할 정도로 죽은 사람이 많았다. 통계적으로 볼 때 사람들이 가장 많이 세상을 떠나는 시기는 겨울이다. 체력이 약해진 노인이나 환자들이, 살을 에는 추위를 견뎌내지 못하기 때문이다.

그런데 추위가 물러간 따뜻한 봄날에 이렇게 사망 건수가 많다니! 거기에는 무슨 특별한 이유가 있을 것이다. 서류다발을 들추자 보험금 수취인이 기입한 사망보험금 청구서 밑에 의사의 사망진단서와 교통사고 증명서, 호적등본이 첨부되어 있었다. 수수께끼는 쉽게 풀렸다.

"아아, 사쿄구에서 일어난 화재 때문입니다."

3주일 전쯤 사쿄구에서 목조가옥이 전소되는 바람에 일가족 다섯 명이 불에 타죽은 사건이 발생했다. 그로 인해 15건이나 되는 사망보험금이 한꺼번에 청구되어 건수가 늘어난 것이리라. 대부분은 저축성이 높은 5년 만기 노인복지보험이었다.

아마 부탁을 받으면 거절하지 못하는 사람들이 아니었을까. 할당량을 채우지 못했다고 눈물로 호소하는 생활설계사들의 애원을 거절하지 못하고 계속해서 보험에 가입한 것이 틀림없다. 일본 생명보험 가입률이 세계 최고인 것은 그러한 사람들의 기여도가 높기 때문이다.

"그게 아마 방화 사건이었지? 범인은 잡았나?"

"아직 잡지 못했습니다. 하지만 수취인이 관여했을 가능성이 거의 없으니까, 보험금 지급에는 문제가 없을 겁니다."

"나 원, 장난 삼아 남의 집에 불을 지르는 녀석들은 모두 사형에 처해야 하는데."

요시오는 혼잣말처럼 나지막하게 중얼거렸다. 소매를 걷어올린 와이셔츠 밑으로 씨름 선수처럼 굵직한 팔이 드러났다. 키는 175센티미터 정도지만 체중은 120킬로그램이 훨씬 넘는다고 한다. 당연히 발산하는 열량도 보통 사람은 따라갈 수 없을 것이다. 아직 싸늘한 기운이 감도는 이른 봄날인데도, 특대 크기의 하늘색 와이셔츠 옆구리에는 땀에 젖은 감색의 얼룩이 생겨 있었다.

그때 사무실 공기를 뚫고 전화벨 소리가 울려퍼졌다. 요시오는 한순간의 틈도 주지 않고 깜빡이는 버튼을 누르면서 수화기를 들어올렸다. 전화벨이 울리자마자 받아야 한다는, 여사원들에 대한 무언의 압력인 것이다.

"감사합니다, 쇼와생명 교토 지사입니다!"

체구에 걸맞은 굵직한 테너 목소리가 사무실을 가득 메웠다.

"신지 주임님, 부탁합니다."

입사 5년째에 접어드는 베테랑 여직원 사카가미 히로미가 1차 확인을 끝낸 입원급부금의 지급청구 서류다발을 책상 위에 올려놓았다. 이미 그 외에도 종류에 따라 색깔로 구분된 서류가 높다랗게 쌓여 있었다. 만기보험금 지급, 생존급부금 지급, 연금 지급, 계약자 대부금, 해약, 인감 신고, 해약자와 수취인 변경, 주소·생년월일 같은 해약 내용의 정정, 보험증권의 재발행 등등.

예로부터 사람과 종이만으로 일한다고 하는 생명보험회사인 만큼, 서류의 종류도 눈이 핑핑 돌아갈 정도로 많아서 우물쭈물할 틈이 없다. 신지는 서류에 빠져들어서 확인 작업을 진행했다. 화재에 따른 사망보험금 청구 외에 대부분은 오랜 병환에 따른 사망이어서, 문제의 소지가 될 만한 점은 발견되지 않았다. 그러나 확인 작업이 거의 끝나갈 무렵 한 가지 마음에 걸리는 것이 있었다.

1,000만 엔짜리 평생보험이었다. 가입한 지 20년이 지난 것으로, 일반적으로는 문제될 만한 해약이 아니었다. 다만 '사망진단서'라는 글자에 두 줄을 긋고 '사체검안서'라고 쓴 점에는 주의할 필요가 있었다. 양쪽의 차이는 사체를 검안하는 의사가 사망하기 24시간 이내에 진단했느냐, 하지 않았느냐 하는 점이다. 사체검안서는 의사가 처음부터 사체밖에 보지 않은 것이므로, 사인에 대해서도 의심할 여지가 전혀 없다고는 할 수 없었다.

신지는 위에서부터 순서대로 항목을 확인해 갔다.

1. 이름: 다나카 사토

2. 생년월일: 1922년 4월 21일

만약에 살아 있었다면 앞으로 2주일 뒤에는 74세의 생일을 맞이했으리라. 신지는 머릿속으로 계산하면서 계속 읽어나갔다.

3. 주소: 교토 조요시 구세…….

⋮

11. 사망 종류: 외인사(外因死) —자살.

여기까지는 별로 특이한 점이 없었다. 지난 1년 동안 하루도 빼놓지 않고 사망진단서를 본 사람이라면, 일본 사람들이 어떤 원인으로 죽음을 맞이하는지 어렴풋이나마 알게 된다.

가장 많은 것은 역시 암이고, 그 뒤를 이어 뇌혈관 질환이나 심장 질환, 간장병이 자리하고 있다.

자살도 어디에서나 볼 수 있는 흔하디흔한 것이다. 자살자의 총수는 1975년부터 거의 제자리 걸음을 거듭하면서, 한해 2만 2,000명에서 2만 5,000명 사이를 왔다갔다하고 있다. 이것은 교통사고 사망자의 두 배가 넘는 수치이다.

물론 신지는 교토에서도 쇼와생명에서 취급하는 것만을 사정 대상으로 삼고 있지만, 그래도 거의 매주 1건 정도는 나타났다.

최근에는 특히 나이가 많은 노인들의 자살이 눈에 띄고 있다.

한편 교토에서는, 살인 사건은 찾아보기 힘들었다. 쇼와생명이 취급하는 것 중에는 1년에 한 건 있을까 말까 할 정도다. 치안이 급속하게 악화되고 있다고는 하지만, 그래도 외국에 비하면 사정이 낫다는 증거일지도 모른다.

12번의 사망 원인을 보니 '비정형 액사(縊死)'로 되어 있었다. 즉, 목을 매달아 죽었다는 뜻이다. 13번의 외인사 추가사항을 읽은 신지는 들고 있던 파란 연필의 움직임을 멈추었다. '높이 70센티미터의 서랍장 손잡이에 줄을 묶어서 목을 매달다'라고 되어 있었던 것이다.

사망진단서에 신체조건에 대해서 적는 난은 없지만, 참고 표시를 하고 사망한 노파의 키가 145센티미터라고 적혀 있었다. 과연 자기 키보다 절반이나 낮은 높이에서 목숨을 끊을 정도로 목을 매다는 일이 가능할까.

신지는 서류다발을 들고, 직업적인 미소를 지으며 전화를 받고 있는 요시오를 쳐다보았다. 아마 고객의 불만 전화이리라. 교토 지사에서 보전(保全)을 담당하는 직책은 신지와 요시오 두 사람으로, 달리 의논할 상대가 없었다.

생명보험회사의 지사 업무는 크게 나누어 새로운 계약과 보전의 두 종류이다. 새로운 계약이라는 것은 문자 그대로 고객이 새로운 보험에 가입할 때 계약을 성립시키는 사무적인 절차이고, 보전이라는 것은 이미 계약한 것에 대한 애프터서비스를 가리킨다. 보험금의 지급과 같이 돈이 직결되는 일인 만큼, 어떠한 문제나 범죄가 뒤얽혀 있는 일도 적지 않다.

요시오는 1975년 오사카 시내에 있는 사립고등학교를 졸업하고 쇼와생명에 입사한 뒤, 강인한 체력과 그에 못지않은 강인한 정신력을 인정받아 일관되게 보전팀에서만 근무해 온 이 분야의 베테랑이었다. 홋카이도 지사에 근무할 당시, 입원급부금 지급을 둘러싼 분쟁 때문에 하루종일 조직폭력단 사무실에 감금되어 있었다는 이야기는, 지금도 직원들 입을 통해 전설처럼 내려오고 있다.

고객의 말에 맞장구치던 요시오가 사람을 편안하게 만드는 밝은 소리로 웃음을 터뜨렸다. 대단한 일은 아닌 모양이다. 실제로 고객의 불만은 생활설계사나 사무직원들이 이야기를 들어주지 않는 데 기인하는 것으로, 제대로 이야기만 들어주면 해결되는 것들이 대부분이었다.

"요시오 과장님……."

요시오가 수화기를 놓는 것을 보고 일어서려는 순간, 갑자기 정면에 있는 카운터에서 분노에 가득 찬 목소리가 들려왔다.

"이것 봐! 손님을 뭐라고 생각하는 거야?"

깜짝 놀라 고개를 돌리자, 쉰 살은 넘었음직한 초라한 차림의 남자가 원숭이처럼 움푹 들어간 눈으로 여직원을 노려보고 있었다. 잠을 잘못 잤는지 백발이 섞인 머리칼은 거꾸로 서 있고, 게다가 다 떨어진 낡은 줄무늬 잠옷을 입고 있었다. 아마 그 모습으로 버스를 타고 찾아온 것이리라.

또 저 녀석인가. 신지는 지긋지긋하다는 생각에 고개를 가로저었다. 그는 일정한 직업도 없이 시간을 주체하지 못하는 '아라키' 라는 남자로, 절반은 취미 삼아 아무래도 상관없는 일을 트집 잡는 사람이었다. 그러나 아무리 생트집을 잡고 소리를 질러도, 보험회사 입장에서는 정중하게 대하지 않을 수 없다. 그러자 이제는 습관이 되어, 평소 밖에서 소외당하는 울분을 이곳에 와서 푸는 듯했다.

카운터 앞에 앉거나 소파에 앉아서 순서를 기다리는 고객들도 한결같이 불쾌한 표정을 지으며 얼굴을 찡그렸다.

아라키 옆에는 백발에 은테 안경을 낀 중소기업 사장 같은 남자가 앉아 있었고, 그를 상대로 입사 2년째인 다무라 마유미가 보험증권을 가리키며 열심히 설명하고 있었다. 앞에 있는 서류는 계약자 대출용으로, 남자가 가지고 온 인감과는 인영이 다르다고 하는 것 같았다. 그러나 남자는 마유미의 설명은 듣지도 않고 아라키를 쳐다보고 있다가, 보험증권을 가방에 넣더니 재빨리 밖으로 나가버렸다.

신지는 남자의 행동에서 막연하나마 어색함을 느꼈다.

"지금 나를 무시하는 거야? 고객을 이렇게 무시해도 돼?"

아라키의 거친 소리에 그는 현실로 돌아왔다.

아라키를 대하는 직원은 이제 입사한 지 얼마 안 된 가와바타 도모코였다. 그녀는 그가 왜 호통치는지도 모른 채, 새빨갛게 상기된 얼굴로 죽을죄라도 지은 듯이 허둥대고 있었다.

보전 담당자는 동시에 창구의 책임자이기도 하다. 따라서 무슨 문제가 발생했을 때는 신지나 요시오가 대응하지 않으면 안 된다.

신지는 일어서려고 하다가 잠시 머뭇거렸다. 아라키를 상대해야 한다고 생각하자 짜증이 밀려왔다.

그때 요시오가 엉거주춤 서 있는 신지의 어깨를 툭툭 치더니, 빠른 걸음으로 카운터를 향해 걸어갔다.

"죄송합니다. 저희 직원이 무례하게 행동했습니까?"

여전히 활기가 넘치는 목소리였다. 요시오는 도모코에게 은밀한 눈길로 위로를 보내며 자리로 돌아가라고 했다.

아라키는 발톱에 때가 낀 더러운 발을 꼬고 거만하게 앉더니, 변성기가 지나지 않은 어린아이 같은 날카로운 목소리로 여직원 교육을 잘못시켰다고 불평하기 시작했다. 그러자 요시오는 그의 말을 거역하지 않고 적당히 맞장구를 치면서 이야기를 들어주었다.

신지는 우물쭈물거리며 자리에 앉았다. 한순간의 망설임을 요시오에게 간파당한 것 같아서, 얼굴이 화끈 달아올랐다.

그의 부끄러움을 알아차리기라도 한 듯이, 갑자기 전화벨이 울렸다. 잠시 동안 히로미의 '네, 네' 하는 대답이 이어지더니, 그녀는 보류 버튼을 누르고 신지 쪽으로 다가왔다.

히로미의 얼굴을 쳐다본 순간, 그는 꺼림칙한 느낌을 지울 수 없었다. 평소에는 거의 표정의 변화가 없는 그녀의 눈가에 어렴풋한 긴장감이 떠다니고 있었던 것이다. 애당초 전화를 돌리기만 한다면 인터폰을 연결해도 상관없는데, 일부러 일어서서 온 것은 보통 일이 아니기 때문이리라.

"신지 주임님, 고객이 문의할 것이 있다고 하는데요."

"어려운 일이야?"

5년 동안 줄곧 창구일을 맡아온 히로미는, 보험에 관한 지식만큼은 누구에게도 뒤지지 않았다. 따라서 대부분의 질문은 자신이 직접 대답할 수 있었다.

"자살하는 경우, 보험금이 나오느냐고 물으시는데요."

생명보험회사에는 그런 종류의 전화가 자주 걸려온다. 그러나 히로미의 심각한 표정을 보아하니 단순한 장난전화 같지는 않았다.

"알았어. 내가 이야기하지."

고개를 끄덕이는 신지를 보고 히로미는 안도의 표정을 지으며 자기 자리로 돌아갔다. 여직원들은 보통 정해진 업무나 주어진 일은 빈틈없이 해내지만, 책임을 동반하는 일에서는 멀리 도망치고 싶어한다. 그러한 때에는 일단 직책이 있는 사람에게 지시를 받으라고 배웠기 때문이다. 그 결과 필연적으로 신지와 요시오에게 무거운 책임이 걸리게 되는데, 여직원들과는 비교가되지 않을 정도로 많은 월급을 받는 이상 그것은 어쩌면 당연한일인지도 모른다.

신지는 책상 서랍에서 대외비(對外秘)로 되어 있는 보험계약약관 해설서를 꺼냈다. 물론 대부분의 질문은 극히 초보적인 것으로, 생명보험회사에 적을 두고 있는 사람이라면 누구든지 즉시 대답할 수 있다. 그러나 대답에는 신중에 신중을 요했다.

"기다리게 해서 죄송합니다. 창구 주임으로 일하고 있는 신지라고 합니다."

희미한 기침소리가 들렸지만 상대는 아무 말도 하지 않았다. 그러나 수화기를 타고 흐르는 느낌으로 보아서는, 아마 여자인것 같았다.

"문의할 것이 있으시다고 하던데요, 무슨 일이십니까?"

"조금 전에도 말했는데, 자살을 해도 보험금이 나오나요?"

알아듣기 힘든, 숨을 죽인 듯한 목소리였다. 상당히 긴장하고있는 것이리라.

"지금 당장 조사해 보겠습니다만, 저…… 어느 분이 돌아가셨습니까?"

상대는 또다시 입을 다물었다. 다시 메마른 기침소리만이 귀를 파고들었다.

"만약에 보험증권을 가지고 계시다면 그곳에 쓰여 있는 번호를 말씀해 주십시오. 즉시 조사해 보겠습니다."

잠시 침묵을 지키고 나서, 무거운 것을 떼어놓듯이 천천히 여자가 입을 열었다.

"……그런 게 없으면 알 수 없나요?"

"예. 지급할 수 있는 경우와 지급할 수 없는 경우가 있으니까요."

"지급할 수 없는 경우라니요?"

그때까지 대답을 지연시켰지만 질문을 받은 이상 대답하지 않을 수 없었다.

"일단, 가입한 지 1년 이내의 자살은 면책 사항으로 되어 있습니다."

"면책 사항이요?"

"보험금을 지급할 수 없다는 뜻입니다."

"어째서요?"

"상법에서는 자살을 모두 면책 사항으로 분류하고 있지만, 보험 약관에서는 일단 1년으로 정해 놓았습니다."

"그러니까 이유가 뭐냐구요!"

초조함을 느껴서인지, 여자의 목소리에서는 신경질이 묻어나왔다.

"생명보험이 자살을 조장해서는 안 된다는 취지로 정해진 것입니다만……."

여자는 또다시 침묵을 유지했다.

자살에 따른 면책 규정은 생명보험회사에게도 가장 골치 아픈 부분이었다.

보험 계약자나 보험금 수취인이 고의로 피보험자를 사망시킨 경우, 약관상의 면책 사유가 되어 보험금이 지급되지 않는다. 그와 같이 생각하면, 피보험자가 피보험자 자신을 죽음에 도달하게 만드는 것, 즉 자살의 경우에도 보험금을 지급해서는 안 된다고 할 수 있을지 모른다.

또한 자살한 경우 보험금을 지급하면 결과적으로 자살을 장려하는 것으로 비쳐질 수도 있고, 자살하려는 사람이 자살 직전에 보험에 가입하는 '역선택'으로 인해 보험회사의 재정 상태가 악화될 가능성도 있다.

상법 680조에도 '자살과 결투, 기타 범죄 및 사형집행'은 보험금 지급 면책 사유에 해당한다고 되어 있다.

그러나 가입자의 처지에서 보면, 피보험자가 앞으로 목숨을 끊을지도 모른다는 위험은 교통사고나 병으로 인해 죽을지도 모르는 위험과 본질적으로 다르지 않다. 계약한 시점에서는 자살을 생각하지 않아도, 세월이 흐른 다음 노이로제로 인해 발작적으로 죽음을 선택하는 일도 있을 수 있기 때문이다.

집안의 대들보 같은 중요한 가족 성원이 세상을 등지면 유족의 생활에는 엄청난 타격이 미친다. 그런데도 자살이라는 이유만으로 보험금을 주지 않는다면, 유족의 생활 보장이라는 생명보험 본래의 사명에 위반되는 것이 아닌가.

더구나 자살로 인한 사망은 생명보험료율의 기초를 이루는 생명표의 사망률에 포함되어 있다. 그것도 무시할 수 없을 정도로 커다란 부분을 차지하고 있다. 따라서 자살을 배제하면 보험회사가 부당하게 이득을 취하게 된다는 지적도 나올 수 있다.

그런 이유로 현재 일본 생명보험회사에서는 가입 후 1년 동안을 자살에 따른 면책기간으로 삼고 있다. 처음부터 자살을 염두에 두고 보험에 가입했다고 해도, 보통사람이라면 1년이나 죽음에 대한 의지를 불태우기는 어렵다는 생각에서이다. 그러나 과연 이 1년이라는 기간이 타당한가에 대해서는, 고개를 갸우뚱거리는 사람들이 한두 명이 아니다.

"보험증권이 없어도 고객의 이름과 생년월일만 말씀해 주시면, 지급할 수 있는지 없는지 즉시 알아볼 수 있습니다."

신지로서는 이미 자살이 일어났다고 믿는 척하면서, 상대방의 이름을 알아내려고 노력하는 수밖에 없었다.

여자는 아무 말이 없었지만 곤혹스러움을 감출 수 없는지 희미한 숨소리가 들려왔다. 수화기 건너편에서는 강렬한 긴장감이 주위의 공기를 압도하고 있으리라.

어떻게 해야 할까. 수화기를 들고 있는 손에 촉촉이 땀이 배어나왔다. 상대는 진심으로 목숨을 끊으려고 하고 있다. 신지는 이미 그 사실을 추호도 의심하지 않았다.

물론 전화를 끊은 직후 상대방이 창문으로 뛰어내린다고 해도, 그에게 법적·도의적 책임은 없다. 그는 어디까지나 고객의 문의에 대답했을 뿐이니까. 회사 규칙에도 자의적인 판단에 따라 고객의 질문에 대답하지 않는 것은 있을 수 없는 일이라고 되어 있다.

그러나 이대로 지나칠 수는 없다. 전화를 건 것은 물론 자살 면책에 대해서 묻고 싶기도 했겠지만, 그 이전에 무의식적으로 누군가에게 도움을 받고 싶다는 마음이 작용했기 때문 아닐까. 어떻게 하면 스스로 목숨을 끊으려는 사람을 만류할 수 있을까.

여자의 입에서 가슴 깊은 곳으로부터 나오는 한숨이 터져나왔다. 그와 동시에 전화를 끊으려는 기척을 느끼고 신지는 황급히 말을 이었다.

"죄송합니다만, 끊지 말고 잠시만 기다리십시오."

"예?"

"쓸데없는 참견일지도 모르지만, 잠시 제 말을 들어보시지 않겠습니까?"

"……무슨 말인데요?"

여자의 목소리에서 갑자기 경계심이 흘러나왔다.

"만약에 아니라면 죄송합니다만, 손님께서는 지금 스스로 목숨을 끊으려고 하지 않습니까?"

바보! 지금 무슨 말을 하는 거냐! 신지는 자신이 내뱉은 말에 어이가 없었다. 보험회사에서 그렇게까지 신경 쓸 필요는 없다. 게다가 자칫 잘못하면 명예훼손으로 고소당할 수도 있다.

그러나 여자는 그의 질문에 대답하지 않았다. 만약에 자살이라는 것이 단순한 지레짐작이라면 여자는 화를 낼 것이고, 적어도 한 마디 정도는 반박할 것이다. 그런데 지금 잠자코 있다는 것은……

"만약에 그렇다면 다시 한 번 생각해 보시기 바랍니다."

그래도 여자는 침묵만을 지킬 뿐이었다. 그러나 가느다란 수화기를 타고, 그의 말에 귀를 기울이는 분위기가 전해졌다.

"주제넘은 참견 같지만 이것만은 들어주시기 바랍니다. 분명히 목숨을 끊으면 가족에게는 보험금이 돌아갈지도 모릅니다. 그러나 남은 사람에게는 평생 치유할 수 없는 마음의 상처를 남겨주게 됩니다."

신지는 잠시 주위를 둘러보았다. 카운터에서는 아직도 아라키가 고래고래 소리를 지르고 있어서, 사람들의 눈과 귀는 모두 그쪽으로 쏠려 있었다.

지금이라면 그 누구도 자신의 말에 귀를 곤두세우지 않을 것이다.

"이것은 보험회사 담당자 입장에서 하는 말이 아닙니다. 사랑하는 가족이 스스로 목숨을 끊는 상황을 지켜본 입장에서 드리는 말씀입니다."

그 누구에게도 한 적이 없는 말을, 얼굴도 보지 못한 사람에게 고백하다니! 그는 자신의 입 밖으로 튀어나온 말을 믿을 수가 없었다.

"누가 돌아가셨죠?"

여자의 말투에서 희미한 변화가 느껴졌다.

"형입니다. 초등학교 6학년이었지요. 그 당시 나는 4학년이었습니다."

지금까지 봉인되어 있었던 감정이 한꺼번에 터져나왔다.

"……이유는요?"

"잘 모르겠습니다. 친구들에게 괴롭힘을 당한 것 같지만 학교에서는 끝까지 인정하지 않았습니다."

여자는 다시 침묵을 지켰다. 무슨 생각을 하는 것일까. 여자는 작게 한숨을 내쉬더니 다시 입을 열었다.

"이름이 뭐라고 했지요?"

"신지라고 합니다."

"신지 씨? 그 일을 한 지 오래 되었나요?"

"아닙니다. 아직 1년밖에 되지 않았습니다."

"그래요?"

몇 초의 침묵이 몇 시간처럼 느껴졌다. 여자는 쉰 듯한 목소리로 "고마워요"라고 중얼거리면서 불쑥 전화를 끊었다.

그는 수화기를 올려놓으면서, 과연 이것으로 좋았을까 하고 생각했다. 아직 흥분이 가시지 않고 마치 불이라도 붙은 듯이 귀가 화끈거렸다.

물론 자신의 말을 듣고 자살을 포기하지는 않았으리라. 그래도 과감하게 말한 것은 좋았을지도 모른다. 마지막 부분에서 미약하기는 하지만 진심이 통한 듯한 느낌이 들었기 때문이다.

카운터에서도 요시오가 가까스로 아라키를 진정시키는 데 성공했는지, 자동문이 열리고 밖으로 나가는 아라키의 뒷모습이 눈에 들어왔다. 바싹 마른 해골처럼 빈약한 체격에 꾸깃꾸깃한 잠옷이 달라붙어 있는 듯한 느낌이었다.

신지는 지금의 전화 내용을 요시오에게 말해야 할지, 잠시 생각해 보았다.

그러나 결국 말하지 않기로 결심했다. 정상적인 업무에서 벗어나서 쓸데없는 부분까지 참견했다는 것이 마음에 걸렸고, 어차피 자신이 할 수 있는 일은 아무것도 남아 있지 않았다. 누가 전화를 걸었는지 밝혀낼 도리가 없기 때문이다.

이제 남은 것은 본인에게 살아가려는 의지가 있느냐, 없느냐 하는 것이다. 다만 당분간은 사망보험금의 청구서류에 신경을 쓰기로 하자.

"요시오 과장님, 잠시 의논드릴 것이 있는데요."

요시오가 자리에 앉자, 신지는 다른 방해가 끼여들기 전에 조금 전의 사망보험금 서류를 가지고 갔다.

"무슨 일이 있나?"

"이것 말인데요, 조금 이상하지 않나요?"

"어느 부분이?"

신지는 사망의 단계와 상황을 가리키며, 키 145센티미터의 노파가 높이 70센티미터밖에 되지 않은 서랍장 손잡이에 끈을 묶고 목을 매달았다는 것은 너무 이상하지 않느냐고 물었다.

요시오는 사망진단서를 천천히 훑어보았지만 특별히 흥미가 솟구친 것 같지는 않았다.

"이것은 흔히 있는 일이 아닌가?"

틀림없이 살인 사건이라고 생각하던 신지는 왠지 맥이 풀려 버렸다.

"흔히 있는 일이라구요?"

"높은 곳에서만 목을 매다는 것은 아니야. 오히려 자기 키보다 낮은 곳에서 목을 매는 편이 더 많을 정도지. 예전에 센다이 지사에 있었을 때인데, 알츠하이머 진단을 받고 고민하던 어느 할머니가 병원 침대에 있는 쇠파이프에 환자복의 허리띠를 묶고 목을 맨 일이 있었어. 그런데 그 높이가 고작해야 40, 50센티미터 정도나 되었을까?"

"그래요……?"

"그렇지만 마음에 걸린다면 영업소장에게 관할 경찰서에 가 보라고 하게. 그런 다음 의심할 여지가 없다고 하면 자네도 납득할 수 있을 게 아닌가?"

"그렇게 하겠습니다."

신지는 쓸쓸한 미소를 지으며 서류를 받아들였다. 안도와 낙담이 뒤섞여 있는 듯한, 이상한 느낌의 쓴웃음이었다.

본격적인 문제는 점심시간이 지난 다음에 발생했다.

"신지 주임님."

고개를 들자 히로미와 마유미가 서 있었다. 히로미의 얼굴은 지금이라도 당장 울음을 터뜨릴 것처럼 일그러져 있었다.

"왜 그래?"

"저쪽에 있는 손님이, 어음이 부도난 것을 우리 탓이라고 하면서 5,000만 엔을 변상하라고 하는데요."

신지는 새빨갛게 달아오른 히로미의 얼굴에서 카운터로 시선을 돌렸다. 의자에 앉아 있는 남자는 분명히 눈에 익었다. 눈처럼 새하얀 머리칼에 은빛 안경. 오늘 아침 아라키가 소리를 질렀을 때 옆에 앉아 있던 중소기업 사장 같은 분위기의 남자다. 당시 남자의 모습에서 기묘한 느낌을 받았지만, 그때는 아라키에게 정신을 빼앗기고 있어서 더 이상 깊이 생각하지 않았다.

새삼스럽게 쳐다보자 창구에 담판을 지으러 온 것치고는 전혀 생기가 없고, 넋이 빠져나간 듯이 입을 헤벌쭉 벌리고 있었다.

그 뒤에는 팔짱을 낀 40대 중반 정도의 남자가 서 있었다. 실팍한 체격에 불그스레한 얼굴, 구슬처럼 작은 눈, 험악한 눈초리. 양복을 입고 넥타이를 매고는 있지만 보통 샐러리맨이 아니라는 것은 한눈에 알 수 있었다.

"우리 회사 탓이라는 게 무슨 뜻이야?"

"저쪽에 계신 야타베라는 분께서, 오늘 아침 대출 신청을 하러 오셨어요."

히로미가 출력한 시산표를 내밀었다. 그것에 따르면 머리가 새하얀 중소기업 사장처럼 보이는 남자의 이름은 야타베 마사히로로, 저축성이 높은 보험과 개인연금에 가입해 있어서 보험증권을 담보로 1,640만 엔까지 대출을 받을 수 있게 되어 있었다.

"그래서 대출 수속을 했는데, 가지고 오신 인감이 보험증권의 인감과 달랐어요. 육안으로는 거의 구별이 되지 않는 것을 보면, 아마 함께 만든 인감 같아요……."

마유미가 꼭 쥐고 있던 투사지(投射紙)와 오늘 아침에 쓴 계약서 대출 신청서를 신지의 책상 위에 올려놓았다. 투사지에는 보험증권의 인감이 정확하게 찍혀 있었는데, 분명히 형태는 똑같았지만 신청서에 찍힌 인감이 2밀리미터 정도 크게 보였다.

"그때 손님은 뭐라고 했는데?"

"하는 수 없다고 하면서 그냥 돌아가셨어요."

마유미의 목소리는 바닥으로 꺼져들어갈 것만 같았다.

"그런데 조금 전에 뒤에 서 있는 사람과 같이 와서는, 그 대출을 받지 못해 어음이 부도나고 회사가 도산했다. 그러니 5,000만 엔을 배상하라고 큰소리를 치시는데……."

보충 설명을 하는 히로미의 목소리에 분노가 담겨 있었다.

처음부터 모두 짜여져 있던 행동이리라. 일부러 다른 인감을 가지고 와서, 그것을 지적하면 순순히 돌아간다. 그것까지가 리허설이고, 지금부터 본방송이 시작되는 것이다.

상대는 조직폭력단일지도 모른다. 신지는 일단 깊숙이 숨을 들이마시며 마음을 진정시켰다. 요시오는 점심을 먹자마자 시모교 영업소에 볼일이 있다고 하면서 나갔다. 시모교 영업소는 바로 코앞에 있지만, 그가 돌아올 때까지는 혼자서 대응하는 수밖에 없다.

카운터에서 마쓰무라 요시미가 종종걸음으로 달려왔다.

"신지 주임님. 저쪽에 있는 손님께서 언제까지 기다리게 할 거냐고 물어보시는데요?"

카운터를 보지 않아도 남자가 자신을 노려보고 있다는 것은 알 수 있었다. 신지는 일부러 그쪽을 쳐다보지 않았다.

"손님을 제1회의실로 안내해 줘."

말이 끝나기도 전 신지는 의자에 걸려 있던 양복 윗도리를 입었다. 그러자 마치 전쟁터로 향하기 전에 갑옷과 투구로 무장하는 듯한 기분이 들었다.

"내가 이야기하고 있을 테니까 요시오 과장님께서 오시면 제1회의실로 오시라고 해줘. 그리고 마실 것 좀 갖다주겠어?"

"예."

고개를 끄덕이며 자리로 돌아가는 히로미를 쳐다보며, 신지는 메모지와 볼펜만을 들고 사무실을 나섰다. 그리고 몇 번이고 심호흡을 하면서 리놀륨이 깔린 복도를 지나 제1회의실의 문을 노크했다.

"기다리게 해서 죄송합니다."

안으로 들어가자 어깨가 넓은 남자가 굵은 목을 돌려 신지의 얼굴을 힐끔 쳐다보았다. 광대뼈 주위에 희미하게 떠도는 붉은 기운은, 화를 잘 내는 성격이라는 것을 대변해 주고 있었다. 게다가 와이셔츠의 목 주위가 뜯어질 듯이 빡빡해서, 보기만 해도 숨이 헉헉 막혀왔다.

"그렇게 미안한데 왜 기다리게 하는 거야? 그 대신 확실한 대답을 들을 수 있겠지?"

그 동안 야타베는 한마디도 하지 않고 바닥으로 들어갈 듯이 고개를 떨구었다. 신지는 두 사람의 모습을 힐끗 쳐다보고 나서 책상 위에 명함을 두 장 올려놓았다.

"창구를 맡고 있는 신지 주임이라고 합니다. 이분이 야타베 씨지요? 실례지만 손님의 성함은요?"

사내는 날카로운 콧등에 주름을 잡으면서 퉁명스럽게 대꾸했다.

"나는 같은 회사에서 근무하는 직원이지. 이 보험회사 때문에 우리 회사가 망해서 사장님과 함께 온 거야."

바보가 아닌 이상, 거짓말이라는 것을 한눈에 알 수 있었다. 사내는 아무리 좋게 보려 해도 정상적인 샐러리맨은 아니었다. 게다가 사장인 야타베에게도 거의 무시한다고 해도 좋을 만큼 거만한 태도를 취하고 있었다.

노크 소리와 동시에 히로미가 들어왔다. 들고 있는 쟁반에는 같은 건물에 있는 커피숍에서 가져온 오렌지 주스 세 잔이 실려 있었다. 몹시 긴장하고 있는지, 유리잔이 달그락거리며 부딪치는 소리가 들렸다. 히로미는 마치 폭발물이라도 다루는 것처럼 달그락거리는 유리잔을 조심스럽게 놓더니, 고개를 숙이고 재빨리 모습을 감추었다.

쇼와생명에는 오랜 경험을 통해 만들어진, 고충 처리를 위한 매뉴얼이 존재한다. 이 오렌지 주스도 매뉴얼에 따라 제공된 것이다.

머리끝까지 피가 솟구친 손님에게는 절대로 뜨거운 음료수를 내놓아서는 안 된다. 차가운 주스를 제공해서 어떻게든 한 모금 마시도록 권한다…….

"사정은 조금 전에 말씀 나누신 여직원에게서 대강 들었습니다만……."

신지는 두 사람에게 주스를 권하고, 사내가 한 모금 마시는 것을 보고 나서 서두를 꺼냈다.

"맞아! 애당초 이 회사는 여행원 교육을 어떻게 시키는 거야? 대답 좀 해보슈."

신지는 여기는 은행이 아니고, 따라서 여행원이 아니라고 지적하고 싶었지만, 사내의 시퍼런 서슬에 말을 집어삼킬 수밖에 없었다.

"저희 여직원이 무례하게 행동했습니까?"

"무례? 그냥 무례 정도였는 줄 알아?!"

사내는 주머니에서 담배를 꺼냈다. 불을 붙여주기를 기다리는 것 같았지만, 신지는 일부러 모르는 척했다. 사내는 무서운 눈길로 신지를 노려보더니 어쩔 수 없다는 표정을 지으며 자기 라이터를 꺼냈다. 그리고 한 모금 빨고 나서 위협적인 목소리로 으르렁거렸다.

"이봐, 재떨이는 없나? 재떨이 정도는 준비해 놓아야지."

"죄송합니다."

신지는 잠시 일어서서, 회의실 선반 위에 놓아둔 가벼운 알루미늄 재떨이를 테이블 위에 올려놓았다.

카운터나 회의실 테이블에는 무거운 돌로 된 재떨이처럼 흉기로 쓸 수 있는 것은 절대로 올려놓지 말아야 한다. 이 정도로 가벼운 알루미늄 재떨이라면, 가령 프로야구 투수가 내동댕이친다고 해도 큰 부상을 입는 일은 없을 것이다.

"당신 말이지, 이 회사의 여행원이 무슨 짓을 저질렀는지 알고 있어?"

사내는 연기를 내뱉으면서 끈적끈적한 말투로 입을 열었다.

"우리 회사는 쇼와생명 때문에 부도가 나서 홀라당 망했다구. 종업원과 가족들은 내일부터 모두 길바닥에 나앉게 생겼어. 그걸 어떻게 책임질 거야?"

"오늘 아침, 야타베 씨가 가지고 오신 인감은 보험증권의 인감과 달라서……."

"그건 이미 알고 있다구!"

사내가 버럭 소리를 지르며 신지의 말을 가로막았다.

"그건 당신 재량으로 되는 것 아닌가? 인감이 조금 달라도 얼마든지 처리해 줄 수 있잖아? 나한테 그 따위 거짓말이 통할 줄 알아!"

그렇군. 그러한 사정에는 정통한 것 같군. 신지는 마음속으로 혀를 끌끌 찼다.

이와 같은 경우에는 운전면허증 같은 신분증을 이용해서, 계약자 본인이라는 것만 확인하면 인감이 달라도 얼마든지 처리해 줄 수 있다. 생명보험회사는 관공서와 달리 기본적으로 고객을 상대하는 장사이고, 따라서 고객에게 항상 자로 잰 듯이 규칙을 지키게 할 수는 없기 때문이다.

"물론 고객에게 부득이한 사정이 있는 경우에는 특별히 배려해 드리는 일도 있습니다. 그러나 야타베 씨는 그러한 말씀을 하지 않으셨기 때문에⋯⋯."

말이 끝나기도 전에 사내가 살기등등한 표정으로 소리를 빽 질렀다.

"이것 봐! 지금 우리 사장님 탓으로 돌리려는 거야? 이 회사 여행원이 설명해 주지 않았으니까, 사장님은 어쩔 수 없다고 생각해서 포기하신 거잖아!"

갑자기 이야기가 이상한 방향으로 흘러가고 있다. 이래서는 사내가 파놓은 함정에 빠질지도 모른다.

그때 신지를 구원해 주듯이, 노크 소리와 함께 필기도구와 서류 더미를 들고 요시오가 들어왔다.

"실례하겠습니다."

"뭐야? 또 새로운 사람이 들어왔어? 한꺼번에 나오라구! 그러지 않으면 처음부터 다시 설명해야 되잖아!"

"사정은 모두 들었습니다. 저희 창구 직원이 무례하게 행동했다고 하더군요."

요시오는 정중한 태도로 깊숙이 고개를 숙였다.

사내는 한순간 요시오의 거대한 몸집에 움찔하는 표정을 지었지만, 그가 신지 이상으로 낮은 자세로 대하는 것을 보더니 다시 득의양양한 표정으로 자신의 요구 사항을 마구 떠들어대기 시작했다.

　"그러니까 종업원 20명의 퇴직금과 앞으로 생활을 보장해 달라 이거야! 사실은 1억을 내놓으라고 하고 싶지만 5,000만 엔으로 타협을 해주지. 쇼와생명에 돈이 많다는 것은 천하가 다 아는 사실이잖아! 그러니까 나름대로 성의를 보이는 것은 당연한 일이 아니겠어?"

　"죄송합니다만 그 요청은 들어드릴 수가 없습니다."

　사내가 흥분하면 할수록 요시오의 말투는 더욱 담담해졌다.

　"무슨 뜻이지? 우리 회사는 당신들 때문에 부도가 났다구!"

　사내는 펄펄 뛰며 주먹으로 테이블을 내리쳤다.

　"대출을 받으려면 어디까지나 보험증권의 도장과 똑같은 도장을 가지고 오든지, 인감증명서가 필요합니다. 따라서 창구 직원이 똑같은 인감을 가지고 오라고 한 것은, 결코 잘못된 일이 아닙니다."

　"우리를 얕잡아 보는 거야? 이것들 보라구! 인감이 달라도 처리해 주는 경우가 있잖아!"

　"그것은 어디까지나 특별한 경우이고, 보험증권에 찍힌 것과 똑같은 인감을 가지고 와야 한다는 것이 저희들의 기본 원칙입니다."

그런 다음에도 사내는 회의실이 떠나가라 소리를 질렀지만, 요시오는 '두려워하지 말고, 예의를 잃지 말라'는 원칙을 지키면서 부드럽고 정중하게 거부했다.

이윽고 소리 지르기에 지쳤는지, 사내는 몸을 뒤로 젖히고는 미지근해진 오렌지 주스를 한 모금 들이켰다. 잠시 동안의 정적을 깬 것은 사납게 울어대는 전화벨이었다. 신지는 반사적으로 회의실의 전화를 쳐다보았지만 소리의 발신지는 그곳이 아니었다.

사내는 거만한 동작으로 양복 안주머니에서 휴대전화를 꺼내더니, 주위에 아랑곳하지 않고 들으란 듯이 커다란 목소리로 떠들어댔다.

"아, 안녕하슈? 오랫동안 연락을 못했수다! 형님은 요즘 어떠슈? 그래요? 그거 잘됐수다. 우리는 단속이 심해서 죽겠수. 예? 지금 말이요? 조금 볼일이 있어서요. 아하하! 그럼 나중에 들르겠수. 동생들에게도 안부 전해주슈……."

사내의 껄끄러운 목소리가 귀를 파고들었다. 두 사람에게 조직폭력배라는 사실을 암시하려고 한 것은 분명했다. 폭력단 신법(新法)이 생긴 이후 조직의 이름을 내걸고 공공연하게 위협할 수 없게 되자 이렇게 번거로운 방법을 사용하는 것이리라.

신지는 옆에서 아무 말 없이 고개를 숙이고 있는 야타베에게 시선을 돌렸다. 심신이 모두 지쳐 있는지, 눈앞에서 일어나는 일조차 관심이 없는 듯했다.

사내는 전화를 끊고 나서 30분을 버티다가 다시 오겠다는 말을 남기고 가까스로 일어섰다.

"저 남자는 진짜 조직폭력배인가요?"

자칭 '직원'이라는 남자가 영혼이 빠져나간 듯한 야타베 사장을 데리고 엘리베이터로 모습을 감춘 다음, 신지가 입을 떼었다. 그러자 요시오는 설레설레 고개를 가로저었다.

"아니야, 기업을 위협하는 조직과는 달라. 조금 전에 걸려온 전화는 타이밍이 너무 절묘했어. 정말로 조직에 속해 있다면 그렇게 속이 빤히 들여다보이는 짓은 하지 않아. 아마 야타베라는 사람의 회사가 망했다는 것은 사실이고, 그 옆에 있던 사내는 채권자일 거야."

야타베는 그렇게 악질적인 사람으로는 보이지 않았다. 아마 만성적인 불황 때문에 자금 사정이 악화되어, 빌려서는 안 되는 곳에서 돈을 빌린 것은 아닐까. 그 결과 회사는 걷잡을 수 없는 구렁텅이에 빠져서, 뼛속에 있는 영양분까지 모두 내주어야 하는 지경에 이른 것이리라.

"이것을 보게."

요시오가 들고 있던 서류 더미에서 야타베의 계약자 대출 자료를 빼내어 손등으로 툭툭 두들겼다.

"일단 빌릴 수 있는 데까지 모두 빌려갔잖아? 야타베가 자금에 쫓겼다는 좋은 증거지. 그런데 지난주에 갑자기 전액을 변제했다네."

신지는 자신의 어리석음을 깨닫고 아랫입술을 깨물었다. 과거의 대출 기록을 보려는 생각은 꿈에도 하지 못한 것이다.

"이런 짓을 하기 위해서, 일부러 변제한 것인가요?"

"이런 식으로 트집을 잡는 것은 흔히 있는 수법이지. 게다가 해약만 하면 언제라도 돈을 돌려주니까, 일단은 밑져야 본전 아닌가? 아마 우리에게 조금이라도 실수를 발견하면, 그것을 파고들려고 기회를 노리고 있었을 거야."

"또 올까요?"

"또 온다고 해도 두세 번이 고작이겠지. 가능성이 없다는 것을 알면, 그런 녀석들은 포기가 빠르거든. 자, 두고 보게. 전부 해약할 거니까."

요시오는 자신만만한 표정을 지으며 코로 숨을 내뿜었다.

그러나 신지의 머릿속에 갑자기 하나의 가능성이 떠올랐다.

야타베가 가입한 보험은 모두 저축성이 높은 것뿐이다. 즉, 해약을 하거나 만기에 받을 수 있는 금액과 사망한 경우의 보험금에 별다른 차이가 없다. 그러나 만약에 보장에 중점을 둔 보험에 가입해서, 해약을 하면 거의 돈이 들어오지 않는 대신 사망시에는 엄청난 보험금을 받게 된다면, 그 사내로서는 야타베를 살해하여 보험금을 가로채고 싶다는 욕망을 거부하기 힘들지 않을까.

문득 정신을 차리자 성큼성큼 걸어가는 요시오의 뒷모습이 눈에 들어왔다. 신지는 황급히 그의 뒤를 좇아갔다.

2

4월 14일 일요일

기타구 무라사키노에 있는 이마미야 신사(今宮神社)의 경내에서는 새하얀 옷에 붉은 윗도리를 걸치고 붉은 머리와 검은 머리의 도깨비로 변장한 남자들이, 종과 북을 두들기면서 웅장한 춤을 추고 있었다.

"지금 맨 마지막에 뭐라고 한 거예요?"

메구미가 박자를 맞추는 사람들이 주문처럼 중얼거리는 말의 의미를 물었다.

"편안하거라, 꽃이여."

신지는 소형 카메라 셔터를 계속 누르면서 대답했다.

"옛날에는 꽃가루가 날아다니는 계절이 되면 역병(疫病)이 유행했던 모양이야. 그래서 역신(疫神)을 쫓아내기 위해 전국 각지에서 진화제(鎭花祭)를 하게 됐지."

"'편안하거라, 꽃이여……' 라. 교토에서 생활한 지 꽤 오래 됐는데, 이런 축제가 있다는 것은 몰랐어요. 그래서 안락제(安樂祭)라고 하는군요. 그렇다면 내 꽃가루 알레르기도 낫도록 기도해 줘요."

메구미는 코에 손수건을 대고 주위가 떠나가라 재채기를 했다.

신지는 그녀를 처음 보았을 때를 떠올렸다. 그녀는 대학 시절, 신지가 가입한 자원봉사 동아리에 후배로 들어왔다. 작고 가냘픈 체격에 인형 같은 새카만 머리칼과 눈이 시리도록 새하얀 피부가 인상적이었다. 말수가 적은 탓에 몹시 긴장하고 있는 것처럼 보였는데, 누군가가 분위기를 부드럽게 하려고 내뱉은 시시한 농담에 딱 한 번 빙긋이 미소를 지었다. 신지는 그때 그녀의 그 미소에 완전히 매료되어 버린 것이었다.

그의 동아리에서는 양로원을 방문하거나, 정신지체아를 위한 공연을 하기도 하고, 연말에는 길가에서 쓰러져서 죽은 사람들을 위해 화장을 지내주기도 했다.

그가 원래부터 복지나 자원봉사에 특별한 관심을 가졌던 것은 아니었다. 다른 사람들과 마찬가지로 입학식 직후부터 이어지는 선배들의 끈질긴 강요를 이기지 못한 것이다. 그러나 메구미는 처음부터 자신의 의지로 가입한 몇 안 되는 사람들 가운데 하나였다.

그녀는 사회적인 약자나 고통받는 사람을 보면, 마음 깊은 곳에서 따뜻함을 베풀지 않고는 견딜 수 없는 성격인 것 같았다.

언제였을까, 아마 섣달 그믐날이었을 것이다. 매서운 바람이 길가에 굴러다니던 나뭇잎을 휩쓸고 지나갈 때, 길에서 자다가 폐렴에 걸린 노인이 응급병원에 실려간 적이 있었다. 가슴 아픈 사정으로 고향을 떠난 노인은 노숙자로 전락했어도 결코 비굴하지 않았고, 가슴까지 내려오는 새하얀 머리칼을 깔끔하게 묶고 있었다. 그러나 나이 많은 그에게 일자리를 주는 사람은 아무도 없어서, 일주일 동안 아무것도 입에 대지 못했다고 한다.

노인의 이야기를 듣던 메구미의 커다란 눈에는 눈물이 가득 고였다. 그 모습을 보면서 신지는 더욱더 그녀에게 끌리는 자신을 발견했다.

이윽고 그의 소극적인 접근이 효과를 거두어 두 사람은 데이트를 하게 되었다. 다행히 교토라는 지역은 1,600개 이상의 아름다운 사찰 이외에도 사적이나 명승지가 곳곳에 있어, 조금만 발길을 돌리면 산이나 드넓은 초원 같은 풍요로운 자연을 만끽할 수 있었다. 돈을 들이지 않고도 젊은 커플들이 갈 만한 장소가 끊이지 않는 것이다.

신지가 대학을 졸업하고 도쿄에 있는 생명보험회사에 취직한 다음에도 두 사람의 관계는 계속 이어져서, 오늘날까지 변함없이 지속되고 있었다.

두 사람 모두 쉽게 연인을 바꾸거나 양다리를 걸칠 수 있을 정도로 재주가 많지 않은 데다가, 자주 만나지 못하는 상황이 오히려 관계가 매너리즘에 빠지는 것을 막아주었는지도 모른다.

메구미는 대학을 졸업한 다음 모교의 대학원에 남았는데, 작년에 아주 우연한 계기로 신지가 교토 지사에 발령받게 되었다. 처음에는 매주 데이트를 할 수 있을 거라 생각했지만, 신지의 일이 생각보다 바쁜 관계로 요즘에는 한 달에 한두 번 만나는 것이 고작이었다.

"생각해 보면, 원래 기온 축제는 천연두를 퇴치하기 위해 시작되었잖아요? 요즘에는 축제를 그저 화려한 것으로만 생각하지만, 의외로 역병이나 죽음에 대한 공포에서 출발한 경우도 많은가 봐요."

"그래, 특효약이 없던 시대에 천연두나 페스트의 공포는 지금의 에이즈나 에볼라 이상이었을 거야. 마을 하나가 없어지는 것도 드문 일은 아니었겠지."

두 사람은 신사를 나와서 특별한 목적지 없이 걸어다녔다. 따뜻한 봄 햇살이 기분 좋게 피부에 스며들었다.

"만약에 그 무렵, 신지 씨가 사망보험금의 사정을 맡았다면 아주 힘들었을 거예요. 어느 날 갑자기 번진 천연두 때문에 마을 하나가 완전히 없어져서, 500명의 서류가 한꺼번에 밀려들었을 거잖아요."

"수취인도 모두 죽었으니까 청구할 사람도 없었겠지."

신지의 차가운 대답에 잠시 대화가 끊어졌다. 대덕사 묘지 옆을 지나갈 때, 메구미는 코를 킁킁거리며 그의 얼굴을 빤히 쳐다보았다.

"내 얼굴에 뭐가 묻었어?"

"지금 하고 있는 일을 별로 좋아하지 않지요?"

"왜 그렇게 생각하지?"

"일 얘기만 하면 왠지 입이 무거워지거든요. 전에는 안 그랬는데."

"그런가?"

"그래요. 도쿄에서 근무할 때는 유로 시장이 어떻다든지, 리보의 프리미엄이 어떻다든지, 미국 재무성 증권이 어떻다든지 하는 종잡을 수 없는 이야기를 하면서도, 내 반응에 상관없이 눈을 반짝거리며 말했었잖아요."

"그랬나? 잘 생각이 안 나는데."

신지는 얼버무리려고 했지만, 속으로는 아픈 곳을 찔린 듯이 움찔거렸다.

"하긴 원래 보전 업무는 재미가 없는 일이거든."

"중심 업무가 아니니까요?"

그는 메구미를 빤히 쳐다보며 고개를 가로저었다.

"아니, 그것은 정반대야. 보험회사는 고객에게 보험금을 지급하기 위해 있는 것이니까, 모든 회사 조직이 그 목적을 위해서 존재한다고 할 수 있지. 그런 의미에서는 도쿄에서 하던 자산운용 업무가 오히려 중심이 아니라고 할 수 있어."

"하지만 속으로는 그렇게 생각하지 않지요?"

"그래……. 아니야, 그렇게 생각해."

두 사람은 신지의 사랑하는 오토바이가 멈추어 있는 대덕사 경내로 걸어갔다. 야마하의 SR125라는 아무런 독특한 것이 없는 단순한 오토바이로, 영업 직원으로 근무하던 후배가 교토 지사를 떠날 때 싸게 사들인 것이다. 그는 운동 부족을 보충하기 위해 출근할 때는 보통, 자전거를 이용하고, 휴일에는 주로 오토바이를 이용하고 있었다.

"아직 2시가 안 됐나? 조금 어중간하군. 저녁을 먹으려면 아직 멀었고……. 어떡하지?"

"조금 피곤해요."

"어디 가서 차라도 마실까?"

"글쎄요……. 그보다 오랜만에 신지 씨 집에 가는 것은 어때요?"

그는 갑자기 너저분한 방의 모습이 떠올랐다.

"그것도 좋지만, 메구미 집에 가보는 것은 어떨까?"

"안 돼요. 잘 알면서 왜 그러세요? 내가 사는 곳은 집 주인의 별채 같은 곳이에요. 맨 처음 방을 빌릴 때 집 안에는 2촌 이내의 가족들과 여자친구, 고양이만 들여보내겠다고 약속했거든요."

"그렇다면 하는 수 없지. 오늘은 오랜만에 내 초라한 집으로 초대하기로 할까?"

헬멧을 쓰면서 땅이 꺼져라 한숨을 내쉬었지만, 그것은 사실 들뜬 마음을 감추기 위한 작전에 불과했다. 그는 메구미를 위해서 산 핑크빛 헬멧을 씌워주고 나서 오토바이에 올라탔다.

그런 다음 오토바이에 열쇠를 끼우고 출발 버튼을 눌렀다. 엔진 소리가 조용한 경내에 울려퍼지자, 이윽고 오토바이는 동쪽을 향해 달리기 시작했다.

"조금 전의 이야기 말인데요."

신지가 살고 있는 아파트는 오이케 거리에서 북쪽으로 조금 들어간 곳에 있었다. 공교롭게도 엘리베이터에는 정기점검 팻말이 걸려 있어서, 하는 수 없이 계단을 올라가는 도중에 메구미가 입을 열었다.

"뭔데?"

"지금 하는 일을 싫어한다는 이야기 말이에요."

"당신이 그렇게 말했을 뿐이야."

"왜 그렇게 느꼈는지 계속 생각해 봤는데……."

그들은 숨을 헐떡이며 가까스로 6층과 7층 중간에 있는 층계참에 도착했다. 평소에 운동을 하지 않아서 그런지 다리와 허리가 많이 약해져 있다는 것을 느낄 수 있었다.

그래도 신지는 메구미 앞에서 허세를 부려, 나머지 계단을 단숨에 뛰어올라갔다.

"잠깐만요. 도망치지 말아요."

그의 방은 7층 계단 입구에서 다섯 번째였다. 705호실. 열쇠를 돌리자 묵직한 금속음이 인적 없는 건물에 메아리쳤다.

"왠지 무서운 죄인들만 있는 특별 감옥 같아요."

뒤에서 좇아온 메구미가 나지막하게 중얼거렸다.

"교도소의 독방 같은 집이라서 미안하군."

철제 문을 열자 진짜 교도소를 연상시키는 듯한 서글픈 소리가 울려퍼졌다. 신지가 문을 열어주자 메구미가 먼저 발길을 들여놓았다.

네 평 정도의 부엌과 네 평 정도의 거실 겸 침실, 그리고 욕실과 화장실이 있는 좁은 집이었다. 그러나 시내 중심지와 가까운 데다가 회사에서 집세를 전부 부담하기 때문에 불평은 할 수 없었다.

만일의 경우에 대비하여 메구미에게 보이고 싶지 않은 잡지들은 어젯밤에 전부 정리해 두었지만, 혼자 사는 남자들이 그러하듯이 방 안에는 여러 가지 물건들이 너저분하게 흩어져 있었다. 벗어놓은 청바지, 낡은 신문, 물을 넣어서 사용하는 비닐 아령, 빈 맥주캔, 빈 술병 등등.

"이게 뭐예요? 아직 포장도 풀지 않았잖아요?"

침실 안쪽에 자리한 이삿짐 센터의 이름이 적혀 있는 상자들을 쳐다보며, 메구미는 어이가 없다는 듯이 입을 다물지 못했다. 생각해 보니 그녀가 아파트에 온 것은 거의 6개월 만이었다.

"벌써 1년이나 지났는데……."

"일에 쫓기느라 좀처럼 정리할 시간이 없었어. 그리고 어차피 사용하지 않는 것이 많거든. 결혼식 피로연에서 받은 식기라든지 딱 세 번 사용한 테니스 라켓이라든지 골프 세트라든지, 그리고 한 번도 펼쳐 보지 않는 책이라든지."

"흐음, 나에게는 마치, 하루라도 빨리 교토에서 도망치고 싶어하는 것처럼 보이는데요."

"역시 햇병아리 심리학자로군. 좀더 내면적인 부분을 볼 수 없어?"

"만약에 신지 씨가 연속살인범으로 체포된다고 하면, 경찰에서는 이 방을 보고 '무질서형'으로 분류할 거예요."

신지는 전동 커피기에 원두를 넣고 갈기 시작했다. 강한 맛을 좋아하는 메구미를 위해, 기본인 모카나 킬리만자로를 조금 늘리고 만데린이나 브라질을 조금 줄여서 커피메이커에 넣었다. 그러는 사이에 메구미가 식기 선반에서 컵과 컵받침을 꺼내서 늘어놓았다.

종이 필터 위에 끓는 물이 떨어지자, 지저분한 방 안에 향기로운 커피 냄새가 가득 찼다.

"지금 처음으로 깨달았지만, 커피라는 것은 지독한 냄새를 없애주기도 하는군요."

메구미가 숨을 깊숙이 들이마시고 나서 감탄한 듯이 말했다.

"그렇게 말하니까 꼭 내 방에서 썩는 냄새라도 나는 것 같잖아."

"썩는 냄새까지는 아니더라도, 역시 혼자 사는 남자의 냄새라는 느낌은 분명해요."

"그래?"

"원래 그런 것은, 당사자는 좀처럼 깨닫지 못하는 법이지요."

이맛살을 찌푸리고 킁킁거리며 냄새를 맡는 신지를 쳐다보며, 메구미는 마치 나이가 많은 어른처럼 타이르듯이 말했다.

검은 액체가 커피메이커를 가득 채우자, 그는 자기 집에서 가장 비싼 컵에 뜨거운 액체를 따랐다. 두 사람이 도자기 언덕이라는 별명이 붙어 있는 거리에 갔을 때 산 컵이었다.

"우아! 역시 신지 씨가 타주는 커피는 끝내줘요."

"커피에는 또 하나의 이점이 있는데, 알고 있어?"

"뭔데요?"

"최음 효과가 있지."

"최음……?"

메구미는 한순간 무슨 말인지 모르겠다는 표정을 짓다가 갑자기 호들갑스럽게 소리쳤다.

"어머! 말도 안 돼!"

"정말이야. 맛만 신경 쓰지 않으면, 무슨 이상한 이름을 가진 벌레를 갈아넣으면 더 효과가 있다고 하던데."

"그만 하세요. 온몸에서 벌레가 기어다니는 것 같아서 소름이 끼친다구요."

메구미의 어깨에 손을 올리려고 하자, 그녀는 오른손에 컵을 든 채 교묘하게 신지의 포옹에서 빠져나갔다.

"아참, 조금 전의 이야기 말인데요, 그렇게 일을 좋아하던 신지 씨가 왜 갑자기 회사에 대해서 입을 다물게 되었지요?"

신지는 허공에 뜬 손이 부끄러워서, 그것을 얼버무리기 위해 팔짱을 꼈다.

"지금도 일을 싫어하는 건 아니야."

"작년 봄에, 교토에 온 지 얼마 되지 않았을 무렵에는 무슨 말이든지 다 해주었잖아요."

"그랬던가?"

"그 당시 말을 하다가 갑자기, 몹시 어두운 표정을 지은 적이 있었어요. 분명히 버번밖에 없는 술집에서 한잔했을 때였지요. 그때의 그 표정이 지금도 가슴에 남아 있어요."

그는 아무 말 없이 일어서서 빈 커피잔에 커피를 따랐다.

"보험금을 사정하기 위해 사망진단서를 확인하지 않으면 안 된다는 이야기를 할 때, 신지 씨는 분명히 이렇게 말했어요."

메구미는 기억을 불러일으키기 위해서인지, 유달리 새카만 눈을 꼭 감았다.

"열심히 일하겠다는 의욕에 가득 차서 출근한 아침에 하는 일치고는 별로 기분 좋은 일이 아니다, 그것도 천수를 다한 노인이라면 괜찮지만 어린아이의 사망진단서만은 보고 싶지 않다고요. 사소한 부주의로 인해 어린아이가 차에 치여 죽는 것을 보면, 아무래도 부모님의 마음을 상상하게 되고……."

"그만 해!"

될 수 있으면 아무렇지도 않게 말할 생각이었지만, 그 한 마디는 마치 억제하기 힘든 분노가 폭발하는 것처럼 험악하게 울려퍼졌다.

메구미가 깜짝 놀란 듯이 입을 다물었다.

방 안의 공기에서 갑자기 팽팽한 긴장감이 느껴졌다. 신지는 '아뿔싸' 하는 심정이 되어 속으로 혀를 끌끌 차면서 황급히 변명하기 시작했다.

"화가 난 것은 아닌데……."

"……미안해요."

메구미는 야단맞은 어린애처럼 고개를 푹 떨구었다. 뭔가 말을 해야 한다고 생각했지만, 무슨 말을 해야 할지 도저히 찾을 수가 없었다.

메구미는 기본적으로는 천진난만하고 밝은 성격이지만, 그와는 반대로 병적일 정도로 섬세하고 상처 입기 쉬운 부분을 가지고 있었다. 그것이 사랑받지 못하는 것은 아닐까, 버림받게 되는 것은 아닐까, 하는 병적일 정도의 불안이라는 것을, 신지는 오랜 만남을 통해 알게 되었다.

어쩌다 술을 마실 때는 가족 관계에 문제가 있다는 것을 넌지시 암시하기도 했다. 요코하마에서 제법 유명한 기계부품 제조업체를 경영하는 사장의 딸인 그녀가, 부모의 곁을 떠나, 교토에 있는 대학에서 심리학을 전공하고 또한 대학원에 남은 것도 그런 이유인 것 같았다.

신지는 커피잔을 테이블에 올려놓고, 메구미 옆으로 다가가서 살그머니 껴안았다. 등줄기를 쭉 펴고 앉은 그녀의 몸은 숨을 쉬지 않는 것처럼 빳빳이 굳어 있었다.

"……사과하지 않아도 돼. 요즘 하는 일에 넌덜머리가 나는 것은 사실이니까. 보험회사 창구를 담당하다 보면 매일매일 이상한 녀석들을 상대하느라 스트레스가 쌓이거든."

그는 빈 공백을 메우기 위해 이런저런 이야기를 꺼냈다. 옆모습밖에 보이지 않지만 메구미의 표정에서 조금씩 긴장이 사라지는 것 같았다.

"이상한 녀석들이라구요?"

"어떻게든 보험회사에 돈을 뜯어내려고 오는 사람들이 있지. 불황이 장기화되고 있는 탓인지, 정말 끊임없이 찾아온다니까."

그는 지난번에 계약자 대출을 빌미 삼아 협박 받은 것에 대해서 자세히 설명했다.

"하지만 가장 무서운 것은, 평범한 사람이 정말로 화가 나서 찾아오는 경우야. 예를 들어 최근에는 별로 없지만, 거품 경제가 극성을 부릴 때는 변액보험(變額保險)이라는 것을 판매했지. 보험회사의 운용실적에 따라 받을 수 있는 보험금이 달라지는 거야. 보험상품이라기보다는 일종의 재테크 상품이지."

"아아, 그리고 보니 우리…… 아버지도 권유를 받아서 가입한 것 같아요."

"그래. 당신 아버지처럼 부자인 경우에는 상관없지만, 가장 곤란한 것은 수중에 돈이 없는 사람들까지 가입시킨 거야. 은행 융자와 패키지로 해서 말이야. 요컨대 은행에서 돈을 빌려 변액보험에 들도록 권한 거지. 처음의 계산으로는 배당과 만기보험금만 있으면 융자받은 원금과 이자를 제외하고도 상당한 이익이 남을 것처럼 보였거든."

메구미는 잠시 생각에 잠기는 듯한 표정을 지었다.

"보험에 관해서는 잘 모르지만, 애당초 보험이라는 것은 생명보험이나 손해보험 모두 위험을 분산시키기 위한 것이잖아요? 그런데 보험에서 돈을 벌려고 위험을 저지르다니, 그것은 옳지 못하다는 생각이 들어요."

신지는 과장스럽게 땅이 꺼져라 한숨을 내뱉었다.

"모든 사람이 당신처럼 현명하다면 좋을 텐데. 그래도 거품 경제가 계속될 때는 보험회사에서도 운용을 잘 해서, 은행에 이자를 지급하고도 남을 정도로 배당을 주었지. 그런데 거품이 사라지자마자 지가(地價)도 주가(株價)도 동시에 떨어지고, 게다가 엔고(円高)로 인해 해외 운용까지 엉망이 되어버려 중앙은행의 공정 할인율이 시중은행의 할인율을 웃돌게 되어버렸지. 따라서 은행에서 돈을 잔뜩 빌려 엄청나게 투자한 사람은 집을 빼앗기거나 파산에 처할 지경에 이르렀어."

"하지만 위험하다는 것을 알고서 투자한 거잖아요?"

"그것이 또 문제야. 변액보험에 가입시킬 때 손해를 볼 수도 있다고 제대로 설명해 주면 좋은데, 어떻게든 실적을 올리고 싶다는 마음에서 위험이 전혀 없다든지 많은 돈을 벌 수 있다든지, 적당한 말로 유혹해서 가입시키는 경우가 많거든. 더구나 보험 아주머니들만이라면 또 몰라도 은행의 융자 담당자까지 큰소리를 뻥뻥 치니까 고객들도 넘어가지 않을 수 없지. 신용금고가 파산했을 때 문제가 된 저당증권이나 마찬가지야. 그래서 손해를 본 고객은 처음과 이야기가 다르다고 하면서 회사까지 몰려들어 담판을 요구하게 되지. 그러면 개중에는 흥분하는 사람도 나오기 마련이고."

"……그런 사람들도 '이상한 녀석들' 이에요?'

메구미의 천진난만한 질문에 신지의 입에서는 쓴웃음이 배어 나왔다.

"그런 사람들은 아니지. 이상한 쪽은 오히려 생명보험회사나 은행이니까."

신지가 으스러질 듯이 꼭 껴안자, 메구미는 가까스로 해맑은 미소를 보였다.

"답답해요. 숨이 막혀 죽으면 어떡하려고 그래요?"

"잠시 이대로 있을까?"

"싫어요."

"왜?"

"오늘은 너무 후텁지근해요. 아까 돌아다니는 동안 땀을 많이 흘렸거든요……."

"샤워하면 되잖아?"

"좋아요. 먼저 하고 나오세요."

"함께 들어가면 안 돼?"

메구미가 고혹적인 눈길로 그를 흘겨보았다.

신지는 욕실에 들어가서 박자도 맞지 않는 휘파람을 불었다. 좋아하는 팝송을 흥얼거리려고 했지만, 자신의 귀에조차 자포자기한 새의 울부짖음으로밖에 들리지 않았다. 그러자 밖에서 귀를 기울이고 있었는지 메구미가 웃음을 터뜨렸다.

샤워를 마치고 밖으로 나가자 메구미가 욕실로 들어가더니 빈틈없이 문을 잠갔다.

신지는 팬티에 목욕 가운만을 걸쳐입고 냉장고에서 캔맥주를 꺼냈다.

캔맥주 하나를 다 털어넣었을 때, 윤기가 감도는 새카만 머리칼을 수건으로 감싸면서 메구미가 나왔다. 조금 전에 입고 있던 원피스를 단추까지 완벽하게 채운 채.

"뭐야? 옷을 입었어?"

"벌거숭이 몸으로 나올 수는 없잖아요?"

"아무도 안 보는데 어때?"

메구미는 입술을 삐죽 내밀어 신지의 얼굴을 가리키더니, 손에 들고 있던 캔맥주에서 눈길을 멈추었다.

"대낮부터 맥주를 마시는 거예요?"

"상관없잖아? 요즘은 소들도 대낮부터 맥주를 마신다구."

"그래요. 당신은 소처럼 되새김질도 하고, 게다가 고기는 모두 안심일 거예요."

메구미는 손가락 끝으로 그의 배를 쿡쿡 찌르면서 매혹적인 미소를 지었다.

신지는 그녀의 어깨를 두 손으로 살그머니 감쌌다. 가냘픈 어깨는 손바닥 안으로 완전히 들어왔다. 메구미는 잠시 저항했지만 이윽고 힘을 빼더니 눈을 감았다. 신지는 그녀를 껴안으면서 가볍게 입을 맞추었다. 그리고 나란히 침대에 걸터앉아, 다시 한 번 깊은 입맞춤을 나누었다.

팔 안에 있는 메구미의 몸은 껴안으면 부서지지 않을까 생각될 정도로 몹시 가냘팠다. 그의 페니스는 이미 강렬한 반응을 일으켜, 견디기 어려울 정도로 흥분되어 있었다.

그는 밥공기처럼 봉긋한 메구미의 젖가슴을 만지며 원피스 단추를 풀기 시작했다.

두 사람이 하나가 되려고 할 때, 갑자기 신지의 내부에서 무엇인가가 꿈틀거리기 시작했다.

온몸에 식은땀이 촉촉이 배어나왔다. 오늘도 또 틀렸나? 싸늘한 진흙덩어리 같은 실망감이 등줄기를 타고 기어올라와서 신지는 힘없이 어깨를 떨구었다.

"괜찮아요."

메구미가 그의 손을 잡으면서 미소를 지었다. 모든 것을 다 알고 있다는 듯한 미소였다. 그녀는 자포자기로 인해 얼굴을 일그러뜨리고 있는 신지 옆에 가만히 드러누웠다.

"나를 안아줄래요?"

그는 메구미를 가슴으로 끌어당겼다. 마음속으로는 '오늘이야말로!' 하고 기대했는데 비참하기 짝이 없는 결과로 끝난 것이다. 알코올의 힘도, 결국은 아무런 도움이 되지 않았다. 도움이 되기는커녕, 증상은 예전보다 더욱 나쁜 방향으로 치닫는 것 같은 기분이 들었다.

마음 깊은 곳에 똬리를 틀고 있는 형용할 수 없는 죄책감. 자신과 자신의 몸을 쾌락에 맡기려고 할 때면 반드시 나타나는 숙명 같은 굴레.

나는 평생 그 굴레에서 벗어나지 못하는 것이 아닐까. 신지는 깊은 한숨을 내쉬었다.

"나는 이렇게만 있어도 좋아요. 정말이에요. 언제까지나 계속 내 곁에 있어줘요."

그의 뺨에 닿은 메구미의 손길이 따뜻하게 느껴졌다.

신지는 방향을 바꾸어 그녀의 위로 올라가서, 계곡처럼 파여진 부드러운 가슴에 얼굴을 묻었다. 머리카락 사이로 메구미의 가냘픈 손가락이 들어와서 다정하게 어루만져 주었다.

성적인 충족감은 얻을 수 없었지만 울다 지쳐 잠드는 어린아이처럼 달콤한 자기 연민에 휩싸이면서, 그는 메구미의 손길에 몸을 맡기고 점차 잠의 세계로 빨려들어갔다.

캄캄한 암흑이었다. 조금 전까지 온몸을 휘감던 부드러운 감촉은 어딘가로 사라지고 황량하고 써늘한 감각만이 피부를 파고들었다.

신지는 몸을 웅크리며 숨을 죽였다. 절대로 소리를 내면 안 된다. 만약에 소리가 밖으로 새나가는 날에는 여기에 있다는 것이 탄로나고 말 것이다.

지금 어디에 있는지는 알고 싶지 않았다. 아마 방공호 같은 곳에 숨어 있으리라. 그러나 고개를 들면 머리가 부딪힐 정도로 비좁아서, 마치 거북의 등껍질 같은 느낌이 들었다.

밖에는 정체를 알 수 없는 무서운 적이 배회하고 있었다. 여기에 있다는 것을 알면 그것으로 끝장, 당장에 잡아먹히고 말 것이다. 그가 할 수 있는 것은 단 한 가지, 숨을 죽이고 위험이 사라지기를 기다리는 것뿐이었다.

방공호의 좁은 틈 사이로 바깥 상황이 보였다. 그는 흠칫 놀라 입을 크게 벌렸다. 메구미의 모습이 눈에 들어온 것이다.

그녀는 숨을 장소를 찾아 죽을힘을 다해 도망치고 있는 것 같았다. 그는 바로 뒤에서 적이 쫓아온다는 것을 알고 있었다. 그리고 절대로 도망치지 못하리라는 것도.

그러는 사이에 적이 나타났다. 그 모습은 알아볼 수 없을 정도로 어렴풋하게 보였지만, 그 희미한 모습에도 오싹 소름이 끼쳤다.

메구미의 비통한 비명이 주위를 가득 메웠다.

메구미! 그는 마음속으로 절규했다. 메구미가 잡아먹힌다!

그러나 방공호에서 뛰어나가 메구미를 구할 수는 없었다. 그러면 자신도 잡아먹힌다. 그는 미칠 듯한 심정으로 허물어지는 메구미의 모습을 망연히 지켜보았다.

메구미는 무시무시한 아가미 속으로 들어가더니 천천히 목숨이 끊어졌다. 그리고 숨이 끊어지기 바로 직전, 그녀는 그가 있는 곳을 쳐다보았다. 처음부터 그가 숨어 있다는 것을 알고 있었던 것이다. 그러나 그녀는 도움을 요청하려고 하지는 않았다. 자신을 희생해서라도 그를 구하려고 한 것이다.

메구미! 그는 마음속으로 소리쳤지만, 그녀의 의식은 이미 사라져서 아무것도 느낄 수 없었다.

뺨을 타고 눈물이 흘러넘쳤다.

메구미는 죽었다. 세상의 끝을 본 것 같은 깊은 절망과 슬픔이, 그의 가슴속으로 밀려들었다…….

눈을 뜬 다음에도 슬픔의 여운은 사라지지 않았다. 배어나온 눈물을 닦으면서 신지는 옆을 쳐다보았다. 메구미는 편안한 숨소리를 내며 잠들어 있었다.

왜 그런 꿈을 꾼 것일까.

신지는 으스러져라 쥐고 있던 주먹을 펼쳤다. 손바닥에는 네 개의 손톱 자국이 깊이 새겨져 있었다. 생명선과 감정선 같은 가느다란 주름을 따라 미세한 물방울로 변한 땀이 번뜩 빛을 뿌렸다.

메구미가 안겨준 평화로운 기분은 흔적도 없이 사라지고, 남아 있는 것은 다만 바닥 없는 늪으로 빨려드는 듯한 깊은 상실 감뿐이었다.

신지는 한숨을 내쉬었다. 눈을 빤히 뜨고 메구미를 죽였다는 죄의식에는, 아무리 생각해 보아도 전혀 근거가 없었다. 가령 마음속으로라도 그녀를 버린 적은 한 번도 없었기 때문이다.

그것 역시 형에 대한 감정이 모습을 바꾸어 분출한 것이 아닐까. 그는 한때 메구미의 영향으로 심리학에 관심을 가지고 많은 책들을 섭렵했다. 그러나 체계적으로 공부한 것이 아니기 때문에 자기분석에는 자신감을 가질 수 없었다. 조금 전에 메구미는 그것을 말하려고 했는데……, 그렇다면 가로막지 않고 그녀의 분석을 들어보았다면 좋았을 것을…….

신지는 문득 며칠 전에 걸려온 전화를 떠올렸다. 그때, 한 번 도 보지 않은 낯선 사람에게 형의 자살을 털어놓았다. 그러나 자신에게 책임이 있다고는 한 마디도 하지 않고, 마치 형의 자 살로 인해 상처 입은 피해자라는 식으로 말하지 않았던가.

하지만 무의식 속에서는 틀림없이 죄책감과 수치심이 자리해 서, 그것이 오늘에 이르러 꿈으로 나타난 것이 아닐까.

죄책감의 정체는 알고 있다. 피를 나누어 가진 하나밖에 없는 형을, 눈을 뻔히 뜨고 죽게 만들었으니까.

아마 이 세상에서 목숨을 부지하는 동안은, 사라지지 않는 상 처로 남을 것이 틀림없다.

지금으로부터 19년 전 1977년 가을, 초등학교 4학년인 열 살 때 일어난 일이었다.

토요일 오후, 그는 수업을 마치고 집에 갔다가 필통을 놓고 온 것을 깨닫고 다시 학교로 돌아갔다.

책상 안에서 필통을 꺼내어 계단을 뛰어내려가던 그는, 문득 발걸음을 멈추었다. 신발장 옆에서 이미 집에 갔다고 생각했던 형을 보았기 때문이다.

형 료이치는 두 살 위로, 같은 학교 6학년이었다. 몇몇 친구들과 함께 있었는데, 그 가운데 두 명은 형의 양쪽 팔을 잡고 걸어가고 있었다. 마치 죄인을 끌고가는 것처럼.

료이치와 친구들은 신발을 바꾸어 신더니 체육관 뒤쪽으로 걸어갔다. 어린 마음에도 심상치 않은 분위기를 느끼고, 신지는 조금 간격을 두고 뒤를 따라갔다.

콘크리트를 두툼하게 발라놓은 체육관 주위에는 포플러나무의 샛노란 낙엽이 휘날려서 발목이 감추어질 정도로 두텁게 쌓여 있었다. 신지는 특별히 몸을 숨기지도 않고 따라갔을 뿐이지만, 6학년들은 한 번도 돌아보지 않아서 다행히 들키지는 않았다.

체육관 뒤쪽에는 높다란 담이 있고, 그 건너편에는 온통 배밭이 펼쳐져 있었다. 체육관과 벽 사이에는 2미터가 채 되지 않는 공간이 있었는데, 천장을 제외하면 모든 방향에서 사각이 져 있어서 나쁜 짓을 하기에는 최적의 구역이었다.

신지는 건물 뒤에서 살그머니 고개를 내밀고 그들의 모습을 살폈다.

6학년들은 료이치를 둘러싸고 무엇인지 힐문하다가, 손으로 툭툭 치더니 멱살을 잡아당기기 시작했다. 료이치는 동물들을 좋아하는 따뜻한 성격으로, 다른 사람들과 싸우는 일은 거의 없었다. 다른 형제 같으면 치고받고 싸울 수 있는 두 살 터울이지만, 신지와도 거의 싸운 적이 없었다.

그런 만큼 학교에서는 흔히 말하는 '왕따'의 표적이 되기 쉬웠을 것이다. 지금과 달리 매스컴에서 집단 괴롭힘 문제에 대해서 떠드는 일도 없었다. 당시에는 돈을 요구하는 일은 거의 없었지만, 약한 자에게 폭력을 휘두르며 울분을 터뜨리는 학생들은 어느 학교에나 있기 마련이었다.

그는 마음을 조이면서 사태의 추이를 지켜보았다. 료이치에 대한 친구들의 괴롭힘은 땅에 무릎을 꿇게 하고 발로 차는 것으로 이어졌다.

선생님을 모셔와야겠다고 결심했을 때였다. 운 나쁘게도 그 순간 고개를 돌린 6학년 학생과 눈이 마주치게 되었다.

"야, 꼬마야! 이쪽으로 와봐!"

한 명이 큰소리로 부르자 나머지 6학년들도 험상궂은 표정으로 일제히 신지를 쳐다보았다.

뒤를 돌아보지 않고 쏜살같이 뛰어가면 도망칠 수 있었을지도 모르지만, 그에게는 그럴 용기가 없었다. 뭐니 뭐니 해도 얼굴을 들켜버렸고, 앞으로도 계속 그 학교에 다니지 않으면 안 되는 것이다.

머뭇거리면서 6학년들이 있는 곳으로 걸어가자, 거의 머리 하나가 큰 상급생들이 무엇을 보았느냐고 따져 물었다.

신지는 잠자코 고개를 가로저었다.

가장 심하게 료이치를 발로 찬 두목격인 6학년이 꼬치꼬치 캐물었다.

"우리는 친구끼리 얘기했을 뿐이야. 그런데 너는 몇 학년이지?"

"4학년이요."

"선생님에게 이르면 가만두지 않겠어. 너 하나쯤 죽여서 산에 묻어버리는 것은 일도 아니야."

말도 안 되는 협박이었지만, 어린 신지가 진심으로 받아들일 만큼 충분히 위협적이었다. 그는 6학년들이 시키는 대로, 그곳에서 본 것을 누구에게도 말하지 않기로 약속했다.

그러는 동안에도 료이치는 땅바닥에 주저앉은 채 고개를 들지 않았다. 눈물을 흘리고 있는지 땅바닥이 촉촉이 젖어들었다. 신지는 료이치와 눈을 마주칠 수 없었다. 형제라는 것을 알면 자신도 괴롭힐지 모른다고 생각했기 때문이다. 료이치도 그것을 알아차렸는지 신지를 알고 있는 듯한 행동은 보이지 않았다.

그는 결국 료이치를 남겨둔 채, 뒤도 돌아보지 않고 도망치듯이 그 자리를 떠났다.

그날 저녁이었다.

신지는 료이치와 얼굴을 마주쳐야 한다는 두려움 때문에, 집으로 들어가지 않고 한참을 밖에서 어슬렁거렸다. 가까스로 결심을 하고 집으로 발길을 돌렸을 때는 시계바늘이 5시를 향하고 있을 때였다. 그의 집은 고층 아파트 단지의 8층으로, 마침 태양이 넘어갈 무렵이라서 건물 전체는 타오르는 듯한 붉은 석양으로 인해 새빨갛게 물들어 있었다.

그때, 아파트 입구에 무더기로 모여 있는 사람들이 눈에 들어왔다. 구급차와 회전등을 단 순찰차도 멈추어져 있었다.

사람들 사이로 다가가려고 한 순간, 누군가가 그의 팔을 잡아끌었다. 옆집에 사는 아주머니였다.

"너는 보면 안 돼!"

아주머니는 한 번도 본 적이 없는 무서운 얼굴로 말하더니, 말투를 조금 누그러뜨리고 물었다.

"……신지, 엄마 연락처는 아니?"

2년 전에 교통사고로 세상을 떠난 아버지를 대신해서 어머니 노부코는 쇼와생명의 생활설계사로 일하며 집안의 생계를 떠맡고 있었다. 따라서 집에 들어오는 것은 거의 어둑어둑해질 때였다. 영업소 전화번호라면 알고 있지만, 대부분은 밖으로 돌아다니고 있어서 연락을 하기는 어려웠다. 지금처럼 휴대전화가 있는 시대도 아니었으니까.

신지는 힘없이 고개를 가로저었다.

"무슨 일이 있나요?"

"네 형이 큰일을 당했단다."

아주머니는 그 말을 끝으로 입을 다물었다.

입술을 깨물고 얼굴을 일그러뜨리고 있는 그녀의 표정을 보면서, 신지는 이해할 수 없는 말을 반추해 보았다. 다음 순간, 사람들 사이를 뚫고 쑤군대는 소리가 귀에 들어왔다.

옥상에서 뛰어내렸대요. 아직 초등학생이라면서요? 6학년이라던데? 그런데 왜 자살을 했지……?

자살……? 그는 높이 솟구쳐 있는 고층 아파트를 올려다보았다. 바로 밑에서 올려다보자 여느 때와는 달리 지금이라도 덮쳐누를 듯이 위압적으로 보였다. 뛰어내렸다?

그 다음의 일은 이상하게도 희미한 기억으로밖에 남아있지 않다.

노부코는 하늘이 무너진 것처럼 처절한 슬픔에 잠겼다. 남편이 세상을 떠난 이후, 자신의 곁에 남아 있는 두 아들만을 삶의 보람으로 생각하며 살아왔기 때문이다.

수많은 사람들이 들락날락하면서 그의 눈앞을 스쳐지나갔다.

친척 아저씨, 학교 선생님, 그리고 낯선 사람들. 그들은 신지에게 많은 위로의 말을 했다. 거의 힘을 내라는 말이었겠지만, 나중에 생각해 보니 무엇 하나 귀에 남아 있지 않았다.

기억에 남아 있는 것은 오로지 스님의 평탄한 독경 소리가 지루할 정도로 끝없이 이어지고, 무릎을 꿇고 있던 발이 저려서 코에 침을 발랐던 것, 그리고 화장터에서 피어오르는 가느다란 연기뿐이었다. 사람은 누구나 다 죽으면 저렇게 되는 것일까.

결국 어머니에게도 다른 사람에게도, 형을 괴롭히는 친구들이 있었다는 사실을 털어놓을 수 없었다. 그것을 털어놓으면, 그가 형을 내버려둔 것까지도 말하지 않으면 안 되기 때문이다.

봉인된 죄책감은 사라지지 않고, 언제까지나 마음 깊은 곳에서 가느다란 그을음을 내뿜었다.

평소에는 자제심으로 억제할 수 있었지만, 막상 빗장을 풀고 순수한 자신을 밖으로 드러내려고 하면 어두운 감정의 앙금이 끈질긴 물귀신처럼 고개를 내미는 것이다.

"벌써 일어났어요?"

정신을 차리자 메구미가 오른팔을 베개 삼아 누워서 그의 얼굴을 쳐다보고 있었다. 그는 어색함을 얼버무리기 위해 몸을 조금 일으켰다.

"그래. 지금 몇 시지?"

"4시가 조금 안 됐어요."

오랜 시간이 지난 것 같았지만, 잠들어 있던 시간과 눈을 뜨고 생각한 시간을 합쳐도 1시간이 채 못 되었다.

"조금 이르지만 밖으로 나갈까?"

"일부러 그러지 않아도 괜찮아요. 피곤하잖아요?"

"하긴 조금 피곤해."

신지는 뒤로 벌렁 드러누워서 텅 빈 천장을 올려다보았다.

"무슨 생각을 하고 있었어요?"

"그냥 여러 가지."

"눈길이 몹시 슬퍼 보였어요."

"그래?"

조금 전에 꾼 꿈에 대해서 메구미의 의견을 듣고 싶었지만, 아무리 꿈이라고는 하지만 그녀가 살해당하는 장면을 빤히 지켜보고 있었다고는 말하기 어려웠다.

"저……, 왜 곤충학을 전공했느냐고 물어본 적이 있었나요?"

메구미가 뜻밖의 질문을 꺼냈다.

"특별한 이유는 없어. 단지 곤충을 좋아했기 때문이지."

신지는 그녀가 왜 새삼스럽게 그 이유를 묻는지에 대해서 생각하면서 대답했다.

"그런데 '곤충'이라는 건 대체 뭐예요?"

메구미는 몸을 뒤척여 침대에 배를 깔고 본격적인 관심을 드러냈다.

"몸이 세 개의 체절(體節)로 나뉘어 있고, 발이 여섯 개, 날개가 네 개 있는 절족동물(節足動物)이지. 하지만 날개는 퇴화한 녀석들도 많아."

"그렇다면 거미라든지 지네와는 달라요?"

"그래. 거미는 주형류(蛛形類), 지네는 진각류(唇脚類)지."

"그러면 곤충의 '곤(昆)'이라는 글자는 무슨 뜻이죠?"

그 질문에 대답하려고 할 때, 갑자기 목 안에서 무엇인가가 치밀어 올라왔다.

"왜 그래요?"

"아니야……. 무슨 뜻이었는지 잊어버렸어."

메구미는 이상한 듯이 고개를 갸우뚱거렸지만 더 이상 파고 들려고 하지는 않았다.

"그런데 왜 곤충을 좋아하게 되었지요?"

"초등학교 시절, 파브르의 『곤충기』를 읽은 다음부터였을 거야. 『곤충기』는 그 뒤에도 수십 번 읽었지. 그 무렵 우리집 근처에는 자그마한 야산이 있어서, 매미채나 곤충채집기를 들고 자주 곤충을 잡으러 갔거든."

"혼자서요?"

"아니……. 두 살 위의…… 형과 같이 가곤 했어."

메구미는 잠시 무슨 생각에 잠기는 듯하다가 다시 신지를 똑바로 쳐다보았다.

"신지 씨는, 사실은 다른 일을 하고 싶었던 것 아니에요?"

그의 기분을 상하게 만들까봐 두려운지, 목소리에는 잔뜩 긴장이 묻어 있었다. 그러나 그는 형에 대한 질문에서 화살의 방향이 바뀌었기 때문에, 오히려 안도의 한숨을 내쉬었다.

"다른 일이라니? 예를 들면 무슨 일?"

"예를 들면, 계속해서 곤충을 연구한다든지."

"그것만으로는 먹고 살아갈 수 없잖아."

"하지만 정말로 좋아하다면 무슨 수가 있지 않을까요?"

"물론 파브르처럼 아침 일찍부터 도시락을 싸가지고 다니면서 하루 온종일 곤충을 관찰하며 지낼 수 있다면 더할 나위가 없겠지. 그러나 우리 같은 현실에서는, 경제적으로 상당히 부유하지 않으면 그렇게 할 수 없잖아."

"그것이 그렇게 부러워요? 나 같으면 따분할 것 같은데요."

"보통 사람은 그렇지. 특히 당신은 곤충을 좋아하지 않으니까 재미가 없을 거야. 애당초 옛날부터 '충어(蟲魚)의 학문'이라는 것은 시시한 학문의 대명사잖아. 회사에 들어가서도 아무 도움이 안 되고 말이야."

"그런데 왜 보험회사를 선택했지요?"

"글쎄…… 아마 우리 어머니의 입김이 작용했을 거야. 게다가 우리집은 생명보험이라는 제도에서 특별한 혜택을 받았거든."

신지는 다음 말을 어떻게 이어가야 할지 생각하며, 가볍게 숨을 내쉬었다.

"아버지께서 교통사고로 세상을 떠난 이후, 가해자는 배상금을 한푼도 내지 않고 도망쳐 버렸지. 그때 만약에 아는 사람의 소개로 가입해 둔 생명보험금이 없었다면 우리 식구는 모두 길바닥에 나앉아야 했을 거야. 게다가 어머니께서 생활설계사로 일했기 때문에 그럭저럭 나를 대학까지 보내줄 수 있었지. 특별한 기술이 없는 중년 여인에게, 자기 노력에 따라서는 그만한 수입을 얻을 수 있는 일도 별로 없으니까 말이야."

메구미는 두 손으로 턱을 받치고 물끄러미 신지를 쳐다보았다.

"……흐음, 생명보험을 이상적으로 생각하시는군요."

좁은 침대 위에서 턱을 받치고 있자 머리끝에서 발끝까지 우아한 실루엣이 이어졌다. 언제나 한치의 빈틈도 보이지 않던 메구미의 흐트러진 모습이, 신지의 눈을 따가울 정도로 강렬하게 자극했다.

"그렇게 거창하게 생각하는 것은 아니야. 다만, 어차피 보험회사에 취직할 거였다면 차라리 수학을 전공할 걸 그랬어."

"수학이 도움이 되나요?"

"그래. 액추어리(Actuary, 보험계리인)라고 해서, 보험수리(保險數理)의 전문가가 되는 길이 있거든. 통계학을 이용해서 보험료율이나 연금을 계산하는데, 액추어리 자격증만 있으면 어느 날 갑자기 시골 구석에 있는 영업소장으로 날아갈 염려도 없고, 이사회에는 반드시 액추어리가 필요하니까 임원이 될 수 있는 확률도 높아지지."

"어머, 그런 일을 좋아하세요?"

신지는 잠시 생각에 잠기고 나서 대답했다.

"아니, 전혀."

어깨를 떨며 쿡쿡거리는 메구미의 웃음을 바라보는 사이에, 신지는 어느새 자신의 입가가 미소로 벌어지는 것을 깨달았다.

어둠이 내려앉은 다음 메구미를 바래다주고 돌아오자, 자동 응답 전화기에 용건이 녹음되어 있었다.

버튼을 누르자 곧장 어머니 목소리가 흘러나왔다. 그러나 어머니는 전화해 달라는 말만 남기고 어이없을 정도로 빨리 전화를 끊어버렸다.

어차피 대단한 일은 아닐 것이다. 신지는 그렇게 생각하며 수화기를 들어올렸다. 노부코는 호출음이 여섯 번이나 울린 다음에야 전화를 받았다.

"여보세요? 어머니, 전데요."

"아아, 신지구나. 네가 웬일이니? 전화를 다 하고."

전화를 해달라고 했으면서 웬일이냐니! 신지는 불쑥 화가 치밀었다.

"어머니께서 전화해 달라고 녹음해 놓으셨잖아요."

"아참 그렇지. 너 말이다, 선볼 생각 없니?"

"없어요."

"애도 참. 말도 못 붙이게 쌀쌀맞게 구는구나. 어떤 상대인지 들어보지도 않고."

"선은 보기 싫어요."

"어째서?"

"뭐라고 할까, 서로 자신의 약점을 감추면서 호시탐탐 상대를 살피고 있다는 느낌이 들어서요……"

"하지만 이미 사진과 신상명세서를 보내두었다. 마음에 들지 않으면 보고 나서 즉시 반송하거라. 속달로 말이야."

"그런 것은 내 의견을 듣고 나서 보내세요!"

그러나 노부코는 그의 말을 한귀로 흘려듣고, 가을부터 신설되는 손해보험 때문에 공부하고 있다는 말을 일방적으로 하기 시작했다.

또 시작이군. 신지는 지긋지긋한 마음으로 고개를 흔들었다. 노부코의 이야기를 들어주다 보면 한도 끝도 없다. 게다가 말이 몹시 빨라서 끼여들 틈도 없을 정도이다.

혼자 생활하는 외로움을 달래기 위한 행동이라고 생각하며 언제나 아무 말 없이 들어주었지만, 오늘은 특히 지겨울 정도로 끝없이 이야기가 이어졌다.

그때 문득, 어머니에게 어떤 사실을 물어보고 싶다는 강렬한 충동에 휩싸였다.

"어머니……."

"응? 왜 그러니?"

신지의 목소리에서 긴장감이 전달되었는지 노부코는 잠시 입을 다물었다.

'형이 왜 스스로 목숨을 끊었는지 알고 있나요?'

그러나 그 질문은 그의 혀 위에서 목소리를 형성하기 전에 사라져버렸다.

"……내일 아침에 일찍 일어나야 하니까 그만 끊을게요. 곰곰이 생각해 보니까, 이 전화비는 내가 부담해야 하잖아요."

"그걸 이제 알았니? 그럼 잘 자거라."

신지가 마지막 인사를 하기도 전에 전화는 끊어져버렸고, 귓가에는 뚜뚜거리는 차가운 기계음만이 남아 있었다.

3

4월 19일 금요일

그 병원은 야마시나 지하철역에서 산으로 조금 들어간 곳에 있었다.

가메오카 영업소장인 스가누마가 현관 앞에서 자동차를 세우자, 신지는 차에서 내려서 4층짜리 병원을 둘러보았다.

새하얀 벽은 칙칙한 얼룩으로 물들어 있어서 음침해 보였고, 화단이나 나무가 전혀 없는 현관 주위는 스산하다 못해 폐허 같은 느낌마저 주었다. 또한 콘크리트 벽 사이에 있는 30센티미터 정도의 틈새에는 부서진 자전거와 빈 깡통, 빈 음료수 병들이 너저분하게 쌓여 있었다.

가령 아무런 선입감이 없다고 해도, 이러한 병원에는 절대로 입원하고 싶지 않을 것이다.

"많이 기다리셨지요? 그러면 가볼까요?"

자동차를 주차장에 세우고 온 스가누마가 작고 뚱뚱한 몸을 흔들면서 종종걸음으로 다가왔다.

건물 안으로 들어가도 병원의 인상은 전혀 좋아지지 않았다. 원래 채광도 나쁘고 조명도 충분하지 않아서 그런지, 복도는 마치 동 트기 전의 새벽처럼 어두컴컴했다. 형광등의 절반 정도가 불이 들어오지 않았던 것이다.

세 줄로 나란히 놓인 검은색 소파에는 피곤에 지친 노인들이 따분한 표정으로 앉아 있었다. 점심시간이 되려면 아직 멀었는데 접수 창구에는 커튼이 쳐져 있어서 안의 상황을 볼 수 없었다.

내과 병동은 4층이었다. 세 대의 엘리베이터는 모두 위층에 멈추어서 전혀 내려올 기색이 없었기 때문에, 그들은 어쩔 수 없이 계단을 이용하기로 했다.

"요전에 왔을 때는 병실에 없었습니다."

돼지처럼 살이 찐 스가누마는 3층을 올라가는 데도 헉헉거렸다.

폐쇄된 텅 빈 공간에 발소리와 말소리가 메아리쳤다. 계단의 리놀륨 바닥은 오랜 세월을 말해 주듯이 매끈매끈했고, 미끄럼을 방지해 주는 고무도 없어져서 자칫 발을 헛디딜 뻔했다.

"그래서 같은 병실에 있는 환자분에게 넌지시 물어보았더니, 낮에는 하루도 빼놓지 않고 역 앞에 있는 빠찡코에 들른다고 하더군요."

"흔히 볼 수 있는 패턴이군요."

건강한 사람이 오랫동안 입원을 하게 되면 아무래도 시간을 주체하지 못하게 된다. 자연히 몰래 외출하게 되는데, 멀리 나갈 용기가 없는 경우 가는 곳은 자연히 빠찡코로 한정된다.

"그래서 다시 들르려고 발길을 돌리던 참에, 마침 돌아오던 그 사람과 마주치게 되었지요. 한 손에는 술병을, 한 손에는 안주거리를 잔뜩 껴안고 있으면서, 내 얼굴을 보자마자 '아뿔싸' 하는 표정을 짓더라구요. 그런데 변명이 아주 재미있더군요. 꼭 나가봐야 할 일이 있어서 외출했는데, 술은 다른 사람의 부탁을 받아 사왔대나 뭐래나……."

"팔자 한번 늘어졌군요."

생명보험에 얽힌 범죄 가운데 보험금 살인만큼 화려하지 않아서 매스컴의 주목을 받는 일이 없지만, 보험회사의 손익에 가장 영향을 끼치는 것은 바로 입원급부금 착취였다.

생명보험에 입원 특약이 있는 경우, 하루 입원하면 보통 1만 엔의 급부금이 지급된다. 따라서 몇 개의 보험회사에 가입해 두면 가만히 앉아서도 하루에 몇 만 엔의 돈이 그냥 굴러들어오는 것이다. 이것은 정상적으로 일하는 것보다 훨씬 짭짤한 수입으로, 그 때문에 가짜로 입원해서 부당하게 급부금을 착취하려는 사람이 끊이지 않는다.

가장 많은 병명은 경추염좌(頸椎捻挫), 즉 한마디로 말해서 타박상이다. 의사도 객관적으로 진단하기 어렵고, 또한 본인이 아프다고 호소하면 그것으로 통하기 때문이다. 그러나 지금부터 신지가 만나러 가는 '스도'라는 택시 운전사의 경우는 조금 복잡한 사정이 뒤얽혀 있었다.

"그건 그렇고, 병원까지 한통속이라는 것이 정말입니까?"

스가누마는 믿어지지 않는다는 표정을 지었다.

"여기는 유명한 '모럴 리스크' 병원이지요."

계단에 다른 사람은 없었지만, 누군가의 귀에 들어갈 것을 염려하여 신지는 조금 목소리를 낮추었다.

모럴 리스크(Moral Risk, 도덕적 위험)라는 것은 생명보험업계의 용어로, 인간의 성격이나 정신에서 기인하는 위험을 가리키며, 그 말은 곧 범죄가 뒤얽혀 있다는 것을 의미한다. 병원 자체가 급부금 사기와 같은 범죄에 관여하고 있는 모럴 리스크 병원은, 그가 알고 있는 것만으로도 교토 시내에 네 군데나 존재한다.

원래 부동산처럼 거대한 자산을 가지고 있는 병원은 폭력단의 좋은 표적이라고 할 수 있다. 무엇보다 체면을 중시하는 만큼, 사소한 의료 실수를 파고들어 협박하면 비교적 쉽게 돈을 뜯어낼 수 있기 때문이다.

폭력단 신법(新法)이 시행된 이후 노골적인 공갈의 수는 줄어들었지만, 최근 들어 대부분의 병원이 경영난에 허덕이자 폭력단이 파고들 요소는 오히려 확대되었다.

일반적으로 병원 원장은 의학 전문가이기는 하지만 경제나 경영에 대해서는 아마추어 수준을 벗어날 수 없고, 주위에서 떠받드는 것에 익숙해져 있는 만큼 세상 물정을 모르는 사람들이 많다.

폭력단은 그러한 병원장을 목표로 삼아 처음에는 정상적인 사업가를 가장하여 접근한다. 그리고 서서히 신뢰를 얻은 다음 경영에 대한 조언을 해주거나 의논 상대가 되어준다. 가장 전형적인 시나리오는 병원의 경영이 힘들다고 하소연하는 원장에게 많은 병원을 재건시킨 유능한 사람이라고 하면서 경영 컨설턴트를 소개해 주는 것이다.

일단 병원에 그런 사람을 들여놓기만 하면 그것으로 끝장이어서, 그 사람은 눈 깜짝할 사이에 병원의 경리를 장악하고 경영을 좌지우지하게 된다. 그런 다음 전혀 관계없는 기업에 융자해 준다는 핑계로 토지나 고가의 의료기기를 제멋대로 담보로 제공하여 실컷 먹이가 된 다음, 마지막으로는 어음을 남발하여 도산하는 것이 정해진 코스이다.

개중에는 침체에 빠진 부동산 시장에 숨통이 트이기를 기다리는지, 죽이지도 살리지도 않은 상태에서 병원을 존속시키는 경우도 있다. 따라서 급부금 사기를 치려고 하는 자에게 그러한 병원은 말 그대로 병의 온상이 되고 있다.

"스도 씨, 안녕하십니까? 좀 어떻습니까?"

스가누마는 커다란 병실에 발을 넣자마자, 가장 안쪽에 있는 침대에 앉아서 뻐끔뻐끔 담배를 피우고 있는 남자에게 말을 걸었다.

남자가 뒤를 돌아본 순간, 신지는 자기도 모르게 얼굴을 찡그렸다. 한심한 사람! 그것이 그가 느낀 첫인상이었다. 무엇 하나 인간적으로 끌리는 부분이 없었던 것이다.

거의 눈을 뒤덮은 버석버석한 머리칼은 짜증이 날 정도였고, 치켜올라간 작은 눈에서는 따뜻함이라고는 한 조각도 찾아볼 수 없었다. 윤기를 잃어버린 얼굴빛은 칙칙하게 말라 있었고, 깡마른 얼굴에는 보기 싫게 광대뼈가 튀어나와 있었다. 요컨대 한심한 인생을 살아가는, 한심한 남자의 전형적인 얼굴이었다.

"이쪽은 교토 지사에서 근무하는 신지 주임이라고 합니다."

신지를 소개하자 스도는 재떨이 대신으로 사용하던 음료수 깡통에 담배를 비벼껐다. 그리고 입과 코에서 흐느적거리는 연기를 토해내더니 눈을 가늘게 떴다.

"이 녀석은 또 뭐야? 지사장을 데리고 오라고 했잖아?"

한심한 사람일수록 거만하게 행동하고 싶어하는 법이다.

"지급 관계는 모두 신지 주임이 맡고 있습니다."

스가누마의 얼굴에는 남자의 눈길에서 도망치고 싶다는 표정이 역력했다.

"그래? 알았어. 그러면 자네가 책임을 지는 거지?"

스도는 침대 위에서 방향을 바꾸어 신지를 노려보았다.

"이것 봐! 청구한 지가 언젠데 아직까지 돈이 나오지 않는 거지? 보험에 가입할 때는 꾸벅꾸벅 고개를 숙이더니, 막상 돈을 지급할 때가 되니까 손바닥을 뒤집어? 화장실 들어갈 때 다르고, 나올 때 다르다더니, 너희들이 그렇잖아! 네가 책임자야? 그런데 왜 돈을 주지 않는 거지? 어서 대답해 보라구!"

1년이 넘게 이런 종류의 사람을 보고 있으면, 정말로 위험한 상대인지 아닌지 즉시 간파할 수 있다. 이 사람은 지난번에 야타베 사장을 데리고 온 사내에 비해서도 전혀 박력이 없다. 아마 무턱대고 화를 내는 것밖에는 아무런 능력이 없는 소심한 사람임에 틀림없을 것이다.

스도의 기나긴 입원 경력은, 택시를 운전하던 도중 다른 자동차와 충돌하면서 입은 타박상으로부터 시작되었다. 교통사고 증명서에 따르면 택시 뒷좌석이 파손될 정도로 커다란 사고였다니, 일부러 낸 사고는 아니었을 것이다. 다만 한 번 맛본 달콤한 꿀맛을 잊을 수 없어서 점차 상습범이 되어버린 것이리라.

"급부금 지급에 대해서는 현재 본사에서 검토하고 있습니다."

"검토, 검토! 계속 검토만 하다 끝낼 거야? 이봐! 나를 얕잡아 보면 가만 안 둬!"

"그것에 대해서 두세 가지 물어볼 것이 있는데요."

"물어본다구? 지금에 와서 무슨……?"

"우선 왜 이 병원에 입원하신 겁니까?"

"이봐. 이 병원에 무슨 불만이라도 있는 거야?"

"스도 씨가 사는 곳은 가메오카잖습니까? 가메오카라고 하면 교토의 서쪽 변두리에 있는데, 왜 하필이면 가장 동쪽에 있는 이 병원에 입원하신 거죠?"

"왜라니……, 예전에 어떤 사람에게 이 병원이 좋다는 말을 들었거든."

스도의 허세는 비바람을 맞은 꽃잎처럼 급속히 시들어가기 시작했다.

"이 병원이 좋다구요?"

신지는 잠시 말을 끊고 칙칙한 느낌의 병실을 둘러보았다.

"이번에는 위궤양 때문에 입원했다고 하는데, 본인이 직접 운전해서 병원에 오셨지요? 그렇다면 보통 가장 가까운 병원으로 가는 것이 일반적이지 않습니까?"

"무슨 말을 하려는 거지? 그것은…… 어느 병원에 가든지 내 마음이잖아?"

신지는 가방에서 입원증명서 복사본을 꺼내어 일부러 한참 동안 들여다보았다.

"그리고 병명 말인데요, 입원하신 다음에 병명이 두 번이나 바뀌었습니다. 처음에는 위궤양이었지만 입원 도중에 간기능 장애가 나타나고, 그리고 이번에는 당뇨병으로 되어 있군요."

"그게 어떻다는 거야? 검사를 했더니 계속해서 나쁜 증상이 나타나는데, 나더러 어쩌라는 거야?"

"그래요? 한 번의 입원에 대한 급부금 지급 한도가 120일인데, 무슨 이유에서인지 마침 120일마다 병명이 바뀌는군요. 이 것에 대해서 설명해 주실 수 있습니까?"

"뭐야? 어린 녀석이 건방지긴!"

스도는 다시 신지를 위협하려고 했지만, 마음과는 반대로 목소리가 가늘게 떨렸다. 지금까지 보험회사처럼 어리석은 데가 없다고 기고만장했는데, 갑자기 자신의 입장이 위태로워졌다는 것을 깨닫고 동요하는 것이리라.

"그, 그게 불만이라면 병원측에 물어보라구! 병원에서 그렇게 진단을 내렸으니까……."

신지는 정중한 태도로 가방에서 서류와 볼펜을 꺼냈다.

"여기에 사인해 주실 수 있습니까?"

"이게 뭔데?"

"계약을 해제하겠다는 동의서입니다."

"해제? 무슨 뜻이지?"

"입원급부금은 지급할 수 없지만 스도 씨께서 납입하신 보험료는 돌려드리겠습니다. 그리고 지금까지 저희 회사에서 지급한 보험급부금에 대해서는 일체 반환 청구를 하지 않겠습니다. 그러니까 계약 자체를 없었던 것으로 하는 거죠."

"이…… 이 어린 녀석이 감히 나를 무시해!"

스도는 입술을 바들바들 떨면서, 동의서를 내동댕이쳤다. 볼펜이 병실 구석에서 나뒹굴었다.

"나, 나를 뭘로 보는 거야? 너 말이야, 시골 구석으로 날려보내줄까? 내가 본사에 가서 한 마디만 하면 너 같은 애송이쯤은 얼마든지 치워버릴 수 있다구!"

"그러면 곰곰이 생각해 보시는 것이 어떨까요? 오늘은 이만 실례하겠습니다."

신지는 바닥에서 동의서를 주워 침대 위에 올려놓고 발길을 돌려 재빨리 밖으로 나왔다. 마지막으로 힐끔 쳐다본 스도의 거무칙칙한 얼굴은 완전히 핏기가 사라져서 백지장처럼 창백해져 있었다.

"신지 주임님, 괜찮을까요?"

한쪽 구석에서 조용히 서 있던 스가누마가 황급히 쫓아왔다. 신지는 스가누마를 쳐다보며 빙긋이 미소를 짓고는 가볍게 기지개를 켰다.

"괜찮구말구요. 차라리 어딘가로 날아갔으면 좋겠는데요."

"예?"

"저 남자 말대로, 어디 촌 구석으로 전근이라도 갔으면 좋겠다구요."

"그게 아니라 저렇게 화나게 만들어서 나중에 큰일이라도 나면 어떡하죠?"

"괜찮습니다. 계약 해제 방침은 이미 본사에서 결정한 사항으로, 오늘은 그것을 통고하기 위해 온 것뿐이니까요."

"하지만 끝까지 사인하지 않으면 어떻게 하지요?"

"끝까지 해결이 안 나는 경우에는 재판을 하는 수밖에 없습니다."

"이길 수 있나요?"

"재판을 하게 되면 병원까지 한통속이라는 것을 증명해야 하니까 상당히 어려워집니다. 의사협회에서는 모럴 리스크 병원의 존재를 절대로 인정하려 하지 않으니까요. 그러니까 계약을 해제하겠다는 동의서에 사인하게 만들어야지요."

"어떻게요?"

"우리가 할 일은 모두 끝났습니다. 본사에서 해결사를 고용했으니까 나머지는 그 사람에게 맡기면 됩니다."

그 다음날 아침, 첫 신칸센을 타고 교토 지사에 얼굴을 내민 '해결사'는 의외로 왜소한 체격으로, 170센티미터도 못 되어 보였다. 남자가 내민 명함에는 '보험 데이터서비스, 미요시 시게루'라고 되어 있었다.

그를 맞이한 사람은 지사의 총무부 부장으로 근무하는 기타니와 요시오, 신지 세 사람이었다. 미요시가 먼저 요시오를 알아보고 예의바르게 인사했다.

"오랜만이군요, 요시오 과장님."

요시오도 미소를 지으며 고개를 끄덕이는 것으로 보아, 예전부터 알고 있는 사이인 듯했다.

회의실에서 스도에 관한 자료를 건네주고 경위를 설명하면서, 신지는 미요시라는 남자를 차분하게 관찰해 보았다.

40대 초반쯤 됐을까, 숱이 많지 않은 눈썹에 움푹 들어간 얼굴에는 잔주름이 많이 잡혀 있었다. 깊숙하게 들어간 눈은 거의 깜빡이지 않고, 머리카락은 두피가 보일 정도로 짧게 잘라놓았다. 건강하게 그을린 피부는, 항상 밖으로 돌아다니는 영업사원을 연상시켰다.

수수한 양복에 예의바르게 행동하고는 있지만, 평범한 사람에게는 없는 예리함이 뿜어나오는 것 같았다. 그것도 운동선수 같은 긍정적인 에너지가 아니라 어딘지 모르게 우울한 그늘이 깃든 어두운 분위기였다.

"알겠습니다."

미요시는 자료를 훑어보더니 한두 번 고개를 끄덕였다. 목소리는 체격에 맞지 않게 나지막한 저음이었지만, 칼칼한 금속성 목소리가 기묘하게 귀에 거슬렸다. 이러한 목소리를 쇳소리라고 하는 것일까.

얼마 전에도 그러한 목소리를 가진 남자를 만난 적이 있다. 처음에는 후두암 초기 증상이 아닐까 의심했을 정도이다. 그러나 그것이 매일매일 소리를 지르고 남을 협박하는 사람의 목소리라는 것을 깨달을 때까지는 별로 시간이 걸리지 않았다.

"아마 2, 3일 안에 처리할 수 있을 겁니다."

"그러면 잘 부탁합니다."

기타니가 먼저 고개를 숙이자, 요시오와 신지도 그를 따랐다.

"그나저나 미요시 씨도 보통 힘들지 않겠군요. 이 다음에는 또 어디로 가십니까?"

엘리베이터 앞에서 미요시를 배웅하는 요시오의 말에는 걱정이 잔뜩 묻어 있었다.

"예. 이번 사건을 처리하고 나면 규슈의 고쿠라로 가야 합니다. 다른 보험회사의 일이기는 하지만요."

미요시의 모습이 사라지자 신지는 참았던 숨이 터져나왔다. 호통을 치는 스도보다 조용하게 말하는 미요시에게서 숨이 막히는 압력을 느낀 것이다. 요시오가 그의 옆구리를 쿡쿡 찌르며 입을 열었다.

"저 미요시란 남자, 보통 사람이 아니지?"

"예. 보통 사람과는 조금 다른데요."

"원래 그쪽 계통의 일을 했던 것 같아."

요시오는 검지손가락으로 뺨을 쭉 그으면서 말을 덧붙였다.

"채권을 회수한다든지 상당히 지독한 일도 많이 했는데, 결혼을 계기로 손을 씻었다고 하더군. 정상적인 업무에는 어울리지 않지만, 그곳 사장이 미요시의 특기를 알아내서 채용한 것 같아."

"특기라니요?"

"큰소리로 상대를 위협해서 계약을 해약하게 만들거든. 그런 일에는 탁월하다고 하던데. 하지만 나는 저런 사람에게 의뢰하는 것은 반대야. 가령 상대가 질이 나쁜 사람이라 할지라도 시간을 들여서 차분히 설득하는 것이 본래의 우리 업무이고, 좋은 결과를 낳는 경우도 더 많지."

"하지만 스도 같은 남자에게는 이런 식으로…… 독을 독으로써 제압하는 것도 좋지 않을까요?"

신지는 기생충처럼 남의 단물을 빨아먹는 사람에게 저자세로 대하는 것이 지긋지긋하던 터라, 오히려 강경책을 환영하고 싶은 기분이었다. 그러나 요시오는 벌레를 씹은 듯한 표정이었다.

"물론 잘 되었을 때는 좋지. 대신 뒤틀어졌을 때에는 어차피 될 대로 되더군. 이번에는 틀어지지 않기를 바랄 뿐이지만."

  다행히 요시오의 걱정은 쓸데없는 기우로 끝났다.
  그날 저녁, 교토 지사의 창구를 마감하고 있을 때 다시 미요시가 모습을 드러냈다.
  기타니와 요시오는 각 지역의 영업소장들을 모아놓고 침을 튀기며 독려하는 지사장 회의에 참석하는 바람에, 남아 있던 보전담당 관리직은 신지 한 사람뿐이었다.
  "아침에 뵈었지요? 신지 주임이라고 하셨던가요?"
  "지금 모두 회의하는 중이거든요. 혹시 무슨 문제라도 있습니까?"
  요시오의 말이 머릿속을 가득 메우고 있었기 때문에, 신지는 미요시가 나타나자 해제 교습이 뒤틀린 것은 아닐까 하는 걱정이 앞섰다.
  "아닙니다. 이것을 전해주러 왔을 뿐입니다."
  미요시가 까만 서류가방에서 꺼낸 것은 계약 해제 동의서였다. 신지는 귀신에 홀린 듯한 표정으로 몇 번이고 서류를 쳐다보았다. 분명히 스도의 서명 날인이 있었다.
  "이렇게 빨리요? 그 남자가 순순히 받아들이던가요?"
  "받아들이게 만든 거지요. ……비교적 처리하기 쉬운 상대였습니다."

"여러 모로 감사합니다. 덕분에 골칫거리가 사라졌습니다."

신지의 눈길은 미요시의 서류가방 안쪽에 투명한 비닐에 싸여 있는 사진에 머물렀다.

30대 중반 정도 됐을까, 보기 좋게 살이 찐 사랑스럽게 생긴 여자가 역시 통통하게 살이 찐 두세 살 정도의 여자아이를 껴안고 있었다. 함빡 미소를 지으며 여자아이에게 카메라를 쳐다보게 하려고 하지만, 여자아이는 쏟아지는 졸음을 참을 수 없는지 멍하니 입만 벌리고 눈은 거의 감고 있었다.

"가족인가요?"

그 질문에 미요시는 처음으로 넉넉한 미소를 지었다.

"아내와 딸입니다."

처음 왔을 때와 마찬가지로 조용하게 돌아가는 미요시의 모습을, 신지는 엘리베이터의 문이 닫힐 때까지 바라보았다.

그리고 느긋하게 의자 등받이에 몸을 맡기고 본사에 전화를 걸어, 아직 남아 있던 담당자에게 계약 해제가 완료되었다고 보고했다. 통화가 끝나자 그는 콧노래를 부르면서 서류를 서류철에 끼워넣고, 자물쇠가 붙어 있는 책상 서랍에 넣었다. 영업회의는 아직도 계속되는지, 기타니도 요시오도 돌아오지 않았다.

그런 다음 신지는 잠시 화장실에 들렀다.

문득 거울을 쳐다보자 자신의 한쪽 뺨에 태어나서 처음 보는 일그러진 웃음이 달라붙어 있다가, 밀물이 밀려나가듯이 천천히 사라지는 것이 보였다.

그는 몇 번이나 펌프를 눌러 끈적끈적한 초록색 물비누를 빼내서, 오랜 시간에 걸쳐 두 손을 깨끗이 씻었다.

5월 7일 화요일

연휴가 끝나고 처음 출근하는 날은 아침부터 정신이 없고 어딘가 안정되지 않은 분위기가 떠다니는 법이다.

10시가 지났을 때 세무서 직원이 찾아와서 플라스틱 케이스 안에 들어 있는 신분증명서를 보여주고, 고객의 자세한 보험계약 내용을 보여달라고 졸라댔다.

프라이버시에 관한 것이기 때문에 서면을 통해 정식으로 요청해 달라고 해도 세무서 직원은 꼼짝도 하지 않았다. 그는 도저히 공무원이라고는 생각할 수 없는 거만한 태도로, 어디에서나 신분증명서만 내면 보여준다고 오히려 큰소리를 쳤다.

세무서나 복지사무소에서는 거의 매일같이 보험계약 내용에 관한 요청이 들어오는데, 본인의 동의서나 관공서의 정식 요청서가 없으면 알려줄 수 없다는 것이 보험회사의 기본 원칙이었다.

세무서 직원의 목소리는 점점 거칠어졌지만, 그 정도 목소리에는 이미 익숙해진 터였다. 결국 옥신각신한 끝에 세무서 직원은 두고 보자는 식으로 발을 쿵쾅거리며 돌아갔다.

그가 나가자마자 도쿄에서 쇼와생명의 고문변호사가 찾아와

서 기타니와 요시오, 신지 세 사람이 그를 맞았다. 현재 교토지
방재판소에 계류중인 사건의 제1차 구두변론이 내일 벌어지게
되어 있는데, 그것을 협의하기 위해 찾아온 것이다. 보험금 수
취를 둘러싼 상속인들 간의 골육쟁탈전으로, 쇼와생명은 그들
의 분쟁에 휘말려 있는 상태였다.

하지만 제1차 구두변론에서는 다음 일정을 정할 뿐, 실질 심
리는 행하지 않는다. 신지와 나이 차이가 별로 나지 않는, 앞머
리를 길게 기른 변호사는 여행 온 기분인지, 차를 마시고 세상
이야기를 하더니 이윽고, 관광지로 가는 길을 물어서는 열심히
메모하기 시작했다.

점심시간이 끝나고 가장 먼저 창구에 나타난 고객은 언뜻 보
기에도 동양인이 아니라는 것을 알 수 있었다. 곱슬거리는 머리
칼은 검은색이었지만, 피부는 젖빛 구름처럼 창백했다. 그가 발
길을 들여놓자마자 신지는 자기도 모르게 자리에서 벌떡 일어
났다. 물론 교토에는 외국인 관광객이 많기는 하지만 보험회사
창구에 나타나는 일은 거의 없기 때문이다.

그를 맞이한 아오야기 유카는 전문대 영문과를 졸업한 데다
가 지금도 영어학원에 다니고 있지만, 두세 마디 대화를 나누더
니 즉시 신지에게 도움을 청하러 왔다.

신지는 조금 곤혹스러운 표정을 지으며 카운터 앞에 앉았다.
20대 초반으로 보이는 남자로, 얼굴만 보아서는 국적을 알 수

없었다.

남자는 궁지에 몰린 듯한 절박한 표정으로 입을 열자마자, 외국인은 보험에 가입할 수 없느냐고 물었다.

신지는 기억에 남아 있는 대학 입시 영어를 끌어내면서, 반드시 일본 국적은 필요하지 않지만 일본에 거주해야 하는 것이 원칙이라고 대답했다. 그러자 남자는 보험 가입시 검사가 필요하느냐고 물었다.

가입하는 보험의 종류와 금액에 따라서 의사의 진단이 필요한 경우와 고지서에 기입하는 것으로 충분한 경우가 있다고 대답하자, 남자는 거듭해서 검사가 필요하느냐고 물었다. 무슨 검사냐고 물어도 분명한 대답은 하지 않았다.

그리고 잠시 뜸을 들이다가 남자는 하기 싫은 말을 억지로 꺼내는 것처럼, 혈액 샘플은 필요 없느냐고 물었다.

신지는 굳은 미소를 떠올리며 마음속에서 일어난 동요를 감추었다.

……면책 조항은 분명히 'Escape Clause' 인데, 면책된다는 말은 영어로 어떻게 표현하면 좋을까.

그는 신중하게 말을 선택하면서, 혈액 검사는 필요 없지만 보험에 가입할 당시 병에 걸린 경우에는 알려줄 의무가 있고, 사망한 다음에 고지 의무를 위반했다는 사실이 밝혀지면 보험금은 지급되지 않는다고 대답했다.

남자가 납득한 표정을 짓는 것을 보고 신지는 안도의 한숨을 내쉬었다. 그런 다음 남자가 탄 엘리베이터 문이 닫히는 것을 바라보고 가만히 고개를 끄덕였다.

　실제로 에이즈는 점차 치명적인 병에서 제외되고 있고, 미국에서는 HIV 항체의 양성 판정을 받아도 보험에 가입할 수 있도록 하려는 움직임이 있다는 말도 들었다. 그러나 일본에서 그것이 실제로 적용될 때까지는 아직 많은 세월이 필요하지 않을까.

　자리로 돌아오자 요시오가 이상한 표정을 지으며 수화기를 놓으려고 하다가 문득 신지를 쳐다보고 손짓을 했다.

　"신지 주임, 자네를 지명한 사람이 있어."

　요시오는 휘갈겨쓴 메모지와 보험계약의 내용을 주었지만, 신지는 그것이 무슨 뜻인지 알 수 없었다. 보험계약의 내용은 세 장으로 이루어져 있었다.

　계약자 고모다 사치코, 피보험자 고모다 사치코, 보험금 수취인 고모다 시게노리의 3,000만 엔짜리 정기 종신보험. 피보험자가 고모다 시게노리로 되어 있는, 역시 3,000만 엔짜리 정기 종신보험. 그리고 또 하나는 500만 엔짜리 어린이용 학자금보험으로, 피보험자는 고모다 가즈야로 되어 있었다.

　"고모다 시게노리라는 사람에게서 전화가 왔었다네. 아는 사람인가?"

　"아닙니다. 처음 듣는 이름인데요."

신지는 고객이 불만을 제기하면 우선 상대방의 나이를 보는 버릇이 있었다. 45세. 경험으로 보아 가장 위험한 나이는 30대 초반이지만, 이 정도의 나이라고 해도 아직은 방심할 수 없다. 주소를 보자 아라시야마 근처로, 비교적 고급 주택가가 밀집한 지역이었다. 그는 기억을 더듬어 보았지만 그 이름과 지역에서는 아무것도 나오지 않았다.

"그래? 그럼 왜일까……? 일부러 신지 주임을 지명하면서 와달라고 하던데?"

"불만 내용은 뭡니까?"

"워낙 중얼거리듯이 말해서 잘 모르겠어. 아무래도 수금하러 오는 생활설계사의 태도가 나쁘다는 것 같아."

"화가 머리끝까지 치밀어 있던가요?"

요시오는 고개를 조금 갸우뚱거리며 대답했다.

"그렇지는 않았어. 담당 지역 영업소장에게 가라고 할 수도 있지만, 그쪽에서 일부러 자네를 지명했으니까 미안하지만 가 줄 수 있겠나?"

"알겠습니다."

어차피 사무실에 있어도 뒤를 이어 끊임없이 성가신 고객만 찾아오고 있어서, 대단한 불만이 아니라면 오히려 밖으로 나가는 것은 두 손을 들고 환영하고 싶은 기분이었다.

수금은 우즈마사 영업소에서 담당하고 있는데, 일단 영업소장에게 전화를 걸었지만 외출해서 사무실에 없다는 대답이 돌아왔다. 그는 별다른 문제가 없을 것이라고 생각하고, 지도를 펼쳐서 해당 페이지를 복사했다.

밖으로 나가자 상큼한 5월의 푸르른 하늘이 드넓게 펼쳐져 있었다.

쇼와생명보험 교토 지사는 시조가라스마 교차점에서 조금 북쪽에 있는, 쇼와생명 교토 제1빌딩이라는 8층짜리 건물 꼭대기층에 자리하고 있었다. 생명보험회사의 지사나 영업소는 자기 회사 빌딩에 입주하고 있는 경우에도 높은 임대수입을 얻을 수 있는 1층은 다른 회사에게 내주고 대부분 위쪽에 자리잡고 있다.

따가운 햇살을 반사하고 있는 유리창 너머로 빼곡히 자리하고 있는 형광등 불빛이 눈에 들어왔다.

신지는 근처에 있는 쇼와생명 단골 제과점에서 선물용 과자를 샀다. 고충 내용에 따라서 선물의 크기가 다르지만, 이번에는 가장 작은 것으로 충분할 것이다. 한큐 전철을 타고 시조 오미야역까지 간 다음에, 그곳에서 게이후쿠 전철의 아라시야마 선으로 갈아탈 예정이었다.

교토에서는 10여 년 전에 교통에 방해가 된다는 이유로 전철을 폐쇄했지만, 선로의 일부가 일반도로를 달리고 있는 게이후쿠 전철이나 에이잔 전철은 지금도 시민의 충실한 발 역할을 톡

톡히 해주고 있었다.

한 량밖에 없는 낡은 전차는 넓은 길에서 좁은 골목길로 파고들어, 일반 주택의 처마 끝이나 울타리를 스치듯이 달려갔다. 목적지에 다가갈수록 신지는 왠지 안정이 되지 않아 다리를 덜덜 떨었다.

산조구치, 야마노우치, 가이코노야시로······. 너무나도 한가로운 교토다운 역이름이 계속 이어졌다. 영화마을로 유명한 우즈마사를 지나자 기타노선과 분기점을 이루고 있는 '가타비라노쓰지'라는 역에 도착했다. 전철 안내 방송을 통해 그 역의 이름을 들었을 때, 그는 갑자기 가슴이 쿵쾅거리는 불길한 예감에 휩싸였다.

왜일까. 그는 역이름의 표지판을 보면서, '가타비라(삼베로 만든 얇은 옷 ― 옮긴이)'라는 말에서 죽은 자에게 입히는 수의를 떠올렸다는 사실을 깨달았다. 천장의 나뭇결이 유령처럼 보이는 것과 마찬가지로, 마음이 불안정할 때 흔히 일어나는 현상이다. 그나저나 왜 이렇게 예민해진 것일까. 요시오의 말에 따르면, 특별한 불만도 아니고 고객이 화를 내지도 않았다고 하지 않았던가.

종점인 아라시야마의 한 정거장 앞에 사가역전이라는 이름의 역이 있는데, 고모다의 집은 그곳에서 걸어서 10분 정도 걸리는 거리에 있었다.

그 주변에는 오랜 옛날부터 부유한 집들이 많아서, 고풍스러운 커다란 담장 안쪽에서는 햇살에 반짝거리는 볼보나 벤츠 같은 외제차를 볼 수 있었다. 지도를 한 손에 들고 커브길을 돌아가자, 커다란 울타리가 있는 맞은편에서 거의 썩어들어가는 새카만 집이 보였다.

그 순간, 그는 갑자기 날카로운 칼로 심장을 도려내는 듯한 괴로움을 맛보았다.

지도에 의하면 그 집이 틀림없었다. 집 자체는 쓰러지기 일보 직전이었지만, 대지만은 상당히 넓었다. 넓은 담 안쪽에 있는 정원에서는 목이 터져라 짖어대는 개들의 울음소리가 들려왔다.

대문만은 비교적 새로 만든 것 같았는데, 주위에 있는 집들과는 어울리지 않는 날림 공사였다. 문패를 보니 '고모다 시게노리'라는 이름이 걸려 있었다. 틀림없다.

신지는 마음속으로 깊은 숨을 토해내고 인터폰을 눌렀다. 잠시 기다려보았지만 아무런 대답이 없었다. 다시 한 번 누르면서 실례한다고 소리를 질렀지만, 개들이 짖어대는 소리 말고는 아무런 반응도 느낄 수 없었다.

신지는 문득 등뒤에서 시선을 느끼고 뒤를 돌아보았다. 건너편 대문에서 나온 중년의 여자가 자신을 쳐다보고 있었다. 아마 그 집에 사는 주부이리라. 그러나 그가 인사를 하자 여자는 당황한 표정을 지으며 황급히 안으로 들어갔다. 여자가 소리내어 문을 닫아버리는 바람에 그 집에 대해서는 물어볼 수도 없었다.

음침한 집에서 다가오는 막연하나마 꺼림칙한 느낌. 그리고 앞집 여자의 수상적은 태도. 그는 고모다가 주위로부터 고립되어 있다는 인상을 받았다.

그나저나 어떻게 된 것일까. 요시오가 즉시 가라고 했는데, 시간 약속은 하지 않은 것일까. 그러고 보니 고모다가 중얼거리듯이 말해서 잘 알아들을 수 없다고 하지 않았는가. 어쩌면 두 사람의 대화에서 어떤 오해가 있었는지도 모른다.

어쨌든 집에 없다면 하는 수 없다. 다른 때 같으면 잠시 기다렸다가 만나고 가겠지만, 오늘은 그런 마음이 들지 않았다. 한시라도 빨리 그 자리에서 떠나고 싶다는 마음밖에 없었던 것이다.

문득 그것과 똑같은 감각이 기억의 밑바닥에서 튀어나왔다. 벌써 몇 년이 지난 기억이었다.

그것은 분명히 중학교에 입학한 지 얼마 되지 않은 무렵으로, 4월인가 5월이었을 것이다.

그는 새로 사귄 친구 집에 놀러가서 캐치볼을 하고 있었다. 처음에는 받기 좋게 던졌지만, 잠시 지나자 커브를 연습한다는 이유로 서로 경쟁적으로 던지게 되었다. 그러다 친구가 던진 공이 그의 글러브에 튕기며 엉뚱한 방향으로 날아갔다.

완만한 언덕길을 떼굴떼굴 구르는 공을 좇아가는 사이에, 그는 인적이 없는 기묘한 골목으로 들어가게 되었다.

왼쪽에는 창고, 오른쪽에는 절반쯤 썩어들어가는 낡은 가옥이 있었다. 30미터 앞쪽에 있는 막다른 골목에는 물결 무늬의 플라스틱 판을 박아놓은 벽이 자리하고, 그 벽 건너편에는 그곳에 올 때 타고 온 지하철 선로가 지나가고 있었다.

기묘한 것은 선로 건너편에도 이곳과 마찬가지로 빈터가 있는 것이었다. 어쩌면 건너편에도 여기와 똑같은 막다른 골목이 있을지도 모른다.

공은 골목 중간에 있는 전봇대 밑으로 굴러가고 있었다. 공을 주우려고 한 걸음 다가간 순간, 등줄기에 싸늘한 오한이 스치고 지나갔다.

어느 사이엔가 그의 눈은 아무것도 없는 막다른 장소에 못박혀 있었다. 물결 그림이 그려져 있는 싸구려 플라스틱 판, 그 건너편에 무언가가 있는 듯한 기분에 사로잡힌 것이다. 그 순간, 목덜미의 털이 거꾸로 곤두선 듯한 기묘한 기분에 휩싸였다.

그는 살그머니 손을 뻗어 공을 잡고, 뒤도 돌아보지 않고 그 자리에서 도망쳤다. 왠지 그곳에 오래 있으면 좋지 않은 일이 벌어질 것이라는 확신이 있었기 때문이다.

그가 공을 가져올 때까지 걸린 시간은 불과 30초도 못 되었겠지만, 마치 몇 시간이 지난 것처럼 지루하게 느껴졌다.

친구의 말에 따르면, 그곳에는 예전에 폐쇄한 골목이 있었다고 했다. 원인은 알 수 없지만 해마다 일어나는 건널목 사고에 견디다 못한 구청이 전철회사와 협의한 끝에 양쪽을 모두 폐쇄했다는 것이다.

집에 가는 지하철 안에서, 그는 다시 한 번 그 장소를 지나쳤다. 시선을 고정하자 얄팍한 벽 안쪽에 남아 있던 차단기의 잔해 같은 것이 언뜻 눈에 들어왔다…….

그는 흠칫 놀라 과거에서 현실로 돌아왔다. 머릿속에서는 바야흐로 뚜렷한 경고음이 울려퍼지기 시작했다.

빨리 이 자리에서 떠나라! 그러지 않으면 위험하다!

조바심과 같은 불쾌한 감각이 그를 황급히 재촉했다. 그러나 뒷걸음질치던 신지의 눈에 그 집으로 다가오는 중년의 남자가 들어왔다.

기름때에 찌든 작업복을 입은 남자가 그를 향해 똑바로 다가오고 있는 것이다.

키는 신지와 비슷했지만, 가슴이 빈약하고 팔다리가 가늘어서 초라한 인상을 주었다. 머리는 벗겨졌지만 그렇게 나이가 많은 것 같지는 않고, 새카만 두 눈은 무엇인가를 응시하는 것처럼 미동조차 하지 않았다. 얼굴 전체에 비해서 어울리지 않을 정도로 작은 입에는 이해할 수 없는 야릇한 미소가 떠올라 있었다. 남자의 얼굴을 쳐다보고 있자 왜 진작에 그 자리를 떠나지 않았는지, 후회가 밀물처럼 밀려들었다.

"누구슈?"

남자가 먼저 입을 열었다. 말을 자주 하지 않는 탓인지 발음이 정확하지 않았다. 중얼거리는 듯이 말하는 바람에 몹시 알아듣기 힘들었다는 요시오의 말은 틀림없었다.

"쇼와생명 교토 지사에 근무하는 신지라고 합니다. 고모다 씨인가요? 조금 전에 전화를 주셨다고 해서 찾아왔습니다."

"아아, 그러슈. 집에 아무도 없나?"

"예. 아무도 없는 것 같은데요."

"이상하네……."

고모다는 작업복 주머니에 오른손을 넣고 열쇠를 꺼냈는데, 왼손에는 때가 꼬질꼬질 묻어 있는 장갑을 끼고 있었다. 그가 문을 열고 안으로 들어가자, 신지는 하는 수 없이 그 뒤를 따라갔다.

고모다가 돌아온 것을 알았는지 몇 마리의 개들이 마당에서 달려왔다. 갈색의 잡종과 귀가 축 늘어진 새하얀 잡종, 가련한 눈을 가진 덩치 큰 검은 개……. 버림받은 개들을 모조리 주워온 듯한 느낌이 들었다.

고모다는 그 자리에 웅크리고 앉아서 순서대로 개를 껴안고 뺨을 비볐다.

"오오, 겐타. 심심했니? 이 아빠가 보고 싶었어? 그래그래? 준코, 너도 이리로 오렴."

애완동물이라고 하기보다는 마치 자식을 대하는 것 같았다. 그렇게 끊임없이 개를 상대하는 동안, 고모다는 신지의 존재를 완전히 잊어버린 것 같았다.

개들이 다시 마당으로 뛰어가자 고모다는 열쇠 다발을 들고 현관문을 열더니, 신지에게 먼저 안으로 들어가라고 했다.

"지저분하지만 들어가시오."

"그러면 실례하겠습니다."

어두컴컴한 집 안으로 발을 들이민 순간, 이상한 냄새가 코로 파고들었다. 그러자 다음 순간, 마치 정체를 알 수 없는 짐승의 소굴로 들어가고 있는 듯한 착각마저 일어났다.

오래 된 집에는 어디에나 독특한 냄새가 배어 있는 법이지만, 이 집의 경우는 그 정도가 아니었다. 음식물 쓰레기가 썩은 것 같은 불쾌한 냄새와 함께 산성의 부패 냄새와 비릿한 사향 냄새가 복잡하게 뒤섞여서 갑자기 구토가 치밀었다.

무슨 냄새인지는 짐작도 되지 않았지만 그 냄새는 오랜 세월에 걸쳐 집 전체에 덕지덕지 달라붙어 있었다. 누구나 자기 집의 냄새에는 둔감한 법이지만, 이런 상태에서 태연히 있을 수 있는 것은 이상하다고밖에 할 수 없었다. 신지는 주머니에서 손수건을 꺼내 코와 입을 막고 싶다는 욕망과 치열하게 싸워야 했다. 불만의 내용이 어떠한 것이든, 한시라도 빨리 처리하고 떠나는 것이 상책이었다.

복도 바닥에서 뿜어나오는 검은 빛은, 코를 찌르는 악취 속에서 때마저도 숨을 못 쉬고 엉겨붙었다고밖에 볼 수 없었다.

그때 신발장을 내려다보던 고모다가 들릴 듯 말 듯 나지막하게 중얼거렸다.

"뭐야? 가즈야가 있잖아? ……벌써 학교에서 돌아왔나?"

신발장 구석에는 초등학생 정도의 어린이용 운동화가 가지런히 놓여 있었다. 할 수만 있다면 집 안으로 들어가고 싶지 않았지만, 그는 신발을 벗어 그 옆에 나란히 놓았다.

고모다는 안으로 들어가면서 집 안을 향해 소리쳤다.

"가즈야, 가즈야……!"

안에서 아무런 대답이 없자, 고모다는 갑자기 뒤를 돌아보고 히죽거렸다.

"무슨 냄새라도 나시오?"

신지는 얼굴을 찡그리면서 고개를 가로젓는 수밖에 없었다. 고모다의 코가 전혀 작동하지 않는 것은 아닌 것 같다. 적어도 악취의 존재는 인식하고 있다. 그렇다면 왜 냄새를 없애려고 노력하지 않는 것일까.

신지는 마당과 마주하고 있는 거실을 지나갔다. 그곳에서도 냄새는 지독했지만 창문을 통해 들어오는 바람 때문에 조금은 참을 수 있을 것 같았다.

고모다는 탁자 앞에 앉더니, 신지에게 그 앞쪽에 앉으라고 손짓했다.

"오래 기다렸나 보군요. 일이 생각보다 늦게 끝나 이렇게 됐소."

"저도 이제 막 도착했습니다."

신지는 잠시 말을 멈추고 선물로 가져온 과자를 앞으로 내밀었다.

"전화를 주신 고모다 시게노리 씨인가요?"

"그렇소."

"저희 영업소 직원이 실례를 저지른 것 같은데, 정말 죄송합니다."

"이렇게 일일이 찾아다니려면 당신도 힘드시겠소."

고모다는 과자를 받으면서도 다른 생각을 하고 있는지, 집 안으로 들어왔는데도 왼손에 낀 장갑을 벗지 않았다. 게다가 가장 중요한 불만 사항에 대해서도 전혀 말을 꺼내려고 하지 않았다.

무엇 때문에 자신을 여기까지 부른 것일까. 신지는 고모다가 자신을 지명했다는 요시오의 말을 떠올렸다. 이름은 기억하지 않아도 얼굴을 보면 알 것이라고 생각했지만, 회사 창구에서도 고모다를 본 적은 한 번도 없는 것 같았다.

그렇다면 어떻게 해서 자신의 이름을 알고 있었던 것일까.

"애야, 가즈야. 집에 있다면 이쪽으로 나와보렴."

고모다는 갑자기 고개를 길게 빼고 신지의 등뒤에 있는 방을 향해 소리쳤다. 그 동작이 기묘하게도 어색해 보였다. 그래도 안에서는 대답이 없고, 집 안은 쥐죽은듯이 고요했다.

"가즈야, 손님이 오셨으면 인사를 해야지? 그러면 실례잖아!"

"아니, 괜찮습니다⋯⋯."

신지는 달래듯이 말했지만, 고모다는 불만스러운 듯 혀를 끌끌 찼다.

"저 문을 좀 열어보지 않겠소?"

"예에?"

"그곳은 공부방인데, 가즈야는 아마 그 방에 있을 거요."

신지는 하는 수 없이 일어서서 '실례한다'는 말과 함께 문을 빠끔히 열었다.

그 순간 그는 새하얀 눈을 치켜뜨고 자신을 쳐다보고 있는 소년과 시선이 마주쳤다. 열 살쯤 됐을까. 창백한 얼굴에 입을 절반쯤 벌린 데다가 코에는 콧물이 말라붙어 있었다.

그는 한동안 눈을 깜빡거렸다. 소년은 두 손과 두 발을 축 늘어뜨린 채 바닥에서 50센티미터 정도 되는 허공에 대롱대롱 매달려 있었다.

다음 순간, 안쪽에 있는 쇠파이프와 소년 사이에 있는 팽팽한 끈 같은 존재가 그의 시선으로 뛰어들었다. 소년의 바로 밑에 있는 바닥은 물을 엎지른 것처럼 색이 변해 있었고, 그 뒤에는 바퀴 달린 의자가 쓰러져 있었다.

그것이 목을 매달아 죽은 시체라는 것을 깨달은 다음에도, 얼마 동안이나 망연자실하게 서 있었는지 모른다. 신지는 문득 제정신으로 돌아왔다. 어느 사이엔가 고모다가 그의 옆에 와서 서 있었다.

고모다에게 얼굴을 향한 순간, 새카만 눈동자와 시선이 부딪쳤다. 한순간 고모다의 무표정한 얼굴에 낭패스러운 기운이 스치면서, 그는 신지에게서 눈길을 돌렸다.

막연한 위화감은 눈 깜짝할 사이에 경악으로 바뀌었다.

고모다는 목을 매달고 죽어 있는 자기 자식은 전혀 쳐다보지 않고, 놀랍게도 신지의 반응을 살피고 있었던 것이다. 그것도 감정의 동요 따위는 티끌만큼도 찾아볼 수 없는 냉정한 관찰자의 눈으로!

고모다는 신지의 눈길을 피하면서 허공에 매달려 있는 시체 옆으로 걸어갔다.

"가즈야, 왜 이런 짓을……."

그의 입에서 나지막한 중얼거림이 새어나왔다. 그러나 그 대사는 일부러 지어내는 것처럼 너무나 건성으로 들려왔다.

그곳에는 마치 두 종류의 다른 시간이 흐르고 있는 것 같았다. 고모다의 연극적인 행동은 주위 세계의 시간이 정상적으로 흐르고 있다는 것을 보여주었고, 가슴을 찢는 공포로 눈을 크게 뜨고 있는 소년 주위의 시간은 얼어붙어 있었다.

신지는 벌린 입을 다물지 못하고, 경악한 표정으로 고모다를 쳐다보았다. 고모다는 결코 시체에는 손을 대려고 하지 않았다. 마치 시체에 자신의 지문이 남는 것을 두려워하는 것처럼.

문득 목구멍에서 구토가 치밀어올라와서, 신지는 황급히 손수건으로 입을 틀어막았다. 코를 찌르는 시큼한 냄새 때문인지, 눈에서 눈물이 배어나왔다.

그는 그 자리에서 꼼짝도 하지 않고 멈추어선 채, 죽을힘을 다해 구토하고 싶은 욕망과 싸워야 했다.

사이코패스 2

아주 짧은 순간이었지만

그 남자를 관찰할 수 있었습니다.

나는 당신에게 경고할 의무가 있다고 생각합니다.

분명히 말씀드리자면

그자는 당신을 죽일 가능성이 있습니다.

1

고모다의 저택 주위에는 출입금지라는 팻말이 붙은 밧줄과 함께 수많은 경찰관으로 북적거렸다.

조금 전까지는 감식계가 잠시도 쉬지 않고 끊임없이 플래시를 터뜨렸지만, 이미 사진 촬영이 끝났는지 지금은 'KYOTO POLICE'라고 적힌 기동복에 모자를 눌러 쓴 뚱뚱한 경관이 어슬렁거리며 플라스틱 사다리를 올라가는 참이었다. 요시오만큼은 되지 않았지만 제법 몸무게가 나가는 경관이 사다리에 올라가자 차가운 방 안 공기를 뚫고 삐걱거리는 금속성 소리가 울려 퍼졌다.

천장이 높아서 그런지, 끈을 묶어놓은 쇠파이프는 2미터 정도의 높이에 있었다. 뚱뚱한 경관이 커다란 칼로 끈을 자르자 아래에 있던 두 명의 경관이 사체를 받아서 방수포 같은 천 위에 내려놓았다. 그들은 남아 있던 끈도 매듭을 풀지 않고 잘라서 투명한 비닐 주머니 안에 넣었다. 아마 나중에 매듭을 조사하려는 것이리라.

사체의 팔다리는 인형처럼 축 늘어져 있고, 이미 사후 경직이 시작되었는지 아무리 흔들어도 미동조차 하지 않았다.

신지는 조금 떨어진 곳에서 우두커니 서 있었다. 마치 영화나 연극의 한 장면 같아서, 실제로 일어난 일이라고는 믿어지지 않았다.

그런 다음 사체 앞에서 멍하니 서 있는 고모다의 뒷모습을 힐끔 쳐다보았다. 아마 언뜻 보면 자식을 잃어버린 아버지가 고개를 떨구고 망연자실하고 있는 것처럼 보일 것이다.

아이의 어머니는 아직 집에 돌아오지 않았다. 집에 와서 이 사태를 본다면 기절하지 않을까.

누군가 어깨를 치는 바람에 신지는 제정신으로 돌아왔다. 뒤를 돌아보자 사복을 입은 형사 같은 남자가 서 있었다.

"당신이 연락한 사람이지요? 잠시 얘기를 들을 수 있을까요?"

평소 같으면 형사가 이야기를 나누자는 것만으로 엄청난 스트레스를 받았을 것이다. 그러나 지금의 신지에게는, 형사의 말이 자신을 구해주는 구원의 목소리처럼 들려왔다.

처참한 장면을 가슴에 담아두고 있는 것은 견딜 수 없는 일이다. 지금 그의 온몸에는 가슴을 쥐어뜯는 불쾌한 긴장감이 덕지덕지 달라붙어 있었다. 안정을 잃고 쿵쾅거리는 심장의 고동, 손바닥에 배어나온 끈적거리는 비지땀, 그는 빨리 누군가에게 털어놓아 마음의 부담을 덜어버리고 싶은 생각밖에 없었다.

그러나 여기에서는 곤란하다. 멍한 표정으로 서 있는 고모다가 자기 쪽으로 귀를 쫑긋 세우고 있는 듯한 기분이 들었기 때문이다.

신지는 타는 듯한 목으로 침을 집어삼켰다.

"저……, 될 수 있으면 아무도 없는 곳에서 이야기를 하고 싶은데요."

"그래요? 그러면 밖으로 나갈까요?"

형사는 신지의 말을 별로 뜻밖이라고 받아들이지 않고 앞장을 섰다. 그리고 밖으로 나가자 커다랗게 심호흡을 하고 나서 미소를 지으며 뒤를 돌아보았다.

"나도 사실, 저렇게 썩은 냄새가 나는 집에는 오래 있고 싶지 않았거든요."

형사는 순찰차 뒷좌석을 열고 신지를 안으로 들여보낸 다음 나란히 앉았다.

순찰차에 탄 것도, 형사와 이야기를 하는 것도 태어나서 처음이었다. 막상 순찰차에 올라타니 일반 자동차와 별로 다르지 않았다. 그때 갑자기 예전에 들은, 순찰차의 문은 자기 마음대로 열 수 없다는 말이 떠올랐다. 형사가 풀어주지 않으면 밖으로 나갈 수 없다고 생각하니, 이상한 압박감이 가슴을 내리누르는 것 같았다.

그는 수첩을 꺼낸 형사를 새삼스럽게 쳐다보았다. 30대 중반이나 됐을까, 형사치고는 조금 가냘픈 몸을 셔츠와 양복으로 감싸고 있었다. 말투는 부드럽고 얼굴 표정도 온화한 편이지만, 꼬불꼬불한 아줌마 파마를 했기 때문인지 평범한 샐러리맨으로 보이지는 않았다.

신지가 명함을 내밀고 자신을 소개하자, 형사도 명함을 주었다. 명함에는 교토 경찰서 수사1과, 마쓰이 기요시라고 되어 있었다. 관할 파출소가 아니라 본서의 형사로, 더구나 수사1과는 살인 같은 흉악한 범죄를 담당하는 부서이다. 경찰에서는 처음부터 사건성이 있다고 보는 것이 아닐까. 그는 갑자기 든든한 아군을 얻은 듯한 기분이 들었다.

기요시는 신지가 건네준 명함을 뚫어지게 쳐다보면서 입을 열었다.

"쇼와생명 교토 지사의 보전담당…… 주임이라구요? 그러면 보험 영업을 하는 것은 아닌가요? 보험회사에 다니시는 분이 이 집에는 어떻게 오신 거지요?"

"고모다 씨가 전화로 나를 직접 지명해서, 불만이 있으니까 와달라고 했습니다."

"불만이 있다고요? 어떤 불만인가요?"

"그게…… 잘 모르겠습니다."

"모른다구요?"

"보험료를 받으러 온 직원에 관한 불만 같은데, 전화로는 도저히 이해할 수 없는 말만 했다고 합니다. 그런 다음 나를 직접 지명했기 때문에, 어쨌든 이야기를 들으려고 찾아온 거지요."

"일부러 신지 씨를 지명했다니, 예전부터 알고 있는 사이였나요?"

"아닙니다, 오늘 처음 만났습니다."

"그래요? 그러면 신지 씨의 이름을 어떻게 알고 있었던 것일까요?"

"그것도 잘 모릅니다."

"그래요?"

무엇인가를 느꼈는지, 기요시의 눈에서 예리한 빛이 뿜어나왔다.

"그런데 생명보험은 얼마나 들어 있지요?"

"고모다 씨 부부가 각각 3,000만 엔, 아이가 500만 엔입니다."

"3건이나 들어 있어요? 다달이 내는 보험금도 만만치 않았겠는데요."

"그렇습니다. 모두 합치면 한 달에 5, 6만 엔은 될 겁니다."

"나중에 자세한 자료를 받을 수 있을까요?"

"예. 다만 서면으로 요청해 주셨으면 좋겠는데요."

보전담당자는 이런 때에도 원칙을 잊어서는 안 된다.

"물론 서면으로 요청하구말구요. ……그런데, 사체를 발견했을 때의 경위를 듣고 싶은데요."

신지는 자동차 시트 위에서 엉덩이를 움직여 자세를 바로잡았다.

"안으로 들어갔더니, 고모다 씨가 '가즈야' 하고 아이의 이름을 불렀습니다. 그런데 아무런 대답이 없자 나에게 아이가 있는 방의 문을 열어달라고 하더군요."

"고모다 씨가 신지 씨에게 직접 문을 열어달라고 했나요?"

기요시는 연필에 침을 묻히며 부지런히 수첩에 메모했다.

"그렇습니다."

"그런 다음에요?"

"자리에서 일어나서 아이의 방문을 열었지요."

"그래서 시체를 발견하셨군요? 그렇군, 그래요……."

신지는 크게 숨을 들이쉰 다음 머뭇거리며 말을 꺼냈다.

"저, 그때의 상황이 말이죠……."

"예?"

"그때, 고모다 씨의 모습을…… 말씀드리는 편이 좋을 것 같아서요."

기요시의 눈에서 번쩍 빛이 나는 것 같았다.

"말씀하세요. 무엇이든지 좋습니다."

신지는 두 손에 배어난 땀을 신경질적으로 바지에 닦았다.

"처음에는 사체에 정신을 빼앗기는 바람에 고모다 씨를 쳐다볼 여유가 없었습니다. 그런데 어느 순간 고모다 씨가 내 옆에 서 있더군요."

"그래서요?"

"문득 고모다 씨를 쳐다보았습니다. 무슨 말을 하려고 한 것이지요. 무슨 말인지는 잊어버렸지만요. 그 순간, 고모다 씨가 나를 보고 있다는 것을 깨달았습니다."

"신지 씨를 보았다구요? 무슨 뜻이지요?"

기요시의 눈빛이 한층 더 날카로워진 것 같았다.

"자식의 시체를 보지 않고 나를 쳐다보는 것이었습니다. 이런 말을 해도 좋을지 모르겠지만…… 자식의 시체보다도 내 반응에 신경을 쓰고 있다는 느낌을 받았습니다."

신지는 자기 말의 무게를 곱씹어 보았다. 그는 지금 고모다를 살인 혐의로 고발하는 것이나 마찬가지다. 잠시 침묵을 지키다가 입을 연 기요시의 목소리에서는 싸늘한 긴장이 묻어나왔다.

"분명합니까? 혹시 착각일 수도 있잖습니까?"

"아닙니다, 분명합니다."

"신지 씨가 고모다 씨를 쳐다보았을 때, 우연히 고모다 씨도 신지 씨를 쳐다보았을 수도 있지 않습니까?"

"아닙니다. 그 전부터 계속 나를 관찰했다는 느낌을 받았습니다."

"어떻게 알지요?"

"눈이 마주친 순간, 고모다 씨가 시선을 피했으니까요."

사람은 어떻게 대처해야 할지 알 수 없는 순간, 무의식적으로 상대방의 눈을 쳐다보는 법이다. 그리고 상대방의 눈 속에서 자신과 똑같은 공포와 놀라움을 읽어내고 안도의 한숨을 토해내는 것이다.

그러나 고모다는 자신에게서 시선을 피했다. 그 시선에서는 신지의 반응을 알고 싶지만 자신의 표정은 보이고 싶지 않다는 의지를 똑똑히 느낄 수 있었다.

바야흐로 기요시의 얼굴에는 분명한 긴장감이 새겨졌다.

언젠가 형사들은 보통 물증보다는 심증에 무게를 둔다는 말을 들은 적이 있다. 지레 짐작해서 범인으로 모는 것은 위험한 일이기는 하지만, 의외로 첫인상은 빗나가지 않는다는 것이다.

신지는 마음 깊은 곳에서 안도의 한숨을 내쉬었다. 어쨌든 자신은 책임을 다했다. 경찰 기구라는 조직의 버튼을 누른 지금, 기계가 작동하기만 기다리면 된다. 그리고 모든 것은 머지 않아 표면으로 드러날 것이다.

교토 경찰서에 가서 다시 처음부터 이야기를 하고 조서까지 작성한 다음, 회사로 돌아갔을 때에는 거무스름한 어둠이 내려앉아 있었다.

"힘들었지?"

사무실에 들어서자마자 따분한 듯이 책상에 앉아 있던 요시오가 말을 걸었다. 여느 때와 다름없는 밝은 목소리에 어두운 마음이 날아가는 것 같았다. 경찰서에서 전화로 상황을 전달했을 때도 요시오의 목소리는 냉정하고 침착하기 그지없었다. 그러나 갑작스러운 사건으로 고민을 거듭했는지, 얼굴에는 짙은 그늘이 배어 있었다.

"늦어서 죄송합니다. 부장님은요?"

"제1회의실에 우즈마사의 영업소장을 불러서, 조금 전부터 영업부장님과 함께 얘기를 하고 있네. 지금 즉시 갈 수 있나?"

"고모다 가즈야의 사망통지는요?"

"벌써 입력했네."

자신의 책상이 깨끗하게 정리되어 있는 것을 보면, 서류를 작성하는 것까지 모두 요시오가 대신 해준 것이다.

두 사람은 메모지와 서류를 들고 계단을 내려가서, 한 층 아래에 있는 회의실로 달려갔다. 주로 신입 생활설계사들의 교육에 사용하고 있는 넓은 회의실에서는 기타니 총무부장과 생활설계사의 영업을 진두지휘하고 있는 오사코 영업부장, 그리고 우즈마사 영업소의 사쿠라이 소장이 심각한 표정으로 머리를 맞대고 의논 중이었다.

지사장이 도쿄 출장 중이었기 때문에, 지금은 두 명의 부장이 최고책임자였다.

"수고했네. 어땠나?"

기타니 총무부장이 깊은 주름이 새겨진 얼굴을 들었다. 고등학교 졸업 후, 온갖 고초를 겪으며 전국의 지사란 지사는 모두 돌아다닌 현장 출신이었다. 나이는 벌써 환갑을 코앞에 둔 60세로, 정년 퇴직이 얼마 남지 않았다.

"경찰서에서 진술조서라는 것을 썼습니다. 재판을 하게 되면 증인으로 출석해야 할지도 모른다고 합니다."

혼자 담배를 피우고 있던 영업부장 오사코가 딸꾹질을 하는 듯한 기묘한 소리를 내면서 웃음을 터뜨렸다. 그는 40대 초반에 부장으로 승진한 엘리트로, 체중은 요시오에게 한 걸음 양보하지만, 키는 지사에서 가장 큰 185센티미터였다.

"오래 살다보니 별일이 다 있군! 신지 주임. 자네가 시체를 맨 처음 발견했다면서?"

"예. 오늘밤에는 아무래도 가위에 눌릴 것 같습니다."

"이 세상에 시체를 발견하고 싶은 사람은 아무도 없겠지. 그런데 살인이라는 것이 정말인가?"

"예."

신지는 잠시도 주저하지 않고 단호하게 대답했다.

"아직 경찰에서 그렇게 단정지은 것이 아니잖는가?"

요시오가 걱정스러운 듯이 입을 열었다. 아직 섣불리 판단할 때가 아니라고 생각하는 것이리라.

"아무리 생각해도 살인이 확실합니다."

오사코가 다시 거대한 몸집을 흔들며 회의실이 떠나가라 웃음을 터뜨렸다.

"신지 주임이 그렇게까지 말한다면 틀림없겠지. 어쩌면 이것은 '벳부 3억 엔 사건'의 A씨 같은 것일지도 모르지."

오사코가 예로 든 것은, 아내와 두 자식을 차에 태우고 바다로 뛰어든 남자의 사건이었다. 당시 오사코는 담당 영업소장으로서 몇 번이나 경찰에 불려가야 했다.

"지금 사쿠라이 소장으로부터 들었네만, 이 계약 자체는 우즈마사 영업소에서 받은 것이 아니라고 하더군."

기타니는 고모다가 계약한 3건 가운데, 고모다 가즈야를 피보험자로 하는 500만 엔짜리 어린이보험의 계약 내용을 보여주었다.

"모집은 오사카 남지사의 사야마 영업소에서 했습니다. 지금부터 1년 6개월 전으로, 작년에 우리 영업소로 이관되었지요."

회의실에 있는 사람 중에서는 유일하게 신지보다 입사 후배인 사쿠라이가 보충적으로 설명했다. 입사 5년차인 그는 이제

스물일곱 살이지만, 스트레스 때문인지 이미 머리카락이 줄어들고 있었다.

"모집한 사람은 누구지?"

오사코의 질문에는 요시오가 나서서 대답했다.

"벌써 그만두었는데, 오니시 미쓰요라는 45세의 주부입니다. 전화로 사야마 영업소 소장에게 물어보았더니 성격적으로 맞지 않았는지, 친구와 친척을 모두 가입시키고 나서는 거의 계약을 못했다고 합니다. 회사를 그만둔 다음, 그 동안 받은 계약은 거의 해약되었지만 모럴 리스크 같은 경우는 없었다고 하더군요."

"그런데 고모다와는 무슨 관계인가?"

"고모다의 아내인 사치코와 초등학교 동창생이라고 합니다. 그런데 모집 경위에서 약간의 문제가 발견되었습니다."

요시오는 메모지에 눈길을 떨구면서 말을 계속 이었다.

"오사카 남쪽에 있는 빠찡코에 갔을 때, 우연히 고모다 사치코가 옆자리에 앉아 있었다고 합니다. 초등학교를 졸업한 지 수십 년이나 지났는데도 금방 알아보았다고 하더군요. 원래 친한 사이는 아니었지만 미쓰요 씨는 지푸라기라도 잡는 심정이었겠지요. 커피숍에 들어가서 할당이 힘들다는 불평을 하면서 명함을 주었다고 하더군요. 혹시 다른 사람을 소개받을 수 있지 않을까 하는 정도의 기분으로요. 그런데 사흘 뒤에 남편인 고모다가 갑자기 영업소에 전화를 걸어, 보험에 가입하겠다고 했다는 겁니다."

사람들이 생명보험에 가입하는 것은 대부분, 생활설계사의 집요한 권유와 눈물에 견디지 못해서이다. 따라서 그와 반대로, 고객이 보험회사의 영업소를 찾는 경우는 일단 어떤 꿍꿍이가 있지 않을까 의심하지 않으면 안 된다. 이것은 생명보험을 둘러싼 범죄를 미연에 방지하는, 소위 제1차 선택의 첫걸음이라고 할 수 있다.

"……그것도 동시에 3건이나 가입했습니다. 보험금은 고모다 부부가 각각 3,000만 엔이고, 아이가 500만 엔. 따라서 보험료만 해도 월 6만 1,872엔이나 됩니다."

"신지 주임. 그 집의 한 달 수입은 어느 정도나 되는 것 같았나?"

"글쎄요. 고모다 씨는 공장에서 일하는 것 같았는데 별로 부유해 보이지는 않았습니다. 집은 꽤 크지만 상당히 낡아 있었고……."

"그것도 아마 셋집이 아닐까?"

"뭐야? 그렇다면 속셈이 있는 것이 분명하잖아. 오사카 남지사에서는 어째서 가입할 때 확인하지 않았지?"

오사코가 특유의 굵은 목소리로 버럭 소리를 지르자, 신지는 책상 위에 있는 서류를 들고 계약일을 확인했다.

"재작년 11월에 모집했군요."

"11월 전쟁이군."

오사코의 입에서 나지막한 신음소리가 새어나왔다.

매년 11월은 '생명보험의 달', 통칭 '11월 전쟁'이라고 하는
데, 모든 보험회사가 앞을 다투어 계약고를 경쟁하는 달이다.
각 영업소나 지사에는 다른 달의 몇 배가 넘는 가혹한 할당이
부과되기 때문에, 계약이라는 말만 들어도 맨발로 달려가서 성
사시키려고 하는 법이다. 또한 심사하는 쪽에서도 한꺼번에 엄
청난 신청서가 쇄도하는 바람에, 아무래도 꼼꼼하게 확인하지
못하게 된다.

그때까지 조용히 앉아 있던 기타니가 그날의 회의를 마무리
짓듯이 입을 열었다.

"지금 단계에서 결론을 내리는 것은 시기상조겠지. 우리의
대응 방향을 정하는 것은 보험금 청구가 있은 다음이니까. 신지
주임은 경찰 쪽을 맡아주게. 될 수 있으면 앞으로도 면밀히 접
촉해서 정보를 수집해 주지 않겠나?"

"알겠습니다."

"보통은 수취인에게 보험금을 청구하라고 재촉하는 법인데,
이번에는 어떻게 할까요?"

사쿠라이가 걱정어린 표정으로 조심스럽게 입을 열자, 요시
오가 단호하게 결론을 내렸다.

"이번에도 마찬가지일세. 내일이라도 자네가 직접 청구용지

를 가지고 가주게. 그보다 사쿠라이 소장, 고모다는 수금 직원의 태도가 좋지 않다고 했는데, 그것은 어떤가? 나중에 트집을 잡힐 만한 일은 없나?"

사쿠라이는 곤혹스러운 듯이 얼굴을 찡그렸다.

"저……, 담당 직원에게 물어보았습니다만, 집에 없어서 만날 수 없는 경우가 많았다고 합니다. 하지만 그 경우에도 반드시 메모를 써놓고 그 다음날 다시 방문했기 때문에, 불만 사항 같은 것은 짐작도 되지 않는다고 하더군요. 참으로 성실한 직원으로, 그 사람의 말이라면 믿을 수 있습니다."

"다 구실이야, 구실. 요컨대 신지 주임을 불러서 첫 번째 발견자로 내세우고 싶었을 뿐이겠지."

오사코가 입술을 이죽거리면서 토해내듯이 말했다.

"자기 자식을 죽이면서까지 말인가?"

"어쩌면 죽은 아이는 고모다의 친자식이 아닐지도 모르지요."

요시오가 문득 생각났다는 듯이 끼여들었다.

"아무리 그렇더라도…… 그것이 사람이 할 짓인가?"

갑자기 신지의 눈앞에 목을 매단 시체의 모습이 되살아났다.

팔다리를 늘어뜨린 채 바닥을 향하고 있는 머리는 이미 조각처럼 굳어져 있었고, 새하얀 망막에 둔탁한 눈은 살아 있는 사람의 빛을 전혀 띠지 않고 있었다.

그것은 인간의 모습만을 간직하고 있는 허물에 불과했다. 예

전에 인간으로 존재했던 사람이 이 세상에 남기고 간 그림자,
잔상……. 그것은 미완성 단계로, 더 이상 성장하는 일은 없다.
그대로 방치해 두면 완만한 화학적 분해 과정과 함께 한 줌의
흙으로 사라져갈 뿐이다.

신지에게 있어서 그것은 잃어버린 가능성의 상징이었다. 마
치 19년 전에 이 세상에서 사라져버린 형처럼 말이다.

앞으로 수십 년 동안 타오를 가능성을 가지고 있던 생명의 불
꽃은, 너무나 어처구니없이 잔인하게 꺼져버렸다. 그렇다면 갈
곳을 잃어버린 삶의 에너지는 어떻게 될까. 영원한 원한에 휩싸
여 이승도 저승도 아닌 어중간한 세계를 방황하게 되는 것일까.

"괜찮은가?"

신지를 현실로 불러들인 것은 요시오의 걱정스러운 목소리였
다. 주위를 둘러보자 사람들은 모두 자리에서 일어서고 있었다.
이미 회의는 끝나버린 것이다.

"괜찮습니다."

그의 입에서 억지 웃음이 배어나왔지만, 표정은 딱딱하게 굳
어졌다.

자신을 깨운 것이 무엇인지 모르지만, 신지는 문득 눈을 떴
다. 아파트 천장이 눈에 들어왔다. 시간을 새기는 시계의 초침
소리만이 고막을 뚫을 것처럼 크게 느껴졌다.

그는 엎드린 채로 베갯맡에 손을 뻗어, 야광도료가 묻어 있는 자명종 시계의 문자판을 쳐다보았다. 벌써 새벽 3시가 지나 있었다.

술 기운은 아직도 몸의 심지에서 똬리를 틀고 있었다. 그도 그럴 것이, 잠이 들고 나서 2시간도 지나지 않은 것이다. 고개를 돌리자 복도와 마주한 창밖의 불빛을 배경으로, 그림자로 변한 빈 술병과 술잔이 눈에 들어왔다.

혀에는 쓰디쓴 술 냄새와 송진 냄새가 뒤얽혀 있었다. 그는 갑자기 견디기 힘든 갈증을 느꼈다. 잠에서 깨어난 것도 틀림없이 그 때문이리라.

침대에서 내려서자마자 바닥에서 굴러다니고 있던 아령에 발이 걸려 넘어질 뻔했다. 여기저기에 신문과 잡지, 벗어놓은 옷가지가 흩어져 있어서 조심해서 걷지 않으면 안 되는 상황까지 와 있었다. 벌써 한 달이 넘게 방 청소를 하지 않은 것이다.

방 안쪽에는 여전히 포장을 풀지 않은 상자들이 자리를 차지하고 있었다.

냉장고 문을 열자 1리터짜리 저지방 우유가 들어 있었다. 언제 샀는지는 기억나지 않지만, 그는 뚜껑을 열고 그대로 나발을 불었다. 거의 절반을 단숨에 들이키자 뜨겁게 타오르던 위장이 가까스로 진정된 듯한 느낌이 들었다.

그는 불도 켜지 않은 채 부엌 의자에 걸터앉았다. 식탁 위에는 무선전화기가 굴러다니고 있었다. 메구미에게 전화를 건 것은 기억나지만 무슨 말을 했는지는 기억나지 않았다. 완전히 필름이 끊긴 상태에서 일방적으로 떠들어댄 것 같다.

신지는 어느 사이엔가 작은 창문에서 새어들어오고 있는 어렴풋한 빛을 통해 부엌의 새하얀 벽을 바라보았다.

의식이 공백에 가까워짐에 따라 새하얀 벽의 표면이 소나기구름처럼 무럭무럭 팽창하기 시작하고, 천천히 소용돌이를 치면서 하나의 형태로 빨려들어갔다.

축 늘어진 팔다리. 힘없이 떨군 목. 새하얀 눈…….

그는 의자에서 벌떡 일어섰다. 술 기운은 공포까지는 마비시켜주지 않고, 오히려 멍한 상태로 확산시킬 뿐이었다. 무엇이든지 상관없다. 정신을 딴 곳으로 돌릴 수만 있다면.

그는 방으로 돌아가서 라디오의 스위치를 켜고, 헤드폰을 쓰고 나서 이것저것 채널 버튼을 눌러댔다.

그러자 전파는 즉시 허공을 방황하고 있던 남녀의 대화로 재생되었다. 고막에 전해지는 것은 분명히 모국어였지만, 벌의 날개소리처럼 윙윙거릴 뿐 전혀 의미를 이루지 않았다.

'그러니까 ……씨는' '그렇지요?' '그것은 말이죠' '……어머!' '그래요?' '그래서요?' '그러니까요' '그게' '글쎄' '그런가요?' '왜 있잖아요?' '그게 말이에요!' '아하하……' '이' '음' '아' '그게' '세요?' '아……' '그건?' '나중에' '완전히'

'예?''빙글'

그는 더 이상 견디지 못하고 헤드폰을 내동댕이쳤다. 바닥에 떨어진 물체는 '타탁' 소리를 내고 거대한 절족동물처럼 몸을 비꼬면서, 알아들을 수 없는 무의미한 말들을 떠들어댔다.

전원 스위치를 끄자 또다시 고요한 정적이 찾아왔다.

그는 비틀거리면서 침대로 올라가서, 마치 죽은 사람처럼 두 손을 마주 잡고 눈을 감았다. 잠시 지나자 째각거리는 시계의 초침 소리가 귀에 거슬렸다.

조각처럼 움직이지 않은 어린아이의 모습······.

그는 몸을 뒤척이면서 필사적으로 그 영상을 내쫓으려고 했다. 그러는 사이에 자신의 가슴이 천천히 위아래로 움직이는 것을 깨달았다. 마치 잠이 든 것처럼.

어떻게 된 것일까. 갑자기 손발을 움직일 수 없었다. 다음 순간, 차가운 전율이 온몸을 가로질렀다. 쇠사슬에 꽁꽁 묶이면 이런 상태가 될까.

속박이라는 것은 육체는 잠들어 있는데 뇌만 깨어 있는 상태로, 주요 원인은 정신적인 스트레스와 과로라고 한다.

아무것도 두려워할 것은 없다······.

시간은 달팽이 걸음보다 더 느리게 흘러갔다. 육체는 잠들어 있는데 날카로운 신경은 갈기갈기 흩어져 있는 상태, 그런 상태가 끝없이 계속되고 있다. 그는 한시라도 빨리 편안한 잠 속으로 도망치고 싶었다. 그러나 그런 소원은 당분간 이루어질 것 같지 않다.

정신이 몽롱한 가운데, 문득 멀리에서 무엇인가가 다가오는 듯한 기분이 들었다.

사람이 아닌 이상한 기척……. 말도 안 돼! 그렇게 부정을 해 보았지만 기묘한 기척은 점점 강해질 뿐이었다.

그 기척은 조용히 계단으로 올라왔다. 5층. 6층. 층계참을 지나서 지금 막 7층에 도착했다. 천천히 그의 집으로 다가온다. 그의 귀에는 희미한 발자국 소리가 들리는 것 같았다.

갑자기 공곡족음(空谷足音)이라는 단어가 머리를 스쳤다.

고등학교 한문시간. 독특한 리듬에 맞추어 암송하는 교사의 목소리가 머리에 떠오른다. 인적이 끊긴 계곡에서 홀로 사는 외로운 사람에게 누군가가 찾아오는 발소리, 그러한 때의 기쁨을 나타내는 말이었다.

그러나 지금의 신지에게 발소리는 곧, 공포 그 자체였다.

누구냐?

무엇을 하러 오느냐?

목을 매어 자살한 그 소년인가. 무슨 말을 하려고 오는가!

……형.

발소리는 바로 문 앞에서 멈추었다.

오지 마! 다른 데로 가버려!

그는 소리를 지르고 싶었지만 입술을 움직일 수조차 없었다.

그대로 오랜 시간이 흘러갔다.

언제까지나 또렷한 의식을 유지하고 있기가 괴로웠다. 악몽 속으로라도 도망쳤으면! 그는 진심으로 그렇게 기도했다.

이윽고 가물거리는 의식 속에서, 그는 누군가가 자신을 내려다보는 것을 느끼며 어둠 속으로 빨려들어갔다.

5월 15일 수요일

고모다 가즈야의 사망보험금 청구서류가 도착한 것은, 사건이 일어난 지 일주일 뒤의 일이었다. 교토 3대 축제의 하나인 아오이 축제의 시작으로, 등나무 꽃으로 장식한 우마차가 넓은 대로를 활보하는 날이었다.

고모다의 서류는 히로미가 일차적으로 확인한 산더미 같은 서류 속에, 그것도 내동댕이친 것처럼 파묻혀 있었다. 아마 오늘 아침 영업소에서 온 오토바이 택배편에 들어 있었으리라.

그 서류를 발견한 순간, 신지는 자신도 모르게 머리끝까지 화가 치밀면서 사쿠라이의 멍청한 얼굴이 떠올랐다. 그렇게 입에서 신소리가 나도록 중대한 문제라고 말해 두었는데, 보험금 청구서류가 영업소에 제출된 시점에서 왜 연락하지 않은 것일까.

영업소장은 자신의 실적과 직결되는 새로운 계약에는 정신이 없지만, 아무래도 보전 관계의 서류에는 소홀한 경향이 있다.

나중에 한마디 짚고 넘어갈 필요가 있으리라.

신지는 서류를 들추고 가장 먼저 사체검안서를 확인했다.

'11. 사망의 종류'를 살펴보니 역시 자살이 아니라 '기타 및 불분명'의 난에 동그라미가 쳐져 있었다.

그러나 12번의 사망 원인에 눈길을 돌리자, '1. 직접 사인'은 경동맥 및 척추동맥 폐쇄에 따른 급성 뇌빈혈로 되어 있고, '2, 3의 원인'은 목을 맨 것으로 되어 있었다.

13번의 수단 및 상황에 시선을 고정하자, 짐을 묶는 나일론 끈을 천장에 있는 쇠파이프에 묶고, 직경 30센티미터의 고리를 만들어 목을 매달았다고 생각된다고 쓰여 있었다.

신지는 잠시 생각에 잠겼다. 그는 고모다 시게노리가 가즈야를 죽이고, 그런 다음에 쇠파이프에 매달았다고 믿어 의심치 않았다. 그러나 이 사체검안서는, 그의 예상과는 완전히 딴판이었다. 이 부분만을 읽으면 목을 매달아 자살했다고밖에 생각할 수 없지 않은가.

그때 옆을 지나가던 요시오가 눈을 크게 떴다.

"아! 이게 바로 문제의 그 사건인가?"

"예. 드디어 보험금을 청구했습니다."

"어떻게 된 일이지? 나는 아무 말도 듣지 못했는데."

벽 쪽에 빼곡히 늘어선 컴퓨터 단말기 앞에서 마침 히로미가 입력을 마치고 입원급부금 관계 서류 다발을 들고 일어서는 참이었다. 요시오가 재빨리 히로미에게 손짓을 했다.

"히로미 씨. 잠시 이쪽으로 와보겠어? 이 사망보험금 청구서류 말인데, 오늘 아침 택배편에 들어 있었나?"

히로미는 이상한 표정으로 물끄러미 서류를 쳐다보았다. 창구 여직원들에게 선입견을 주어서는 안 되기 때문에, 그녀들에게는 가즈야의 사망에 모럴 리스크의 의심이 있다는 이야기는 일체 하지 않았던 것이다.

"이거 말인가요? 아닌데요. 오늘 아침에 우편으로 왔어요."

우편! 신지는 그때까지 우편의 가능성은 전혀 생각하지 않았다. 보통 사망보험금의 청구서류는 영업소 직원이 청구자의 집으로 직접 가지러 가는 것으로 되어 있다. 그러면 잘못 기입하거나 첨부서류가 갖추어지지 않았을 때, 그 자리에서 발견할 수 있기 때문이다.

그러나 고모다는 일부러 우편으로 보냈다. 틀림없다는 자신감이 있어서일까. 어쩌면 보험금을 청구하는 것은 이번이 처음이 아니리라.

요시오는 심각한 표정으로 사체검안서를 노려보았다.

"이렇다면 어느 쪽으로도 결론을 내릴 수 없군요."

"그래. '기타 및 불분명'이라서 말이야……. 아마 사법 해부를 했을 거야. 하지만 보통 제출된 서류에는 사법 해부 보고서까지 들어 있지는 않으니까."

"오후에 경찰서에 가서 요전에 만난 형사를 만나고 오겠습니다."

"부탁하네."

그때 외선 전화가 울리고, 요시오는 재빨리 자기 책상으로 돌아가서 수화기를 들어올렸다.

"안녕하십니까? 쇼와생명 교토 지사입니다!"

신지는 보험증권을 참조하면서 청구서를 자세히 확인했다. 우선 필적이 똑같은지 비교하고 나서, 확대경을 사용해서 도장의 직경이나 글씨의 각 부분을 비교했다.

어린아이처럼 유치한 글씨였지만 문제는 전혀 없었다. 날짜를 기입하지 않은 곳도 없었다.

그는 첨부서류인 호적등본을 펼쳤다. 본적지는 W현 K마을로 되어 있고, 가즈야는······.

역시 그렇다! 그러한 생각이 얼굴에 나타났는지 전화를 마친 요시오가 가까이 다가오면서 소리쳤다.

"왜 그래?"

"죽은 가즈야는 사치코가 데리고 온 아이였습니다. 아버지는 알 수 없지만요. 고모다는 2년 전에 사치코와 결혼했는데, 결혼하기 이전의 이름은 고사카 시게노리입니다. 특이하게도 남자가 여자 성(性)으로 바꾸었군요."

요시오는 무섭게 일그러진 얼굴로 고개를 끄덕였다. 보험금 살인의 역사를 보면 자식을 희생양으로 삼는 경우는, 재혼한 부부의 한쪽이 다른 쪽에서 데려온 아이를 죽이는 양자(養子) 살인의 예가 가장 많다.

"요전에 고모다 시게노리, 사치코, 가즈야를 조회했는데 아무것도 나오지 않았잖는가? 만일을 위해 고사카 시게노리도 조회해 볼까?"

요시오는 생년월일을 메모한 다음, 체구에 걸맞지 않는 가벼운 걸음걸이로 컴퓨터 앞에 앉아 키보드를 두들겼다.

지금 책상 위에 올려져 있는 것은 사망보험금 관계 서류뿐이다. 일이 밀려들지 않는 것은 지금뿐이라고 생각하고, 신지는 회사 전임 의사인 스즈키로부터 빌려온 두터운 법의학 전문서를 펼쳤다.

이런 종류의 책은 옛날부터 질색이었지만 오늘만큼은 보지 않을 수 없었다.

책을 펼치자 온몸의 털이 거꾸로 솟구치는 듯한 사진이 눈으로 뛰어들어왔다. 물에 빠진 익사체인 것 같았다. 명의변경 서류를 가지고 온 도모코가 사진에 눈길을 멈추더니 어찌할 바를 모르고 우뚝 멈추어섰다.

황급히 매끄러운 아트지를 넘겼지만, 그 뒤에 있는 것도 차마 눈 뜨고는 볼 수 없는 처참한 사진뿐이었다. 그는 눈 끝으로 항목만을 좇았다.

있다, 액사(縊死). 목을 매달아 죽은 액사는 질식사로 분류되어 있고, 여기에도 목을 매단 사체의 사진이 빈틈없이 실려 있었다. 계속 페이지를 들추어가자 목을 졸라 죽이는 교살(絞殺)이란 항목도 눈에 띄었다.

설명을 읽어가는 동안에 신지의 걱정은 더욱 깊어갔다. 살인을 입증하기는 대단히 어렵지 않을까 하는 생각이 들었기 때문이다. 사체검안서를 쓴 의사도 아마 똑같은 문제에 직면하지 않았을까.

자살을 위장한 살인의 경우, 대부분은 이미 목을 졸라 죽이고 나서 끈에 매단다고 한다. 하지만 이번에도 그렇게 했다고 하면 설명할 수 없는 부분이 너무나 많다.

첫째, 교살 사체는 정맥의 울혈로 인해 얼굴은 적자색으로 부풀어오른다. 그런데 가즈야의 얼굴은 말 그대로 백지장처럼 창백했다. 이것은 목을 매단 사체의 전형적인 특징이다.

또한 소변의 실금 흔적이 사체 바로 아래에 있을 때는 자살의 가능성이 크지만, 조금 떨어진 위치에 있었던 경우에는 살인일 가능성이 크다고 한다. 신지는 가즈야의 사체 바로 밑에서, 바닥이 촉촉이 젖어 있었던 것을 지금도 선명하게 기억하고 있다.

밧줄이 목을 파고들었을 때 생기는 색구(索溝)의 문제도 있다. 목을 매달아서 죽은 경우, 목의 앞쪽에만 깊은 홈이 생기고 뒤에는 생기지 않는 경우가 많다. 한편 교살에서는 목을 한 바퀴 돌아서 색구가 생기고 깊이도 모두 균일하다.

그러나 사체검안서에 이렇게 명백한 특징에 대해 아무것도 언급하지 않았다는 것은, 색구도 또한 목을 매단 특징을 갖추고 있었다는 뜻인가.

어쩌면 고모다는 생각보다 훨씬 머리가 좋을지도 모른다.

컴퓨터 앞에 앉아 있던 요시오는 어느 사이엔가 자리로 돌아가서 전화를 걸고 있었다. 아마 어느 지점에 거는 전화인 것 같았는데, 표정은 조금 전보다 훨씬 굳어져 있었다. 상대방의 말에 맞장구를 치는 목소리에서도 조용한 분노 같은 것이 느껴졌다.

"신지 주임, 이 녀석은 그런 전과가 있어!"

내팽개치듯이 수화기를 내려놓은 요시오가, 마치 호랑이가 울부짖는 것처럼 소리를 질렀다.

"고사카 시게노리로 알아봤더니, 이미 소멸되었지만 예전의 계약이 남아 있더군. 이 녀석은 '손가락 절단족'의 잔당이야!"

"손가락 절단족이요?"

"꽤 유명한 사건인데, 들어본 적이 없나? 장애급부금을 받기 위해 직접 자기 손가락을 자르는 녀석들이지."

신지는 고모다가 집 안에서도 왼손의 장갑을 벗지 않은 것을 떠올렸다. 그것은 잘린 손가락을 감추기 위해서였을까.

생명보험 특약 가운데 장애특약이라는 것이 있다. 부상으로 인해 소정의 장애를 입은 경우, 주계약인 보험금의 몇 %의 급부금이 지급된다.

요시오의 설명에 따르면 10여 년 전에 어느 지방의 작업현장에서 장애급부금 청구가 끊이지 않은 적이 있었다고 한다. 그런데 청구한 사람들은 한결같이, 작업 도중에 사고를 당해 손가락을 잘렸다고 호소하는 것이었다. 당시 대부분의 생명보험사에서 손가락 절단의 경우 지급하는 금액은 전체 보험금의 10%에 지나지 않았지만, 엄지의 경우는 20%나 되었다. 그런데 모든 사람이 왼손의 엄지를 잘리는 진기한 사고가 뒤를 이어 발생한 것이다.

"그러나 장애급부금 정도로는 타산이 안 맞지 않습니까?"

신지는 그 정도의 돈을 받기 위해 자신의 손가락을 자른다는 사실이 믿기지 않았다.

"물론 그것만이 아니지. 일단 일을 하다가 부상을 당한 것이기 때문에 산업재해의 휴직보상급부금을 받을 수 있지. 뭐니 뭐니 해도 그것이 가장 크다네. 그 밖에도 간이보험의 상병급부금(傷病給付金)과 농협의 후유장애공제금도 받아낼 수 있지. 그러면 일석이조가 아니라 삼조, 사조가 되니까, 그것을 전부 합치면 400~500만 정도는 되지 않을까?"

"아무리 그렇더라도……, 끔찍할 정도로 아프지 않나요?"

"물론 아프겠지. 하지만 이 세상에 사람처럼 지독한 동물이 또 어디 있나? 돈에 시달리다보면 어떻게든 방법을 생각해 내는 법이지."

그런 다음 요시오는 구체적인 절단 방법에 대해 설명하기 시작했다.

"절단하는 순간의 고통을 없애는 데는 몇 가지 방법이 있지. 가장 좋은 것은 역시 마취를 하는 것이지만, 그것은 의사나 간호사의 도움이 없으면 상당히 어렵다네. 예전에는 기생에게 반한 남자가 자신의 마음을 보여주기 위해 손가락을 잘랐다고 하는데, 그것은 알고 있지?"

신지는 그런 이야기를 들어본 적이 없었기 때문에 힘없이 고개를 가로저었다.

"그것도 모르나? 연실로 손가락의 뿌리 부분을 묶어서 피가 통하지 않게 만든 다음, 감각이 사라지고 나면 단숨에 잘랐다고 하더군. 그보다는 얼음이나 드라이아이스를 사용하는 편이 낫지만, 손가락 절단족 녀석들은 스프레이를 애용하는 것 같아."

"스프레이요?"

"운동한 다음에 근육에 뿌리는 차가운 스프레이 있지 않은가? 그것을 손가락에 뿌리는 것일세. 그것도 손가락 하나에 한 통을 전부 사용해서 말이야. 그렇게 뒤범벅을 해놓으면 손가락의 감각은 완전히 사라지고 말지. 그렇게 되기를 기다려 부엌칼이라든지 손도끼를 대고 체중을 실어 누르면, 물고기 머리를 자르는 것 정도로 쉽게 끝난다고 하더군."

"……."

"물론 신경이 마비되는 것은 일시적인 현상으로, 고통은 나중에 한꺼번에 밀려오지. 그날 밤은 완전히 사방팔방으로 뒹굴며 지옥보다 더한 고통을 맛본다고 하더군. 이야기를 듣자하니 절단면의 신경이 불꽃처럼 튀는 듯한 고통이라던데. 그로부터 상당한 시간이 지나면, 이번에는 환지통(幻脂痛)이라는 것이 매일 밤 습격해서는……."

"이제 그만 하세요."

말을 듣기만 해도 속이 울렁거려서, 신지는 황급히 요시오의 말을 가로막았다.

여기에도 그가 이해할 수 없는 사람들이 존재한다. 돈 때문에 자기 자신의 일부를 잘라버리다니! 배가 고프면 자신의 발을 씹어먹는 문어와 다를 것이 무엇인가!

그런 짓까지 하는 사람이 다른 사람의 목숨을 어떻게 귀중하게 생각하겠는가.

사망보험금의 사정에는 가입한 지 1년이 되지 않은 조기사망과 고액보험금만을 본사에서 취급하고, 그 이외는 지사에서 모두 판단하게 되어 있다.

그러나 가즈야의 경우는 본사의 보험금과와 의논한 결과 예외적으로 본사에서 취급하기로 해서, 도쿄에 있는 쇼와보험서비스라는 회사의 조사를 받게 되었다. 쇼와보험서비스는 쇼와생명의 자회사로, 미요시가 속해 있는 회사와 달리 순수하게 조사만을 하는 회사이다. 그런 만큼 결정이 나기까지는 시간이 많이 걸리게 된다.

신지는 사쿠라이 소장과 함께 몇 번인가 교토 경찰서에 발길을 옮겼지만, 기요시 형사와는 만날 수 없었다.

같은 과에 있는 다른 형사들은 한결같이, 수사의 진척 상황을 민간기업에게 가르쳐줄 수는 없다는 판에 박힌 말을 되풀이할 뿐이었다. 가즈야의 죽음에 사건성이 있느냐 없느냐에 대해서도, 말꼬리 잡히는 것을 두려워하는 관료적인 답변으로 일관했다. 경찰이나 검찰이 태도를 정해주지 않는 이상 보험회사가 독자적인 결정을 내릴 수는 없으므로, 신지는 불안한 마음으로 지루한 나날을 보내야 했다.

게다가 보험금 청구서류를 보낸 지 일주일이 지난 무렵부터, 고모다는 하루에도 몇 번씩 전화를 걸었다. 모두 보험금이 언제 나오느냐는 독촉 전화였다.

여전히 무슨 말인지 알아들을 수 없었고, 다른 고객들처럼 고래고래 소리를 지르는 일도 없었다. 그러나 고모다의 전화는 상당한 압력으로 다가왔다. 여직원에게는 일체 사정을 설명하지 않았지만, 고모다의 전화를 끊은 다음 신지나 요시오가 기타니와 의논하는 모습에서 추측했는지, 그의 전화를 상당히 긴장한 모습으로 대하는 것을 알 수 있었다.

5월 29일 수요일

장마철에 접어들려면 아직 멀었지만 이날은 아침부터 추적추적 비가 내렸다.

건물 자체에 있는 공조 시스템으로 습기를 제거하고는 있었지만, 여직원의 화장품 냄새 같은 축축한 냄새가 여느 때보다 더욱 강렬하게 사무실을 휘감았다.

고개를 들자 창구에 앉아 있던 신도 미유키가 걸어오는 것이 보였다. 그녀의 표정을 본 순간 그는 꺼림칙한 기분에 휩싸였다.

카운터로 눈길을 돌리자 고객이 네 명 앉아 있었다. 가장 먼저 스님처럼 머리를 빡빡 깎은 중년의 남자가 눈길을 끌었지만, 그 고객에게는 히로미가 팸플릿을 보여주면서 설명하고 있는 참이었다.

그 밖에는 카운터에서 가까스로 목을 내밀고 있는 체구가 작은 노파와 공장 작업복 같은 갈색 윗도리를 입은 젊은 남자, 그리고 40대 주부처럼 보이는 중년 여성이 전부였다.

네 사람 모두 조용히 앉아 있어서 특별히 살기등등한 분위기는 느낄 수 없었다.

"신지 주임님. 저쪽에 계신 분이 고모다 가즈야의 보험금 지급에 대해서 묻고 싶다는데요."

미유키의 얼굴이 기묘하게 일그러져 있었다. 평소에는 은행 구좌에서 직접 들어오는 보험료를 관리하고 있는데, 일손이 바뻘 때는 창구에 나오는 일도 있었다. 그러나 창구에서 화를 내는 사람도 없는데 왜 이렇게 예민하게 반응하는 것일까.

"누군데?"

"네 번째 분이에요."

미유키는 건너편에서 보이지 않도록 몸으로 가리며, 가장 끝에 앉아 있는 고객을 가리켰다.

신지는 일단 명함을 빼들고 자리에서 일어섰다. 멀리에서 보기에는 극히 평범한, 어디에서나 만날 수 있는 중년 여성으로밖에 여겨지지 않았지만 고모다 사치코라는 것은 한눈에 알 수 있었다. 그는 직업적인 미소를 지으며 한 걸음 한 걸음 카운터로 다가갔다.

그 순간, 강렬한 냄새가 그의 콧구멍을 엄습했다. 그는 자신의 미소가 그대로 얼어붙는 것을 느꼈다. 향수 냄새였다. 그것도 사향처럼 비린내가 나는 동물적인 냄새였다. 조금 전부터 사무실을 휘감던 이상한 화장품 냄새의 정체는 바로 이것이었던가.

그는 향수를 적당히 뿌리면 좋지만 너무 강렬하면 악취에 불과하다는 것을 처음으로 깨달았다. 카운터에 있는 사치코는 향수 한 병을 통째로 뒤집어쓴 것처럼 코를 찌르는 냄새를 발산하고 있었다.

그는 검은 집을 휘감던 이상한 냄새의 정체를, 이제야 가까스로 알게 된 듯한 느낌이 들었다.

"기다리게 해서 죄송합니다. 보전을 담당하고 있는 신지라고 합니다."

신지는 명함을 내밀면서 재빨리 상대방의 얼굴을 관찰했다.

아직 영업소장으로 일한 경험은 없지만 생명보험이라는 업종에 근무하는 동안 상당히 많은 중년 여성을 보아왔다. 그 결과, 언뜻 보고도 보험 업무를 잘할 수 있을지 없을지 판단할 자신이 있었다.

그리고 어느 사이엔가 거리를 돌아다니는 중년 여성을 보면, 자신도 모르게 프로야구 스카우터가 고교야구 선수를 보는 듯한 시선으로 등급을 매기게 되었다. 모든 지사에는 실적우수자로 이름을 날려서 사장을 능가하는 수입을 얻는 생활설계사가 한 사람씩 있기 마련인데, 그녀들에게는 한결같이 티없이 밝은 천성과 강력한 심지가 풍겨나왔다.

그러한 관점에서 본다면, 이 여성은 실격이다.

사치코는 둔중한 음습함이 똘똘 뭉쳐 있다는 느낌을 거리낌 없이 풍기고 있었다. 이중으로 늘어진 턱은 길쭉한 얼굴과 부조화를 이루고 있고, 눈은 조각칼로 그어놓은 것처럼 쭉 찢어져 있어서 마치 아무 표정이 없는 가면을 연상시켰다.

향수의 악취는 그렇다 치더라도 옷매무새는 더욱 얼굴을 찌푸리게 만들었다. 아침에 일어나서 빗지도 않았는지 이리저리로 삐죽삐죽 튀어나온 머리칼이 가느다란 잔물결을 이루고, 무더운 날씨에도 불구하고 붉은색 원피스의 긴소매는 손목까지 뒤덮고 있었다.

"가즈야의 보험금…… 아직 나오지 않았나요?"

그녀의 메마른 목소리를 들었을 때, 그는 고개를 갸우뚱거렸다. 분명히 기억의 밑바닥에 자리하고 있는 목소리였다.

"실례지만, 사치코 씨입니까?"

"그런데요."

"본인이라고 증명할 만한 것을 가지고 계십니까?"

여자는 잠자코 핸드백을 열더니, 주도면밀하게 준비해 온 듯한 의료보험 카드를 꺼냈다. 세대주의 이름이 고모다 사치코로 되어 있는 것을 확인하고 나서, 그는 보험증을 돌려주었다.

"이번 일로 상심이 크셨죠? 삼가 조의를 표합니다. 가즈야 군의 생명보험에 대해서는 현재 본사에서 사정을 하고 있으니, 조금만 더 기다려주시기 바랍니다."

"왜 이렇게 시간이 걸리는 거죠?"

"조금 확인할 필요가 있어서입니다."

"무슨 확인을 한다구요?"

"실은 제출하신 사망진단서 말인데요, 사인이 자살이 아니라 미상으로 되어 있더군요. 저희로서는 그 점을 경찰에 확인해 보아야 합니다."

"그런 건 빨리빨리 확인하면 되잖아요."

"경찰에 몇 차례 문의를 했지만 좀처럼 결론을 내려주지 않는군요."

신지는 모든 책임을 경찰에 떠넘기기로 했다.

"무슨 말이에요? 당신이 눈으로 직접 확인했잖아요!"

신지는 흠칫 몸을 떨었다. 사치코의 목소리는 조금 전과는 달리, 날카로운 칼날을 곧추세운 것처럼 소름 끼치게 들렸다.

"가즈야의 시체는, 당신이 발견한 게 아닌가요?"

사치코의 비난 섞인 말투에 갑자기 얼굴이 화끈 달아올랐다. 조금 전, 명함을 보았을 때부터 자신이 신지라는 것을 알아차렸을까.

"예에. 물론 그렇지만 그것만으로는 도저히 알 수 없어서요."

"보험금을 빨리 주지 않으면 곤란해요. 그 아이의 장례식도 치러야 하고, 그 밖에도 돈 쓸 데가 한두 군데가 아니라구요."

사치코는 다시 표변하여, 울며 매달리는 작전으로 바꾸었다.

신지는 헛기침을 하고 나서 가볍게 코를 막았다. 사치코의 향수 냄새는 이미 그 자리에 서 있기조차 힘들게 만들어서, 어느 사이엔가 카운터에 앉아 있는 고객은 그녀 한 사람밖에 없었다. 다른 고객들은 냄새에 진절머리를 내며 일찌감치 발길을 돌려버린 것이다.

"정말 죄송합니다. 가능한 한 빨리 결론을 내리도록 본사에 독촉하겠습니다."

사치코는 그래도 끈질기게, 빨리 보험금을 주지 않으면 곤란하다는 말을 계속 중얼거렸다.

이러한 경우, 절대로 해서는 안 되는 것은 도중에서 말을 가로막는 것이다. 고객에게는 하고 싶은 말을 모두 할 수 있게 만들어 주어야 한다. 신지는 지옥불을 견뎌내는 인내와 끈기로 사치코의 눈물 섞인 호소를 끝까지 들어주었다.

그녀는 핸드백에서 손수건을 꺼내어 몇 번이나 눈에 갖다댔다. 정말로 슬퍼하는지도 모르지만 눈물이 나온 것 같지는 않았다. 그러나 오른손에 들고 있던 손수건을 바꿔들려고 왼손을 들어올린 순간, 원피스 소매가 올라가면서 숨기고 있던 손목 안쪽이 그대로 드러났다.

신지는 '후욱' 하고 숨을 들이마셨다. 사치코는 실수를 깨닫고 황급히 소매를 내렸지만, 때는 이미 늦었다.

그녀의 손목에는 칼로 그은 것 같은 상처 자국이 몇 개나 평행으로 달리고 있었던 것이다. 그것은 모두 새하얀 상처로 튀어나와 있어서, 상당히 깊은 찰과상이었다는 것을 알 수 있었다. 그때, 신지는 기억에 남아 있던 사치코의 목소리를 떠올렸다.

분명히 전화로 통화한 적이 있었다. 아마 4월 초였으리라, 자살한 경우 보험금이 나오느냐고 물었던 바로 그 여자의 목소리였던 것이다.

2

6월 12일 수요일

구식 엘리베이터의 삐걱거리는 소리가 유달리 신경을 자극하는 날이었다. 2미터 앞에는 쇼와생명이라는 글자와 회사의 마크가 그려져 있는 자동문이 있고, 자동문 너머에서는 카운터 앞에 앉거나 소파에 앉아 있는 고객들이 눈에 들어왔다.

신지는 똑바로 눈길을 고정시켰다. 그리고 소파 가장 안쪽에서 황토색 작업복을 입은 사내를 확인한 순간, 뱃속에 무거운 돌이 들어 있는 것처럼 가슴이 무거워졌다. 점심 때 먹은 국수가 갑자기 납덩어리로 변한 것은 아닐까.

그는 왼쪽에 있는 직원용 문을 통해 살그머니 총무부로 들어갔다.

자리에 앉자마자 히로미가, 확인할 필요가 있는 서류 다발을 들고 다가왔다. 그리고 카운터에 등을 돌리고 서류를 놓으면서 그에게만 들리도록 목소리를 낮추었다.

"오늘도 왔어요."

사치코가 교토 지사에 고개를 들이민 다음날부터 이번에는 고모다가 모습을 드러냈다. 오늘로 벌써 2주일이나 되는데, 찾아오는 것은 모두 점심시간이었다.

"몇 시에 왔어?"

"12시 5분 정도요."

고모다는 오늘도 1시간이나 기다린 것이다. 점심시간에 자리를 지킨 직원들에 따르면, 고모다는 언제나 카운터 앞에 앉아서 꼼짝도 하지 않고 그를 기다린다고 한다.

"요시오 과장님이 대응하려고 했지만, 신지 주임님과 말하겠다고 고집을 부려요. 요시오 과장님은 다른 건 때문에 지금 회의실에 있어요. 만약에 무슨 일이 있으면 부르라고 하던데요."

요시오는 지금까지 몇 번이나 고모다를 상대하려고 했지만, 그때마다 자기는 한가하니까 몇 시간이라도 기다리겠다고 하면서 그의 말을 일축했다. 고객이 그렇게까지 나오면 물러서는 수밖에 다른 도리가 없다.

고모다는 요시오에 비해서 신지가 더 다루기 쉽다고 생각한 것이리라. 유감스럽게도 그 판단은 정확했다고 인정하지 않을 수 없었다.

신지는 각오를 새롭게 하고 카운터를 향해 걸어갔다.

고모다는 뚫어지게 신지를 쳐다보았지만, 눈이 마주쳐도 표정에는 아무런 변화도 나타나지 않았다.

"많이 기다리셨지요?"

신지는 아무리 노력해도 굳어지는 웃음을 어찌할 수 없었다.

지저분한 장갑을 낀 고모다의 왼손이 카운터 위에 올려져 있었다. 무엇을 채워넣었는지, 엄지손가락 부분이 부자연스럽게 부풀어올랐다.

고모다는 카운터로 몸을 내밀면서, 입 안으로 삼키는 듯한 독특한 발음으로 말을 꺼냈다.

"가즈야의 보험금 말인데, 지금쯤이면 나오지 않을까 해서 찾아왔지."

"그게 저, 아직 본사에서 사정을 하고 있어서요. 조금 더 기다려주시지 않겠습니까?"

고모다는 한순간 아무 말도 하지 않더니 쥐어짜는 듯한 목소리로 말했다.

"음, 아직도 안 됐다……?"

최근 2주일 동안, 정해진 의식처럼 매일 똑같은 문답이 반복되었다.

"오랫동안 기다리셨는데 정말 죄송합니다."

"으음, 아직도 안 됐다······!"

"본사에 재촉해서 결정이 나오는 대로 연락 드리겠습니다."

"음······ 그래? 아직도 안 됐다······."

고모다의 표정을 살펴보았지만 새카만 눈동자는 유리구슬처럼 공허해서 아무런 감정도 읽을 수 없었고, 기이할 정도로 작은 입 주위에는 이해할 수 없는 불가사의한 미소가 떠올라 있었다.

그는 천천히 일어서면서 신지에게 등을 돌렸다.

"아무튼 죄송합니다."

신지의 말을 들었는지 듣지 못했는지, 고모다는 그대로 발을 끄는 것처럼 걷더니 잠자코 밖으로 나갔다.

자동문이 닫히는 것을 보면서 신지는 지금까지 느낀 적이 없는 격심한 피로에 휩싸였다.

고모다는 지금까지 폭력을 휘두른 적도 없고 협박적인 태도를 보인 적도 없었다. 즉, 법에 저촉되는 일은 무엇 하나 하지 않는다는 뜻이다. 표면적으로는 보험금이 늦게 나오는 이유를 문의하기 위해 뻔질나게 찾아오고 있을 뿐이다.

그러나 이것은 분명히 신경전이었다.

고모다는 회사에 찾아와서는 마치 심부름을 온 어린애처럼 순순히 돌아간다. 고객에게 쓸데없는 발걸음을 하게 만드는 것이 자신들에게 심리적인 부담을 준다는 것을 알고 있는 것이다.

가령 고모다가 도중에 분노를 참지 못해 카운터를 주먹으로 치기라도 한다면 훨씬 마음이 편해졌을 것이다. 그러한 고객은 능숙하게 대할 수 있기 때문이다. 그러나 신지를 불안의 구렁텅이로 몰아넣는 것은 고모다의 순순한 태도였다.

처음의 하루 이틀은 괜찮았지만 계속해서 2주일째에 이르자, 신지의 마음속에는 언젠가 고모다가 폭발하지 않을까 하는 공포감이 서서히 부풀어올랐다. 상대는 돈 때문에 자신의 엄지손가락을 자르고, 또한 살인을 저질렀을 가능성이 높은 남자다. 그렇게 생각하는 것 자체가 상대의 계략이라고 생각해도 공포는 가라앉지 않았다.

마침 엘리베이터 앞에서 고모다와 부딪친 요시오가 두세 마디 말을 나누었다. 그리고 정중히 고개를 숙이고 엘리베이터 문이 닫히는 것을 보고 나서 총무부로 돌아와서는, 카운터에 앉아 있는 고객의 귀에 들어가지 않는 나지막한 소리로 입을 열었다.

"저 남자에게는 정말 두 손 두 발 다 들었어. 저 끈기를 자기 일에서 살렸다면, 지금쯤 엄청난 부자가 되지 않았을까?"

농담처럼 말하는 것은 신지의 마음을 가볍게 해주기 위해서이리라.

"그 어느 쪽이든, 빨리 결말을 내고 싶습니다."

지금까지 평정을 가장하고 있었지만 요시오의 예리한 눈은 속일 수 없었던 것 같았다.

"나도 많은 사람들을 만나왔지만 저렇게 끈질긴 사람은 처음이야. 예전에는 어느 지사에도 꽤 성가신 녀석들이 있었지. 재떨이가 날아다니는 것은 흔하디흔한 일이었고, 악질적인 녀석은 칼을 품고 다니기도 했거든. 그런 녀석이 전화를 걸어서, 지금부터 갈 테니까 기다리라고 하면 간이 콩알만해지기도 했지. 하지만 사람이라는 것은 참으로 이상한 법이야. 그런 녀석들과도 몇 번 얼굴을 마주 대하다 보면 그 나름대로의 인간 관계라는 것이 생기거든."

"인간 관계요?"

신지는 요시오의 말에 자연스럽게 끌려들어갔다.

"그래. 사람은 원래 적이나 아군에 상관없이 오랫동안 만나다 보면 친근감을 느끼는 이상한 습성이 있다고 하더군. 그런 말 들은 적 있지? 인질로 잡힌 사람이 범인과 함께 있는 사이에, 범인의 감정에 빠져든다고 말이야."

신지는 기억을 더듬었다. 최근 들어 인질 사건이 자주 일어나고, 그 바람에 신문을 통해 서서히 일반인들에게 알려지게 된 현상……

"스톡홀름 증후군이지요?"

"그래, 자네도 알고 있군. 그것에 가까운 현상이라고나 할까? 가령 상대가 아무리 잔인한 폭력배라 할지라도 자주 만나다 보면 서로의 마음을 알게 되는 법이지. 그러면 자신도 융통성을 발휘하게 되고, 그쪽에서도 함부로 화를 내거나 어려운 문제를 들이밀지 않게 되거든. 업무가 바쁜 시간대는 자발적으로 피해서 온다든지 말이야."

"그것을 배려라고 할 수 있나요?"

"물론 그것도 우리를 회유하려는 수법이기는 하지만, 그래도 역시 인간 관계의 일종이라고 할 수 있지 않을까?"

요시오는 딱딱하게 굳어진 표정으로 말을 이었다.

"그런데 고모다라는 자는 그 녀석들에 비해서도 정상 궤도에서 벗어나고 있어. 도대체 무슨 생각을 하는지 전혀 알 수가 없거든. 애당초 본사에서 지급을 결정한다고 말해 두었잖아? 그런데 계속해서 지사의 담당자에게 압력을 넣는 것이 무슨 의미가 있을까?"

그때 총무부장인 기타니가 외출에서 돌아오는 것을 보고, 두 사람은 고모다가 오늘도 찾아왔었다는 이야기를 했다.

"그래? 오늘도 왔나?"

기타니는 걱정하는 듯한 시선으로 신지를 쳐다보았다.

"저에게는 마치 조개처럼 입을 다물고 말을 하지 않습니다. 지금은 신지 주임 혼자서 고군분투하고 있는 상황입니다."

"본사에서는 아직도 아무 말이 없나?"

"아직 없습니다. 경찰에서 태도를 정하지 않았으니까요."

기타니가 생각에 잠기는 것을 보고, 신지는 아무도 몰래 품은 생각을 입에 담았다.

"부장님, 가능하면 이 건에 대해서 은밀히 조사해 보고 싶습니다만."

"조사를 한다구? 조사는 쇼와보험서비스에서 하고 있지 않은가?"

"쇼와보험서비스에서는 고모다가 의심스럽다는 충분한 심증을 가지고 있지 않으니까, 과연 어디까지 파고들어 조사를 할지 걱정스럽습니다. 이대로 기다리고 있기보다 다른 관점에서 조사해 보는 것도 좋을 것 같습니다만."

"그것은 그렇지만, 구체적으로 어떻게 할 생각인가?"

기타니는 별로 마음이 내키지 않는 표정을 지었다.

"우선 당시에 가입을 받은 생활설계사를 직접 만나서 이야기를 들어보고 싶습니다. 사치코와는 어린 시절부터 친구라고 하니까 만나보면 도움이 되지 않을까요?"

그러자 요시오가 옆에서 거들어주었다.

"부장님. 지금은 오히려 신지 주임이 없는 편이 낫지 않을까요? 요즘은 업무가 별로 바쁘지 않아서, 저 혼자서라도 그럭저럭 처리해 낼 수 있으니까요."

별로 전례가 없는 일이라서 그런지 기타니는 떨떠름한 표정을 지었지만, 결국은 허락해 주었다.

신지는 내심 깊은 한숨을 토해냈다. 조사해 보고 싶다는 마음이 고개를 치켜든 것은, 고모다에게 압력을 받고 있기 때문만은 아니었다.

가즈야의 시체를 발견한 이후 매일 밤 소름 끼치는 악몽을 꾸고 있는데, 악몽의 내용은 언제나 판에 박은 듯이 똑같았다.

그는 어딘지 모르는 동굴 앞에서 우뚝 멈추어 있었다. 그곳은 왠지 '죽음의 나라'라는 생각이 들었다. 눈앞에는 생전 처음 보는 거대한 거미집이 걸려 있었다. 칠흑 같은 어둠속에서 가느다란 거미줄만이 반짝이는 선(線)처럼 보였다.

잠시 지나자 거미집에 매달려 있는 새하얀 물체가 어렴풋이 떠올랐다. 처음에는 그것이 가까스로 목숨을 유지하고 있는 애벌레처럼 보였다. 그러나 즉시 사자(死者)가 입고 있는 새하얀 수의라는 것을 알 수 있었다. 거미의 먹이가 되기 위해 누에의 애벌레처럼 실을 감고 있는 사체였던 것이다.

자세히 보니 사체는 사람의 모습을 하고 있었다. 사체는 갑자기 부들부들 떨기 시작했다. 거미집 전체가 격렬하게 흔들리고 있기 때문이다. 거미가 돌아온 것이다…….

꿈은 언제나 거미의 모습을 보여주지 않은 채 그쯤에서 끝나고 만다. 그리고 자신은 몸이 흠뻑 젖을 만큼 식은땀을 흘리고 눈을 뜨는 것이다.

가즈야의 사건을 해결하지 않으면 평생 꿈에서 도망칠 수 없으리라.

"그러면 기분을 전환한다는 생각으로 다녀오게."

요시오가 힘차게 어깨를 두들기는 바람에, 그는 악몽에서 현실로 돌아올 수 있었다.

6월 13일 목요일

아파트 창문을 통해 고개를 내밀자 아침 8시가 넘었는데도 주위는 어두컴컴했다. 하늘 전체가 희미하게 빛나는 구름으로 뒤덮여 있었던 것이다. 동쪽 하늘에 거무칙칙한 구름이 드리워진 것을 보니, 아마 후쿠이 지방에서는 비가 내리고 있을지도 모른다.

그렇게 생각해서 그런지, 비파 호수에서 불어오는 바람도 축축하게 느껴졌다. 신지는 다시 한 번 하늘을 올려다보고 접이식 우산을 가방에 넣었다.

현관 앞에는 자전거가 세워져 있었다. 평소에는 그 자전거를 타고 출근하지만, 오늘은 곧장 가도 좋다는 허락을 받았기 때문에 회사에 들를 필요가 없었다.

아파트를 나서서 조금 남쪽으로 걸어가면 도로폭이 50미터나 되는 오이케 거리에 도착한다. 교토를 동서로 가르고 있는 길 가운데 고조 거리와 함께 가장 넓은 길이었다. 2차 대전 와중에 강제로 집을 헐고 확장시킨 것이지만, 길이가 겨우 2킬로미터밖에 되지 않아서 특별히 의미가 있지는 않았다. 이 길이 쓸모가 있는 것은 1년에 고작 두 번, 기온 축제나 시대 축제의 행렬이 통과할 때뿐이었다.

그래도 널찍한 길을 보니 기분이 탁 트이는 것 같았다. 가로수 사이로 회사에 출근하는 양복 차림의 샐러리맨들이 눈에 띄었다.

그는 지하철 가라스마선으로 오이케에서 욘조까지 가서, 온몸을 팥죽색으로 뒤덮고 있는 오사카 우메다행 특급 열차를 탔다.

교토에서 오사카까지는 약 42, 43분이 걸린다. 걱정하던 대로 요도가와의 철교를 건널 때부터 창문에 빗방울이 툭툭 떨어지기 시작했다.

그는 종점인 우메다역에서 내려서 지하철을 타고 난바로 갔다. 난바시를 지나면 남해난바역에서 고야선으로 바꾸어 타야 한다.

난바역을 나설 무렵에는 빗발이 상당히 굵어져 있었다.

프로야구팀인 남해 호크스가 다른 지역으로 팔린 다음 주택 전시장으로 전락한 오사카 야구장이 빗속에서 어렴풋한 모습을 드러냈다.

고야선은 오사카 시내를 빠져나가서 사카이시, 기야마시, 돈다바야시시와 같은 오사카 남부 지역으로 들어갔다. 신지는 기타노다라는 역에서, 각 역에 모두 정차하는 지하철로 바꿔탔다.

다음에는 사야마라는 역에 도착했다. 이 주위에는 전원 풍경이 많이 남아 있어서, 빗발이 논으로 쏟아지는 광경을 바라볼 수 있었다. 빗방울 하나하나가 자그마한 파문을 만들어서, 차창 안에서도 초록색 벼가 흔들리는 것을 알 수 있었다. 역시 농경 민족의 후예는 어쩔 수 없는지, 이상하게도 마음이 넉넉해지는 풍경이었다.

갑자기 어린 시절의 추억이 떠올랐다. 토요일 오후, 형 료이치가 학교에서 돌아오면 자주 근처에 있는 논으로 놀러가곤 했다. 가재를 잡는 일도 있었지만 수생곤충을 잡는 것이 목적이었다. 비가 오는 날에는 신기하게도 잘 잡혀서, 우산도 쓰지 않고 대나무 끝에 매달린 그물로 정신 없이 진흙탕을 휘저었다. 소금쟁이나 물매암이는 별로 감격스럽지 않았지만, 아름다운 유선형 물방개를 찾아내면 하늘 끝까지 날아오르는 것 같았다. 수생곤충의 대부분은 다른 생물의 체액을 빨아들이는 흡혈귀이지만, 이상하게도 미워할 수가 없었다. 그 중에서도 그가 가장 사랑한 것은, 버마재비 같은 앞발을 가진 물버마재비 종류였다.

그러던 어느 날, 믿을 수 없는 일이 발생했다. 진짜 물장군을 잡은 것이다. 료이치가 멋진 손놀림으로 그물을 흔들어 잡아주어도, 어린 신지는 물장군의 거대함에 겁을 먹고 손을 댈 수조차 없었다. 그날 밤은, 같은 방 안에 물장군이 있다는 생각에, 솟구치는 흥분으로 잠을 이룰 수 없었다. 료이치가 물통 위에 그물을 치고 기르려고 시도했지만 물장군은 안타깝게도 얼마 살지 못하고 죽어버렸다. 그로부터 얼마 동안은 매일 꿈속에 물장군이 등장했다.

지하철은 목적지인 곤고라는 역에 도착했다. 이대로 종점까지 타고 가면, 고야선이란 이름의 유래지인 고야산에 도착할 것이다.

시계를 쳐다보자 이미 10시가 훌쩍 넘어 있었지만 비는 아직도 계속 내리고 있었다.

곤고역에 내리자 앞쪽은 느긋한 비탈길로 이어져 있고, 양쪽에는 아파트 단지와 일반 주택이 늘어서 있었다.

신지는 접이식 우산을 펼쳤다. 교토 지사에는 오사카의 주택 지도가 없어서, 그는 전화로 주소를 물었을 때 메모한 것만을 믿고 찾아가기로 했다. 다행히 비는 이슬비로 바뀌고, 찾고자 하는 아파트 단지는 금방 찾을 수 있었다.

오니시 미쓰요라는 문패를 확인하고 벨을 누르자, 잠시 후에 조심스럽게 철문이 열렸다. 그리고 안경을 쓰고, 키가 큰 중년 여성이 당혹스러운 표정으로 신지를 쳐다보았다. 여성의 발밑에는 다섯 살 정도의 소녀가 달라붙어서 동그란 눈을 커다랗게 뜨고 그를 올려다보았다. 새카만 눈동자에 푸른빛이 감도는 새하얀 눈자위가 마치 프랑스 인형을 연상시켰다.

"어제 전화 드린, 쇼와생명 교토 지사에서 근무하는 신지라고 합니다. 오니시 미쓰요 씨이시죠?"

"예, 들어오세요."

미쓰요는 신지를 안으로 청하면서도 그와 눈길을 마주치려고 하지 않았다. 원래 사교적인 성격이 아닐지도 모른다. 그렇다면 역시 생활설계사라는 일이 잘 맞지 않았으리라.

안으로 들어가자 네 살 정도 된 남자아이가 의자에 앉아서 얌전하게 그림책을 보고 있었다.

"집이 좀 지저분하지만……."

미쓰요의 말은 결코 겸손이라고 하기 어려웠다. 원래 공간이 좁은 데다가 많은 가구들이 자리를 차지하고 있을 뿐만 아니라 두 아이의 장난감이 여기저기에 흩어져 있어서, 너저분한 분위기가 그대로 전해졌다.

거실에 있는 싸구려 소파에 걸터앉자 뭔가 끈적끈적한 것이 손에 묻었다. 팔걸이 부분에 빨다 만 사탕이 달라붙어 있었던 것이다. 그는 손수건을 꺼내 손을 닦았지만 그렇게 불쾌하지는 않았다. 어린아이가 있는 이상 이 정도는 어쩔 수 없는 일이고, 무엇보다 고모다의 집을 방문했을 때 느낀 이상한 전율을 떠올리면 이 집의 평범함이 오히려 마음 편하게 느껴진 것이다.

"교토에서 일부러 찾아오셨는데 별로 드릴 말씀이 없네요."

미쓰요는 홍차를 내면서 혼잣말처럼 중얼거렸다. 레몬 슬라이스와 스틱 설탕이 함께 나왔다. 신지는 고맙다는 인사를 하면서, 가방 안에 몰래 넣어둔 소형 녹음기의 스위치를 켰다.

"가입할 때의 상황은 오사카 남지사에 계신 야스다 씨에게 거의 다 말씀드렸구요……."

그녀는 무턱대고 계약을 받는 사람은 생활설계사이지만, 심사를 하는 것은 지사의 역할이라고 말하고 싶은 것 같았다.

"오늘 찾아온 것은 그 이외의 일을 알고 싶어서입니다. 사치코 씨와는 어린 시절부터 친구라고 하던데요?"

"예. 하지만 초등학교를 졸업한 후, 한 번도 만나지 못했어요."

"초등학교라고 하면 어느 초등학교입니까?"

"K초등학교요…… 와카산 K시에 있어요."

신지는 그곳이 사치코의 본적지라는 것을 떠올렸다.

"그곳에서 6년 동안 함께 공부하셨나요?"

"예. 하지만 솔직히 말하자면 별로 말을 나눈 적은 없어요. 사치코에게는 자폐증 같은 증상이 있었기 때문에, 우리 반에서는 거의 누구하고도 말을 하지 않았거든요. 그리고 고사카는 남자라서 그런지 조금 무서운 데가 있었어요."

"고사카라니, 사치코 씨의 남편도 같은 반에 있었습니까?"

깜짝 놀라는 신지의 표정을 쳐다보면서 미쓰요는 조용히 고개를 끄덕였다.

고모다 부부가 어린 시절 친구라고는 생각도 하지 못했다. 결혼하기 전에 고모다의 본적은 분명히 후쿠오카로 되어 있지 않았던가.

"게다가 전 남편도 학년은 다르지만 역시 K시 사람이었을 거예요."

"전 남편이라고 하면, 사치코 씨는 재혼하셨나요?"

"예. 세 번째인지 네 번째인지는 잊어버렸지만요. 전 남편은 분명히 '시라카와'라는 이름이었을 거예요."

신지는 재빨리 '시라카와'라는 이름을 수첩에 메모했다.

"그런데 고모다 씨에게 무서운 데가 있다고 하셨는데, 어떤 점이었나요?"

미쓰요는 잠시 말하기를 주저하는 듯이 입술을 핥았다.

"여기에서 들은 것은 절대로 다른 사람에게 말하지 않을 테니까 마음 놓고 말씀하십시오."

"그렇게 특별한 것은 아닌데요."

미쓰요의 말이 잠깐 끊어지는 동안 신지는 끈질기게 기다렸다. 그녀가 말하고 싶어하지 않는 것은 분명했다. 정확하지 않은 소문을 말하기에 마음이 내키지 않는 것이리라. 그렇다면 망설임을 없앨 수 있는 시간을 주기만 하면 된다.

"마이, 잠시 저 방에 가 있으렴."

미쓰요는 거실 구석에 있던 딸을 방으로 들여보내고 나서야 비로소 스스럼없이 말하기 시작했다.

"5학년 때인데요, 학교에서 기르던 토끼와 오리, 닭들이 연이어 죽어나간 적이 있어요."

"그것을 고모다, 즉 고사카 씨가 했다는 겁니까?"

"예. 확실한 증거는 없지만 그런 소문이 나돌았어요."

"그런데 왜 고사카 씨가 했다는 소문이 돌았나요?"

"그건…… 고사카는 학교에 자주 오지도 않고 수업시간에 이상한 소리도 지르고……."

"하지만 그것만으로 범인으로 몰 수는 없지 않습니까?"

"그 밖에도 있어요. 동물들이 사는 철조망 근처에서 얼쩡거리는 것을 보았다는 사람도 있구요. 그리고 애당초 동물들을 죽인 방법이……."

미쓰요는 끔찍한 장면을 떠올렸는지 갑자기 몸을 부르르 떨며 입을 다물었다.

"어떤 방법으로 죽였는데요?"

"……토끼나 오리를 모두 철사로 목을 매달아서 죽였어요."

신지는 미지근해진 홍차를 마시며 가까스로 마음의 동요를 감추었다.

"왜 고사카 씨가 그렇게 했다고 단정하지요?"

"아마 초등학교 1학년 때였을 거예요, 고사카의 아버지가 목을 매달아 스스로 목숨을 끊었거든요."

신지는 잠시 할말을 잃어버렸다. 물론 그것만으로 고사카를 범인 취급할 수는 없을 것이다. 아버지의 자살과 동물의 죽음과는, 직접적으로 아무런 관계가 없으니까.

그러나 비슷한 경험을 가진 신지로서는, 아버지의 죽음이 어린 고사카에게 얼마나 파괴적인 영향을 미쳤는지 쉽게 상상할 수 있었다.

가족이나 육친 가운데 자살한 사람이 있는 경우, 나중에 아이가 자살할 가능성이 크다는 것은 통계적인 수치가 증명하고 있다. 자살이라는 현상은 분명히 전염성을 가지고 있었다. 고사카의 아버지가 어떠한 상황에서 세상을 떠났는지는 모르지만, 만약에 어린 고사카가 시체를 직접 보았다고 하면 그 영향은 훨씬 더 엄청날 것이다.

또한 심리학적으로 자살과 살인은 표리 일체라고 할 수 있다. 살인의 충동이 안으로 들어가서 자살에 이르는 경우도 빈번하고, 반대로 자살하고 싶다는 욕망이 투영된 살인도 존재한다.

고모다의 경우, 모든 출발점은 아버지의 자살이 아니었을까.

분명 K초등학교에서 퍼진 소문은 비약된 상상에 따른 무책임한 소문에 불과하리라. 그러나 무책임하기는 해도 전혀 틀리다고는 할 수 없다.

"그런데 왜 그런 것까지 물으시는 거예요? 사치코의 아들은 자살한 것이 아닌가요?"

미쓰요의 목소리에는 처음으로 의심이 묻어 있었다.

"경찰에서 결론을 내리기 전까지는 아무도 모릅니다. 그런데 고사카 씨는 아버지가 세상을 떠난 다음에 어떻게 살았지요?"

"어머니는 고사카가 태어나자마자 병으로 세상을 떠났어요. 그래서 할머니와 둘이서 살았는데……."

"할머니는 아직 살아 계시나요?"

신지가 반갑게 물어보자 미쓰요는 고개를 가로저었다.

"이미 이 세상 사람이 아니에요. 아마 암이었을 거예요. 내가 고등학교에 다닐 때였으니까, 고사카도 열여섯이나 열일곱 정도 되었겠지요. 그 이전에는 집에서 빈둥빈둥 놀았는데, 할머니가 세상을 떠난 다음에 고사카의 모습이 보이지 않게 되었다는 말을 들었어요."

"어디로 갔지요?"

"잘 모르겠어요. 나중에 관동 지방으로 갔다는 이야기를 들었을 뿐이에요."

그런 다음 고사카는 전국을 전전하며 돌아다닌 것이 틀림없다. 그리고 규슈에서 손가락 절단족 사건과 관계를 맺고, 관서 지방으로 돌아와서 우연히 사치코를 만나서 결혼하게 되었다……. 일단 흐름을 알 것 같은 생각이 들었다. 그러나 사치코는 왜 하필이면 그런 남자를 재혼 상대로 선택한 것일까.

"조금 전에 사치코 씨에게 자폐 증상이 있다고 하셨는데요."

"막연하게 그런 느낌이 들었어요. 우리 반에서는 언제나 외톨박이였구요."

"친구는 전혀 없었나요?"

"모두 약속하고 따돌린 것은 아니지만 사치코와는 거의 말을 하지 않았어요. 어머니가 없어서 언제나 누더기처럼 허름한 옷을 입었거든요. 왜 어린애들은 조금 독특한 아이가 있으면 즉시 따돌리는 경향이 있잖아요?"

미쓰요는 마치, 자신은 그러한 어린아이가 아니었다는 듯이 말했다.

"사치코 씨의 어머니는 어떻게 되셨나요?"

조금 전에 거실에서 나간 마이라는 여자아이가 돌아와서, 엄마에게 안기고 싶은 듯이 칭얼거렸다. 미쓰요는 딸을 달래면서 다시 방으로 데리고 들어갔다.

잠시 후에 돌아온 그녀는 갑자기 목소리를 낮추었다.

"이것도 소문인데요. 어머니가 남자와 도망치는 바람에 아버지는 술독에 빠져서 사치코를 전혀 돌봐주지 않았어요. 가끔 사치코의 팔과 등에서는 회초리로 맞은 흔적 같은 것이 보이기도 했구요……"

맞은 흔적이 있었다니, 그렇다면 학대를 당했다는 것일까.

신지는 문득 사치코의 손목에 있던 상처를 떠올렸다. 언뜻 보기는 했지만 깊은 상처가 몇 개씩이나 평행으로 달리고 있었다. 조금 망설이면서 칼을 그었다면 그렇게 깊은 흔적은 남지 않았으리라. 그렇다면 사치코는 진심으로 몇 번이나 자살을 시도했다는 뜻이다.

"사치코 씨가 자살을 시도한 적이 있다는 말은 들었습니다만……."

신지의 질문은 정확히 표적을 꿰뚫은 것 같았다. 미쓰요는 어떻게 알고 있느냐는 듯이 의아한 표정을 지었다.

"그것은 중학생이 된 다음인데, 한때 그러한 소문이 떠돌았어요. 칼로 손목을 그었다구요."

"왜 죽으려고 했을까요?"

"글쎄요. 소문만 들어서 자세한 것은 모르지만…… 아마 발작적으로 한 것이 아닐까요?"

모두 소문, 소문, 떠돌아다니는 소문이었다. 그러나 일단 사람의 입을 통한 말들은 어느 사이엔가 사실로서 인지되고 기억되는 일이 많다. 미쓰요가 지금도 근거가 희미한 소문들을 사실 이상으로 똑똑히 기억하고 있는 것이 좋은 증거다. 고사카와 사치코가 자란 30여 년 전의 시골 분위기는 대체 어떠했을까.

"저, 이렇게 직접 찾아오셔서 묻는 것은, 어쩌면 가즈야의 죽음이 고사카, 아니 사치코의 남편과 관계가 있기 때문인가요?"

미쓰요의 목소리가 불안한 듯이 가늘게 떨렸다.

그녀는 지금, 생활설계사를 했던 것조차 잊어버리고 싶어하는 것 같았다. 아마 쇼와생명에 재직하던 1년 동안 계약을 성사시킨 보험은 모두 친척과 친구들 것뿐으로, 10건 정도가 고작이 아닐까. 그런데 겨우 10건 가운데 1건이 살인으로 이어졌다면, 뒷맛이 씁쓸한 정도로 끝나지는 않을 것이다.

"특별히 그래서 찾아온 것은 아닙니다. 다만 아무래도 절차상 조사할 필요가 있어서요."

신지는 미쓰요를 안심시키려고 했지만, 그녀는 오히려 무엇인가 생각난 것처럼 꺼림칙한 표정을 지었다.

"하지만 고사카가 죽인 것은 동물만이 아니었을지도 몰라요."

그 말에 신지는 쇠망치로 뒤통수를 얻어맞은 듯한 충격을 받았다.

"무슨 뜻이지요?"

"이런 말을 해도 될지 잘 모르겠지만⋯⋯."

미쓰요는 잠시 주저했지만, 말하고 싶은 기분을 억제할 수 없다는 것은 불을 보듯 뻔했다.

"6학년 때 소풍을 갔는데, 다른 반 여학생이 행방불명된 적이 있어요. 마을 사람들이 모두 나서서 찾는 대소동이 벌어졌는데, 결국 연못에 떠 있는 것이 발견되었지요."

방 안은 상당히 후텁지근했는데도 불구하고 신지의 등줄기에는 차가운 바람이 스치고 지나갔다.

"사고가 아니었나요?"

"소풍을 간 곳에서 연못까지는 500미터나 떨어져 있었어요.

얌전한 아이라서 혼자서 그런 곳까지 가지는 않았을 거예요."

"그런데 고사카 씨와 그 사건을 구체적으로 연결짓는, 특별한 무엇이 있었나요?"

"고사카가 얼마 전부터 그 아이를 끈질기게 따라다녔거든요. 그래서 선생님에게 야단도 맞았구요. 그런데 누군가가 고사카 옆에 있었다고 증언해서 혐의가 풀렸어요."

신지의 입에서는 자신도 모르게 안도의 한숨이 새어나왔다.

"그렇다면 알리바이가 있었던 거군요."

"하지만 지금 막 생각이 났는데……."

미쓰요는 눈을 크게 뜨고 신지를 뚫어지게 쳐다보았다.

"그때 증언한 사람이 바로 사치코였어요."

비는 가늘게 흩뿌리는 보슬비로 변해서 여전히 대지를 적시고 있었다. 곤고역 앞에 있는 공중전화에서 일단 교토 지사에 전화를 건 다음, 신지는 난파로 돌아가지 않고 반대 방향의 지하철을 탔다.

미쓰요에게서 당시 고모다의 담임이었던 하시모토 선생이 우연히 같은 초등학교로 전근 왔다는 이야기를 듣고, 여기까지 올 기회는 다시 없을 것 같아서 들러보려고 한 것이다.

종점인 고야산의 한 정거장 앞에서 내리자, 북쪽에는 가쓰라기 산맥이 이어지고 남쪽에는 고야산이 우뚝 솟아 있었다. 녹음이 푸르러서 그런지, 교토 시내에서는 느낄 수 없는 상큼한 공기가 폐부 깊숙한 곳까지 스며들었다.

K초등학교는 걸어서 20분 정도 걸리는 곳으로, 교문을 통과할 때는 비가 완전히 그쳐 있었다. 군데군데 물웅덩이가 생긴 교정에서는 아이들이 축구를 하며 뛰어놀고 있었다. 아이들은 흙탕으로 뒤범벅이 되어도 개의치 않고, 까까머리 남자아이가 날카로운 슛을 날리자 환호성을 지르며 떠들어댔다.

생명과 활력으로 똘똘 뭉쳐 있는 아이들을 보자, 문득 악취에 가득 찬 어둠침침한 집 안에서 세상을 떠나야 했던 가즈야가 생각났다. 뛰어다니는 아이들이 모두 가즈야와 비슷한 또래였기 때문이리라.

교직원실에 가서 하시모토를 만나고 싶다고 하자 즉시 회의실로 안내해 주었다. 역시 미쓰요에게 부탁해서 전화를 걸어달라고 하기를 잘한 것 같았다. 잠시 후, 이미 반백이 다 된 머리에 코 위에 돋보기를 걸쳐 쓴 50대 중반의 여성이 나타났다. 나이로 보아 교감이나 교장이 되었을 법도 하지만, 명함에는 다만 선생이라고 되어 있었다.

"보험회사에서는 그렇게 옛날 일까지 조사하시나요?"

하시모토는 신지의 명함을 들여다보며 수상쩍다는 마음을 감추지 않았다.

"예. 개인적인 문제라서 무엇을 조사하고 있다는 것까지는 말씀드릴 수 없지만요."

"상속에 관한 것인가요?"

"그런 것도 포함되어 있습니다. 번거롭게 하지는 않을 테니까, 고사카 씨와 사치코 씨에 관해 알고 계신 것을 말씀해 주시면 감사하겠습니다."

경찰이나 변호사와 달리 신지에게는 수사상의 권한이 전혀 없어서, 상대가 협조해 주지 않으면 진행되지 않기 때문에 능숙하게 이야기를 끌어가야만 한다.

"벌써 30년이나 지난 일이라서요. ……고사카라는 아이에 대해서는 어렴풋이 생각이 나는군요. 여러 가지 문제가 있었던 아이였으니까요. 그런데 미안하지만 사치코라는 아이는 별로 생각이 나지 않는군요."

하시모토는 신지의 질문에 열심히 대답해 주었지만 그것은 거의 신임교사 시절의 고생담에 지나지 않아서, 미쓰요의 이야기를 일부분 뒷받침할 정도의 수확밖에 얻을 수 없었다.

여기까지 온 것을 후회하기 시작했을 때, 하시모토는 잠시 기다리라고 하더니 회의실에서 나갔다. 얼마나 기다렸을까, 그녀는 한참 뒤에야 작은 책자를 들고 나타났다.

"이것은 5학년 때 만든 그 반의 문집이에요. 국어 실력을 키워주기 위해, 제가 담임을 맡은 반에서는 반드시 문집을 만들고 있거든요. 하지만 아직까지 남아 있을 줄은 몰랐네요."

문집은 갱지에 등사판으로 인쇄한 것으로, 30년 사이에 종이가 산화되어 불에 탄 것처럼 끝이 너덜너덜했다. 더구나 잉크가 희미해져서 몹시 알아보기 힘들었다. 철하고 있는 스테이플러 침에도 녹이 잔뜩 끼어 당장이라도 부러질 것 같았다.

문집의 제목은 '꿈'이었다. 처음에는 장래의 꿈이라고 생각했지만 페이지를 넘기다보니 아무래도 실제로 꾸었던 꿈 이야기를 쓴 것 같았다. 작문을 싫어하는 아이들에게는 아주 적절한 주제라고 할 수 있다.

너무나도 어린아이다운 소박한 꿈도 있고, 일부러 꾸며냈다고밖에 볼 수 없는 기이한 이야기도 있었다. 이상하게도 맛있는 음식을 먹는 꿈이 많았고, 그것도 한결같이 비프스테이크라는 것이 당시의 분위기를 연상시켰다.

천천히 넘기다 보니 고사카의 작문은 앞에서 여섯, 일곱 번째쯤에 나왔다.

꿈

고사카 시게노리

할머니가, 죽은 사람은 꿈에서 만나러 온다고 했는데, 꿈속에서 아빠랑 엄마가 나를 보고 있어서 기분이 좋았다.

그리고 '고사카, 할머니 말씀을 잘 들으렴. 장난을 치면 안 된다' 고 말해서, '장난은 치지 않아요' 하고 말하니까 사라졌다.

그리고 이제 만날 수 없다. 다시 만나러 오면 좋을 텐데, 두 번 다시 꿈에서 나타나지 않을 것 같은 생각이 들었다.

초등학교 5학년 학생의 작문치고는 놀라울 정도로 유치했다. 고작해야 1, 2학년 수준이나 될까, 문장다운 문장은 눈을 씻고 찾아볼려야 찾아볼 수 없었다.

그러나 유치한 표현에도 불구하고 가슴에는 뜨거운 불덩이가 올라오는 것 같았다. '슬프다' 는 단어는 한 마디도 쓰지 않았지만, 이 작문에서 느껴지는 것은 부모를 잃어버린 어린 소년의 깊은 슬픔이었다.

가령 아주 어린 시절의 작문이기는 해도, 어린아이를 태연하게 죽이고 보험금을 사취하는 잔인한 마음의 소유자와는 어딘지 어울리지 않는다는 느낌이 들었다.

신지는 문득 예전에도 똑같은 느낌을 받았다는 것을 떠올렸다. 고모다라는 인물이 가지고 있는 기묘한 이중성이 무엇인가와 어울리지 않는다는 느낌. 그러나 그것이 무엇이었는지는 생각나지 않았다.

사치코의 작문은 고모다의 바로 뒤에 있었다. 출석번호가 하나 다른 것을 보면, 앉은 자리도 바로 앞뒤였거나 옆이었을 수도 있다.

그네의 꿈

고모다 사치코

어젯밤에 꾸었던 꿈에 대해서 쓰겠습니다. 사실은 어제뿐만 아니라, 훨씬 오래 전에도 꾼 적이 있습니다. 훨씬 예전에, 대여섯 번 꾼 적이 있습니다.

꿈속에서, 내가 중앙공원에 갔을 때는 아무도 없었습니다.

나는 그네를 타고 발을 굴렀습니다.

그네를 타고 있었더니, 자꾸자꾸 속도가 붙어서 높이 올라가게 되었습니다. 그래도 계속 탔더니, 더욱, 훨씬 높은 곳까지 가게 되었습니다.

그래서 재미있어서, 계속 자꾸자꾸 발을 굴렀더니 결국에는 아주 높이 올라갔습니다.

그리고 계속 높아져서, 한 바퀴를 돌 것처럼 높아졌습니다.

가장 높아진 다음에, 나는 미끄러져서 그네에서 떨어졌습니다.

그리고 어두운, 아무것도 없는 곳으로 계속 떨어져 갔습니다.

고모다에 비하면 조금은 작문다워졌지만, 역시 초등학교 5학년 치고는 국어 실력이 빈약하다고 볼 수밖에 없다.

사치코를 만난 것은 교토 지사에 나타났을 때 단 한 번뿐이었지만, 그 글은 그때의 인상과 기묘하게 일치되는 점이 있었다.

융통성이 전혀 없는 고지식함이라고 할까, 완고함이라고 할까.

그것은 서두에서 단적으로 나타나 있었다. 일부러 어젯밤에 꾼 꿈에 대해서 쓰겠다고 서두를 꺼내고, 처음 본 꿈이 아니라는 사실이 떠오르자 그것도 함께 썼다. 또한 다시 꿈을 꾼 횟수까지 못박아두는 대단한 집착력을 가지고 있다.

가장 중요한 것은 내용이지만, 이것은 생각보다 훨씬 담담했다. '타다' 라든지 '높다' 와 같이 똑같은 말을 집요하게 반복하고 있지만 마음에 남는 것은 아무것도 없다. 다만 실제로 일어난 일을 그대로 기록했다는 느낌밖에 전해지지 않았다.

그네. 신지는 문득 학창시절에 읽은 꿈해석집을 떠올렸다. 그네에는 분명히 어떤 의미가 담겨 있었다. 사물이 변화하는 징조라든지 또는 무엇인가에 대해서 망설이고 있다는 뜻일지도 모른다. 그는 나중에 메구미에게 물어보기로 하고 문집을 덮었다.

그때 이상하게 쳐다보는 하시모토의 시선과 마주쳤다. 미간에 주름을 잡고 문집을 노려보는 것이 기이하게 비친 것이리라. 그것은 당연하다. 지금에 와서 30년 전의 작문을 분석한다고 해서 무엇이 해결될 것인가.

신지는 어색한 미소를 지으면서 하시모토에게 문집을 돌려주기를 잠시 망설였다.

뚜렷한 이유는 아무것도 없다. 단순한 직감, 어쩐지 이 문집을 자세히 읽어보아야 한다는 생각이 든 것이다.

"저, 만약에 괜찮다면 이것을 복사해도 될까요?"

"괜찮아요. 가지고 가세요. 글씨가 희미해서 복사하면 잘 보이지 않을 테니까, 다 보신 다음에 돌려주시면 돼요."

그는 정중하게 인사를 하고 나서 초등학교를 뒤로 했다.

기왕 여기까지 왔다는 생각에, 신지는 고모다와 사치코의 옛날 집까지 가서 주변을 탐문해 보았으나 별다른 수확은 없었다. 다시 지하철을 타고 교토로 돌아왔을 때는 이미 황혼이 어스름하게 깔려 있었다.

일이 끝나면 곧바로 집으로 돌아가라고 했지만, 샐러리맨의 서글픈 습성으로 일단 회사에 얼굴을 내밀기로 했다. 매일 9시까지는 항상 누군가가 남아 있었는데, 오늘따라 총무부에는 아무도 없었다. 회의실에서 웃음소리가 들려와서 들어가 보니, 오사코가 오래 된 영업소장들과 술잔을 주거니 받거니 하고 있었다. 기타니와 요시오는 오랜만에 정시에 퇴근했다고 한다. 결국 보고는 내일로 넘기는 수밖에 없었다.

자리로 돌아가자 책상 위에는 커다란 봉투 하나가 놓여 있었다. 본사와 지사 사이에 주고받는 우편 봉투였다. 에너지와 사업비 절약의 일환으로, 가장 위쪽에는 사내에서 여러 번 사용할 수 있도록 수신처를 쓰는 난이 빼곡히 인쇄되어 있었다.

처음에는 마루노우치 지사에서 본사 보험금과로 보내졌고, 그곳에서 다시 야마가타 지사, 단체수납과, 마쓰에 지사, 히로

시마 지사, 의무과, 구시로 지사, 영업관리과, 쇼난 지사를 거쳐서 마지막으로 후쿠오카 지사 엔도 과장을 통해서 교토 지사 신지 주임 앞으로 되어 있었다. 그렇기 때문에 요시오도 이것만은 개봉하지 않은 것이리라.

신지는 집에 가서 읽을 생각으로 봉투를 가방에 넣었다. 회사에서 나올 때, 비는 완전히 그쳐 있었다. 그는 집까지 걸어가기로 하고, 도중에 분식집에 들러 라면과 만두를 먹은 다음 시바스 리갈을 사서 아파트로 돌아갔다.

그는 일단 윗도리를 벗고 나서 구겨진 바지에 물을 뿜어 옷걸이에 걸었다. 그리고 팬티 차림으로 부엌의 식탁에 앉아 빌려온 문집을 다시 한 번 읽어보았다.

나머지 45명의 작문에도 눈길을 돌려보았다. 5학년쯤 되자 꿈에 대해서 제법 생생하게 묘사하는 아이가 많았다. 역시 고모다 부부의 문장력이 상당히 뒤떨어진다는 것은 의심할 여지가 없었다.

그 이외에 특별히 느낀 점은 없었다. 일부러 이 문집을 빌려온 것은 직관이 작용했기 때문이지만, 지금에 와서 냉정히 생각해 보면 단순한 착각이었을지도 모른다.

그러나 메구미의 조언을 받아볼 필요는 있을 것 같다. 그의 전공은 곤충학이지 심리학이 아니니까.

누구나 취급할 수 있는 심리 테스트와 달리, 꿈의 해석에는 독특한 감각이 필요하다. 특히 융 심리학에서는 신화나 민간 전승과 같은 방대한 지식과 함께 문학적 재능이 필요불가결하다.

그 어느 방면의 재능도 그에게는 부족하지만 메구미라면 해석할 수 있을지도 모른다.

그는 술잔에 시바스 리갈과 물을 조금 따르고, 손가락으로 얼음을 돌리며 적당히 뒤섞었다. 한 모금을 마시자 긴장이 풀리는 것을 느낄 수 있었다. 최근에 들어서는 술을 마시지 않으면 잠을 이룰 수 없었다.

어쩌면 알코올이 뇌를 자극하여 영감을 얻을 수 있지 않을까 생각했지만, 물론 그렇게 마음대로는 되지 않았다. 오히려 잠이 쏟아져서 판단력이 저하될 뿐이었다.

그때 갑자기 울리는 전화벨 소리가 밤의 정적을 깨뜨렸다. 신지는 쿵쾅거리는 심장을 진정시키며 침대 옆에 있던 무선전화기를 들어올렸다.

"여보세요. 신지입니다."

수화기 건너편에서는 아무 말이 없었다. 그는 잠시 귀를 기울여 보았다. 전화가 끊어진 것 같지는 않지만 아무런 소리가 나지 않았다. 그는 잠시 기다렸다가 전화를 끊었다.

다시 술잔에 술을 채우고, 그는 문득 생각난 것처럼 회사에서 가지고 온 서류 봉투를 꺼냈다.

봉투를 열자 그가 의뢰한, 이미 소멸이 끝난 계약서류 복사본이 들어 있었다. 과거에 일어난 손가락 절단족 사건의 계약이었다. 아마 담당자가 창고를 온통 뒤져, 산더미처럼 쌓인 서류더미에서 가까스로 발견했을 것이다.

내용은 신지의 예상과 다름이 없었다. 고모다에게는 질병입원특약 및 재해입원특약에 대해서 한도인 700일 분까지 모두 지급했다. 그런 다음 왼손 엄지 절단 사고에 대해서 100만 엔의 장애급부금을 지급하고, 최종일에 계약을 해약하고 있었다.

입원증명서 복사본도 첨부되어 있었다. 전부 여덟 장으로, 언제나 그렇듯이 경추염좌를 비롯하여 몇 가지 병명과 부상 정도가 쓰여져 있었다. 그 가운데 모럴 리스크 병원이 섞여 있는지 여부는 유감스럽지만 알 수 없다.

어쨌든 입원급부금에 관해서 부정 청구라는 확증은 마지막까지 얻을 수 없었던 것 같았다.

제법 취기가 올라 몽롱한 상태에서, 입원증명서 한 장이 그의 눈길을 끌었다.

지금부터 13년 전의 기록이었다. 그렇다면 컴퓨터 단층촬영(CT)과 같은 화상검사가 보급되기 시작한 시기가 아닌가. 그때 고모다는 건축작업 도중, 발판에서 떨어져 머리를 다쳐서 입원했다. 뇌출혈의 유무를 확인하기 위해 당시 최신기술인 핵자기공명단층화상진단(MRI)을 받았는데, 그 결과 뇌출혈이나 뇌경색의 징후는 없었지만 마음에 걸리는 사실이 기록되어 있었다.

뇌의 일부에서 미세한 기형(奇形)이 발견된 것이다. 선천성 뇌종양에 따른 수액(髓液) 통과장애가 가벼운 수두증을 일으킨 것으로, 검사한 결과 수액압이 올라가지 않고 안정된 상태여서 수술을 받지는 않은 것 같았다. 그러나 그것이 무엇을 의미하는지는, 그의 빈약한 의학지식으로는 판단할 수 없었다.

　그는 서류를 봉투에 넣고, 다시 술을 따라서 한입에 털어넣고는 침대에 누웠다.

　눈을 감자 목을 매단 토끼와 연못에 빠져죽은 여자아이, 고모다 부부가 쓴 작문, 손가락 절단족 사건 등이 머릿속에서 빙글빙글 맴을 돌았다.

　밖에서는 어느 사이엔가 다시 비가 내리기 시작했다. 빗방울이 유리창을 때리는 불규칙한 소리를 들으면서, 신지는 혼돈스러운 잠 속으로 빠져들었다.

3

6월 14일 금요일

쇼와보험서비스의 나카무라라는 조사원은, 말을 하는 동안 끊임없이 발을 덜덜 떨었다. 그리고 담배 한 대를 정신 없이 2, 3분만에 피우고는, 꽁초에 힘을 주어 재떨이에 비벼껐다.

신지는 어이가 없는 표정으로 그 모습을 바라보고 있었다. 마음에 쌓인 스트레스를 주체하지 못하는 것이리라. 마치 조사원이라는 일이 끔찍해서 한시라도 빨리 그만두고 싶어하는 것 같았다.

그러나 고모다의 주변을 탐문한 결과에는 귀를 기울여야 할 만한 내용이 있었다.

"사치코가 그 집으로 이사 간 것은 17년 전인 1979년 5월이었습니다. 그 이전에 살았던 사람은 '가쓰라'라는 부부였지요. 가쓰라는 아라시야마에 있는 고급 요정에서 주방장으로 일했는데, 부인이 자궁암으로 세상을 떠난 이후 술에 절어서 살다가 간경변에 의한 식도정맥류 파열로 세상을 떠났습니다. 당시 아직 쉰 살밖에 되지 않았는데요. 그들 부부에게는 자식이나 가까운 친척이 없어서, 집이나 가재도구는 모두 가쓰라의 먼 친척에 해당하는 사치코가 상속하게 되었습니다."

그러면 그 집은 셋집이 아니라 고모다의 집이란 말인가. 그 사실이 신지에게는 몹시 의외로 느껴졌다. 구조로 볼 때, 원래는 상당히 훌륭한 저택이었으리라. 손질을 게을리했기 때문에 불과 17년 만에 그렇게 악취를 뿌릴 정도로 황폐해진 것이다.

"가쓰라 부부의 사인에는 수상한 점이 없습니까?"

"그 점은 문제 없습니다. 두 사람 모두 분명한 병으로 세상을 떠났고, 사치코의 존재도 변호사가 겨우 찾아냈다고 하니까요."

말을 하는 나카무라의 입에서 히죽거리는 웃음이 새어나왔다. 자신의 조사가 완벽하다는 자부심 때문이리라.

"그러나 이사 오자마자 연속적으로 문제가 터졌다고 합니다. 그 주변은 오래 전부터 부유한 사람들이 살던 조용한 주택가잖습니까? 그 전의 가쓰라 부부에 비해도, 사치코는 분명히 받아들이기 힘든 이방인이었나 봅니다."

"어떤 문제가 있었나요?"

"우선 쓰레기를 버리는 문제였습니다. 사치코는 수거일을 무시하고, 자기 멋대로 편할 때 쓰레기를 내놓았다고 합니다. 그 쓰레기를 개나 까마귀가 파헤치는 바람에 여기저기에서 지저분하다는 불만이 제기되었지요. 그리고 악취도 보통 심한 것이 아니었구요. 무슨 냄새인지는 모르지만, 바람의 방향에 따라서는 다섯 채 건너 집까지 악취를 풍겼다고 합니다. 아무리 항의해도 얼굴에 철판을 깔았는지 상대도 하지 않았다고 하더군요. 구청에도 민원을 냈는데, 그때만 잠깐 조심할 뿐 결국은 원래 상태로 돌아간 것 같습니다."

나카무라는 잠시 말을 멈추더니 수첩을 들추었다.

"또 있습니다. 사치코와 고모다는 1993년에 결혼했는데, 이번에는 기르던 개의 울음소리가 문제가 되었습니다. 고모다가 여기저기에서 버려진 개를 주워왔다고 하는데, 그것이 장난이 아니었다고 하더군요. 거의 20마리에서 30마리나 되었다고 하니까요. 먹이를 줄 시간이 되면 개들이 목이 터져라 한꺼번에 짖어대는 통에 옆집의 주부는 정신이 이상해지는 줄 알았다고 하더군요."

"이웃 사람들이 어떻게 참았지요?"

"그것 말인데요."

나카무라는 다시 불을 붙인 담배를 재떨이에 비벼끄고 몸을 앞으로 내밀었다.

"도저히 참지 못한 이웃 사람이 고모다에게 상당히 강력하게 불만을 제기했습니다. 그래도 상대해 주지 않자 한밤중에 대문에 페인트로 짓궂은 낙서를 했다더군요. ……하긴 그 사람도 조금 독특한 사람이기는 합니다만."

그는 잠시 마음을 진정시키려는지 새로운 담배에 불을 붙이고 나서 말을 이었다.

"그러나 얼마 후, 그 사람은 갑자기 이사를 가버렸습니다. 무슨 일이 있었는지는 아무에게도 말하지 않았지만, 금방이라도 숨이 넘어갈 것처럼 바들바들 떨었다고 합니다. 그런데 고모다가 몇 번인가 그 집을 찾아가는 것을 보았다는 사람이 있습니다. 무서운 협박을 받지 않았을까 하는 소문입니다만, 진상은 아무도 모른 채 베일에 싸여 있습니다."

이야기에 빠져들자 나카무라는 말이 많아졌다. 신지는 그로부터 20분 남짓 고모다에 대한 이웃 사람들의 평판을 들었지만 좋은 이야기는 하나도 없었다.

그는 나카무라에게 감사의 뜻을 전하고 엘리베이터로 걸어가는 뒷모습을 쳐다보았다.

쇼와보험서비스의 본래의 업무는 본사에 보고서를 제출하는 것으로, 일부러 지사까지 와서 조사한 내용을 자세히 말해 주는 것은 극히 이례적인 일이었다.

그러나 이것으로 고모다 부부에 대해서 전문가의 의견을 듣고 싶다는 생각은 마음 깊숙이 뿌리를 내렸다.

8층에서 엘리베이터가 멈추는 소리가 들린 것은 마침 점심을 먹으러 자리에서 일어섰을 때였다. 다음 순간, 자동문이 열리고 고모다가 들어왔다.

오늘은 여느 때보다 조금 빠르다. 어제는 신지가 없다는 것을 알고는 일찌감치 철수했지만, 허탕을 쳤다고 생각하고 기습할 시간을 바꾼 것일까. 직원용 문을 통해 점심을 먹으러 나가려던 요시오가 아무렇지 않은 표정으로 자리로 돌아와서 서류를 정리하기 시작했다. 신지는 옆눈으로 그것을 확인하고 나서 카운터로 향했다.

"어서 오십시오."

신지가 카운터 자리에 앉아도 고모다는 입을 열지 않았다. 마치 넋이 나간 사람처럼 꼼짝도 하지 않고 허공의 한 점을 물끄러미 응시하고 있었다. 신지는 선제 공격으로 나가기로 했다.

"가즈야의 보험금 때문에 오셨을 텐데 대단히 죄송합니다. 아직 본사에서 결정이 나오지 않았으니까 조금만 더 기다려 주시기 바랍니다."

말하는 도중에 힐끔 표정을 살펴보았지만 고모다에게서는 아무런 반응도 돌아오지 않았다.

"매일 회사까지 찾아오시는데 정말 죄송합니다만, 결정이 나오는 대로 이쪽에서 연락을 드리겠습니다."

이제 더 이상 오지 말라는 것을 깨달았는지, 고모다의 시선은 가까스로 신지의 얼굴에 초점을 맺었다. 그리고 두세 번 입술을 달싹이더니, 가래가 섞인 듯한 껄끄러운 목소리로 입을 열었다.

"다음에…… 오라는 건가?"

"예. 많이 기다리셨는데 대단히 죄송합니다."

카운터 위에서 장갑을 낀 고모다의 왼손이 희미하게 떨렸다. 신지는 자신도 모르게 흠칫 입을 다물었다. 이것도 연기란 말인가.

"돈이…… 돈이 필요하다네."

"예에……."

"사야 할 물건도 많고, 아직 장례식도 치르지 못했지. 스님에게 독경을 해달라고 부탁할 돈도 없어서 말일세. 적어도 장례식 정도는 정성껏 치러주고 싶은데…… 가즈야는 참으로 가엾게 살다가 죽었으니까."

마지막 말은 너무나 나지막해서 들릴락말락했지만, 신지는 등줄기에 차가운 오한이 내달리는 느낌을 지울 수 없었다.

"이제 한푼도 없어서 어찌할 수가 없네. 그래서 오늘은 보험금이 나오지 않을까 해서 찾아왔지."

고모다는 오른손을 입가로 가지고 가더니 검지의 뿌리 부분을 잘근잘근 씹기 시작했다.

신지는 무슨 말을 해야 좋을지 몰라서 잠자코 고모다의 모습을 바라보고 있을 수밖에 없었다. 상식적으로 볼 때, 잘못은 자기 쪽에 있다고 할 수 있었다. 일반적으로 보험금 지급 결정을 이렇게 오래 끄는 법은 없으니까 말이다.

얼마나 침묵이 오래 지속되었을까, 어쩌면 1분일지도 모르고 어쩌면 10분일지도 모른다. 어쨌든 그 동안 고모다는 눈도 깜빡거리지 않았고, 카운터 주위에는 이상한 긴장감이 감돌았다. 고모다가 들어온 다음에 두 사람이 들어왔지만, 어쩐지 경원하는 것처럼 그의 옆자리는 모두 비어 있었다. 여직원들이나 요시오도 숨을 죽이고 있는 것이 느껴졌다.

"자네 ……나?"

고모다가 무슨 말을 했지만 목소리가 워낙 작아서 잘 들리지 않았다.

"잘 들리지 않았는데, 다시 한 번 말씀해 주시지요."

신지는 고모다가 침묵을 깨뜨린 것에 안도의 한숨을 내쉬었다.

"자네, 어디에서 살고 있나?"

한순간 어떻게 대답해야 좋을지 말문이 막혔다. 고객 대응 매뉴얼에서는 사생활에 관한 질문에는 일체 대답하지 말라고 되어 있다. 그러나 대답할 수 없다고 말할 수는 없었다.

"저, 시내에 사는데요."

"시내라…… 어디 말인가?"

신지는 바싹 마른침을 꿀꺽 삼켰다.

"그것은…… 대답할 수 없게 되어 있습니다."

"어째서?"

"회사 규정에 그렇게 되어 있습니다."

고모다는 '후욱' 하고 땅이 꺼져라 한숨을 내쉬었다. 마치 깊은 구멍에서 숫구쳐 나온 듯한 소리였다. 턱의 근육이 사과라도 갉아먹고 있는 듯이 움찔거렸다.

그때 고모다의 입가에서 붉은 피가 한줄기 흘러나왔다. 그러자 카운터에서 조금 떨어진 자리에 앉아 있던 중년 여성이 비명을 질렀다.

"고모다 씨……!"

신지가 소리를 높여 불러도 고모다는 아무런 반응이 없었다. 검붉은 피는 턱의 끝을 타고 작업복의 가슴 부분으로 떨어지면서 짙은 얼룩을 만들었다.

"고모다 씨! 제발 그만두세요!"

신지는 어정쩡하게 일어선 채 굳어 있었다. 고모다는 가까스로 신지와 눈길을 마주쳤지만, 그래도 자신의 손을 깨무는 것은 멈추지 않았다.

다음 순간, 갑작스러운 고통에 놀란 짐승처럼 고모다는 입에서 오른손을 떼어냈다. 검지 주위에 타액에 젖어 빛나는 깊은 이빨 모양이 생기고, 개가 물어뜯은 흔적 같은 검은 구멍에서 피가 넘쳐흘렀다.

무거운 발소리와 함께 요시오가 다가와서 휴지를 통째로 내밀었다.

"괜찮습니까? 어떻게 된 일이지요?"

고모다는 장갑을 낀 왼손으로 요시오가 내민 휴지를 상처에 대었다. 그 즉시 휴지에는 검붉은 피가 배어들고, 끼고 있던 장갑까지 희미하게 얼룩이 배기 시작했다.

"고맙수. 그리고 미안하구려. 가즈야를 생각했더니……, 갑자기 불쌍한 아이라는 생각에 가슴이 복받쳐와서 나도 모르게 손을 깨물고 말았구려."

"피가 많이 나옵니다. 병원에 가는 편이 좋겠습니다."

"괜찮수. 별 이상은 없을 거요."

"우리 의무실에 의사 선생님이 계시니까 일단은 그곳으로 가서 치료를 받으시지요."

요시오는 재빨리 카운터 밖으로 나가서, 어이없는 표정으로 서 있는 다른 고객의 시선을 피하면서 고모다의 등을 떠밀었다.

자동문을 나설 때, 고모다가 고개를 돌려 신지를 쳐다보았다. 피로 물든 붉은 입술이 웃는 것처럼 위로 치켜올라가 있고, 유리구슬 같은 새까만 눈동자는 형광등에 반사되어 작은 점처럼 수축되어 있었다.

    붉은 저녁 노을에 물들어 있는 오후 6시의 캠퍼스는 한산하기 그지없었다. 졸업한 이후 처음 찾아간 모교였지만, 공과대학의 실험시설 같은 새로운 건물이 눈에 띄는 것 이외에는 거의 변함이 없었다.

    돌로 된 교사(校舍)로 들어가자 내부는 음습하고 어두컴컴했다. 내부의 구조보다 외관의 허세를 중요하게 생각한 20세기 초반의 건축설계 사상은, 어쩐지 마루노우치에 있는 M생명이나 2차 대전 이후 연합군 사령부로 사용해서 유명해진 D생명의 본사 건물을 연상시켰다.

    신지는 낡은 계단을 올라가서 바닥이 삐걱거리는 3층의 어두운 복도를 지나갔다. 그리고 '교수, 다이고 노리코'라는 이름이 붙어 있는 연구실 문을 노크했다.

    철제 책장과 컴퓨터에 점령당하여 좁은 통로로 변해버린 연구실 안에는, 이제 막 끓인 커피 향기가 은은하게 떠다니고 있었다.

    천으로 만든 초라한 소파에는 세 사람이 앉아 있었는데, 메구미가 먼저 그를 알아보고 손을 흔들었다. 또 한 명의 여성은 메구미의 은사이며 그도 잘 알고 있는 심리학과 교수 노리코이고, 마지막으로 가느다란 금테 안경을 낀 30대 초반의 표정이 어두운 남자는 처음 보는 얼굴이었다.

"노리코 교수님. 바쁘신데 멋대로 찾아와서 죄송합니다."

"아닙니다. 자, 어서 이쪽으로 앉으세요."

노리코는 일부러 자리에서 일어서서 정중하게 맞이해 주었다. 작은 키에 얼굴이 창백한 데다 몸까지 가냘팠지만, 연약하게 보이지 않는 것은 모든 것을 다 꿰뚫어보는 듯한 커다란 눈때문이리라. 이미 쉰을 넘은 나이인데도 옷차림에는 무관심한지 청바지 위에 티셔츠와 하얀 스웨터를 걸쳐입고, 이미 백발이 섞이기 시작한 머리는 단발 모양으로 가지런히 잘라놓았다.

"지금 메구미에게서 신지 씨 얘기를 듣고 있던 참입니다. 그리고 이 사람은 내 조교인 가나이시 씨로, 전공은 범죄심리학이죠. 신지 씨가 상당히 위험한 사람을 상대하고 있는 것 같아서 의논하고 있던 중입니다."

소파에 앉아서 가나이시에게 명함을 건네주는 동안, 메구미가 그에게 커피를 따라주었다. 그때 신지는 노리코가 미소를 지으면서 메구미의 뒷모습을 쳐다보는 것을 깨달았다. 이 사람에게는 아무것도 감출 수 없으리라.

신지가 실명(實名)을 감추고 지금까지의 경위를 말하는 동안, 다른 사람들은 모두 침묵으로 일관했다. 특히 메구미의 얼굴을 통해 크나큰 충격을 받았다는 것을 생생하게 엿볼 수 있었다.

"어쨌든 그 K라는 인물이 살인을 저질렀다고 가정해 봅시다."

노리코가 신중한 태도로 포문을 열었다.

"자신이 첫 번째 발견자가 되기 싫어서 일부러 신지 씨를 불러서 사체를 발견하도록 계획했다……, 일단 줄거리는 그럴 듯하군요. 물론 좋은 방법이라고 하기는 어렵지만요. 가나이시, 자네는 K의 프로필을 어떻게 분석하지?"

"글쎄요. 지금 들은 이야기만으로는 명확하게 판단을 내릴 수 없지만, 만약에 K가 살인을 저질렀다고 하면 동정이나 양심, 후회와 같은 심적 기능이 근본적으로 결여되어 있는 정성결여자(情性缺如者)가 틀림없다고 생각합니다. 더구나 그것에 억제결여성과 폭발성 성격이 뒤섞여 있을 가능성이 있습니다."

"배덕증후군(背德症候群)이군."

노리코가 나지막하게 중얼거렸다. 귀에 익숙하지 않은 단어였기 때문에 신지는 무슨 뜻이냐고 물었다.

"인격장애에는 여러 종류가 있는데, 정성결여와 함께 억제결여, 폭발성의 두 가지를 가지고 있는 경우를 특별히 배덕증후군이라고 하지요. 연속적으로 중대한 범죄를 저지를 수 있는, 최악의 상태를 가리킵니다."

분명히 냉혹하기 짝이 없는 사람이 자신의 욕망을 억제하지 못하고, 더구나 분노의 발작에 휩싸인다면 그보다 더 위험한 일은 없을 것이다.

그때 커피잔을 들고 잠시 생각에 잠겨 있던 메구미가 의문을 입에 담았다.

　"하지만 그런 사람이 실제로 존재하나요? 분명히 감정이 풍부한 사람과 비교적 빈약한 사람은 있다고 생각해요. 그러나 감정이 하나도 없는 사람이 있을까요? 범죄 심리에 대해서는 잘 모르지만, 성격이 다른 한 사람 한 사람을 그러한 말로 통괄해 버리는 것은 위험하지 않을까요?"

　"그 말은, 그런 용어가 혼자 떠돌아다니는 것일 수도 있다는 뜻인가?"

　"예. 게다가 저는 정성결여라는 말 자체에도 의문을 가지고 있어요. 그러한 말이 순수하게 심리학 속에서 태어난 것인지 아닌지요."

　"글쎄, 어떨까?"

　"경찰이나 검찰에서는, 범죄자를 편리하게 묶어서 분류하고 싶어하잖아요? 그런 의미에서 볼 때, 그 말은 적당히 갖다붙인 듯한 느낌이 들어요. 피고를 정성결여자라고 단정하면 아무리 잔학한 범행에 대해서도 범행 동기를 세밀하게 분석할 필요도 없을 테고…… 물론 범죄심리학자가 경찰의 요청에 따라 만든 말이라고 생각하지는 않지만요."

　생각하지 않기는커녕 그렇게 단언한 것이나 마찬가지였다. 신지는 험악하게 일그러지는 가나이시의 얼굴을 쳐다보며 마음이 오그라드는 것 같았지만, 메구미는 전혀 주눅 들지 않았다.

험악해지려는 분위기를 달래기 위해 노리코가 끼여들었다.

"이상하다고 생각하는 것은 이해해. 역시 메구미다워. 정성결여자라든지 배덕증후군이라는 명칭에 대해서는, 나도 문제가 없다고 생각하지는 않으니까."

가나이시가 입을 열려고 하자 노리코는 가벼운 몸짓으로 제지했다.

"하지만…… 그래, 내 경험을 말해 두는 편이 좋을지도 모르겠군. 그러한 사람을 한 번 본 적이 있거든."

노리코는 미소를 잃지 않았지만, 미간에 새겨진 깊은 주름에서는 불쾌한 기억이라는 것을 암시하고 있었다. 그녀는 신지에게 눈길을 고정하며 말을 이었다.

"……더구나 우리 학교 학생이었죠. 신지 씨보다 2, 3년 선배니까, 어쩌면 캠퍼스 어딘가에서 스쳤을지도 몰라요. 처음 그 학생에게 시선이 끌린 것은 바움테스트 그림을 보았을 때였지요."

명칭은 들은 적이 있었지만 어떤 테스트인지 구체적으로 생각나지는 않았다. 노리코는 신지의 표정을 간파하고 즉시 설명을 덧붙였다.

"신지 씨도 우리 학교에 입학했을 때 그림을 그렸지요? A4 용지에 나무 그림을 그리게 하고, 그 사람이 가지고 있는 자기상(自己像)을 판정하는 심리 테스트예요. 신입생 전원에게 바움

테스트를 실시한 것은, 우리 대학이 국공립 대학 중에서 자살률 1위라는 불명예스러운 기록을 가지고 있었기 때문이지요."

그 이야기라면 들은 적이 있었다. 분명히 그가 재학하던 당시는 유급률도 최고였을 것이다.

"신입생들이 그린 나무 그림을 보고는, 이상한 그림의 대행진이 끝도 없이 이어져서 기겁했던 기억이 나요. 밋밋한 그루터기만 남아 있든지, 밑동이 갈기갈기 찢어지거나 세 살짜리 꼬마가 그린 것처럼 유치한 그림들이 많았지요. 아주 기묘한 그림으로는 일단 땅을 뚫고 나온 나무가 또다시 나뭇가지 끝에서 땅 속으로 파고들어가는 것도 있었어요. 그 그림을 어떻게 해석해야 좋을지, 구태여 이 자리에서는 말하지 않겠지만요……. 하지만 그 중에서도 그 학생, 일단 F라고 하겠어요, F의 그림은 언뜻 보아도 평생 잊을 수 없을 정도였어요."

노리코는 보일 듯 말 듯 몸을 부르르 떨었다.

"심리학의 지식이 없어도, 누가 보아도 이상하다고 생각했을 거예요. 바움테스트에서는 땅 속의 부분이 무의식을 나타낸다고 하는데, F의 경우에는 그림의 절반 이상이 땅 속이었어요. 하지만 문제는 그게 아니라 그림의 내용이었지요. 나무 뿌리가 휘감고 있는 것은 사람의 시체였어요. 그것도 한두 개가 아니고, 아무리 봐도 썩은 냄새가 풀풀 풍길 것 같은 처참한 시체. 모세혈관 같은 가느다란 뿌리가 영양분을 흡수하기 위해 시체의 온몸을 파고들었어요. 그리고 무슨 이유인지, 줄기 부분에는 고통으로 일그러진 사람의 얼굴이 몇 개나 그려 있었어요. ……데생도 원근법도 이상하고 몹시 치졸한 그림이었지만, 그 림을 보는 순간 오히려 기묘한 박력을 느꼈지요."

"그 학생을 카운슬링하셨나요?"

"예. 막상 만나보자 그렇게 이상하게는 보이지 않았어요. 나 중에 생각해 보니, 내 눈도 대단하지 않더군요. 가정환경도 보 통이었고 입시도 단번에 합격했지요. IQ는 조금 높지만 극히 평범하면서 조금 소극적인 젊은이라는 인상밖에 받지 않았어 요. 특이한 점이라고 하면, 커피를 권했지만 손도 대지 않았던 것 정도일까요? 선천적으로 후각이 이상해서, 전혀 향기를 느 끼지 못한다고 하더군요……."

노리코는 향기를 확인하는 것처럼 커피를 한 모금 들이켰다.

"그림에 대해서는 소설가인 가지이 모토지로의 '벚나무 아래 에 시체가 잠들어 있다'라는 말을 상상해서 그렸다고 했어요. 지금에 와서 생각하면 변명에 지나지 않지만요. F는 그 다음에 도 몇 번 면담하러 왔지만 결국 아무것도 알아내지 못했어요. 나는 F가 심리 테스트에 반발해서, 시험관을 놀라게 만들려고 일부러 그런 그림을 그렸다고밖에 생각하지 않았지요."

별로 말하고 싶지 않은 부분에 다다른 것처럼 노리코는 한숨 을 크게 내쉬며 눈을 가늘게 떴다.

"그로부터 열 달 뒤, F는 경찰에 체포되었어요. 미팅에서 알게 된 여학생을 따라다니며 밤낮을 가리지 않고 하루에 수십 번씩 전화를 걸고, 학교 앞에서 기다리다가 미행했다고 하더군요. 요즘 흔히 말하는 스토커 같은 것이지요. 그리고 마지막에는 드디어 여자의 집으로 뛰어들어갔어요. 눈초리도, 태도도, 완전히 정상 궤도에서 벗어나 있었다고 하더군요. 내가 면담할 때 만난 것과는 완전히 딴사람 같은 모습이었어요. 그러다 공포에 질린 여자를 대신해서 나온 오빠와 말다툼하던 끝에, 가지고 있던 칼로 여자와 오빠에게 중상을 입혔지요. ……그것도 두 사람 모두 10여 곳을 찔렀어요. 경찰에서 들은 이야기로는 분명한 살의를 가지고 찔렀다고 하더군요. 두 사람 모두 목숨은 건졌지만 거의 기적에 가까웠다는 거예요."

노리코의 눈길에 어두운 그늘이 드리워졌다. 그렇지만 아무도 끼여들려고 하지 않았다.

"F가 대학에서 카운슬링을 받은 것을 알고, 경찰은 범죄심리학의 야마자키 교수에게 의견을 물으러 왔지요. 나도 예전에 면담을 했다는 이유로 입회했지만, 부끄럽게도 그때 처음으로 얌전한 젊은이의 가면에 감추어져 있는 F의 진정한 모습이 보였어요. 자신의 욕망을 채우기 위해서라면 다른 사람의 목숨 따위는 아무렇지도 않게 생각하는 냉혹하고 무서운 모습이었지요. 야마자키 교수는 정성결여를 포함한 복수의 인격이상, 즉 배덕증후군으로 책임능력이 결여되어 있다는 의견을 내놓았어요. 그런데 기소하기 전에 변호사의 요청으로 다시 정신감정이 행해졌는데, 정신과 의사는 F를 망상형 분열증으로 진단했어요. 결국 F는 불기소로 처리되어 정신병원에 입원하라는 판정을 받았지요. 살인 사건도 아니고, 정신이 이상하다는 것과 미성년자라는 점 때문에 신문에서도 그리 크게 다루지 않았지만요."

"교수님께서는 F가 정신분열증이 아니라고 생각하십니까?"

노리코는 자신의 말에 열심히 귀를 기울이고 있는 신지를 쳐다보며 힘없이 미소를 지었다.

"나는 아니라고 생각해요. 하지만 어느 누구도 분명하게 말할 수는 없어요. 평범한 사람과 성격이상, 정신병과의 경계는 애매모호하니까요. 더구나 검찰측과 변호인측은 제각기 관점이 다르니까, 의뢰를 받은 쪽에서는 편견이 생기기 쉽지요. 단적으로 말하면, 100명의 감정인이 있으면 100개의 다른 정신감정이 나올 가능성이 있다고 할 수 있어요."

"지금 그 사람은 어떻게 살고 있지요?"

메구미가 책상 위로 눈길을 떨구며 떨리는 목소리로 물었다.

"폐쇄병동에 입원한 것은 약 1년 정도이고, 그 다음에는 집에서 통원치료를 받았던 것 같아. 하지만 지금 말한 것처럼 나는 정신분열증이라고 생각하지 않으니까, 치료는 아무 효과가 없었을 가능성도 있어. 그런 다음에는 소식을 듣지 못했지. ……

그 이후, 특히 신문의 사회면을 신경 써서 읽는 습관이 생겼어. 어쩌면 어느 날 갑자기, F의 이름이 튀어나올지도 모른다고 생각한 것이지."

노리코는 뒷맛이 꺼림칙한 표정을 지었다.

"그리고 F에게는 또 한 가지 독특한 점이 있었어. 선천적으로 두개골의 일부가 없는 채 태어났지. 머리카락으로 감추어져 있어서 겉으로 보기에는 알 수 없지만, 왼쪽 머리 뒷부분을 손으로 만져보면 쑥 들어가거든. 그래서 사고를 방지하기 위해 헬멧처럼 생긴 특수한 모자를 쓰고 다녔지. 그때는 그것에 별로 중요한 의미가 있다고는 생각하지 않았지만 말이야."

노리코는 시선을 가나이시에게 돌리며 다시 말을 이었다.

"신지 씨의 이야기에 따르면 K의 뇌에도 기형이 있다고 하던데, 그러한 부분이 성격에 직접적인 영향을 미치는 일이 있을까?"

"예를 들어 뇌염의 후유증이라든지 머리 부분의 외상(外傷), 선천성 기형 등으로 뇌에 미세한 장애가 남게 되면 성격 장애를 일으키는 경우가 있다고 합니다. MiBOCCS, 다시 말해 미세뇌기질 성격변화증후군이라고 합니다만, 그러한 경우 정성결여나 폭발성 성격, 고집성 성격이 일어나는 빈도가 높기 때문에, 배덕증후군이라는 진단과도 부합합니다."

가나이시는 두 손을 비비는 것처럼 잡고, 소년처럼 날카로운 목소리로 설명했다.

"다만 똑같은 장애를 가지고 있으면서도 성격에는 아무런 이상이 없는 것처럼 보이는 사람이 압도적으로 많습니다. 현재의 의학으로는, 뇌의 어떠한 장애가 성격의 변화로 이어지는지 알려져 있지 않습니다."

잡으려고 할 때마다 고모다라는 인간은 살며시 손가락 사이로 빠져나가 버린다. 모든 것은 여전히 안개 속에 싸여 있었다.

신지는 초조함을 감추지 못하고 탁자 위로 몸을 내밀었다.

"교수님, 저는 아직 K에 대해서 납득이 안 되는 부분이 있습니다. K는 헤아릴 수 없이 많은 버려진 개들을 데려와서 기르고 있었습니다. 그는 강아지들을 몹시 사랑하는 것처럼 보였는데, 아무리 보아도 연기라고는 생각되지 않았습니다. 그 모습과, 돈 때문에 태연히 살인을 저지르는 사람이 아무래도 연결되지 않습니다."

"그래요? 어떻게 사랑했지요?"

신지는 고모다가 개를 부르는 기묘할 정도로 달콤한 목소리를 떠올렸다. '오오, 겐타. 심심했니? 이 아빠가 보고 싶었어? 그래그래? 준코, 너도 이리로 오렴.'

"강아지에게는 모두 사람의 이름을 붙였습니다. 부르는 목소리도 소름이 끼칠 정도로 부드러워서, 애완동물이라기보다는 친자식 같다는 느낌이 들었습니다."

"그래요? 재미있군요. 원래 과도의 감상주의는 냉혹함의 반증인 경우가 많지요."

옆에 있던 메구미가 우물쭈물거리며 반론을 제기했다.

"하지만 그러한 사람은 꽤 많지 않나요? 저도 그렇구요. 우리 애들에게는…… 우리집에는 지금 고양이가 두 마리 있는데, 언제나 사람처럼 말을 걸거든요."

노리코는 사랑하는 제자에게 따뜻한 미소를 지었다.

"자네도 잘 알고 있다고 생각하지만, 감상이라는 것은 감정의 대체물이지. 따라서 감상적인 사람은 전혀 정반대인 두 종류로 분류할 수 있어. 하나는 사춘기 소녀처럼 감정의 에너지 자체가 과잉된 경우, 또 하나는 정상적인 감정의 흐름이 어떤 이유로 막혀버려서 감상이라는 배출구로 터져나가는 경우지. 메구미는 분명히 전자이고, K는 후자라고 생각해."

메구미는 그래도 승복할 수 없다는 표정을 지었다.

신지는 고금의 권력자 가운데 그러한 형태의 잔인함을 보여준 사람들을 떠올렸다. 로마 시가지에 불을 지르고 비탄에 젖은 시를 지었다는 네로 황제, 진시황제, 서태후,…… 히틀러의 오른팔로 2차대전의 주범인 괴링은 기르던 새가 죽었을 때 대성통곡을 했다고 한다.

의문은 또 하나가 남아 있었다. 신지는 가방에서 파일에 들어 있는 리포트 용지를 꺼냈다. 하시모토에게서 빌려온 문집 가운데, 고모다와 사치코의 이름을 빼고 컴퓨터로 작성해 놓은 것이었다.

"이것은 K부부가 초등학교 5학년 때에 쓴 작문입니다. 교수님의 의견을 듣고 싶어서 가지고 왔습니다."

리포트 용지는 노리코에게서 가나이시, 메구미 순으로 전해졌다. 작문을 읽어가던 노리코의 눈에서 예리한 빛이 뿜어 나왔다. 가나이시는 그다지 감명을 받은 것 같지 않았지만, 메구미는 뭔가를 느낀 것처럼 진지하게 시선을 떨구었다. 돌아온 용지를 다시 한 번 쳐다보면서 노리코가 흥미롭다는 듯이 입을 열었다.

"으흠, 재미있는데요. 이 '꿈'이라는 제목의, 짧은 내용이 K의 작문이지요? 이것을 보면 이 인물에 품고 있던 이미지가 조금 달라지는 것 같군요."

노리코의 말에 용기를 얻은 듯 메구미의 목소리는 조금 들떠 있었다.

"초등학교 5학년치고는 지능 발달이 조금 뒤떨어졌을지도 몰라요. 하지만 정성결여 등의 느낌은 전혀 받을 수 없어요."

그러고 보면 메구미의 전공은 아동심리학으로, 아이들의 작문만큼은 이 안에 있는 누구보다도 많이 읽었을 것이다.

"하지만 이렇게 짧은 문장 하나로 판단하는 것은 무리가 아닐까요?"

가나이시의 입에서 쓸쓸한 웃음이 배어나왔다.

"그것은 그렇지만요. 하지만 정말로 냉혹한 사람이었다면 이런 작문은 쓰지 못했을 거예요."

메구미는 자신의 느낌을 제대로 설명하지 못하는 것에 조바심을 느끼는 것 같았다.

"'꿈'에 비하면 이 '그네의 꿈'은 평탄하다고 할까, 더욱 인상이 희박하다는 느낌이 들어요. ……하지만 조금 전부터 자꾸 마음에 걸리는 것이 있는데, 어딘가에서 이것과 똑같은 꿈 이야기를 들은 적이 있어요."

노리코의 눈에는 강렬한 관심의 빛이 깃들어 있었다.

"신지 씨. 이것을 가져도 될까요? 다시 한 번 차분하게 읽어보고 싶은데요."

"예. 만약에 뭔가 알게 되시면 언제든지 말씀해 주십시오."

그러나 말과 달리 신지는 가벼운 실망을 감출 수 없었다. 가령 심리학적으로는 흥미로운 일이라고 해도, 실제로 그가 직면하고 있는 문제에는 도움이 될 것 같지 않았기 때문이다. 카운슬러는 조언을 해줄 수 있어도 어차피 방관자에 불과하다. 결국 문제를 해결해야 할 사람은 자기 자신밖에 없는 것이다.

노리코의 연구실을 뒤로 했을 때, 엷은 꼭두서니빛 석양이 주위를 완전히 감싸고 있었다. 느긋한 발걸음으로 이마데가와 거리를 걸고 있을 때, 메구미가 문득 입을 열었다.

"왜 말해 주지 않았어요?"

"뭘?"

"위험한 지경에 처해 있다는 것 말이에요."

"특별히 한방 얻어맞은 것도 아니잖아."

"'아직은'이란 말을 붙여야 하지 않나요?"

그는 메구미를 쳐다보았지만, 어두컴컴한 데다가 불빛을 등 지고 있었기 때문에 자세한 표정까지는 알 수 없었다.

"이 정도는 그렇게 드문 일이 아니야. 교토에 오기 전에 본사 에서 그런 사람들을 전문적으로 다뤄온 베테랑 과장에게서 이 야기를 들은 적이 있지. 시다라 씨라고 지금 보험금 과장으로 일하고 있는데, 고객에게 수도 없이 얻어맞았다고 하더군. 심한 부상을 입을 정도는 아니었던 것 같지만."

신지는 너무나 온후한 표정을 짓고 있는 시다라의 얼굴을 떠 올렸다.

"맨 처음에는 역시 충격을 받았다고 하더군. 샐러리맨의 세 계는 폭력과는 별로 인연이 없는 데다가, 다 큰 어른이 다른 사 람들과 주먹질을 할 일도 없으니까. 그런데 어느 정도 시간이 흐르자, 시다라 과장은 상대가 주먹으로 나오면 '옳거니!' 하고 무릎을 쳤다더군. 그러면 상대방에게 죄책감이 생겨 교섭이 유 리해지고, 막상 문제가 생기면 경찰에 고소할 수도 있으니까 말이야. 그렇게까지 달관하면 이 세상에 무서운 것은 하나도 없겠지."

두 사람은 언덕길을 올라가서 은각사 거리에서 왼쪽으로 꺾어졌다. 똑바로 가면 완만한 산길에 도착하는데, 그곳에서 몇 킬로미터만 지나면 시가현 오쓰시로 접어든다.

"지금 당신이 상대하는 사람은, 시다라라는 과장을 때린 사람들과는 조금 다른 것 같아요."

너무나 갑작스러운 말에 신지는 어안이 벙벙해졌다.

"다르다니, 어떻게 다르다는 거지?"

"그 K라는 사람은 피가 흐를 정도로 자기 손을 깨물었다고 했지요? 그것은, 보통 사람은 흉내도 낼 수 없는 짓이에요."

"그 남자는 분명히 이상해."

"이상하다고 할까……. 그것은 하나의 메시지라고 생각해요."

신지는 발걸음을 늦추고 메구미의 얼굴을 빤히 쳐다보았다.

"무슨 뜻이지?"

"자신의 육체에 상처를 내서 상대에게 과시하는 행동은 유사 이전부터 존재하는, 모든 인류에게 보편적으로 있는 보디 랭귀지잖아요? 입술을 깨물거나 단단한 벽을 힘껏 치는 것과 마찬가지로요……."

신지는 손을 깨물었을 때의 고모다의 모습을 떠올렸다. 궁지에 몰린 짐승처럼 미친 듯한 눈길, 동공은 마치 바늘 끝처럼 수축되어 있었다. 그것은 고모다 자신도 대단한 고통을 느꼈다는 표현일 것이다. 그렇게까지 해서 신지에게 전해야 하는 메시지란 과연 무엇일까?

메구미의 말을 들을 필요도 없이 그 자해 행위가 무엇을 의미하는지는 짐작이 되었다. 분노. 협박. 또는 복수의 선언.

두 사람은 잠시 아무 말도 않고 시라카와 거리를 걷다가 이윽고 지하 1층에 있는 파피루스라는 간판이 걸린 레스토랑의 문을 열었다.

예약은 하지 않았지만 주인인 사사누마가 벽쪽에 있는 자리로 안내해 주었다. 사사누마는 신지의 대학 선배로, 자전거로 전세계를 여행했을 때 각국에서 먹은 음식의 맛을 재현하기 위해 레스토랑을 차렸다고 한다. 짧은 기간이기는 하지만 대학 시절에 아르바이트를 했다는 인연으로, 신지는 가끔 메구미와 함께 찾아오곤 했다.

그는 장소가 바뀌면 기분도 바뀐다는 것을 새삼스럽게 실감했다. 와인으로 건배하고 나서 요리가 나올 무렵에는 메구미의 표정도 한껏 밝아졌기 때문이다.

레스토랑의 벽에는 신인 작가의 도자기가 빈틈없이 진열되어 있었다. 메구미의 바로 뒤에 있는 작품은 사방팔방으로 뿔이 뻗어 있는, 고대의 제기(祭器)를 연상시키는 독특한 형태를 하고 있었다. 초록색과 노란색 유액이 조명 속에서 아름다운 빛을 뿌렸다.

메구미는 어깨 너머로 도자기를 감상하면서 탄성을 질렀다.

"이러한 작품을 보면, 사람은 참으로 여러 가지 생각을 하고 있다는 것을 알 수 있어요. 지금까지 심리학을 공부하면서 배운, 가장 중요한 진리가 무엇인지 아세요?"

"글쎄."

그는 메구미가 화를 낼 것 같은 대답밖에 생각나지 않아서 적당히 얼버무렸다.

"사람은 한 사람 한 사람이 전혀 다른, 복잡하기 짝이 없는 우주라는 거예요."

신지는 메구미의 술잔에 와인을 따라주면서, 오늘은 여느 때보다 술을 들이키는 속도가 빠르다는 생각이 들었다. 이미 둘이서 와인을 세 병이나 비웠던 것이다.

"아동심리학을 전공하고 아이들을 대하고 나서는 그것을 뼈저리게 실감했어요. 신지 씨는 어린애들은 모두 똑같다고 생각하지요?"

"그렇게 생각할 리가 있어?"

신지는 정색을 하며 항의했지만 메구미는 듣지 못한 척 했다.

"모두들 그렇게 생각해요. 아이들은 어른처럼 복잡한 고민을 가지고 있지 않은, 단순히 척수반사(脊髓反射)로 살아가는 생물들이라구요. 그러나 실제로 아이들과 이야기해 보면 그들은 그렇게 단순하지도 않고, 정말로 한 명 한 명이 모두 달라요. 심리학 교과서에 실려 있는 아이는 한 사람도 없지요."

"무슨 말을 하고 싶은지 알겠어."

"따라서 자기 마음대로 사람에게 딱지를 붙여서 분류하는 것은 말도 안 돼요! 더구나 정성결여자라는 말은 괴물이라는 말과 마찬가지잖아요. 그리고 배덕증후군에 이르면 분노가 폭발할 정도예요. 구태의연함을 보아도 무신경함을 보아도, 그것은 심리학자보다는 경찰청이나 법무성 관료가 만들어냈을 법한 말이에요. 그 기분 나쁜 가나이시라는 사람은 그렇다고 치더라도 노리코 교수님까지 그런 말을 하리라고는 상상도 못했어요."

"말에서 풍기는 느낌은, 분명히 좋지 않더군."

메구미의 분노를 진정시키기 위해 그는 화제의 방향을 다른 곳으로 돌리기로 했다.

"신문에서 보았는데, 정신분열증이라는 병명을 바꾸자는 움직임이 있잖아? 원래 독일어를 잘못 번역한 것으로, 전혀 병태(病態)와도 일치하지 않고 다중인격과도 착각할 수도 있고 말이야. 게다가 불치병 같은 어두운 어감이 강해서, 그런 선고를 받으면 가족들은 절망의 늪으로 빠져버리지. ……그와 마찬가지로 정성결여에 대해서도 다른 표현을 쓰는 게 좋다고 생각해."

"잠깐만요. 당신까지 단순한 언어 문제라고 생각하는 거예요?"

신지는 어떻게 대답해야 좋을지 몰라 잠자코 담배만 피웠다.

"당신은 정말로 이 세상에, 인간다운 마음을 가지고 있지 않은 사람이 존재한다고 생각해요?"

그는 길게 한숨을 내쉬고 나서 담배를 비벼껐다. 거짓말을 한다고 해도 메구미는 즉시 간파해 낼 것이 틀림없다.

"그래, 있다고 생각해."

"왜죠? K라는 사람 때문인가요?"

"그래."

"어째서 그렇게 단정을 짓죠? 그 사람의 마음에 들어가본 것도 아니잖아요?"

"물론 누구나 다른 사람의 마음속으로 들어갈 수는 없어. 그러니까 밖으로 드러난 행동으로 판단하는 수밖에 없잖아?"

"그렇다 치더라도 분명한 증거는 없잖아요? 수상쩍다든지 막연한 상황 증거라든지, 그런 것만 가지고 한 사람을 괴물로 취급하다니!"

"그렇게 생각하는 것은 아마, 당신이 그런 사람을 실제로 만난 적이 없기 때문일 거야."

말이 입에서 떠난 직후 실수했다는 생각이 들었지만 때는 이미 늦었다. 메구미는 날카로운 눈길로 신지를 노려보았다.

"그런 말은 비겁해요. 본 적이 없으니까 모른다고 하면 반론

할 여지가 없잖아요?"

"하지만 그것이 사실이니까 어쩔 수 없잖아? 노리코 교수님도 말씀하셨잖아. 이것은 실제로 정성결여자를 만난 사람, 그것도 그들의 맨 얼굴을 훔쳐볼 기회가 있었던 사람만이 실감할 수 있는 일이라고."

메구미는 남아 있던 와인을 단숨에 들이켰다. 마치 눈물이라도 흘린 것처럼 눈자위가 붉게 물들었다.

"믿을 수 없어요……! 당신도 가나이시도, 또한 노리코 교수님도 틀림없이 잘못 생각한 거예요. 나는 그 K라는 사람에게 틀림없이 사람다운 감정이 있다고 생각해요."

"어째서 그렇게 생각하지?"

"그 작문을 보고도 모르세요? 그 글을 쓴 아이는, 절대로 괴물이 아니에요."

메구미는 얼굴로 내려온 머리칼을 올리려는 것처럼 고개를 흔들었다.

"그것이야말로 근거가 너무 희박하다는 생각이 드는데. 그리고 조금 전에 여기에 올 때 한 말과는 모순되잖아? 내가 상대하고 있는 사람은, 단지 머리에 피가 솟구쳐서 주먹을 휘두르는 단순한 녀석과는 다른 위험한 사람이라고 하지 않았어?"

"모순되지 않아요."

"어째서?"

그 순간, 메구미는 마치 조개가 입을 다물어 버리듯이 아무 말도 하지 않았다. 신지는 계속해서 추궁하려고 했지만 그녀의 어두운 표정을 보고 생각을 바꾸었다.

오늘은 그대로 돌아가는 편이 좋을 것이다. 그는 살그머니 일어서서 계산을 마치고는 사사누마에게 택시를 불러달라고 부탁했다.

취기는 집에 도착한 다음 갑자기 온몸을 파고들어서, 아파트 문을 열 때는 걸음도 내딛을 수 없는 상태로 빠져들었다.

신지는 부엌으로 달려가서 수도꼭지에 입을 대고 물을 들이켰다. 건물의 급수 탱크에 무엇이 들어 있는지 알 수 없다는 이야기를 들었지만, 지금은 그런 것에 신경 쓸 틈이 없었다. 그런 다음 양복을 벗어던지고 넥타이를 느슨하게 한 채 침대 위에 쓰러졌다.

파피루스를 나온 다음 택시에 올라탈 때까지 메구미는 한 마디도 하지 않았다. 오늘은 그녀와 함께 근사한 호텔에라도 투숙할 생각이었지만 고모다 사건은 생활의 모든 곳에 악영향을 미치기 시작했다.

메구미를 보낸 다음 포장마차에서 혼자 술을 마신 것이 좋지 않았는지, 골치가 지끈거리고 구토가 치밀었다.

한숨을 쉬며 양말을 벗고 넥타이를 빼냈을 때, 책상 위의 무선 전화기가 눈에 들어왔다. 자동응답기의 버튼이 깜빡이고 있었던 것이다.

그는 침대에 그대로 드러누운 채 무선전화기를 들고 재생 버튼을 눌렀다. 그러자 '용건은 30건입니다'라는 차가운 기계음이 들려왔다.

갑자기 온몸에 싸늘한 기운이 감돌고 단숨에 술 기운이 날아가는 것 같았다. 이 숫자는 심상치 않다. 기계가 기록할 수 있는 상한선이 아니었던가.

전화기에서는 계속해서 30건의 메시지가 흘러나왔다.

아무 말도 하지 않는 침묵 메시지는 발신음이 울린 다음 5초에서 10초 간 녹음되어 있었다. 10시가 지난 이후 거의 5분마다 걸려온 것이다.

도중에 다른 메시지가 섞여 있을 가능성도 있기 때문에 일단은 마지막까지 다 듣고 나서, 그는 용건을 모두 삭제했다.

장난전화치고는 도가 지나치다. 분명히 자신을 알고 있는 사람이 한 짓이다. 그것도 이렇게 집요하게 짓궂은 짓을 할 사람은 한 사람밖에 없었다.

어떻게 내 전화번호를 알아낸 것일까. 자신의 전화번호는 전화번호부에도 실려 있지 않았고, 지사에서 만든 직원의 집 전화번호는 한정된 사람에게만 나누어줄 뿐이어서 외부 사람의 눈에 띄는 것은 생각할 수 없는 일이다.

그는 침대 위에서 몸을 일으켰다. 그러자 마치 기다리고 있었던 것처럼 고요한 정적을 깨고 전화벨이 시끄럽게 울어댔다. 한 박자 뒤늦게 무선전화기도 울리기 시작해서 껄끄러운 불협화음을 이루었다.

그는 반사적으로 무선전화기를 들어올리고 온몸의 신경을 귓가에 집중했다. 마음 한쪽 구석에서는 메구미의 전화라는 것을 알고 가슴을 쓸어내리는 자신의 모습을 상상했다.

'신지 씨? 좀 전에는 미안했어요. 너무 술을 많이 마셨나봐요……'

그러나 전화기 건너편에서는 아무 말이 없다. 날카로운 불안과 초조한 긴장이 등줄기를 가로질렀다.

신지 역시 아무 말도 하지 않았다. 자기가 먼저 정보를 전해줄 필요가 없기 때문에, 상대방이 초조함을 이기지 못해서 무슨 말을 할 때까지 기다릴 생각이었다. 전화 건너편에서 역시 누군가가 숨을 죽이고 자신의 기척을 살피고 있다는 것이 느껴졌다.

오랜 시간처럼 느껴졌지만, 전화는 걸려왔을 때와 마찬가지로 느닷없이 끊겨버렸다. '뚜뚜' 하는 신호음을 확인하고 그도 수화기를 내려놓았다. 손바닥에는 진땀이 촉촉이 배어 있었다.

와이셔츠와 바지를 벗고 있는데 또다시 전화벨이 울려퍼졌다. 설마!

그는 반사적으로 전화기를 들어올렸다. 이번에야말로 메구미가 아닐까 하는 아련한 기대를 품으면서.

그러나 상대는 역시 아무 말이 없었다. 신지는 내동댕이치듯이 무선전화기를 내려놓았다. 그러자 이번에는 불과 30초도 지나기 전에 다시 전화벨이 울리기 시작했다.

수화기에 대고 소리를 지르고 싶은 충동에 휩싸였지만, 상대의 함정에 휘말리면 안 된다고 스스로를 타일렀다. 잠시 양쪽의 침묵이 이어진 다음 전화를 끊자, 그 즉시 귀를 찢는 듯한 전화벨이 울려퍼졌다.

이번에는 전화기를 들어올리자마자 즉시 끊어졌다. 그리고 다음 순간 또다시 전화벨이 울려퍼졌다.

잠시 다람쥐 쳇바퀴 돌 듯이 똑같은 상황이 반복된 다음, 그는 전화기 플러그를 뽑아버렸다. 그러자 죽음처럼 고요한 정적이 돌아왔다.

심장이 세차게 두근거렸다. 신경이 몹시 날카로워졌다는 것을 알 수 있었다. 그는 냉장고에서 캔맥주를 꺼내어 단숨에 들이켰다. 캔맥주는 마치 약용 알코올처럼 혀를 찌르면서, 알루미늄 캔의 금속 냄새밖에는 아무 맛도 나지 않았다.

더 이상 마시고 싶은 마음은 없었지만 그것 이외에 불쾌한 긴장을 완화시킬 만한 방법이 생각나지 않았다.

다행히 500밀리리터 캔을 비울 무렵에는 취기가 몰려와서, 그는 늪으로 가라앉는 것처럼 깊은 잠에 빠져들었다.

그날 밤, 신지는 기묘한 꿈을 꾸었다.

그는 어두운 방에 홀로 서 있었다. 그곳은 자신의 아파트 같기도 했고, 가즈야의 시체를 발견한 방 같기도 했다.

고개를 돌리는 순간, 밖에서 기묘한 소리가 들려왔다. 누군가의 발소리 같았지만, 무엇인가를 질질 끌고 있는 듯한 기이한 소리가 뒤섞여 있었다.

'거미다!'

여덟 개의 발을 움직이면서 기묘한 모양으로 부푼 배를 땅에 대고 기어오는 소리다. 거미가 돌아온 것이다.

고개를 돌리자 주위에는 끈적끈적한 거미줄이 잔뜩 둘러쳐져 있고, 여기저기에는 시체의 잔해가 걸려 있었다.

그렇다. 이곳은 거미집이었던 것이다.

'빨리 도망쳐야 한다!' 그의 마음속에서 광기에 휩싸인 소리가 들려왔다. '여기에 있으면 잡아먹히고 만다!'

바닥에는 어느 사이엔가 암흑처럼 보이는 커다란 구멍이 떡하니 입을 벌리고 있어서, 한 발짝도 나아갈 수 없었다.

벽 건너편에서 들려오는 기묘한 발소리는 시시각각 가까이 다가왔다. 신지는 주춤거리며 재빨리 뒷걸음질쳤다.

발소리는 마침 그의 정면에서 멈추었다. 그는 숨을 들이마시고 입구를 쳐다보았다. 오랜 시간이 흐른 것 같았지만 문은 열리지 않았다. 거미는 어딘가로 가버린 것일까.

그때, 완벽한 어둠으로 둘러싸인 방으로 가냘픈 빛이 들어오더니, 소리도 없이 등뒤에 있던 문이 벌컥 열렸다.

그는 천천히 고개를 돌려 뒤를 돌아보았다. 그곳에는 눈부신 빛을 등에 진 채, 형용할 수 없을 정도로 사악한 짐승이 숨을 쉬고 있었다.

수많은 다리 같은 것이 꿈틀거렸지만 분명한 모습까지는 알아볼 수 없었다. 다만 거대한 이빨 같은 것이 거울처럼 반짝반짝 빛나고 있었다.

가늘고 긴 그림자는 히죽거리며 웃음을 흘리더니 입구에서 조금씩 다가왔다.

'잡아먹힌다!' 그러나 그렇게 생각해도 손가락 하나 까딱할 수 없었다.

거대한 그림자는 천천히 그의 머리 위를 덮치기 시작했다.

4

6월 20일 목요일

신지는 출근하자마자 교토 경찰서에 전화를 걸어 기요시 형사와 통화하는 데 성공했다. 기요시는 바쁘다는 핑계를 대며 계속 피하려고 했지만 끈질기게 버틴 끝에 11시 반에 만나자는 약속을 얻어냈다.

그는 미안한 마음으로 산더미 같은 서류를 요시오에게 떠밀고, 커다란 검은 우산을 들고 밖으로 나섰다.

장마전선이 전국을 뒤덮어 아침부터 주룩주룩 비가 내렸다. 공기가 상쾌하다고는 할 수 없지만 어쨌든 밖으로 나가는 것은 기분전환이 되었다.

그는 시조역에서 지하철을 타고 2구역을 지나 마루타마치역에서 내렸다. 역을 나서서 계속 북쪽으로 걸어가자 오른쪽에 있는 교토 공원의 푸르른 자연이 눈에 들어왔다. 적당히 비에 젖어서 그런지, 푸른 나무들이 유달리 싱싱하게 보였다.

그곳에서 교토 경찰서는 엎드리면 코 닿을 듯이 가까운 곳에 있었다. 교차점에서 공원 반대편으로 돌아가면 마주치는, 교토 도청과 의회로 이어지는 건물이었다. 그러나 기요시는 경찰서에서 만나는 것을 꺼리는 듯이, 근처에 있는 다방으로 나와달라고 했다.

문을 열자 '찌링찌링' 하고 벨이 울렸다. 도쿄에는 이미 사라져버린 옛날식 다방이 교토에는 아직 남아 있었던 것이다.

안을 둘러보자 젊은 샐러리맨 세 명의 일행이 있을 뿐, 기요시는 보이지 않았다. 약속 시간인 11시 반이 되려면 아직 5분 정도 남아 있었다. 그는 젖은 우산을 우산꽂이에 꽂고 창가에 앉아서 홍차를 주문했다. 그리고 비가 쏟아지는 교토 거리를 바라보면서 뜨거운 홍차를 음미하듯이 조금씩 마셨다.

밖은 온통 우울한 잿빛으로, 기분은 장마철의 하늘처럼 찜찜하기만 했다.

처음에는 신고를 하고 나서 적어도 2, 3일 안에 고모다가 체포될 것이라고 생각했다. 그러나 이미 한 달 보름이나 지났지만 사태는 아무런 진전도 보이지 않았다. 유능하다고 생각했던 기요시의 첫인상이 갑자기 안개처럼 희미하게 퇴색해 갔다. 시민의 혈세를 받아챙기며 일도 하지 않고 먹고 놀 뿐이라는, 최근의 공무원에 대한 전반적인 불신감이 마음속에 똬리를 틀었다.

그때, 비닐우산을 쓰고 빗속을 걸어오는 기요시의 모습이 눈에 들어왔다.

창문 너머로 고개를 숙이는 신지에게 애매하게 고개를 끄덕이며 기요시는 다방으로 들어왔다. 아줌마 파마도 온화한 표정도 예전과 변함이 없었지만, 어딘지 모르게 피곤에 찌들어 있다는 인상을 지울 수 없었다.

기요시는 커피를 주문하자마자 비를 맞아 얼룩이 진 양복과 바지를 물수건으로 닦으면서 입을 열었다.

"내가 자리에 없을 때 몇 번이나 찾아왔다고 하더군요. 오늘은 특별히 물어볼 말이 있다고 들었는데요."

시치미도 어지간히 떼라고 화를 내고 싶었지만, 신지는 분노를 집어삼키며 직업적인 미소를 지었다.

"가즈야의 사망 사건에 대해섭니다. 지난번에도 말씀드렸지만 500만 엔의 보험금이 아직 보류되어 있습니다."

"그래요? 어째서요?"

기요시는 의뭉스러운 얼굴로 종업원이 가져온 커피를 입에 댔다. 그 말이 신지의 분노를 자극했다.

"만약에 살인 사건이라면, 범인을 알기 전에는 보험금을 지급할 수 없으니까요."

"우리는 한 번도 살인 사건이라는 말을 하지 않았는데요."

신지는 기가 막혀서 자신도 모르게 입이 벌어졌다.

"그렇다면 살인 사건이 아니라는 겁니까?"

"그것은 아직, 뭐라고도 할 수 없지요……."

기요시는 우물쭈물거리며 말의 끝 부분을 입 안에서 얼버무렸다.

갑자기 의아한 생각이 들었다. 사체를 발견한 날에는 기요시도 틀림없이 살인 사건이라는 심증을 굳혔을 것이다. 자신의 증언을 믿는다면 고모다가 범인일 가능성은 충분하다. 그런데 왜 이렇게까지 뒤로 물러선 것일까.

신지는 가방에서 '손가락 절단족 사건'의 계약서 복사본을 꺼냈다.

"이 서류는 지난번에 드렸는데, 혹시 보셨습니까? 고모다 씨가 예전에 장애급부금 사취 사건을 일으켰다는 것입니다만."

"아아, 그것 말이군요……."

기요시는 네모나게 부풀어오른 와이셔츠 주머니에서 담배를 꺼내어, 다방에 있는 성냥으로 불을 붙였다.

"예전 이름은 아마 고사카였지요? 고사카는 분명히 고의로 손가락을 잘라 급부금을 청구한 혐의로 후쿠오카현 경찰에 체포되었었지요."

그는 생각을 떠올리는 것처럼 허공에 연기를 내뿜었다.

"하지만 결국 기소되지 않았습니다. 주범은 따로 있었으니까요. 고사카 일행이 근무하던 공장을 경영하던 사장으로, 그 자가 사기와 상해죄로 실형을 받았습니다."

"고사카 씨가 기소되지 않은 이유는 무엇 때문이지요?"

"손가락을 자른 사람은 고사카를 비롯해서 종업원 세 명이었지요. 그런데 세 명 모두 폭력배들 도박에 걸려서 엄청난 빚을 껴안고 있었다고 하더군요. 우연히 그 말을 들은 사장이 자신도 돈을 벌려는 속셈으로 급부금 사기를 계획했다고 합니다. 그런데 자세히 조사해 보자 그 자가 도박장을 열었던 폭력배들과 연결되어 있었다고 하더군요. 어쩌면 전부 처음부터 조작된 것일지도 모릅니다."

"그렇다면……."

"고사카, 아니 지금은 고모다라고 해야겠지요. 후쿠오카 지방검찰청에서는 고모다를 오히려 피해자로 판단하고 있습니다."

신지는 자신이 가지고 있던 선입관이 상당히 위태로워졌다는 것을 느꼈다. 그러나 정말로 그것뿐이었을까. 어쩌면 경찰도 모르는 속사정이 있을지도 모른다. 하지만 그 건에 관해서는 더 이상 추궁할 만큼의 근거 자료를 가지고 있지 않았다.

"알겠습니다. 그러나 가즈야의 사망에 대해서는 어떨까요? 나는 분명히 고모다 씨의 수상쩍은 태도를 목격했고, 어떠한 형태로든 그가 관여했다고 확신하고 있습니다. 형사님께서도 내 진술을 믿어주시지 않았습니까?"

"음……."

기요시는 담배꽁초를 비벼끄고 나서 물을 들이켰다. 신지에게 말해야 할지 망설이고 있는 것 같았다.

"……가즈야의 사법 해부 말인데요, 감시의에게 부탁해 특별히 열과 성을 다해서 조사했지만 타살의 냄새를 풍기는 것은 아무것도 발견되지 않았습니다. 목 주위에 상처 없음, 얼굴에 울혈(鬱血)도 없음, 눈에 띄는 내출혈 증상도 없음. 더구나 사체 바로 밑에는 실금 흔적이 있었지요. 그 어느 것을 보아도 자살이라고밖에 생각할 수 없습니다."

살해가 그토록 교묘하게 행해졌다는 뜻일까.

"그렇다면 경찰에서는 의심을 풀었다는 것입니까?"

"당신의 말이 있으니까 아직 완전히 의심을 푼 것은 아니지요. 고모다의 알리바이가 성립할 때까지는 계속해서 수사할 겁니다."

"알리바이?"

"고모다는 가즈야의 사망추정 시각인 오전 10시부터 12시 사이에 사람들과 함께 있었다고 하는데, 다만 술집에서 알게 된 사람일 뿐 어디에 사는 누구인지는 분명하지 않습니다."

적당히 알리바이를 꾸며대면 조금은 시간을 벌 수 있다고 생각한 것일까. 신지는 고모다의 진의를 알 수 없었다.

잠시 이야기가 중단되자 기요시는 손목시계를 쳐다보며 자리에서 일어섰다.

"이제 그만 가봐야 됩니다. 어쨌든 우리도 최선을 다하고 있다는 것만은 알아주기 바랍니다. 결론이 나오면 즉시 전화를 드리지요."

어느 사이엔가 비는 그쳤지만 기요시는 잊어버리지 않고 비닐우산을 가지고 나갔다.

신지는 자리에서 일어날 때야 비로소, 기요시가 커피값을 내지 않고 나간 것을 깨달았다.

다방에서 나왔을 때, 시계바늘은 12시를 향해 전진하고 있었다. 그는 손님이 몰리기 전에 일찌감치 점심을 먹기로 하고 메밀국수집으로 들어갔다. 아직 점심시간은 30분이 넘게 남아 있었고 고모다가 기다리고 있다는 생각에 마음이 무거웠지만, 요시오에게 일을 떠맡겼기 때문에 언제까지나 느긋하게 있을 수는 없었다.

지하철역에서 밖으로 나갔을 때, 짙은 갈색의 쇼와생명 교토 제1빌딩에서 나오는 낯익은 사람이 눈에 띄었다. 가나이시 조교다. 긴소매의 하얀 와이셔츠에 검은 바지 차림인 그는, 50, 60미터 앞쪽에 있는 신지를 알아차리지 못했다.

말을 걸 틈도 없이 가나이시는 옆에 있는 빌딩으로 들어갔다.

이상한 느낌이 들어 계속해서 쳐다보고 있자, 1층 커피숍 창문 너머에서 가나이시의 모습이 나타났다. 그는 창가 자리에 앉아서 쇼와생명 빌딩을 뚫어질 듯이 노려보았다.

신지는 일부러 모르는 척하며 커피숍 앞을 지나쳤다. 빌딩으로 들어갈 때 슬그머니 쳐다보았지만, 눈에 띄지 않는 사각(死角)의 자리로 옮겨앉았는지 가나이시의 모습은 보이지 않았다.

8층 엘리베이터에서 내렸을 때, 예상한 대로 카운터에 앉아 있는 고모다의 모습이 가장 먼저 눈에 띄었다. 역시 손을 다친 정도로는 쉬지 않았던 것이다.

직원용 문을 통해 총무부로 들어가자 요시오가 심각한 표정을 짓고 기다리고 있었다. 특별히 주문한 거대한 양복을 입고 작은 가죽가방을 들고 있는 것을 보면, 지금부터 외출하려고 하는 것일까.

"늦어서 죄송합니다. 역시 오늘도 왔군요."

작은 목소리로 말을 걸자 요시오는 눈썹을 치켜올렸다.

"새삼스럽게 놀랄 일이 아니지. 그런데 바로 조금 전까지, 자네를 찾아온 또 한 사람이 있었어."

대답을 듣지 않아도 가나이시라는 것은 쉽게 알 수 있었다.

"누군데요?"

"바싹 마른 데다 얼굴빛이 좋지 않은 사람이야. 금테 안경을 끼고 있더군. 가나이시라고 하던데 짐작이 가나?"

요시오는 가나이시에게 별로 좋은 느낌을 받지 못한 것 같았다.

"예에. 제 모교에 있는…… 심리학과 조교입니다."

범죄심리학이라고 말할 뻔하다가 신지는 황급히 얼버무렸다. 아무리 익명이라고는 하지만 외부 사람에게 사건에 대해서 발설했다고 할 수는 없었다.

"나에게 용건은 말하지 않았지만, 계약자는 아니지?"

"예. 아마 개인적인 용무였을 겁니다."

"흐음. 조금 있으면 올 거라고 했더니, 시간이 없다고 하면서 서둘러 돌아가버리더군. 그런데 조금 전에 보니까 고모다에게 딱 달라붙어서 말을 걸지 뭔가? 고모다는 별로 반응하지 않았지만 말이야. 그런데 내가 가까이 다가갔더니 갑자기 입을 다물어 버리더군."

신지는 얼굴이 화끈 달아오르는 것을 느꼈다. 대체 무슨 속셈으로 그러는 것일까.

"알고 있으리라고 생각하지만, 여기에서 고객끼리 말하는 것은, 가령 세상 사는 이야기라고 해도 별로 바람직한 일이 아니야. 그 때문에 새로운 문제라도 발생하면 우리에게 책임이 돌아올 수도 있으니까 말이야. 하물며 상대는 고모다일세. 만약에 자네가 아는 사람이라면 이쯤에서 잘 말해 두지 않겠나?"

"알겠습니다."

"나는 지금부터 무라사키노로 가야 하네. 직원이 실수를 했는지, 고객이 영업소에 찾아와서 시끄럽게 소란을 피운다고 하지 뭔가? 그나저나 자네 혼자서 괜찮겠나?"

요시오의 치켜뜬 눈썹에는 걱정이 잔뜩 묻어 있었지만, 그래도 불안하다고 할 수는 없었다. 그는 요시오의 뒷모습을 바라보면서, 자신이 얼마나 그에게 의지하고 있었는지 새삼스럽게 깨달았다.

신지는 각오를 새롭게 하고 카운터로 향했다. 왼손에 장갑을 끼고 오른손에 붕대를 감고 있는 고모다를 보자, 만신창이가 되어 있다는 느낌이 들었다.

"보험금은 아직 멀었나?"

"죄송합니다. 아직 조사가 끝나지 않아서요. 조금만 더 시간을 주지 않겠습니까?"

고모다는 검은 유리구슬 같은 공허한 눈으로 신지를 뚫어지게 쳐다보았다.

"우리도 몇 번이고 재촉했지만, 경찰서에서 분명한 결론을 내려주지 않아서요."

고모다는 아무 말 없이 신지의 눈을 계속 응시했다. 그러다가 문득 카운터 너머로 가까이 다가오더니 왼손을 내밀었다. 한순간 한 대 얻어맞는 것이 아닐까 생각했지만 고모다는 단지 그의 어깨를 잡았을 뿐이었다. 고모다의 손가락이 힘없이 파르르 떨리더니, 부자연스럽게 꺾인 엄지손가락이 그의 목줄기를 매만졌다. 껄끄러운 감촉으로 보아 안에는 종이 같은 것이 채워져 있는 것 같았다. 갑자기 목덜미의 털이 거꾸로 곤두섰다.

"이봐. 이제 나올 때도 됐잖아? 나는 참을 만큼 참았어. 제발 부탁하는데, 꼭 돈이 필요하다구!"

고모다는 껄끄러운 쉿소리로 울부짖듯이 말했다. 드디어 하나의 선을 넘을 셈인가. 신지는 마른침을 집어삼켰다.

"죄송합니다. 본사에서 결정하는 일이라서요. 어떻게든 조금이라도 빨리 처리해 달라고 재촉해 보겠습니다⋯⋯."

"나는 보험료를 냈잖아! 비싼 보험료를 한 달도 빠지지 않고 냈단 말이야. 그런데 가즈야가 죽었는데도 왜 보험금을 주지 않는 거야?"

고모다의 안색은 얇은 종잇장처럼 창백해졌다. 그때서야 떨리는 것은 고모다의 손가락만이 아니라는 사실을 깨달았다. 푹푹 찌는 더운 날씨인데도 매서운 바람을 맞고 있는 것처럼, 고모다는 온몸을 바들바들 떨고 있었던 것이다. 마치 궁지에 몰린 생쥐처럼.

"드리지 않겠다는 뜻이 아닙니다. 다만 조금만 더 시간을⋯⋯."

고모다는 허탈한 표정으로 무슨 말인가 중얼거리기 시작했다. 입술 끝에서 새하얀 거품이 일었다. 그 모습을 본 신지는 온몸에 식은땀을 흘렸다. 가까스로 가즈야라든지 천국에 가라는 말이 귀에 들어왔지만, 그것 말고는 무슨 말을 하는지 전혀 알아들을 수 없었다.

고모다는 갑자기 벌떡 일어서더니 빠른 걸음으로 자동문을 향했다. 신지가 뒷모습을 향해 안녕히 가시라는 인사를 했지만 아무런 반응이 없었다.

그날 업무가 끝난 것은 8시가 지나서였다. 신지는 한큐 전철을 타고 종점인 가와라마치역에서 내렸다. 약속한 술집에 도착했을 때는 이미 8시 반이 넘어 있었다.

저녁 무렵 가나이시에게, 고모다에 대해서 해야 할 중요한 이야기가 있으니까 꼭 만나자는 전화가 걸려온 것이다. 그와 술을 마시는 것은 별로 내키지 않았지만, 따지고 싶은 일도 몇 가지 있어서 하는 수 없이 약속을 정했다.

그 술집은 가격이 저렴한 대신에 주인도 손님 옆에 와서 참견을 하지 않기 때문에, 다른 사람이 들으면 곤란한 이야기를 하기에는 아주 적합했다. 술집 문을 열고 들어가자 가나이시는 카운터에 앉아서 와일드 터키를 마시고 있었다.

국립대학의 조교 월급이라고 해보았자 뻔하지만, 가나이시는 회사에 왔을 때 입은 초라한 복장과는 달리 옅은 감청색 양복으로 몸을 감싸고 손목에는 롤렉스처럼 보이는 금딱지 시계를 차고 있었다. 가냘픈 체격에는 절대로 어울리지 않은 종류의 화려한 시계였다. 그때 황금줄에 숨어 있는 것처럼 손목과 엄지손가락 사이에 있는 500엔 크기의 검은 반점이 눈에 들어왔다.

가나이시는 신지의 얼굴을 보자마자 반가운 표정을 지었다. 신지는 바텐더에게 술잔을 받아, 가나이시와 함께 조금 비좁은 테이블로 옮겨앉았다.

"오늘은 자리에 계시지 않을 때 불쑥 찾아갔습니다."

가나이시가 생각에 잠긴 듯한 표정으로 말문을 열었다. 나이가 적은 신지와 일대일로 대면해도 정중한 말투는 흐트러짐이 없었다.

"들었습니다. 나를 만나기 위해서가 아니라 그 사람을 관찰할 목적이었지요?"

"그렇습니다."

너무나 당당히 말하는 가나이시를 보자 신지는 조금 화가 치밀었다.

"내가 노리코 교수님에게 의논을 드린 것은 어디까지나 익명으로 해도 상관없다고 하셨기 때문입니다. 그런데 아무 말도 없이 회사에 오시면 어떡합니까?"

"죄송합니다. 관찰만 하려고 했지만, 아무래도 직업적인 관심을 억제할 수 없어서요. 고모다 씨죠……. 말씀하신 K라는 사람이?"

당혹한 표정을 지으며 아무 말도 하지 않자 가나이시가 술잔에 술을 따라주었다. 아직 저녁을 먹지 않아서 몹시 허기를 느꼈지만 그와 함께 저녁을 먹을 마음은 눈곱만큼도 없었고, 두세잔 술을 마시고 이야기가 끝나면 일찌감치 자리에서 일어날 생각이었다.

"죄송합니다. 신지 씨의 입장에서는 대답하실 수 없겠지요."

가나이시는 히죽 미소를 흘렸다. 그때 붉은 입술 끝이 고무처럼 늘어나더니 누런 금으로 감싼 어금니가 반짝 빛을 내뿜었다.

"그 사람과 무슨 말씀을 하셨습니까?"

"별로 한 말은 없습니다. '날씨가 꽤 덥지요?' 와 같은 평범한 이야기를 했지만, 거의 대답을 하지 않더군요."

신지는 고개를 숙이고 앞에 놓인 술잔을 들어올려 한 모금 들이켰다.

"그건 그렇고, 정말 표정이 없더군요. 겉모습만 봐서는 판단하기 어렵지만 상당히 궁지에 몰려 있는 것 같았습니다."

"궁지에 몰려있다니, 경제적으로 압박을 받고 있다는 뜻인가요?"

"뭐 그것도 있겠지요. 매일 다니려면 지하철 비용도 무시할 수 없으니까요."

가나이시의 말에서 무엇인가 마음에 걸리는 것을 느꼈지만, 그것이 무엇인지는 알 수 없었다.

"그 밖에 또 무엇이 있나요?"

"자세한 것은 잘 모르겠지만, 지금 극도의 억압 상태에 놓여 있는 것만은 분명합니다. 그것도 이제 한계에 이르렀다고 생각합니다만."

오늘 고모다가 보여준 행동을 생각하면 가나이시의 말에 고개를 끄덕이지 않을 수 없었다.

"그렇다면 갑자기 폭발할지도 모르겠군요?"

"그럴 수도 있습니다. 그러나 신지 씨처럼 매일 커다란 위협과 마주하고 있으면 아무래도 익숙해지기 마련이라서 심각성을 모르는 경우도 있지요."

그 남자에게 어떻게 익숙해질 수 있는가! 신지의 마음속에서는 반발이 고개를 내밀었다. 역시 가나이시는 제3자에 불과하다. 매일 점심시간이 되면 고모다는 지하철을 타고 회사로 찾아온다. 내가 그 시간을 어떤 마음으로 맞이하는지 누가 알겠는가!

"어느 누구든 그 남자에게 익숙해져서 방심하는 일은 있을 수 없을 겁니다."

"그렇다면 다행이지만요."

"더구나 나는 그 검은 집에서, 실제로 목을 매단 시체를 똑똑히 봤습니다."

"검은 집이라…… 그렇군요."

가나이시의 입 주위에 애매한 미소가 떠다녔다.

신지는 다시 기묘한 느낌에 휩싸였다. 가나이시의 미소와 태도에서, 마치 그 집을 알고 있는 듯한 인상을 받은 것이다. 물론 그럴 리는 없으리라⋯⋯.

그 순간, 왜 조금 전의 말이 마음에 걸렸는지 깨달았다. 지하철 비용이다. 가나이시는 분명히 지하철 비용도 무시할 수 없다고 했다. 물론 교통비라는 의미에서 지하철 비용이라고 말하는 일도 있을 것이다. 그러나 교토 시내에서 이동하는 데는 버스를 이용하는 것이 보통이 아닌가. 그런데 일부러 지하철 비용이라는 말을 쓴 것은, 고모다가 지하철을 타고 다닌다는 것을 알고 있기 때문이라고밖에 생각할 수 없다. 그렇다면 생각할 수 있는 것은 단 하나, 가나이시는 오늘 고모다를 미행한 것이다. 옆에 있는 빌딩의 커피숍에 들어간 것도 그를 미행하기 위해서였으리라. 고모다가 나오기를 기다렸다가 뒤를 밟아 지하철을 타는 것을 보고, 검은 집까지 쫓아간 것이 틀림없다.

머리끝까지 화가 치밀었지만 가나이시를 힐난하는 것은 잠시 머뭇거려졌다. 명백한 증거가 있는 것도 아니고, 그의 이야기를 끝까지 듣고 나서 화를 내도 늦지 않으리라.

"다만 문제는 그 남자가 폭발할지 모른다는 것이 아닙니다. 지난번에 신지 씨를 학교에서 만나고 곰곰이 생각해 보았지만, 역시 충분한 이야기를 할 수 없었다는 생각이 들더군요. 나는 그냥 참고인 자격이었고, 그 자리에는 노리코 교수님뿐만 아니라 여자 대학원생도 있었잖습니까?"

"메구미 씨 말이군요."

"그래요, 메구미 씨. 그분은 대단한 휴머니스트인지, 여성다운 세심한 면과 따뜻한 마음을 가지고 계시더군요. 지극히 여성다운 면이지요. 하지만 때로는 그것이 현실을 정확히 볼 수 없도록 방해하는 일도 있습니다."

가나이시가 무슨 말을 하고 싶은지 지금으로서는 추측하기 어려웠다.

"물론 그분은 그렇게 살아도 좋을지 모릅니다. 자신이 믿고 있는 세계 속에서 살아가면 되니까요. 그러나 신지 씨는 직접적인 당사자입니다. 당신은 자신이 상대하는 사람이 어떤 사람인지 알고 있나요?"

"그때의 이야기로는 정성결여자, 아마도 배덕증후군에 걸린 사람이겠지요."

가나이시는 신지의 대답이 만족스러웠는지 고개를 끄덕였다.

"오늘 아주 짧은 순간이었지만 그 남자를 관찰할 수 있었습니다. 물론 그것만으로는 확신을 얻을 수 없었지요. 하지만 나는 당신에게 경고할 의무가 있다고 생각합니다. 분명히 말씀드리자면, 그 자는 당신을 죽일 가능성이 있습니다."

막연하게나마 그러한 의구심을 가졌지만, 전문가의 입에서 그런 말이 튀어나오자 역시 섬뜩함이 온몸을 휘감았다. 그 순간 신지의 머릿속에서는 고모다를 미행한 것에 대한 질책은 어디론가 날아가버렸다.

"그러나 나를 죽여야 할 동기는 없잖습니까? 나를 죽여봤자 보험금이 나오는 것도 아니구요."

"그렇게 생각하실까 봐 일부러 만나자고 한 것입니다."

쌍꺼풀이 없는 가나이시의 눈은, 정중한 말투와는 달리 날카로운 빛을 뿌렸다.

"그것은 우리처럼 극히 평범한 사람의 사고방식으로, 그들은 그렇게 생각하지 않습니다. 그들에게 있어서 진정한 정의란 코앞에 있는 자신의 욕망을 채우는 것뿐이니까요. 굶주리고 있는 고양이에게 먹이를 주려다가 빼앗아본 적이 있습니까?"

너무나 뜻밖의 질문에 신지는 가나이시가 하고 싶은 말이 무엇인지, 의중을 꿰뚫어 볼 수 없었다.

"아니오. 고양이를 기른 적이 없으니까요."

"자신의 욕망을 채우려고 할 때, 그것을 방해하면 고양이는 미친 듯이 화를 내지요. 가령 주인이라 할지라도 피를 흘릴 정도로 날카롭게 할큅니다. 그들의 정신 상태는 고양이와 다를 바가 없습니다. 따라서 모처럼 보험금을 손에 넣으려고 할 때 당신이 방해했다고 생각하면 앞뒤를 가리지 않고 복수로 치달을 가능성이 큽니다."

"그들이라는 것은 정성결여자를 가리키는 겁니까?"

"엄밀히 말하면 조금은 다릅니다."

가나이시는 발밑에 놓여 있던 검은 서류가방을 열고 B5 크기의 두꺼운 책을 꺼냈다.

"나는 원래 사회생물학을 전공했지요. 그래서 신지 씨와는 통하는 것이 많으리라고 생각합니다. 그런데 미국에 유학하는 도중에는 심리학, 특히 범죄심리에 관심을 갖게 되었습니다. ……이 책은 미국 정신의학회에서 펴낸 『정신질환의 분류와 진단 안내』의 최신판으로, 통칭 DSM-IV라고 합니다. 그런데 미국에서 분류하는 인격 이상은 일본과는 상당히 달라서, DSM-IV에도 정성결여에 해당하는 항목은 없습니다."

가나이시는 조심스러운 손놀림으로 페이지를 들추었다.

"하지만 'B형 인격장애' 라는 범주 안에는 '반사회성 인격장애' 라는 항목이 있지요. 여기에는 몇 가지 요건이 거론되고 있지만, 간단히 요약하면 계속해서 범죄를 저지르는 경향, 자신의 이익이나 쾌락을 위해 남을 속이는 것, 충동적인 것, 불끈 화를 내며 폭력을 휘두르는 것, 위험에 대해 무모하게 행동하는 것, 무책임한 것, 그리고 양심의 가책이 결여되어 있는 것 등이 들어 있습니다."

신지는 그 모든 것이 고모다에게 해당되는 듯했다.

"반사회성 인격장애는 전체적으로 배덕증후군과 겹치는 부분이 많은데, 최근에 들어서는 '사이코패스' 라는 명칭으로 알려지게 되었지요. 신지 씨도 들으신 적이 있겠지요?"

"예."

신지는 얼마 전에 읽은 책을 떠올렸다. 분명히 H서점에서 산 번역본으로, 사이코파스라는 단어가 일반적으로 사용된 것은 그 책 때문이 아닐까. 마치 히치콕 영화를 통해 '사이코'라는 단어가 일약 유명해진 것처럼 말이다.

사이코파스라는 단어도 원래는 병적인 인격을 가리켰겠지만, 어느 사이엔가 정성결여자나 배덕증후군과 똑같은 의미로 사용되고 있었다.

"하지만 그 말에 대해서는 약간 의문을 가지고 있습니다. 사이코파스라는 단어에서는, 마치 '나쁜 피' 같은 것을 통해 선천적으로 범죄자가 되도록 정해진 사람이라는 인상을 받았거든요."

"그렇습니다. 사이코파스 형질이 유전적으로 전달된다는 것은, 이미 미국에서는 정설로 정착되고 있습니다."

태연하게 말을 내뱉는 가나이시를 보면서, 신지는 그 자리에 메구미가 없는 것을 천만다행이라고 생각했다. 만약에 지금 그 말을 들었다면 타오르는 불꽃처럼 펄펄 뛰며 화를 낼 것이 틀림없었다.

"그것은 마치 롬브로소의 선천적 범죄자설이나 마찬가지 아닙니까?"

신지는 롬브로소를 통렬하게 비판한 메구미의 논문을 읽은 적이 있어서, 그의 이름을 기억하고 있었다.

가나이시가 입술 끝을 올리며 히죽거리자 다시 금이빨이 언뜻 들여다 보였다.

"롬브로소에 대해서 잘 알고 계십니까?"

"아니…… 그렇게 잘 알지는 못합니다."

가나이시는 술잔을 불빛에 비추어 보더니 마치 강의를 하듯이 담담한 말투로 설명하기 시작했다.

"체사레 롬브로소는 19세기 이탈리아의 의학자로, 정신의학과 법의학 등 폭넓은 분야에서 뛰어난 업적을 남긴 천재 중의 천재지요. 분명히 1870년이라고 기억합니다만, 교도소에서 어느 강도범의 두개골을 조사하는 과정에서, 원숭이에게는 있지만 인간에게는 좀처럼 볼 수 없는 중앙후두와(中央後頭窩)와 같은 수많은 변이를 발견했습니다. 그런 다음 400개에 가까운 범죄자의 두개골을 해부하고 약 6,000명의 성격을 조사한 결과, 격세유전(隔世遺傳)에 따른 선천적 범죄자라는 개념을 만들었지요. 롬브로소는 모든 범죄자의 약 3분의 1을 선천적 범죄자라고 규정하여 기타 우발적 범죄자와 구별했습니다."

"선천적 범죄자를 열등인종으로 규정한 것인가요?"

"그렇습니다. 선천적 범죄자는 태어날 때부터 범죄자가 될 숙명을 안고 태어납니다. 그들은 모두 기다란 팔, 엄지발가락으로 물건을 잡을 수 있는 발, 낮고 좁은 이마, 커다란 귀, 일그러지고 두꺼운 머리뼈, 튀어나온 턱, 날카로운 송곳니, 짙은 체모 등, 유인원과 비슷한 외모를 가지고 있고, 뇌에서도 기형적인 현상을 발견할 수 있다고 합니다."

"하지만……."

가나이시는 신지의 말을 봉쇄하는 것처럼 손을 치켜들었다.

"당신이 무슨 말을 하고 싶어하는지는 알고 있습니다. 롬브로소가 창시한 범죄인류학은 어차피 골상학 이상의 과학성을 갖지 못한 망설(妄說)로, 오늘날에 들어서는 완전히 부정당하고 있지요. 그러나 사이코패스와 롬브로소의 선천적 범죄자는 전혀 다릅니다. 오히려 정반대라고 해도 좋을 정도이지요."

그는 마치 머리가 나쁜 학생을 가르치는 것처럼 자세히 곱씹어서 설명해 주었다.

"롬브로소는 인류가 진화하여 이윽고 범죄 없는 사회를 만든다는, 일종의 유토피아적인 사상을 주창한 사람이지요. 따라서 그가 말하는 선천적 범죄자는 인류 진화에 역행하여 선조로 회귀하는 사람이며 퇴화한 인간입니다. 그러나 사이코패스는 오히려 새로운 환경에 적응하여 진화한 인간이지요."

"범죄자가 어떻게 진화한다는 거지요?"

어느 사이엔가 신지의 술잔 속 얼음은 완전히 녹아 있었다.

"신지 씨는 생물학과를 졸업하셨다고 하니까, 생물의 r 전략과 K 전략에 대해서는 잘 알고 있지요?"

갑작스러운 질문이었지만, 그것은 자신의 전공분야였기 때문에 쉽게 대답할 수 있었다.

"r 전략이라는 것은 곤충처럼 수많은 자손을 만든 다음 거의 내버려두는 방법이고, K 전략은 인간처럼 소수의 자식을 애지중지하면서 키우는 것 아닙니까?"

"그렇습니다. 인간은 포유류 중에서도 특히 자식을 소중히 생각하는 전형적인 K 전략자이지요. 옛날에는 잠시 눈을 떼기만 해도 아이가 죽어버리는 유아 사망률이 대단히 높았기 때문에, 부모가 따뜻하게 보살펴주지 않을 수 없었습니다. 그런데 시대가 지나면서 사회보장제도가 발달하게 되었고, 문자 그대로 부모 없이도 자식이 자랄 수 있게 되자 r 전략의 상대적 유리성이 증가했습니다. 여기저기에서 자식을 만들고 싶은 만큼 만들어두고 내동댕이쳐도 사회가 돌봐주기 때문에, 훨씬 더 많은 자식을 남길 수 있지요. 즉, 자식을 열심히 키우는 것보다, 자식을 만들어놓고 도망치는 전략이 유리해져 버린 것입니다."

가나이시는 얼음이 녹은 버번을 한 모금 들이켜 마른 목을 적셨다. 그리고 무엇인가를 떠올린 것처럼 히죽거리며 나지막하게 중얼거렸다.

"선의로 가득 찬 길도 지옥으로 통하는 일이 있다…… . 미국에 유학 갔을 당시에 친했던…… 어느 친구에게 배운 속담이지요. 약한 자를 보호해 주는 사회복지제도가 마치 운명의 장난처럼 냉혹한 r 전략 유전자를 급속히 증가시킨 것입니다. 그것이 사이코파스의 정체이지요."

신지는 잠시 생각에 잠겼다. 가나이시의 말을 그대로 받아들일 수는 없었다. 그의 말은 이론상으로는 이해할 수 있을 것도 같았지만, 과연 그렇게까지 단순하게 말할 수 있을까.

"잠시만요. 그렇다면 자식을 많이 낳은 사람은 모두 사이코파스라는 겁니까?"

"아닙니다. 자식을 많이 낳은 사람은 오히려 전통적인 K 전략자입니다. 육아에 대해 대단한 노력을 쏟아붓고 있으니까요."

가나이시는 여전히 강의식 말투를 바꾸지 않았다.

"하긴 r 전략이라는 표현이 오해를 불러일으켰을지도 모르지요. 사이코파스라고 해도 마치 진디처럼 많은 자손을 남기는 것이 아니니까요. 그들의 특징은 자식의 수라기보다 오히려 태어난 자식을 태연하게 유기한다는 데 있습니다. 유기전략이라는 말로 바꿀 수 있을 정도로요."

"하지만 자식을 버리는 것이 곧 범죄로 이어진다고 할 수는 없지 않을까요?"

"심리학을 배운 사람이라면 누구라도 알고 있겠지만, 부모·자식의 사랑은 모든 인간 관계의 기본이지요. 그러나 그들은 자기 자식에게조차 애정을 품지 않습니다. 그런 사람이 다른 사람에게 따뜻한 사랑을 베풀 수 있을까요? 유기전략자는 필연적으

로 자기중심적인 정성결여자가 되지 않을 수 없습니다. 그리고
자신의 욕망을 충족시키기 위해서라면 범죄를 저지르는 일도
서슴지 않지요."

유기전략자……. 자식에게 사랑을 품으면서도 뼈를 깎는 고
통을 감수하며 유기하지 않을 수 없는 사람들에 대해서는, 가나
이시는 눈곱만큼도 생각하지 않는 것 같았다.

신지는 자기 술잔에 술을 따르면서 생각에 잠겼다.

가나이시는 '자기 자식에게조차 애정을 갖지 않는다' 는 말에
유달리 힘을 주어 말했다. 그것을 보면, 어쩌면 그의 가족 관계
에 중대한 문제점이 있을지도 모른다. 메구미를 바라보는 그의
태도를 보아도, 왠지 모든 여성에게 적의를 품고 있다는 인상을
지울 수 없었다.

그것은 그렇고……, '자기 자식에게조차 애정을 갖지 않는
다' 는 말이 이상하게 마음에 걸렸다. 머릿속으로는 무엇인가가
이어지려고 했지만, 다음 순간 모처럼 이어지려던 사고는 한순
간에 분해되어 버렸다. 그리고 한 번 부서져버린 생각은 두 번
다시 재현할 수 없었다.

"지금 하신 말씀은 단순한 가설이지 않습니까? 아니면 분명
한 근거라도 있나요? 나는 도저히 범죄자가 유전에 의해 정해
진다는 생각을 받아들일 수 없습니다. 범죄를 저지르는 유전자
라든지 r 전략 유전자가 DNA 유전자로 확정되지 않은 이

상⋯⋯."

"이러한 이야기를 하다 보면 결국은 닭이 먼저냐, 달걀이 먼저냐 하는 논쟁으로 변하고 맙니다. 인간의 행동은 항상 유전과 환경이라는 두 가지 인자의 영향을 받고 있습니다. 어느 쪽이 100%이고 다른 한쪽이 제로인 경우에 대해서는, 유감스럽게도 아는 바가 없습니다. 그런데도 범죄만은 100% 환경에 의해 결정된다는 주장은 성선설에 가까운 옛날이야기로, 일본 말고는 어느 나라에서도 통용되지 않습니다."

가나이시는, 자신의 의견을 부정할 생각은 조금도 없는 것 같았다.

"그렇다면 반대로 유전의 비중이 100%라는 것 역시 있을 수 없지 않습니까?"

"물론 그렇습니다. 환경에 상관없이 반드시 범죄를 저지를 운명을 가지고 태어난 사람은 있을 수 없으니까요. 다만 98%라는 것은 있을지도 모르지 않습니까? 우리 사회에는 보통 사람에 비해 선천적으로 범죄를 저지르기 쉬운 사람이 분명히 있습니다."

신지는 어느 사이엔가 메구미의 의견을 대변하는 마음으로 반론을 펼쳤다.

"이해는 하지만 그러한 사고방식 자체가 대단히 위험하지 않을까요? 태어날 때부터 특정한 사람들이 범죄자가 될 요소를 가지고 있다는 것을 인정하면, 그 다음에는 필연적으로 그들을 격리하라든지 죽여버리라는 주장으로 이어지지 않을까요?"

그는 선천적 범죄자에 대한 대책으로서 롬브로소가 격리와 추방을 주장한 것과, 또한 그들을 죽이자는 의견도 있었다는 것을 떠올렸다.

"그러한 위험성은 나도 인정합니다. 하지만 무엇보다 우선 사실을 직시하는 것이 중요하지 않을까요? 대책은 그런 다음에 생각하면 됩니다. 인권을 충분히 배려해서요."

가나이시는 어린아이를 설득하는 듯한 미소를 지었다.

"그 말을 들으니 예전에 히틀러가 우생학적 사상을 주창하면서, 아리안 민족 이외의 인종이나 장애를 가진 모든 사람들을 도태시키려고 한 것이 떠오르는군요……."

이런 식의 토론에 익숙해 있는지, 가나이시는 신지의 말이 끝나기도 전에 입을 열었다.

"히틀러가 과학을 악용한 것은, 사회생물학에 한정된 것은 아닙니다. 그 자신이 전형적인 사이코패스였으니까 당연한 일이었지요. 분명한 것은 사이코패스의 수가 자꾸자꾸 늘어나고 있다는 것, 이대로 손을 쓰지 않으면 우리 사회는 그들에게 잡아먹히고 만다는 것입니다."

신지는 아무 말도 하지 않고 침묵을 지켰다. 이번에는 가나이시가 그의 술잔에 술을 따라주었다.

"최근 들어 그런 사람들이 급증하고 있다는 증거가 있습니까?"

"증거라고까지는 할 수 없지만, 각국의 범죄 통계를 통해 내가 독자적으로 계산한 자료는 있습니다. 지금까지는 완만한 상승 곡선을 그리고 있었지만 최근 10년 사이에 가파르게 올라가고 있습니다. 10년 동안에 거의 네다섯 배나 증가했지요. 다음에 내 연구실에 오실 기회가 있으면 보여드리겠습니다."

"가령 그렇다고 해도, 단지 사회보장제도 때문에 급격한 변화를 보인 것일까요? 사람의 세대교체 기간을 생각하면, 불과 10년 만에 몇 배로 증가했다는 것은 납득하기 어려운데요."

가나이시는 처음으로 생각에 잠기는 듯한 표정을 지었다.

"맞습니다. 나도 그것에 대해서 고민해 보았는데, 생각할 수 있는 것은 두 가지입니다. 우선 오랜 기간에 걸쳐 축적되었던 변화가 최근 10년 사이에 분명히 나타나게 되었다는 것, 이것은 그때까지 모습을 감추고 있던 사이코파스들이 활발하게 활동하고 있다는 것과 통계가 수치로서 정비되었다는 것의 두 가지 측면이 있겠지요. 또 한 가지, 사이코파스는 단지 유전에 의해서만 증식하지 않고 환경에 따른 요인도 작용하고 있다는 것입니다."

"환경의 요인이 작용한다면 사이코파스라고 부를 수 없지 않을까요?"

"내가 말하는 것은 가정이 나쁘다든지 범죄가 횡행하고 있다는 종류의 환경이 아닙니다. 유전자에게 직접적으로 영향을 미치는 물리적, 화학적 환경을 가리키는 것입니다."

"화학적이라고 하면…… 환경오염을 말씀하시는 겁니까?"

"그렇지요. 우리 인간들 주위에 지금처럼 많은 유전독극물이 범람하고 있는 시대는 일찍이 없었습니다. 우선 농업을 살펴보지요. 1961년, 레이첼 카슨의 『침묵의 봄』을 통해, 드린제와 같은 위험한 농약이 규제되었지요. 그러나 일단 토양 깊숙이 스며든 농약이 실제로 인체에 영향을 미칠 때까지는 오랜 시간이 걸립니다. 과거의 쓰라린 경험을 통해, 저독성이라 할지라도 좋은 환경을 보존하기 위해서는 가능한 화학약품을 쓰지 않는 편이 좋다는 것은 누구나 알고 있습니다. 그런데도 불구하고 일본에서는 지금도 송충이 방제라는 기치 아래 유해한 화학물질을 마구 뿌려대고 있지요. 주택밀집지구의 바로 위에서도 아무런 생각 없이 대량의 약제를 쏟아붓는 정부의 무식함에는 분노가 치밀 정도입니다. 송충이나 다른 잡다한 해충이 소나무가 갈라지는 주된 원인이 아니라는 것은 명백한데도 말입니다."

소나무가 갈라지는 원인이 자동차 배기 가스와 같은 대기오염 때문이라는 연구 결과는, 신지도 들은 적이 있다. 만약에 그것이 사실이라고 하면, 정부에서는 환경오염에 대처하기 위해 부지런히 다른 오염을 뿌리고 있는 것이다.

"그리고 공업제품이나 공장 폐수에 함유되어 있는 화학물질이 있습니다. 예를 들어 PCB의 경우, 1972년까지는 제조나 사용이 금지되어 있지 않았습니다. PCB는 간기능 장애뿐만 아니라 DNA 속에 녹아들어서 유전 정보의 전사(轉寫) 에러를 일으키지요. 가장 무서운 것은 최강의 독극물이라고 하는 다이옥신입니다. 쓰레기 소각장의 매연에서 나오는 다이옥신은 음식물을 통해 섭취된 다음 사람의 몸 속에서 몇 배로 농축되어, 모유를 통해 신생아에게 전달됩니다. 다이옥신의 유전독성은 PCB에 비할 바가 아닙니다. 베트남 전쟁 당시, 악명 높은 고엽작전에 사용되어 이중체아와 같은 비극을 낳은 2, 4, 5T라는 화학물질이 두 개나 결합되어 있는 것이 바로 다이옥신이니까요. 게다가 아무런 규제를 받지 않고 방치되어 있는 식품첨가물도 잊어서는 안 됩니다. 본래 미생물을 죽이는 강력한 독극물인 보존료, 니트로소아민처럼 발암물질을 만들어내는 합성착색료, 역시 암을 유발한다는 지적을 받고 있는 인공감미료, 그것들이 날마다 몸 속에 축적되는 것을 생각하면 이것이 더 무서울지도 모릅니다. 어쨌든 일본의 경우, 이 모든 것을 전부 관할하고 있는 곳이, 가장 조직이 엉망진창인 후생성이니까요……."

가나이시는 잠시 말을 끊더니, 자신의 말을 곱씹으며 유쾌한 듯이 웃음을 터뜨렸다.

"이런 식의 맹렬한 유전독성으로 인한 환경오염 속에서 1960

년대 후반에서 70년대에 걸쳐 태어난 사람들이 성인이 된 최근 10년은 사이코파스가 폭발적으로 증가한 시기와 정확히 일치하고 있습니다. 이것이 단순한 우연일까요? 한 마디 덧붙이자면, 최근에 문제가 되고 있는 전자파가 하나의 원인이라는 것도, 반드시 망설(妄說)이라고는 할 수 없습니다. 어쩌면 지금까지 예로 든 모든 것들이 복합적으로 뒤얽히며 인간의 DNA를 손상시켜서, 사이코파스의 증가에 박차를 가하고 있을지도 모르지요. 어쨌든, 원인에 대해서는 아직 실마리를 풀어가는 단계에도 접어들지 못했습니다. 어느 의미에서는 사이코파스라는 말 자체가 금기시되고 있으니까요. 그러나 나는, 그들이 실제로 존재한다는 것에는 의심할 여지가 없다고 생각합니다."

"하지만……."

가나이시는 손을 들어 신지의 반론을 가로막고 계속해서 자신의 이론을 펼쳐갔다.

"문제는 그들이 사회에 미치는 영향입니다. 한 사람의 사이코파스는 경제학에서 말하는 승수효과(乘數效果)에 의해서 수천 명이나 되는 사람에게 영향을 미칩니다. 물론 좋지 않은 영향이지요. 그것은 지금의 현실을 둘러보아도 쉽게 알 수 있습니다. 아이들에게까지 배금주의가 침투하고, 정의와 도덕을 입에 담는 것은 촌스럽다고 조소당하고, 다른 사람을 태연하게 상처 입히는 사이코파스적 가치관을 냉정하다든지 멋있다는 이유로 입이 닳도록 칭송하고 있지요. 예를 들면…… 글쎄요, 요즘 만화나 애니메이션의 주인공은 아무리 좋게 보아도 절반은 사이코파스라고밖에 생각할 수 없습니다. 예전의 만화에는 조금 더 인간미가 있었다고 생각하지만요. 요즘에는 상대방이 악당이라는 이유만으로, 선량한 주인공이 잠시도 주저하지 않고 그냥 죽여버리잖아요? 게임에서는 더욱 심각합니다. 적이 되어 싸우는 상대방을 처음부터 인격이 존재하지 않는, 단순히 움직이는 표적으로밖에 생각하지 않지요."

그는 잠시 말을 끊고 고개를 갸우뚱거리더니 쿡쿡 웃기 시작했다.

"그러한 와중에서 자라난 젊은 세대는 어떨까요? 그들에게서는 대부분 생각이라는 것을 느낄 수 없습니다. 그들은 다만 감정이 시키는 대로 행동하면서, 가슴에서 분출되는 천박한 충동으로 간단히 사람을 죽여버리기도 합니다. 그들의 대부분은 사이코파스의 복사판이라고 할 수 있을 정도이지요. 그리고 사이코파스처럼 행동하는 사람이 늘어날수록 진짜 사이코파스는 눈에 띄지 않게 됩니다. 다시 말해, 그들이 배출해 낸 독액이 그들과 똑같은 색으로 환경을 물들여서 보호색과 같은 효과를 만들어내고 있는 것입니다."

"마치 그들을 우리와는 다른 생물처럼 말하시는군요."

신지로서는 자신이 할 수 있는 모든 비아냥을 담아보았지만 가나이시에게는 통하지 않았다.

"그렇습니다. 그들은 흔히 말하는 돌연변이입니다. 인간을 인간답게 만드는 가장 중요한 요소가 빠져 있으니까요. SF 소설에 나오는 주인공처럼 초능력은 없지만, 그 이상으로 위험한 존재일지도 모릅니다. 벌을 받지 않는다는 판단이 서면, 그들은 아무렇지도 않게 사람을 죽이지요. 따라서, 우연히 인간과 똑같은 유전자를 공유하게 된 다른 종류의 생물이라고 생각하는 편이 옳지 않을까요?"

생각이 그렇게까지 비약적으로 전개되자 신지는 도저히 따라갈 수 없었다. 그러나 황당무계한 가나이시의 말을 듣는 사이에, 그의 뇌리에는 개미거미의 이미지가 떠올랐다.

개미거미는 길이가 6, 7밀리미터 정도 되는 파리잡이거미의 일종이다. 일본에는 널리 분포하고 있지만 크기나 형태, 색깔이 모두 개미와 똑같기 때문에 기억하고 있는 사람은 거의 없을 것이다. 거미의 다리는 보통 여덟 개이지만, 개미거미는 앞에 있는 두 개의 다리를 들어올리고 있기 때문에 마치 촉각처럼 보인다. 나뭇잎이나 나뭇가지 위에서 움직이는 것을 보면 거의 개미와 구별이 되지 않을 정도다. 그들이 개미가 아니라는 것을 분명히 알 수 있는 것은, 높은 장소에서 실을 뽑고 내려올 때뿐이다.

개미거미가 무엇 때문에 그토록 개미와 똑같이 행동하고 있는지는 아직 알려져 있지 않다. 맛이 없는 개미처럼 보임으로써

천적에게서 몸을 지키기 위해서라는 설도 있고, 또한 개미 무리에 섞여 있으면서 기회를 틈타 개미를 잡아먹기 위해서라는 설도 있다.

신지는 감정의 한 조각도 느낄 수 없는 고모다의 새카만 눈을 떠올리면서, 그 눈과 개미거미의 모습을 중첩시켜 보았다. 논리를 동반하지 않은 사고(思考)가 얼마나 위험한지를 보여주는 좋은 예일지도 모른다는 생각이 들었다.

"……우리가 생각해야 할 것은 그들의 방임적인 증식을 이대로 간과해야 하느냐는 것입니다. 사람이 사람을 구하기 위해 만들어놓은 복지제도가, 무슨 운명의 장난인지 이미 도태되고 있던 사이코패스 유전자를 구제하고 있으니까요."

가나이시는 복지제도에 대해 뿌리깊은 혐오감을 지닌 것 같았다.

"그러니까 인위적으로 도태시켜야 한다는 말씀입니까?"

"사이코패스화(化)라는 것은 환경오염이 없어도 어느 정도의 사회성을 가진 포유류에게서는 일반적으로 볼 수 있는 돌연변이입니다. 미국에 있던 당시, 한때 늑대 무리를 연구한 적이 있지요. 늑대가 무리의 질서를 유지하기 위해서 얼마나 뛰어난 규율과 우애 정신을 발휘하는지 아신다면, 틀림없이 놀라서 기절할 것입니다. 나는 인간이 늑대에게 배워야 할 것이 아주 많다고 생각합니다."

가나이시는 갑자기 손가락을 활짝 펼치더니 불빛에 비춰 보았다. 마치 투명 매니큐어라도 칠한 것처럼 손톱에서는 이상한 빛이 반짝였다.

"늑대 무리에서는 아주 보기 드물게 사이코패스라고 부를 수 있는 개체가 태어납니다. 무리의 일원으로서의 의무를 다하지 않고 자신의 욕망만을 채우는 개체이지요. 그러면 지도자를 비롯한 수컷들이 제재를 가하고, 그 개체를 무리에서 추방합니다. 나도 현장을 목격한 적이 있는데, 그것은 무리의 유전자를 건전하게 유지하기 위한 행동이라고 해석되고 있지요."

가나이시는 손에서 시선을 돌리며 신지의 얼굴을 물끄러미 쳐다보았다. 그리고 아무렇지 않은 표정을 가장하며 신지의 손 위에 자신의 손을 살포시 겹쳐놓았다.

"신지 씨는 늑대와 인간 중 어느 쪽이 더 현명하다고 생각합니까?"

가나이시와 헤어지고 나서 시계를 보니, 밤 12시가 훌쩍 넘어 있었다. 결국 그날은 제대로 저녁도 먹지 못했다.

가나이시의 극단적인 설을 그대로 받아들이는 것은 아니지만, 일소에 붙일 수 없는 부분이 있다는 것은 사실이었다. 물론 그에게 호모적인 취향이 있다는 것은, 별로 기분 좋은 발견이라고 할 수 없었지만 말이다.

술집에 있는 동안에도 계속 비가 내렸는지, 밖으로 나오자 아스팔트는 검게 빛나고 공기는 축축이 젖어 있었다. 여기에서 집까지는 2킬로미터 정도 되었지만, 그는 술기운도 깰 겸해서 걸어가기로 했다.

다카세 강을 따라 기야마치를 어슬렁어슬렁 걸어가면서, 머릿속에서 맴돌고 있던 가나이시의 말을 어쩔 수 없이 곱씹어보게 되었다.

가나이시는 생명보험에 관한 범죄 중에서도 보험금을 노린 살인에는, 다른 범죄에 비해서 사이코패스가 관여할 확률이 높다고 했다.

일단 그의 논거는 앞뒤가 맞는 것처럼 보였다. 우발적인 범죄나 격정에 휘말린 범죄와 달리 보험금 살인에는 주도면밀한 계획성과 의심을 받지 않으려는 용의주도함, 나아가서는 오랜 기간에 걸쳐 상대를 살해하려고 하는 냉혹한 의지가 필요하기 때문이다.

더구나 목표는 거의 가족이나 친척이라서, 사건은 더욱 사이코패스적인 색채를 띠게 될 수밖에 없다.

그는 과거에 유명했던 보험금 살인 사건의 주범들을 떠올렸다. 분명히 그들은 사이코패스적인 요소를 가지고 있었다.

그러나 그렇게 간단히 가나이시의 의견을 받아들일 수는 없었다.

가나이시는 그 밖에도 몇 가지 사례들을 거론했다. 독일에서 일어난 '아내 연쇄 독살 사건'이나 '자매 독살 사건'. 일본의 '세균을 이용한 아내 살해 사건' 등등. 그 대부분은 자신이 모르고 있는 사건이어서, 공부하지 않은 것을 부끄러워할 지경이 되었다.

　본사의 도서관에는 생명보험 범죄의 사례집이 있을 것이다. 다음에 꼭 빌려와서 연구해 보리라……

　기야마치 거리에서 오이케 거리로 나서자, 그 순간 드넓은 바람이 피부를 스쳤다. 자정이 넘어서 그런지 돌아다니는 사람은 별로 눈에 띄지 않았다. 그는 신호를 건너서 교토 시청 앞을 지나갔다. 엄숙함을 자랑하는 고색창연한 건물은, 5월에 메구미와 놀러갔을 때 본 고베 시청의 현대적 건물과 좋은 대조를 이루었다. 교토와 고베의 인구는 거의 비슷했지만 개발에 관한 사고방식은 정반대라고 할 수 있다.

　교토에 오기 전에는 관서지방은 어디나 똑같다고 생각했지만, 지금은 각각의 도시에서 느껴지는 미묘한 기질의 차이까지도 읽어낼 수 있게 되었다.

　그는 교토라는 도시가 점점 좋아지기 시작했다. 그런 만큼 이곳을 떠나라는 가나이시의 권고에는 마음이 내키지 않았다.

　가나이시는 신지에게 다른 곳으로 전근을 가라고 강력히 권유했다. 교토 지사에 있는 이상 고모다의 좋은 표적이 된다는 것이 그 이유였다. 진심으로 걱정해 주는 가나이시의 모습을 보고 신지의 마음은 몹시 흔들렸다.

물론 전근을 가는 것은 결코 불가능한 일은 아니었다. 높은 지위에 있는 대학 선배에게 울면서 매달리든지, 그렇게까지 하지 않아도 총무부장을 설득해서 인사과에 신청하면 본사의 한가로운 부문으로 돌아갈 수도 있을 것이다.

교토를 떠나면 메구미와 만나는 시간이 줄어들겠지만, 그래도 본사로 간다는 것은 나름대로 매력이 있다는 생각이 들었다.

그러나 인사철도 아닌 어중간한 시기에 갑자기 본사로 돌아온 사람들의 모습을 떠올리자 눈 깜짝할 사이에 부풀었던 마음이 오그라들었다. 그들은 한결같이 등을 구부린 모습으로, 점심시간이 되면 혼자 점심을 먹으러 간다. 그들의 뒷모습을 보고 주위에서 무슨 말로 쑥덕거리는지도 그는 잘 알고 있다.

게다가 똑같이 도망치듯 본사로 피한다고 해도 폭력단 사무실에 감금되었다든지 고객에게 얻어맞아 부상을 입었다면 그 나름대로 무용담이 되어 동정을 받을 수도 있을 것이다. 그러나 지금의 상황을 표면적으로 본다면 날마다 고객이 찾아와서 보험금이 언제 나오느냐고 묻는 것뿐이었다. 인사과에서는 신지의 연약함을 비웃으면서, 도저히 힘든 업무를 견뎌내지 못한다는 유의 평가를 내릴 것이다.

빌어먹을! 그는 길가에 굴러다니던 빈 깡통을 걷어찼다. 다음 순간, 빈 깡통은 바람을 타고 날아가서 날카로운 소리와 함께 떼굴떼굴 굴러갔다.

아파트에 도착한 신지는 입구에 있는 우편함에서 석간 신문을 빼들었다. 그 밖에도 우편물이 들어 있는 감촉이 손끝에 전해졌다.

다이얼을 돌리자 안에서 편지 봉투가 세 개 나왔다. 그 가운데 두 통은 외제차 영업사원과 결혼 중매업자의 전단이었지만, 세 번째는 그도 잘 알고 있는 필적의 편지였다. 메구미…….

인간이란 얼마나 간사한지 그는 갑자기 발걸음이 가벼워진 것을 느끼고, 현관 자물쇠를 잠그자마자 부엌에 선 채로 편지 봉투를 뜯었다. 다음 순간, 봉투를 뜯던 그의 손길이 갑자기 멈추었다. 봉투의 윗부분이 이상하게 부풀어올라 있었기 때문이다.

편지 자체는 별다른 내용이 아니었다. 요전에 파피루스 앞에서 어색하게 헤어진 것에 대해서 화해할 생각이었으리라. 그러나 직접적으로는 그 말을 언급하지 않고, 집에서 기르고 있는 두 마리의 고양이, 슈레딩거와 페트로시안 사이에 새끼가 태어났다는 내용이 편지지 두 장에 걸쳐서 빼곡히 쓰여 있었다.

그때 문득 편지의 날짜가 마음에 걸렸다. 편지에는 6월 15일, 토요일이라고 되어 있었다. 즉시 편지를 부쳤다고 하면 월요일 쯤에는 도착했을 것인데, 왜 사흘이나 늦게 배달되었을까.

다음 순간, 봉투의 감촉이 이상했다는 생각이 떠올라서, 그는 탁자 위에 뜯어버린 봉투의 윗부분을 집어들었다.

종이가 일단 물에 젖은 다음에 마른 것처럼 윗부분이 조금 껄끄러웠다. 하긴 장마철이기도 하니 배달하는 도중에 비에 젖을 수도 있으리라.

이번에는 봉투의 풀 붙이는 부분을 신중하게 떼어서 살펴보았다. 그러자 봉투 입구에 빈틈없이 풀이 붙어 있다는 것을 알 수 있었다.

메구미는 언제나 물로 봉함하기 때문에 풀을 사용하는 일은 거의 없었다.

물론 절대로 풀을 사용하지 않는다고는 단언할 수 없다. 그러나 늦어진 배달과 봉투의 젖은 자국을 종합적으로 생각해 보면, 누군가가 뜨거운 김을 쐬어 편지를 뜯어보고 다시 풀로 봉함했을 가능성이 높다.

신지는 두 번째 편지를 들고 밖으로 뛰어나가, 우편함에 넣고 투함구에 손가락을 집어넣어 보았다. 손가락 끝에 닿은 편지는 아무런 문제없이 쉽게 딸려나왔다. 그것은 채 10초도 걸리지 않는 작업이었다.

갑자기 머리끝까지 불끈 피가 솟구쳤다. 고모다가 메구미의 편지를 읽었다고 생각하자 속이 부글부글 끓는 것 같았다. 그때 문득 또 다른 생각이 머리를 스쳤다. 과연 이것이 처음일까.

기억을 더듬어 보았지만 요즘에는 메구미를 포함하여 친구들에게 편지가 오는 일이 거의 없었다. 그러나…….

　신지는 전화국에서 보내는 전화요금 통지서를 떠올렸다. 그러고 보니 이번 달에는 아직 전화요금 통지서를 받아보지 못했다.

　그렇구나! 이제야 머릿속을 맴돌던 하나의 수수께끼가 풀렸다. 고모다는 전화요금 통지서를 보고 그의 전화번호를 알아냈던 것이다. 메구미의 편지는 돌려주지 않으면 들통난다고 생각했겠지만, 전화요금 통지서는 없어져도 알아차리지 못할 것이라고 무시한 것이리라.

　그러나 사실을 알아도 구체적인 대응책은 떠오르지 않았다. 우선 메구미에게 전화를 걸어 당분간 편지는 회사로 보내라고 하는 것밖에는…….

검은과부거미 3

검은과부거미는 거미 중에서도

가장 많은 독을 품고 있어 한번 물리면

건장한 어른이라도 목숨을 잃는 일이 있다고 한다.

'검은과부'는 교미한 뒤에 암컷이 수컷을 먹어버리는 데서

연유한 이름으로 그야말로 사치코 같은 사람에게

어울리는 이름이 아닌가.

1

6월 24일 월요일

음습한 장마철이 이어지는 가운데 맑은 하늘을 그리워하는 날이 계속되었다.

신지는 마멀레이드를 바른 토스트를 기계적으로 씹으면서, 엷게 탄 블루마운틴 커피를 뱃속으로 집어넣었다.

테이블 위에 놓여 있는 파나소닉 CD 플레이어에서는 1970년대의 진보적인 색채를 띠고 있는 록 음악이 흘러나왔다.

피터 해밀의 신경질적인 둔탁한 목소리는 아침에 듣기에는 어울리지 않지만, 음악이라도 틀지 않으면 움직일 기력조차 솟아나지 않았다. 그렇다고 해서 밝은 곡을 들으면 지긋지긋한 불안감이 더해만 갔다.

테이블 위에는 경제신문이 펼쳐져 있었다. 그러나 자세히 읽고 싶은 기분이 들지 않아, 헤드라인에만 대강 눈길을 돌릴 뿐이었다.

그때 문득, 샐러리맨이 조간을 보지 않는 것은 우울증으로 가는 첫걸음이라는 어느 정신과 의사의 말이 머리를 스쳤다.

그는 손목시계를 쳐다보고 남은 토스트를 입에 문 채 양복에 소매를 넣고, 식기를 들고 싱크대로 걸어갔다. 오늘도 또 우울한 하루가 시작되리라. 생각하지 않으려고 해도 오늘 낮에 무슨 일이 일어날지 상상하지 않을 수 없었다.

고모다는 여전히 하루도 빼놓지 않고 회사에 나타났다. 원래 말수가 적었지만 최근 며칠 동안은 더욱 과묵해진 듯한 인상을 주었다. 의자에 앉아도 거의 한 마디도 하지 않고 자신을 뚫어지게 쳐다볼 뿐이었다.

표면적으로는 너무나 조용하고, 요전에 있었던 자해 행위 같은 소동도 일어나지 않았다. 그러나 수면 아래로 들어간 고조된 긴장이, 날카로운 바늘 끝처럼 그의 온몸을 파고들었다. 가나이 시의 경고도 계속 귓가에 매달려 있었다.

'그 자는 당신을 죽일 가능성이 있습니다!'

그러고 보니 아주 오래 전에 어느 남자가 식칼을 들고 회사 창구에 나타났다고 한다. 그때는 엄청난 소동으로 이어졌다고,

요시오는 고개를 절레절레 흔들었다.

고모다도 궁지에 몰리면 자신에게 흉기를 들이댈 것인가. 그러나 지금 왼손은 거의 사용하지 못하고 오른손에도 붕대를 감고 있다. 가령 어딘가에 칼을 숨기고 있다고 해도 꺼내는 데는 시간이 걸려서, 카운터를 넘어오는 사이에 도망칠 수 있으리라.

그러나 창구를 담당하는 여직원들은 어떻게 될까. 만약에 고모다가 무차별적으로 칼을 휘두른다면…….

말도 안 되는 소리! 도대체 무슨 생각을 하고 있는가!

신지는 끝없이 펼쳐지는 자신의 망상에 마침표를 찍듯이, CD 플레이어의 스위치를 껐다. 그 순간 주위가 쥐죽은듯이 조용해지자 자신은 아무런 방비도 없이 멍청하게 서 있다는 생각이 들었다.

그는 강박관념에 휩싸여 몇 번이나 부엌에 있는 작은 창문과 베란다를 확인했다. 그리고 렌즈 너머로 문 밖에 아무도 없는 것을 확인하고 나서 아파트를 나섰다.

신지가 회사에 도착한 것은 업무가 시작되기 20분 전이었다. 안으로 들어가자 요시오의 말소리만이 텅 빈 총무부를 가득 메우고 있었다. 말투로 보아하니 회사 사람과 전화로 이야기하는 것 같았다.

"그것은 잘 알지만요. 어쨌든 나중에라도 우리 쪽에서는 책임을 지지 않습니다. 물론 본사에서 결정했으니까 따르는 수밖에는 없지만요⋯⋯."

요시오의 책상 옆에는 천으로 만든 지저분한 자루 몇 개가 아무렇게나 내팽개쳐져 있었다. 어린애 하나가 완전히 들어갈 정도의 크기로, 하루에 두 번, 본사나 영업소로 가는 우편물을 넣는 자루였다.

책상 위에는 자루에 들어 있던 봉투나 서류 다발들이 높다랗게 쌓여 있었다. 요시오는 조금 전까지 우편 봉투를 뜯어 안에 있는 서류에 날짜 도장을 찍는 작업을 하고 있었던 것 같다. 본래 여직원들이 하는 일이지만, 평소보다 일찍 출근했을 때는 요시오가 대신 하는 경우도 많았다.

요시오는 수화기를 귀에 댄 채 신지에게 손짓을 하며 책상 위를 가리켰다. 책상 위에는 한 장짜리 인쇄물이 놓여 있었다.

그것은 본사에서 온 보험금 지급 결정 통지서로, 신지는 볼펜으로 쓰여 있는 이름을 읽어보았다.

고모다 가즈야, 1985년 5월 28일생, 어린이 보험 '쑥쑥'. 기호번호⋯⋯.

말도 안 돼! 신지는 쇠망치로 뒤통수를 얻어맞은 것처럼 입을 다물지 못했다. 고모다에게 보험금을 지급하라니, 본사에서는 대체 무슨 생각을 하는 것인가!

잠시 후에 요시오가 불퉁한 표정으로 수화기를 내려놓았다.

"어떻게 된 거지요?"

신지는 안색을 바꾸며 요시오를 추궁했다. 요시오에게 불만을 터뜨리는 것이 이치에 맞지 않는다는 사실은 알고 있지만, 솟구쳐 오르는 불만을 토로할 곳이 없었다.

"보다시피 본사에서는 보험금을 지급하라고 결정했네. 잘못된 것은 아니야."

"하지만…… 어떻게?"

"본사에서 문의하자, 경찰에서는 정식으로 가즈야의 죽음이 자살이라는 결론을 내렸다고 하더군. 경찰에서 그렇게 단언한 이상, 우리가 무슨 수로 그것을 뒤엎겠나? 재판을 한다고 해도 이길 수 있는 확률은 제로에 가까운데."

이럴 수가……!

신지는 무너지듯이 의자에 털썩 주저앉았다. 그렇다면 지금까지 버틴 것은 무엇 때문이었을까. 사람을 죽인 살인자에게 눈을 뻔히 뜨고 생명보험금을 지급하기 위해서였을까.

그러나 운명의 장난처럼, 이제 그토록 신지를 괴롭혔던 문제는 모두 해결된 것이다. 앞으로 점심시간마다 고모다의 방문에 간이 철렁 내려앉는 일도 없고, 아파트 우편물을 도난당할 우려도 없다. 무엇보다 고모다의 복수를 두려워하여 전근을 신청할까 하던 고민도 없어질 것이다.

그러나 그것은 진심으로 기다리던 결과는 아니었다. 위궤양에 걸리기 일보 직전인 긴장을 견디어낸 끝에 결국 찾아온 것이

카타르시스가 아니라 단순한 허탈감뿐이라니!

"마음은 이해하지만 조금 있다가 고모다 아저씨에게 전화하게. 오랫동안 기다리신 끝에 보험금 지급이 결정되었으니, 앞으로 여기까지 오실 필요는 없다고 말이야."

장난스러운 말투와는 반대로, 요시오는 벌레라도 씹은 듯한 표정을 지었다.

문득 싸늘한 시체로 변한 가즈야의 모습이 뇌리에 떠올랐다.

미안하다. 결과가 이렇게 되리라고는 꿈에도 생각지 못했다……

신지는 눈을 감고 마음속으로 가즈야의 명복을 빌었다.

보험금 지급 결정을 전화로 통보했을 때, 고모다의 목소리는 예전과는 딴판으로 친근함이 철철 넘쳤다. 그는 몇 번이나 미안하다, 이제 살았다는 말을 반복했다. 마치 생명의 은인이라도 대하는 듯한 과장스러운 말투였다.

신지는 이를 악물고 살인자에게 인사를 받는 굴욕감을 견디었지만, 고모다는 그런 마음을 아는지 모르는지 끈질길 정도로 고맙다는 말을 반복하면서 전화를 부여잡고 있었다.

500만 엔은 그날 오전에, 사치코의 명의로 되어 있는 신용금고 구좌에 이체되었다.

"그나저나 정말 다행이야. 이것으로 한 건이 끝났으니까."

고모다 사건에 휘말려 있었던 기타니, 오사코 두 부장과 요시오, 신지 네 명이 모인 회의에서, 오사코가 무겁게 가라앉은 어두운 분위기를 날려보는 것처럼 입을 열었다.

"눈을 뻔히 뜨고 녀석에게 500이나 주는 것은 속이 부글부글 끓는 일이지. 그러나 하루도 빼놓지 않고 녀석을 보는 것도 참을 수 없는 일이 아닌가?"

"그건…… 분명히 그렇지만요."

신지의 분명치 않은 대답에 기타니가 쓰디쓴 웃음을 지었다.

"자네가 고모다를 범인이라고 생각하는 것은 이해하네. 나도 현장에 있었다면 그렇게 생각했을지 모르지. 하지만 경찰에서 무죄라고 인정한 이상, 역시 무죄라고 할 수 있지 않을까?"

"아닙니다. 경찰에서는 고모다가 범인이라는 사실을 입증할 수 없었을 뿐이지, 무죄라는 확신을 가진 것은 아닐 겁니다."

자신의 목소리가 딱딱하게 굳어 있다는 것은 스스로도 알 수 있었다. 교토 지사에 부임한 이후 말대답을 한 것은 이번이 처음이었기 때문에, 기타니는 조금 머쓱한 표정을 지었다.

"어쨌든, 한 건은 낙착되지 않았나? 이제 고모다라는 남자와는 완전히 인연이 끊어졌어."

오사코가 중재하듯이 큰소리로 말했을 때 생각지도 못한 곳에서 반론이 제기되었다.

"정말 인연이 끊어졌다고 장담할 수 있을까요? 어쩌면 지금부터 시작일지도 모릅니다."

요시오는 팔짱을 낀 채 꼼짝도 하지 않고 입을 열었다. 건장한 팔의 근육이 긴장으로 인해 새하얗게 변해 있었다.

"무슨 뜻인가?"

요시오는 탁자 위에 놓여 있는 계약 내용을 가리켰다.

"고모다와 사치코에게는 아직 계약이 2건이나 남아 있습니다. 더구나 이쪽은 제각기 3,000만 엔이지요. 얼마 전까지는 보험료를 납입하기도 어려운 것 같았지만, 500이나 되는 보험금이 들어간 이상 그것도 문제가 안 되겠지요."

"잠깐만! 설마 또 저지른다는 것인가? 아무리 뭐라 해도, 이만큼 옥신각신한 다음이 아닌가? 그쪽도 바보가 아닌 이상 경찰이 주목하고 있다는 것 정도는 알지 않겠나?"

오사코는 도저히 믿을 수 없다는 표정을 지었다.

"그들은 보통 사람과는 차원이 다릅니다. 오히려 보험금이 지급되는 것을 보고, 증거만 남기지 않으면 된다는 자신감을 가질지도 모르지요. 나는 가능성이 전혀 없다고 생각하지 않습니다."

요시오의 말이 끝나기도 전에 신지의 온몸에는 가느다란 소름이 솟구쳤다. 어째서 더 빨리 그 가능성을 깨닫지 못했던가.

"저도 있을 수 있다…… 아니 거의 시간 문제라고 생각합니다."

"이런! 자네까지도 말인가?"

"그렇게까지 말할 근거가 있나?"

기타니의 온화한 표정이 순식간에 딱딱하게 굳어졌다.

"애당초 그들은 보험에 가입할 필요가 없었습니다. 그런데도 불구하고 자진해서 보험에 가입하고, 더구나 그렇게 돈에 시달리면서도 고생고생해서 보험료를 납입한 것은, 처음부터 범죄를 저질러 보험금을 사취하겠다는 목적이 있었다고밖에 생각할 수 없습니다. 그렇지 않으면 벌써 해약했겠지요."

보험금을 노리는 범죄 가운데 가장 눈에 띄는 특징은, 똑같은 범행을 계속해서 반복한다는 것이다. 실제로 한 번뿐이라면 탄로나지 않았겠지만, 몇 번이나 똑같은 수법을 사용하다가 발각된 경우는 일일이 손으로 꼽을 수 없을 정도이다.

고모다의 경제 상태로 볼 때, 500만 엔의 보험금을 다 사용하면 더 이상 보험료를 낼 수 없을 것이다. 즉, 다음 범행은 그 이전에 저지르지 않으면 안 되는 것이다. 아마 1년 이내에.

"무서운 얘기지만, 있을 수 없는 일은 아니군. 그렇다면 이번에는 아내를 죽인다는 것인가……?"

"오사코 부장. 말이 씨가 된다고 하니까 그런 말은 하지 마시구려."

기타니가 떨떠름한 표정을 지으며 오사코를 질책했다.

"조금 전에도 말한 것처럼 고모다는 무죄라는 판명을 받았지 않았소? 그런데 억측만으로 살인자로 몰아세우면 명예훼손으로 고소당할 수도 있다오."

"하지만 실제로 그런 가능성이 높은 이상……."

신지가 말을 꺼내자마자 기타니가 파열음처럼 들리는 날카로운 목소리로 재빨리 가로막았다.

"착각해서는 안 돼! 우리는 경찰이 아니야. 경찰이라면 범죄를 미연에 방지해야겠지만 보험회사에게는 그러한 책임이 없어!"

기타니의 목소리에는 두말을 꺼내지 못하게 만드는 힘이 있었다. 결국 그것이 그날의 결론이 되어, 사람들은 제각기 자기 자리로 돌아갔다.

신지는 어느 사이엔가 둔중하게 보이는 사치코라는 중년 여성에게 연민을 품기 시작했다.

고모다와 같은 끔찍한 남자와 결혼함으로써 하나밖에 없는 자식을 먼저 보내고, 이번에는 자신의 목숨까지 바람 앞에 흔들리는 등불이 된 것이다.

그냥 내버려두어도 좋을 것인가.

그것은 기타니의 말처럼 분명히 보험회사의 영역을 초월한 일일지도 모른다. 그러나 전혀 보험회사에게 책임이 없다고 잘라 말할 수 있을까.

애당초 제대로 심사를 하지 않고 고모다 같은 사람과 보험 계약을 체결한 것 자체가 보험회사의 과실이라고 할 수 있지 않을까. 그것으로 인해 살인이 일어난다면 보험회사는 간접적으로 범행에 가담한 것이나 마찬가지가 아닐까.

그는 일을 하면서도 하루종일 자문자답을 계속했다.

6월 28일 금요일

신지의 주위에는 거의 한 달 보름만에 평화로운 나날이 돌아왔다. 보험금을 지급한 이후, 고모다가 회사에 나타나는 일은 한 번도 없었다. 매일 저녁 아무 말도 하지 않고 끊던 전화도 한순간에 사라졌다.

그는 온몸을 옥죄던 긴장에서 해방됨으로써 노이로제적인 행동에서도 해방되었다. 집에 있는 동안 끊임없이 음악을 틀거나 하루에 수십 번씩 문단속을 확인하는 일도 없어졌다.

그 변화를 가장 먼저 알아차린 사람은 바로 요시오였다.

"이제야 겨우 자네의 표정이 원래대로 돌아왔군. 자네는 느끼지 못했을지도 모르지만, 얼마 전까지는 말하는 도중에 얼굴이 움찔움찔 경련을 일으킨 적도 있었다네. ……뭐라고 할까, 이대로 있으면 노이로제라도 걸리지 않을까 걱정하던 참이었지."

그러나 몸으로 직접 부딪치는 위협은 사라졌다고 하지만 마음속의 갈등은 오히려 증폭되기만 했다.

가즈야의 살해를 맨 처음 발견한 사람으로 이용되고, 더구나 사건이 완전범죄로 끝났다는 사실이 마음속에서 언제까지나 묵직하게 꿈틀거리는 것이었다.

더구나 사건은 이미 막을 내렸는데 그는 여전히 거미 꿈을 꾸었다. 거미줄에 매달려 있는 것은 바싹 말라버린 어린아이의 사체 2구였다.

가즈야의 죽음을 규명하지 못함으로써 눈을 뻔히 뜨고 형을 죽였다는 죄책감이 다시 고개를 내밀고, 그것이 2구라는 사체의 수로 나타난 것이리라.

갑자기 거미집이 출렁거리기 시작했다. 다른 사냥감이 걸린 것이다. 어디에 있는지 보이지는 않지만, 사냥감은 죽을힘을 다해 발버둥치고 있는 것 같았다. 그때 거미줄에 다른 진동이 더해지고, 마침내 거미줄 전체를 위아래로 흔드는 강력한 움직임으로 바뀌었다. 사냥감이 걸린 것을 눈치챈 거미가 온몸을 흔들면서 돌아오는 것이다.

거미줄은 불빛이 비치는 땅 위로 희미한 그림자를 떨구었다. 이윽고 그로테스크하게 일그러진 여덟 개의 다리를 흔들며 거대한 거미가 모습을 드러냈다…….

공포에 질려 벌떡 일어났을 때는 온몸이 땀으로 뒤범벅이 되고 심장은 세찬 종처럼 쿵쾅거렸다.

꿈이 의미하는 바는 분명했다. 다른 희생자가 생기기 전에 무슨 조치를 취하라는 것이다. 그것은 무의식이 자기 방어를 위해 만들어낸 메시지임에 틀림없다. 만약에 이대로 간과하고 있다가 다음 희생자가 발생할 경우, 그의 정신적 상처는 더욱 심각해질 우려가 있기 때문이 아닐까.

그렇다면 구체적으로 어떻게 하는 것이 좋을까. 신지는 곰곰이 생각한 끝에 하나의 결론에 도달하고, 워드 프로세서 앞에 앉았다.

6, 7년 전에 인기를 끌었던 기종으로 시장에는 수만 대가 범람하고 있기 때문에, 워드 프로세서 서체로 자신의 정체를 알아낸다는 것은 거의 불가능에 가깝다. 막상 트집을 잡으면 똑같은 워드 프로세서는 얼마든지 있다고 버티면 된다. 게다가 고모다가 경찰서에 신고할 가능성은 거의 제로에 가깝다.

그는 신중하게 문안을 짜내어, 세밀한 부분의 말투를 몇 번이나 고치면서 짤막한 편지를 만들었다.

안녕하십니까, 사치코 씨.

갑자기 낯선 사람의 편지를 받고 많이 놀라셨으리라고 생각합니다.

5월에 가즈야가 세상을 떠난 것에는 심심한 애도의 뜻을 표합니다. 분명히 땅이 무너지는 슬픔에 빠지셨으리라고 생각합니다. 그러나 가즈야는 스스로 목숨을 끊은 것이 아닙니다.

나는 현재 경찰서에 근무하고 있는데, 어떤 이유에서 가즈야는 남편분인 고모다 씨가 살해했다고 믿고 있습니다.

당신은 고모다 씨가 보험금을 타내기 위해 예전에 엄지손가락을 잘랐다는 사실을 알고 있습니까? 고모다 씨는 자신뿐만 아니라 남도 태연하게 죽이거나 상처 입힐 수 있는 사람입니다.

고모다 씨에게 있어서 가즈야는 피가 이어지지 않은 자식으로, 그는 보험금을 사취하기 위해 가즈야를 죽인 것이 틀림없습니다.

제가 우려하는 것은 당신에게도 보험이 걸려 있다는 것입니다. 따라서 고모다 씨는 당신도 살해할 것이 틀림없습니다.

저희 경찰에서는 고모다 씨를 조사했습니다만, 유감스럽게도 확실한 증거가 없었습니다. 그러나 이대로 있으면 당신까지 살해할지도 모른다는 생각에 이 편지를 쓰게 되었습니다.

도저히 믿을 수 없겠지만 한 번 곰곰이 생각해 보십시오. 그래도 고모다 씨와 헤어질 수 없다면 보험금 수취인을 다른 사람으로 한다든지, 해약하는 편이 좋다고 생각합니다.

아무쪼록 몸조심하시기 바랍니다.

가짜 신분을 사칭하고 더구나 아무런 증거도 없이 한 사람을 중상모략한 편지, 괴문서나 다름없는 그 편지를 쳐다보자 신지의 입에서는 쓴웃음이 배어나왔다. 사치코의 독해력을 염두에 두고 가능한 쉬운 말로 표현했기 때문에 더욱더 수상쩍은 느낌이 들었다. 설마 자신이 그런 편지를 보내는 처지가 되리라고는 꿈에도 생각하지 못했다.

그는 만일을 위해 비닐 장갑을 끼고 출력한 용지를 접었다. 그리고 흔하디흔한 갈색 봉투에 넣고, 워드 프로세서로 주소를 만들어서 붙였다.

어디에서 넣을까 생각하다가 사흘 뒤에 있는 도쿄 연수를 떠올리고, 기차를 타기 전에 교토역에서 보내기로 했다. 설마 그 이전에 살인이 행해지는 일은 없으리라.

보험회사 직원으로서 지금 그가 하는 일은 상식에서 벗어나 있고, 자칫 잘못하면 징계를 받거나 해고되는 것은 불을 보듯 뻔한 일이다.

그러나 이것은 어디까지나 마음을 휘어잡고 있는 부담을 완화시키기 위한 편법이라고, 신지는 자기 자신을 위로했다.

사치코가 편지 내용을 믿지 않는 경우, 또는 믿어도 효과적인 수단이 없는 경우, 아마 그녀는 목숨을 잃고 말 것이다. 그러나 그것까지는 자신의 책임이 아니다. 자신은 경고를 보내는 것으로 의무를 다했으니까.

하지만 막상 그런 사태가 발생한다면 과연 그렇게 생각할 수 있을까.

7월 1일 월요일

기차에서 내려 지하철로 바꿔타면서, 신지는 잠시 어리둥절하여 고개를 갸우뚱거렸다. 잠시 보지 못한 새 도쿄가 낯선 외국으로 변모한 듯한 생각이 들었기 때문이다.

그러나 아무리 변화가 격심한 시대라 해도 겨우 1년 6개월 만에 도시 자체가 완전히 변할 리는 없다. 다만 크게 변화한 것은 자신의 느낌일 것이다.

교토도 대도시이기는 하지만 거리에는 커다란 강이 흐르고 있고, 푸르름을 뿜어내는 자연도 많이 남아 있다. 최소한 인간답게 살 수 있는 환경을 유지하려면 그 정도의 크기가 적당할지도 모른다.

도쿄는 모든 면에서 이미 일정한 선을 초월해 버려서, 마치 거대하고 복잡한 미로를 보는 듯한 느낌이 들었다.

그는 신주쿠에 있는 본사에 얼굴을 들이민 다음, 지하철을 타고 조후에 있는 연수원으로 가서 오랜만에 그리운 면면들과 재회했다.

입사 동기들이라고는 하지만 현재의 근무지는 북쪽의 와쓰카나이에서 남쪽의 오키나와에 이르기까지 일본 전역에 흩어져 있었다.

멀리 떨어진 곳에서 온 사람들일수록 과장스럽게 들떠 있었지만, 본사에서 근무하는 사람은 별로 감격스럽지 않은 것 같았다. 자신도 1년 6개월 전에는 그런 표정을 지었을까.

연수는 극히 형식적이었다. 몇 개의 그룹으로 나누어 '생명보험과 손해보험은 상호참가(相互參加)에 어떠한 전략으로 임해야 하는가' 라는 주제에 대해서 밤늦게까지 토론하고, 토론한 내용을 사방 1미터짜리 종이에 조목별로 쓴다. 그리고 다음날 아침 대표자가 사람들 앞에서 발표하고, 질의 응답과 그룹 토론을 거쳐 마지막으로 전원의 투표로 최우수상, 우수상을 결정하고 끝나는 것이다.

그 정도라면 일부러 교통비와 숙박비를 들여 전국에서 사원들을 불러모을 것이 없지만, 이 연수에는 멀리 떨어진 지방에서 고생하는 사람을 위로하는 목적도 포함되어 있었다.

정년 퇴임할 때까지 지방의 영업소장만으로 끝나는 사람은, 도쿄에 있는 본사에 올 기회가 그렇게 흔하지 않기 때문이다.

일곱 가지 색깔의 매직펜을 손에 들고 밤이 이슥하도록 마음을 털어놓을 수 있는 동료들과 스스럼없이 떠들고 있자, 오랜만에 찾아온 평화에 자신도 모르게 말이 많아졌다. 마치 고등학교 시절에 문화제를 준비할 때와 같은 분위기였다.

다음날 점심시간이 지나 연수원에서 해방되자 동료들은 삼삼오오 모여서 놀러갔지만, 그는 다시 본사로 들어갔다. 인사는 어제 미리 해두었고, 오늘은 다른 용건이 있었기 때문이다.

생명보험회사에는 인사과, 경리과와 같은 일반적인 부서 이외에 재무과와 유가증권과, 부동산과, 외국채권투자과와 같은 운용부문도 있고, 의무과(醫務課)와 수리과(數理課)처럼 다른 업종에서는 찾아볼 수 없는 특수한 과도 있다.

제각기 고도의 전문지식을 필요로 하기 때문에 지하 1층에 있는 자료실에는 상당한 수의 서적이 자리잡고 있었다.

신지는 벽을 온통 메우고 있는 사다리식 책장 사이를 돌아다니며 가까스로 원하던 책을 발견했다. 그렇게 오래 된 책도 아닌데 취급을 잘못해서인지 검은 표지는 이미 떨어지고, 일부분은 갈색으로 변해 있었다. 안을 펼쳐보자 갈색 부분은 커피를 쏟은 얼룩이라는 것을 알 수 있었다.

그는 대출장에 직접 기입하고 나서, 『생명보험 범죄사례집』이라는 제목의 책을 가지고 나왔다. 원칙적으로는 본사나 근교에 있는 지사에서 근무하지 않으면 대출할 수 없지만, 실제의 관리는 느슨해서 문책 받는 일은 없었다. 돌려줄 때는 본사에 근무하는 동료에게 부탁하면 된다.

왜 그런 책을 빌릴 생각이 들었는지, 신지 자신도 이해할 수 없었다. 고모다 사건은 이미 결말이 났고 그 밖에도 코앞에 닥친 현안은 산더미처럼 쌓여 있는데, 이제 와서 이런 책을 읽어서 어쩌자는 것인가.

명확한 대답을 얻지 못한 채, 신지는 가방에 책을 넣고 지하철을 탔다. 운이 좋게 자리에 앉을 수 있었지만, 『생명보험 범죄사례집』을 펼칠 기분은 들지 않았다. 도쿄에 있는 동안만이라도 그들로부터 벗어나고 싶었던 것이다.

후나바시역에서 내렸을 때는 벌써 5시가 가까웠는데도 태양은 하늘 높이 떠 있었다.

즉시 집으로 향하려고 했지만 어머니가 아직 영업소에 있을지도 모르는 시간이었다. 어느 쪽도 걸어서 10분 정도 걸리는 거리로, 문득 어머니가 근무하는 영업소에 들러보고 싶다는 생각이 머리를 스쳤다.

쇼와생명 후나바시 영업소는 도시의 중심부에서 조금 떨어진 곳에 있는 건물 1층에 자리잡고 있었다. 안으로 들어가자마자 신입사원처럼 보이는 안경을 낀 여직원이 소리 높여 인사했다.

"어서 오십시오!"

"안녕하십니까? 교토 지사에서 온 신지로, 노부코 씨의 아들입니다만."

"그러세요? 정말이세요?"

여직원은 의자를 권하거나 차를 주지도 않고, 어떻게 해야 좋을지 모르는 표정으로 허둥대기만 했다.

어이가 없어서 쳐다보고 있자 당사자인 노부코가 사무실로 들어왔다.

"아니, 신지 아니냐?"

"그 동안 별일 없으셨어요?"

"그런데 어쩐 일이냐?"

그 말을 듣자마자 신지는 갑자기 화가 치밀었다.

"연수를 받으러 온다고 했잖아요!"

"그게 오늘이었니?"

"그래요, 오늘이었다구요."

노부코는 고개를 갸우뚱거리면서 여직원에게 소장님이 계시느냐고 물어보았다.

"오늘은 사무실에 들르지 않고 바로 퇴근하신다고 했어요."

그러자 노부코는 그날 일어났던 일을 근무일지에 휘갈겨 쓴다음, 그에게 시선을 돌렸다.

"그러면 나갈까?"

어디를 보아도 지바 지사 전체에서 1, 2위를 다투는 실적 우수자로는 보이지 않았지만, 예전에 소장에게 들은 바로는 고객과의 약속이라면 아무리 사소한 것이라도 절대로 잊어버리지 않는다고 한다.

"오늘 온다고는 생각도 못해서 저녁 준비를 안 했구나."

"생각을 못한 게 아니라 잊어버린 거잖아요."

그러나 노부코는 신지의 항의를 한귀로 듣고 한귀로 흘려버렸다.

"어디서 쇠고기 전골이라도 먹고 갈까?"

쇠고기 전골집의 지배인은 노부코를 보자마자 재빨리 좌석으로 안내했다. 미리 예약을 해놓았던 것이다.

그녀는 오랜만에 집에 오는 아들을 반가운 마음으로 기다리고 있었으리라. 그러나 그 사실을 인정하기가 쑥스러워서, 그가 오는 것을 깜빡 잊어버렸다고 거짓말을 한 것이 틀림없다.

맥주로 건배하고 나자 노부코는 계속해서 고기를 먹으라고 재촉했다.

"이제 어린애가 아니니까 너무 그러지 마세요. 저도 이제 체중에 신경을 쓸 나이가 됐다구요."

"지금 얼마나 나가지?"

"74킬로그램이요."

"흐음."

노부코는 믿기지 않는다는 눈길로 물끄러미 신지를 쳐다보았다.

"왠지 말라보이는데."

"그래요?"

"뺨이 쑥 들어가고 핼쓱해 보이는구나."

"걱정 마세요. 그만큼 배가 나왔으니까요."

노부코는 계속해서 신지의 접시에 고기와 야채들을 듬뿍 올려놓았다.

"보전 업무는 힘들지 않니?"

"별로 힘들지 않아요."

"세상이 어떻게 돌아가는지 요즘에는 별별 사건이 다 일어나더구나. 우리 지사에서도 요전에 사건이 일어났단다. 왜 그거 있잖니, 보험금 살인……."

"살인이요?"

너무나 갑작스러운 말에 그는 입으로 가져가던 젓가락을 멈추었다.

"살인이 아니라 사기였지. 부부싸움 끝에 남편이 유서를 남기고 증발하는 바람에, 부인이 보험금을 청구했지. 그런데 실은 처음부터 한통속이어서, 남편은 동북지역에 있는 빠찡코에서 가명으로 일하고 있었지 뭐니?"

"예에…… 흔히 있는 일이지요. 그런데 어차피 실종선고가 날 때까지는 7년이 걸리니까 그 동안은 보험금이 지급되지 않아요."

"그런 일이 자주 있니?"

"예에. 아니, 우리 지사에는 별로 없어요. 뭐니 뭐니 해도 교토는 천 년 동안 수도였으니까요. 수도 사람들은 자부심이 강해서 범죄를 저지르지 않거든요."

"그래? 그렇다면 한가하니?"

"예에. 한가해요, 한가해."

"그렇게 놀고 먹는데 많은 월급을 받다니, 팔자 한번 좋구나."

"정말 그래요. 우리 회사는 아량도 넓다니까요."

그 말을 노부코가 진심으로 받아들일 리는 없었다. 그러나 적어도 진실을 말하는 것보다는 쓸데없는 걱정을 끼치지 않아도 된다.

지금은 완전히 회복되었다고 하지만, 어머니에게 19년 전의 충격을 되새김질하게 만드는 일만은 절대로 하고 싶지 않았다.

7월 3일 수요일

신지는 서류가방을 들고 아파트 계단을 올라가다가 문득 발길을 멈추었다. 검은 쓰레기 봉투 하나가 그의 집 앞에 놓여 있었던 것이다.

그가 쓰레기를 버릴 때 사용하는 것과 똑같은, 45리터짜리 봉투였다. 중간 부분을 새하얀 포장끈으로 묶어놓았는데, 입구 주변을 자세히 보니 봉투는 이중으로 되어 있었다.

그는 신발 끝으로 쓰레기 봉투를 툭툭 쳐 보았다. 내용물이 얼마 들어 있지 않은지 몹시 가벼운 느낌이 전해졌다.

무엇일까. 설마 이 아파트에 사는 사람이 밑에까지 내려놓기가 귀찮아서 그의 집 앞에 버려둔 것은 아니리라.

그는 웅크리고 앉아서 포장끈을 풀려고 했지만 워낙 단단하게 묶여 있어서 쉽게 풀릴 것 같지 않았다.

봉투를 찢으려고 한 순간, 방에서 미친 듯이 전화벨 소리가 울렸다. 그는 벌떡 일어나서 문을 열쇠로 열고 안으로 들어갔다. 연수를 받으러 가기 전에 멍청하게도 자동응답기 버튼을 눌러놓는 것을 잊어버려서, 호출음은 열 번이 넘도록 계속 울리고 있었다.

고적한 밤 공기 속에서 문을 여는 금속성이 차갑게 울려퍼졌다. 신지는 난폭하게 신발을 벗어던지고 성큼성큼 부엌을 가로질러 침대 옆에 놓여 있는 수화기를 들어올렸다.

"여보세요?"

수화기를 들자마자 처절한 울음소리가 새어나왔다. 싸늘한 오한이 등줄기를 타고 스물스물 기어올라왔다.

"여보세요?"

"신지 씨……?"

메구미의 목소리였다.

"여보세요? 무슨 일이야?"

목소리가 작은 데다가 끊임없이 숨을 들이마시고 있어서, 메구미의 말은 전혀 알아들을 수 없었다.

"잘 안 들려. 마음을 가라앉히고 말해 봐. 무슨 일 있어?"

"신지 씨……, 페트로…… 가요, 페트로…… 얘들이……!"

메구미는 다시 울음을 터뜨렸다. 신지는 그녀의 마음이 진정되기를, 속을 바싹바싹 태우면서 기다렸다. 페트로? 그때서야 메구미가 기르는 두 마리 고양이 가운데 수컷의 이름이 페트로시안이었다는 것이 떠올랐다. 분명 요전에 온 편지에 암고양이가 새끼를 낳았다고 하지 않았던가.

"메구미. 울지만 말고 제대로 이야기를 해봐. 페트로시안은 당신이 기르는 고양이지? 고양이가 어떻게 됐어?"

그녀의 울음소리가 다시 크게 증폭되었다.

"그렇게…… 그렇게 심한 짓을…… 어떻게?"

한 걸음 뒤에 다가올 충격을 예감했는지, 신지의 심장은 세차게 방망이질치기 시작했다. 그리고 머릿속에서는 무슨 일이 일어났는지 서서히 형태가 잡혀갔다. 그때 전화 건너편에서 다른 목소리가 들려왔다.

"신지 씨지요? 내가 대신 말할게요……. 여보세요, 신지 씨? 하루코인데요."

전화를 대신 받은 사람은 이시쿠라 하루코였다. 메구미가 대학시절부터 계속 살아온 집의 주인으로, 신지와도 얼굴을 알고 있는 사이였다. 이미 쉰 고개를 넘긴 온화한 인품의 그녀는 고양이를 무척 좋아해서, 메구미가 그곳을 떠나지 않으려는 것도 고양이를 길러도 좋다는 조건이 있었기 때문이었다.

"아, 안녕하십니까? 오랜만입니다. 그런데 무슨 일이 있었나요?"

"그게 말이에요. 뭐라고 해야 좋을지, 너무 끔찍해서요. 메구미의 고양이 목이…… 모두 잘려버렸어요."

뒤에서 메구미의 격렬한 울음소리가 들려오고, 하루코의 목소리에도 눈물이 섞여 있었다.

"그것도 어미뿐만 아니라 새끼까지 모두……. 조금 전에 경찰서에 전화를 했는데, 경찰에서는 기물손괴라고 하면서 대충 조사를 하더군요……. 세상에 고양이를 기물이라고 하는 거예요. 하지만 이것은 살인이나 마찬가지 아닌가요?"

신지는 하루코의 떨리는 목소리를 건성으로 듣고 있다가 가까스로 말을 짜내었다.

"지금 당장 그쪽으로 가겠습니다."

하루코의 목소리에서는 안도가 묻어나왔다.

"그렇게 해주시겠어요? 메구미는 그저 울기만 해서……."

신지는 20분 안에 가겠다고 하면서 전화를 끊었다.

그러나 가기 전에 확인하지 않으면 안 될 것이 있다. 그는 일단 현관으로 발길을 돌렸다. 발이 앞으로 나가지 않아서 좀처럼 첫 걸음을 내딛을 수 없었지만, 한시라도 빨리 메구미에게 가봐야 한다는 강박관념이 단호한 결심을 내리게 했다.

그는 천천히 걸음을 내딛어 문을 열고, 쓰레기 봉투를 집 안으로 가지고 들어왔다. 그리고 심호흡을 하고 나서 쓰레기 봉투의 아랫부분을 거칠게 뜯었다. 그 순간 속을 뒤집는 악취가 피어올랐다. 피냄새라는 것은 즉시 알 수 있었다.

그는 숨을 멈추고 주머니 입구를 크게 펼쳤다. 그리고 다음 순간 황급히 고개를 돌렸다. 그런데도 그 광경은 마치 사진이라도 찍힌 것처럼 눈꺼풀 안쪽에 깊이 새겨졌다.

희뿌연 공처럼 생긴 작은 물체. 커다란 공 주위를 몇 개의 작은 공이 감싸고 있었다. 전부 몸통이 없는 고양이 머리였다. 새끼 고양이들은 모두 눈을 감고 있었다. 아마 무슨 일이 일어났는지 깨닫기도 전에 죽어버린 것이리라.

어미 고양이의 것 같은 중앙에 있는 커다란 목은 둔탁한 눈을 크게 뜨고 이빨을 드러내고 있었다. 어떻게 해서라도 새끼를 지키려고 하는 것처럼 처절하기 짝이 없는 형상이었다.

7월 4일 목요일

기요시 형사는 곤혹스러운 표정으로 연신 담배를 피워댔다. 신지를 만나고 나서 벌써 세 대째 피우는 담배다.

"자세한 사항은 프라이버시 문제도 있고 해서 가르쳐줄 수 없습니다."

그는 발을 덜덜 떨면서 응접세트에 있는 철제 재떨이 위에 담뱃재를 떨었다.

"물론 고양이 사건은 메구미 씨도 신고서를 제출했으니까, 악질적인 장난으로서 정식으로 조사를 하겠습니다. 하지만 그것과 이 사건이 관련되어 있다는 증거는 아무것도 없지 않습니까?"

기요시는 테이블 위에 놓인 사진을 눈 끝으로 힐끔 쳐다보았다. 플래시의 빛이 부족해서 그런지 선명하지는 않았지만, 분명히 일곱 개의 고양이 머리를 확인할 수 있었다.

"장난? 경찰에서는 이것을 단순한 장난으로밖에 보지 않습니까?"

신지는 기요시의 말꼬리를 잡고 추궁했다. 그러자 기요시는 고개를 돌리며 황급히 말을 얼버무렸다.

"물론 단순한 장난이라는 것은 아닙니다. 분명히 상상을 초월하는 악질적인 장난이지만……."

"하지만 경찰에서는 이대로 방치해 두면서, 실제로 누군가 죽을 때까지 움직이지 않을 거잖아요?"

"도대체 누가 죽는다는 겁니까?"

"조금 전에도 설명한 것처럼 사치코 씨입니다. 사치코 씨에게는 3,000만 엔의 보험금이 걸려 있으니까요. 게다가 이 고양이 사건을 봐도 알 수 있는 것처럼, 나와 메구미도 언제 살해될지 모르는 상태입니다."

"잠시만요."

기요시는 왼손으로 의자 쿠션을 껴안더니 담배를 들고 있는 오른손을 치켜들었다.

"나는 신지 씨의 말을 도저히 이해하지 못하겠습니다. 만약에, 만약에 말입니다, 만약에 고모다 씨가 부인을 죽이려고 한다고 합시다. 그런데 당신에게는 왜 이런 짓을 하는 거지요?"

"그것은……."

신지는 갑자기 말문이 막혔다. 범인의 의도를 대체 어떻게 설명한단 말인가.

"그렇지 않습니까? 가즈야의 보험금은 이미 받았는데 지금에 와서 이런 짓을 할 이유가 어디 있습니까? 게다가 앞으로 사람을 죽이려는 사람이, 일부러 자신에게 시선이 고정되는 짓을 할 리가 없지 않습니까?"

……편지다. 신지는 그제서야 겨우 깨달았다. 사치코 앞으로 보낸 편지가 고모다의 눈에 띈 것이다. 교토역에서 편지함에 넣은 것이 첫새벽이었으니까 그날 안으로 배달되었다면, 하루가 지난 오늘 행동을 일으켰다고 해도 이상할 것은 없다.

그 정도로 치밀한 남자가 아내 앞으로 온 편지를 뜯어보지 않을 리가 없다.

일단 경찰 관계자로 사칭하기는 했지만, 그것이 거짓말이라는 것은 불을 보듯 뻔하다. 따라서 사건에 대해서 알고 있는 사람을 찾다보면, 보낸 사람은 쉽게 짐작할 수 있다. 고모다는 그 편지를 보고, 쓸데없는 짓을 하면 너도 이렇게 된다는 경고의 메시지를 보낸 것이다.

그렇다면 역시 고모다는 일을 저지를 생각인가. 그렇지 않으면 이런 짓까지 할 필요는 없다. 신지는 온몸에 싸늘한 전율을 느꼈다. 고모다는 어디까지나 아내의 살해를 강행할 생각인 것이다.

그러나 지금에 와서는 편지에 관해서 털어놓을 수도 없고, 털어놓는다고 해도 상황이 바뀌리라고는 기대할 수는 없다.

"알겠습니다. 그러나 상대는 태연하게 사람을 죽이는 자로, 일반적인 논리가 통할지 어떨지는 잘 모르겠습니다. 그러니까 가즈야의 죽음을 자살이라고 판정한 이유를 말씀해 주실 수 없겠습니까? 그 말을 듣지 않으면 목숨을 위협받고 있다는 의심을 떨쳐버릴 수 없습니다. 메구미도 이번 사건 때문에 완전히 노이로제에 걸려 있어서, 고양이를 죽인 것이 살인과는 관계가 없는 단순한 장난이라고 안심시켜 주고 싶습니다."

신지는 낮은 테이블에 두 손을 대고 깊숙이 고개를 숙였다.

"제발 부탁합니다."

"이런이런! 그렇게 해도 소용없습니다."

기요시는 냉담하게 말했지만 신지는 깊이 떨군 고개를 들지 않았다.

창구 업무를 해온 탓인지, 어떻게 하면 상대가 가장 곤란해하는지 자연적으로 머리가 돌아가는 법이다. 무슨 사정인지는 모르지만 기요시는 경찰서로 찾아가는 것을 극단적으로 꺼려했다. 오늘도 마치 누군가에게 들리는 것을 두려워하듯이 목소리를 낮추어 조심조심 말하고 있었다. 그렇다면 여기에서 웃음거리가 되는 것은 더욱 싫어할 것이다.

"이봐요. 제발 그만둬요!"

형사들이 있는 커다란 사무실에서는 희미한 실소가 들려왔다. 모두 자신들을 주목하고 있는 것이리라. 고개를 들지 않더라도 기요시가 곤혹스러운 표정을 짓고 있다는 것은 알 수 있었다.

"부탁합니다!"

신지는 일부러 크게 소리 질렀다. 그러나 기요시는 아무 말이 없었다. 신지는 다시 한 번 '부탁합니다!' 하고 소리쳤다. 여기 저기에서 커다란 웃음이 터져나왔다. 좋다. 다른 형사들에게는 상당히 먹혀들고 있는 것 같다. 설마 순순히 고개를 숙이는 사람을 힘으로 떠밀지는 않을 것이다. 그래! 10초마다 소리를 지르자. 그래도 안 된다면 여기서 무릎을 꿇자.

"알았어요. 알았으니까 그만 하세요."

기요시의 목소리에서는 조바심과 함께 아련한 분노가 묻어나왔다. 신지는 그제서야 겨우 고개를 들었다.

"일단은 알리바이가 성립했습니다."

"예?"

"요전에 얘기하지 않았습니까? 고모다의 알리바이 말입니다. 가즈야의 사망추정 시각인 오전 10시에서 정오까지, 그 남자와 같이 있었다는 사람이 나타났습니다."

신지는 너무나 뜻밖의 대답에 입을 다물지 못했다.

"하지만……, 그 사람이 부탁을 받고 위증을 했을지도 모르지 않습니까?"

"그럴 가능성은 거의 없습니다."

기요시는 두말도 붙이지 못할 정도로 쌀쌀맞게 말했다.

"그 남자는 고모다를 술집에서 알았을 뿐, 다른 접점은 전혀 없었습니다. 우리가 간신히 찾아냈을 때만 해도 고모다의 이름도 모를 정도였으니까요. 그런데 사진을 보여주었더니 분명히 사건 당일에 함께 있었다고 하더군요."

"그러나……."

"일단 내 얘기를 끝까지 들어보십시오. 그 남자의 증언에 따라서 당일의 행적을 조사해 보았습니다. 그들은 아침 일찍부터 강가에서 노름을 했지요. 그런데 우연히 근처에서 몇몇 사람들이 구경했다는 것을 알게 되어서, 그 자들을 찾아내서 뒤를 캐보았습니다. 즉, 5월 7일, 오전 10시부터 정오까지, 고모다에게는 철벽처럼 흔들리지 않는 알리바이가 있습니다."

마치 영혼이 빠져나간 것처럼 머리가 텅 비었다. 무엇이 어떻게 된 것인지 이해할 수 없다. 알리바이 트릭. 실제로는 도저히 있을 수 없는 일이다. 그러나……

"저…… 가즈야의 당일 행동은 어떠했지요?"

기요시는 담배를 문 채 고개를 끄덕이면서 순순히 입을 열었다.

"말하는 김에 모두 해주지요. 가즈야는 당일, 아침 일찍 학교에 갔다고 합니다. 그런데…… 지체아라고 할까, 초등학교 5학년인데 아직 구구단도 외우지 못했다고 하더군요. 선생의 말을 알아듣지 못하는 탓도 있겠지만, 수업 도중에 어딘가로 사라지는 일이 많았다고 합니다. 그날도 2시간 정도 지나자 이미 모습이 보이지 않았다더군요. 그런데 항상 있었던 일이라서 학교에서도 그렇게 걱정하지 않았답니다. 일단 담임 선생이 집에 전화를 걸었지만 아무도 받지 않았다고 하더군요."

"어머니인 사치코는 어디에 갔지요?"

"빠찡코지요. 상당히 빠져 있는 것 같더군요. 돈이 한푼이라도 생기면 시장에 간다는 핑계로 나가서는 밤이 이슥할 때까지 빠찡코를 하고 돌아오지요. 가즈야는 점심도 컵라면으로 때웠다고 하더군요."

세상을 떠난 가련한 소년이 신지의 가슴을 쥐어뜯었다. 학교에서도 집에서도 소외당하고, 살아 있었던 때조차 무엇 하나 즐거운 일이 없었던 소년…….

기요시가 예리하게 신지의 마음을 읽어낸 것 같았다.

"가엾은 아이였지요. 자살하기 전날도 어머니에게 심하게 야단맞았다고 하더군요. 시험에서 빵점을 맞았다는 이유로요. 어머니다운 일은 하나도 하지 않으면서 어떻게 자식을 야단칠 수 있는지 원……. 그래서 그날은 학교에 가서 첫 수업에서 손을 들었던 것 같습니다. 산수 시간이었는데, 어머니는 수업 시간에 반드시 손을 들라고 호통을 쳤다고 하더군요. 담임 선생은 오랜만에 손을 든 가즈야를 시켰지만, 당연히 대답은 하지 못했지요. 그래도 손은 계속 들었다고 합니다. 그러자 선생은 머리끝까지 화가 치밀어서 복도에 세워 두었답니다. 그것도, 너는 수업에 방해만 된다고 야단쳐서 말입니다. 이제 납득하시겠어요?"

신지는 아무 말 없이 침묵을 지켰다. 그렇다면 정말로 자살한 것일까.

그는 힘없이 고개를 숙이며 일어섰다. 가즈야의 죽음은 정말로 자살이라고밖에 생각할 수 없다. 그러나 실제로 위협이 존재한다는 것은 고양이의 목이 증명하고 있다.

어쩌면 그 편지를 보낸 것은 엄청난 실수가 아닐까. 실제로 고모다는 아무런 죄가 없는데 그 편지를 보고 피가 거꾸로 솟구쳐 고양이를 죽인 것이 아닐까.

아니다. 아무 죄가 없는 사람은 그런 짓을 하지 않는다. 일곱 마리나 되는 고양이를 죽여서 목을 보내는, 그렇게 위험한 다리를 건너지는 않을 것이다. 단순한 장난으로 그렇게까지 하는 사람이 어디 있으랴. 역시 이것은 위험을 알리는 경고 메시지이다.

그러나 무엇 때문에?

그는 경찰서에서 나오는 길에 가나이시의 연구실에 전화를 걸어 보았다. 범죄심리학자의 의견을 듣고 싶었기 때문이다.

그러나 전화를 받은 여자는 퉁명스러운 목소리로, 자리에 없다고 대답했다. 최근 며칠 동안 무단결근이 계속되고 있다는 것이다.

2

7월 9일 화요일

신지는 수화기를 놓은 다음에도 잠시 멍하니 앉아 있었다. 최근 3개월 사이에 일어난 사건들이, 무엇 하나 현실에서 일어난 일이라고는 생각되지 않았다.

주위를 둘러보자 여직원들은 여느 때처럼 컴퓨터에 앉아서 서류를 확인하거나 카운터에 있는 고객을 상대하고 있었다.

손목시계를 쳐다보자 아직 9시 반도 되지 않았다. 결코 이른 새벽도 황혼 무렵도 아닌, 따분하기 그지없는 평범한 하루가 지배해야 할 시간이었다.

그는 마음속으로 자신이 할 수 있는 온갖 욕지거리를 퍼부었다. 불과 1년 6개월 전, 도쿄에서 근무하던 자신은 극히 평범한 샐러리맨에 불과했다. 그 무렵 돌발적으로 일어나는 업무라고 해야 회사의 명령으로 국제적 위험에 관한 강연회에 참석한다든지, 외국환 동향에 관한 보고서를 작성하는 것 정도였다. 적어도 사체 확인과 같은 저주스러운 작업이, 어느 날 느닷없이 오전의 업무 속으로 파고드는 일은 없었다.

물론 하루도 빠짐없이 사망진단서는 확인하고 있지만, 진짜 사체에 이르면 이야기가 다르다. 어느 정도 철이 들고 나서 지금까지, 사람의 사체는 한 번도 본 적이 없었다.

그런데 불과 3개월 사이에 두 번째 사체를 대해야 한다. 더구나 이번에는 자신이 알고 있는 사람일지도 모른다.

어차피 그럴 바에야 사체 확인도 일반적인 업무로 만들어 버리면 어떨까. 매일 출근해서 의자에 앉으면 컨베이어 벨트 위로 끊임없이 사체가 운반된다. 목에 밧줄이 감겨진 사체, 불에 타서 몸을 웅크리고 있는 사체, 부패해서 세 배 정도로 부풀어오른 익사체. 각자의 사진과 얼굴, 사망진단서와 사인을 조사하고 나면 발가락에 매달린 짐표 같은 서류에 도장을 찍는다……

그러나 자리에 앉은 채 언제까지나 망상에 잠겨 있을 수는 없었다. 그는 무거운 몸을 일으켜서 요시오와 기타니에게 경찰서에서 걸려온 전화의 내용을 설명했다.

"그래서 지금부터 사체를 확인하러 가야 합니다."

"그래? 어쨌거나 정신 똑똑히 차리게……."

그러한 경험이 없는 기타니는 어떻게 격려해야 좋을지 알 수 없는 것 같았다.

"그런데 누구인지, 대강 짐작은 가나?"

요시오가 목소리를 낮추면서 물었다.

"아니오. 최근 1년 사이에 뿌린 명함이 한두 장이 아니니까요. 일단 얼굴을 확인하기 전에는 모르겠습니다."

신지는 의도적으로 진실을 감추었다.

입을 통해 말을 내뱉는 순간 현실이 될 것 같은 생각이 들어서, 좋든 싫든 자신의 눈으로 확인할 때까지 조금이라도 뒤로 미루고 싶었던 것이다.

"죄송합니다. 일하시는 도중에 오시게 해서요."

기요시가 부채로 파닥파닥 얼굴을 부치면서 말했다. 이마에는 굵은 땀방울이 송글송글 맺혀 있었다.

아침부터 비가 내려서 그런지 허공을 떠다니는 공기에는 축축한 열기 같은 것이 묻어나왔다. 에어컨이 돌아가는 소리는 들렸지만, 영안실 안은 시큼한 부패 냄새로 인해 음산한 분위기가 무겁게 내려앉아 있었다.

"지금으로서는 신원을 확인할 수 있는 단서 같은 것이 아무것도 없습니다. 옷도 벗겨져 있고, 시계라든지 안경 같은 것도 없구요. 그런데 그 부근을 수색하자 단 한 가지, 신지 씨의 명함이 나오더군요. 특별히 사체와 관계가 있다는 확증은 없지만, 회사에 찾아온 고객일지도 모른다고 생각하고 한번 자세히 봐 주시지 않겠습니까?"

기요시는 사체를 덮고 있던 천을 단번에 들추었다.

다음 순간 신지의 눈은 접시만큼 커지고, 자기도 모르게 고개를 돌리면서 오른손으로 입을 틀어막았다. 그리고 왼손은 손수건을 꺼내기 위해 정신 없이 바지 주머니를 더듬고 있었다.

"아아……, 먼저 설명을 드린다는 것을 깜빡했군요."

기요시는 느긋한 표정으로 말하더니, 옆에 있던 젊은 형사에게 호통을 쳤다.

"이봐, 화장실로 모셔가!"

그러나 신지는 형사의 손을 뿌리치고 구석에 있는 세면대로 달려갔다.

강렬한 위액이 코를 떼어내고 싶을 정도로 코끝을 세차게 자극했다. 토스트와 커피의 잔재가 모두 밖으로 나온 다음에도 위장의 경련은 멈추지 않았다.

"나 원! 그렇게 토하면 나중에 배수관이 막힌다구요."

기요시의 말을 들으면서, 이것이 전에 수치를 주었던 것에 대한 보복이라는 것을 깨달았다. 그렇다면 더욱 도망칠 수 없다.

"실례했습니다. ……전화를 받았을 때는 확인만 하면 된다고 해서, 얼굴이 그대로 남아 있을 거라 생각했습니다. 다시 한 번 보여주실 수 없습니까?"

신지는 손수건으로 입가를 닦으면서 젖 먹던 힘까지 짜내어 평정을 가장했다.

"물론 얼마든지 보여드릴 수는 있지만, 그나저나 괜찮겠습니까?"

"예. 아침 먹은 것까지 전부 토했으니까요."

기요시는 다시 보았다는 눈길로 신지를 쳐다보고 나서 조심스럽게 천을 들추었다.

신지는 손으로 입을 막고 한쪽 눈을 가늘게 뜨면서, 침대 위에 실려 있는 물체를 내려다보았다.

언뜻 보았을 때부터 그러리라고 짐작은 했지만, 이렇게까지 철저하게 파괴되어 있으리라고는 생각도 하지 못했다.

"만약에 안쪽에 이빨이 남아 있다면 보고 싶은데요."

이번에는 기요시가 몹시 꺼림칙한 표정을 지었다. 그러나 그는 아무 말 없이 얇은 고무 장갑을 끼고 사체의 턱에 손을 댔다.

부서진 손잡이처럼 생긴 턱의 잔해는 쉽게 벌어졌다. 이미 사후경직이 풀렸을 정도로 시간이 지난 것이리라.

앞니와 송곳니는 완전히 없어졌지만, 오른쪽 어금니는 그대로 남아 있었다. 신지는 그 이빨에 커다란 금테가 씌워져 있는 것을 확인했다.

역시 그런가…….

"죄송합니다. 또 한 가지, 왼쪽 손목을 보고 싶습니다만."

"누구인지 짐작이 갑니까?"

기요시는 기대에 찬 표정을 지으며 시체의 옆쪽에 있는 천을 들추었다. 어깨 부분에서 깨끗하게 잘려진 팔은, 손바닥을 위로 해서 사체 옆에 놓여 있었다.

"팔다리는 모두 다 잘렸습니다. 그런데 왼쪽 손목이라고 했나요……?"

기요시는 말을 하면서 사체의 창백한 왼손을 들어올렸다. 마치 살아 있는 것처럼 손목이 풀썩 꺾였다. 신지의 눈은 엄지손가락에 있는 500엔짜리 크기의 반점에 고정되었다. 위치도 형태도 크기도, 머릿속에 남아 있는 기억과 정확히 일치했다.

"알겠습니다. ……이제 됐습니다."

신지는 조용히 눈을 감았다. 조금 전에 다 토해냈지만 다시 속이 울렁거렸다. 기요시가 더 이상 궁금증을 참지 못하고 몸을 앞으로 내밀었다.

"그나저나, 이 사람은 누구입니까?"

"가나이시 가쓰미. ……우리 모교의 심리학과 조교입니다."

"자세한 이야기는 위에서 하는 게 어떨까요?"

기요시의 눈에서는 사냥감을 발견한 고양이처럼 번뜩이는 빛이 뿜어나왔다.

신지는 집에 도착하자마자 즉시 문을 잠갔다. 껄끄러운 쇳소리가 아파트 복도에 메아리쳤다.

얼마 전까지만 해도 대학에 다니던 시절과 마찬가지로, 집에 있을 때는 문을 열어두는 일이 많았다. 그런데 어느 사이엔가 단단히 문단속을 하는 습관이 몸에 밴 것이다.

그는 일단 냉장고 문을 열고 500밀리리터 캔맥주를 꺼내서 입 안에 털어넣었다. 차가운 액체가 식도를 타고 흘러내려서 상기된 뱃속의 열을 식혀주었다. 그는 가까스로 가슴을 쓸어내리며 깊은 숨을 토해냈다.

그러나 다음 순간 갑자기 솟구치는 불안으로, 아파트 통로와 마주한 부엌의 작은 창문이 제대로 잠겨 있는지를 확인했다.

본래의 자물쇠 이외에 아래 위쪽에 특수 자물쇠를 채워놓은 부엌 창문은 모두 잠겨 있었다. 언젠가 고모다가 유리에 구멍을 뚫고 자물쇠를 풀고 들어오는 불길한 꿈을 꾼 다음, 가까운 철물점에 들러서 특수 자물쇠를 채워놓은 것이다.

그러나 시간이 지나고 나서 냉정히 생각해 보자, 유리에는 철선이 들어 있어서 자물쇠를 추가하지 않아도 쉽게 침입할 수 없다는 사실을 깨달았다.

갑자기 피해망상 증세를 보이는 자신의 행동이 부끄럽고 어리석게 느껴졌다. 그는 양복을 벗어서 침대 위에 내던지고, 넥타이를 느슨하게 풀고 식탁 의자에 털썩 주저앉았다.

가나이시의 무참한 사체를 본 충격에서 아직 회복되지 않은 것이다.

기요시의 말이 머릿속을 가로질렀다.

"……영양 상태라든지 상처의 정도를 보면, 아마 일주일에서 열흘 이상은 감금되어 있었던 것 같습니다. 그 동안 물만 주면서 인간으로서는 도저히 상상할 수 없는 끔찍한 고문을 했던 것 같습니다."

신지는 다시 냉장고에서 맥주를 꺼내 벌컥벌컥 들이켰다.

"살아 있을 때 생긴 상처와 죽은 다음에 생긴 상처는, 생체반응을 보면 쉽게 구별할 수 있지요. 팔다리를 모조리 자른 것을 포함해서, 대부분의 상처는 살아 있을 때 입은 것입니다. 흉기는 45센티미터 이상의 예리한 칼날, 틀림없이 일본도(日本刀)였겠지요. 범인은 조직폭력단일 가능성이 큽니다. 등이나 배, 팔다리 안쪽의 피부를 몇 밀리미터 간격으로 얇게 저며낸 흔적이 있었습니다. 인간의 고통을 관장하는 신경은 대부분 피부 표면에 분포하고 있는데, 그것을 알고 저지른 짓이겠지요. 아마 당한 사람은 말 그대로 지옥불에 빠져 있는 듯한 고통을 맛보았을 겁니다……."

문득 가나이시의 생전의 모습이 눈앞에 떠올랐다. 사람에 대해서 지독할 정도로 비관적인 태도와 호모적인 요소는 좋아할 수 없었지만, 그래도 그는 자신의 신변을 걱정해 준 사람이다.

어쨌든 바로 얼마 전까지 알았던 사람이 잔악하기 짝이 없는 방법으로 살해되었다는 것은 악몽으로밖에 생각되지 않았다.

대체 누가 가나이시를 그런 꼴로 만든 것일까. 그것은 생각하고 싶지 않아도 피해갈 수 없는 문제였다.

그때 머릿속의 목소리가 소리쳤다. 그 남자가 틀림없다! 가나이시는 연구 대상으로써 고모다에게 깊은 관심을 가지고 있었다. 그러나 무모하게도 고모다에게 너무 가까이 가려고 한 결과 유괴되고, 일본도로 난도질당하는 처지가 된 것이다.

고모다는 왜 그렇게까지 하지 않으면 안 되었을까. 아무리 병적인 복수심을 가지고 있다고는 하지만, 기본적으로는 철저하게 이익에 따라 움직이지 않을까. 만약에 가즈야를 살해하지 않았다면 새끼 고양이의 목을 보낼 필요도 없고, 더구나 살인까지 저지른다는 것은 미친 짓이라고밖에 생각할 수 없다.

게다가 사체가 발견된 상황도 납득이 되지 않았다. 사체는 개천 옆에 아무렇게나 버려져 있었다고 한다. 물론 사람이 많이 다니는 장소는 아니었지만, 마치 빨리 발견하라고 큰소리치고 있는 것 같지 않은가.

그리고 근처에 떨어져 있던 자신의 명함.

어쩌면 그것도 경고의 의미를 가지고 있는 것은 아닐까. 그러나 그렇다고 하면 무엇 때문에?

사고(思考)의 핵심은 다시 원점으로 돌아갔다.

다시 한 번 생각해 보자. 고모다는 왜 '무혐의' 판정을 받았
는가. 그것은 경찰에서 알리바이를 확인했기 때문이다. 그런데
도 불구하고 그 남자가 유죄라는 심증을 버릴 수 없는 것은, 그
방에서 가즈야의 사체를 보았을 때 자신의 모습을 살핀 고모다
의 눈 때문이리라. 어쩌면 그것은 단순한 착각이 아니었을까.

　사건이 발생한 지 벌써 두 달이 지났지만 그 장면은 지긋지긋
할 정도로 꿈에 나타나서, 기억이 희미해지기는커녕 더욱 선명
해지고 있었다.

　그러나 그것은 정말, 사건 자체에 대한 인상일까.

　그의 가슴속에서는 작은 의문이 생겨났다. 인간의 기억이란
것이 얼마나 애매모호한 것인지는 자신도 잘 알고 있다. 이번
사건만 해도 어쩌면 나중에 생각할 때마다 멋대로 창작을 가해
서, 일방적으로 기억을 비틀어갔을지도 모른다.

　지금 가지고 있는 사건에 대한 인상은, 어쩌면 스스로가 날조
해 낸 것이 아닐까.

　……아니, 그렇지 않다. 그 점에 관해서만은 자신이 있다. 가
즈야의 사체에서 고모다에게 시선을 옮겼을 때 폐부를 찌르는
듯한 전율만은 절대로 틀림없다.

　논리가 완전히 벽에 부딪혔을 때, 불현듯 메구미에게 들은 말
이 떠올랐다.

　"이론이나 감정이 벼랑 끝에 섰을 때는 자신의 직감이나 감

각을 믿으세요."

그렇다. 그렇다면 그곳에서 출발해 보자. 직감에 따르면 역시 고모다는 살인을 저질렀다.

그러나 고모다에게는 철벽 같은 알리바이가 있다고 하지 않았는가. 경찰의 눈을 완전히 속이는 위장 공작이 실제로 가능한 일일까.

신지는 열심히 머리를 굴렸지만 사고는 또다시 암초에 부딪혀서 한 발짝도 움직일 수 없었다.

그는 가방에서 『생명보험 범죄사례집』을 꺼내어 식탁 위에 올려놓았다. 본사 자료실에서 빌려온 것이다.

멍하니 표지를 쳐다보고 있자니 한심한 생각이 고개를 치켜들었다. 지금에 와서 이런 것을 읽는다고 해서 무엇을 얻는단 말인가. 그러나 자신이 할 수 있는 일이 이것 말고 또 무엇이 있으랴.

그는 맥주를 들이키면서 수많은 범죄자들이 온갖 지혜를 짜내어 생명보험금을 사취하려고 한 사례들을 읽어나갔다. 잠시 읽어내려가는 사이에 점점 내용에 빨려들어가서, 이윽고 세 번째 캔맥주를 꺼낼 무렵에는 완전히 빠져버렸다. 그는 좀처럼 피우지 않는 담배에 불을 붙이고 무심히 활자를 쫓아갔다.

한마디로 보험금 범죄라고는 하지만 보험금 살인을 비롯하여 보험금 자살과 대리인 살인을 포함한 사망 사고의 날조 이외에도, 보험계약의 체결 자체에 사기적 요소가 있는 것까지 있어서 상당히 폭이 넓었다.

그 가운데에서 그의 눈길을 끈 것은 고전적인 방법으로 거론되어 있는, '곡물상 AM 사건'이었다.

정확한 시기와 장소는 알 수 없지만, 1880년대 유럽에서 일어난 사건인 것 같았다. 먼동이 트지 않은 이른 새벽, 다리 한가운데에서 곡물상 AM이 오른쪽 귀 뒷부분을 관통하는 총상을 입은 시체로 발견되었다. 지갑이 사라지고 시계가 떨어져 있는 것을 보고, 경찰에서는 강도살인으로 판단했다. 그리고 AM과 똑같은 숙소에서 묵고 있던 남자를 용의자로 체포했지만 남자는 범행을 완강하게 부인했다.

그러던 어느 날, 예심을 관장하던 판사가 우연히 다리 난간에 흠집이 있는 것을 발견했다. 그리고 강바닥을 뒤진 결과 한쪽 끝에는 커다란 돌이, 다른 한쪽 끝에는 권총이 묶여 있는 튼튼한 줄이 발견되었다. 즉 다리 난간에서 곡물상 AM이 스스로 머리에 총을 쏘았는데, 권총은 돌의 무게로 인해 강으로 빨려들어갔다는 것이었다.

그런 다음 자세히 조사한 결과, 파산 위기에 처한 AM이 가족을 위해 고액의 생명보험에 가입했지만 자살 면책 규정이 있다는 것을 알고 타살로 보이기 위해 트릭을 사용했다는 사실이 밝혀졌다.

마치 한 편의 추리소설 같지만, 나중에 코난 도일이 그 이야기를 듣고 『셜록 홈즈의 사건부』 속에서 '소아다리'라는 유명한 단편을 썼다는 말까지 붙어 있었다.

사실은 소설보다 더욱 기이하다는 고전적인 잠언이 머리에 떠올랐다. 실제로는 소설보다 더욱 기이한 사건이 일어날 수 있다는 뜻이리라.

이것은 '살인을 위장한 보험금 살인'으로, 그러한 예는 실제로 얼마나 될까.

계속 들추어나가자 통계가 조금 오래 되었지만, 경찰청 통계를 이용하여 1978년부터 1985년까지 보험금 살인 사건을 위장 방법별로 분류해 놓은 표가 있었다.

그것에 따르면 총 68건 가운데 제1위가 '제3자에 의한 살인 사건 위장'으로 25건이다. 그 다음이 '교통사고 위장'으로 23건, '기타 사고사 위장'이 18건으로, 내용을 살펴보니 익사를 가장한 것이 7건, 가스중독이나 화재에 의한 위장이 각 4건, 전락 사고 위장이 3건으로 되어 있었다. 또한 어떠한 방법을 사용한 것인지는 분명하지 않지만, '자연사 위장'도 2건이나 되었다.

그러나 놀랍게도 자살을 위장한 것은 한 건도 눈에 띄지 않았다. 일반적인 사인으로서, 자살은 흔히 볼 수 있는 방법이지만 살인은 극히 드문 일이다. 그런데 위장방법에 관해서만은 그것이 정반대로 나타났다. 이것은 무엇을 뜻하는 것일까.

우선 모집단(母集團)이 68건밖에 되지 않기 때문에 우연히 들어가지 않았을지도 모른다. 또한 어디까지나 발각된 통계만을 이용한 것이므로, 완전범죄가 성립된 것 중에서는 자살로 위장한 사건이 몇 건인가 있었을지도 모른다.

그러나 보험금 살인에는 원래 자살을 위장하는 경우가 적을지도 모른다고 생각하기로 했다. 기한이 정해져 있다고는 하지만 자살 면책이란 존재는 뛰어넘기 어려운 문제이고, 또한 살인을 자살로 보이게 만드는 것은 상상 이상으로 힘든 일일지도 모른다.

구체적인 사례를 살펴보니 실소를 금치 못하게 만드는 사건도 있었다. 어느 의사의 아내가 기묘한 자살 원망(願望)에 시달리다가 정신과 의사를 찾아갔다고 한다. 그러자 남편인 의사가 아내에게 고액의 생명보험을 들어놓고 최면술로 자살을 유도했다는 것이다.

1980년에는 일본에서도 '자살위장 전(前) 사장 살해 사건'이라는 것이 발생했다. 경찰청 통계에서는 빠져 있었는데, 무엇 때문인지는 알 수 없다.

도산 직전에 있던 회사의 임원 두 사람이, 전 사장이 회사를 수취인으로 해서 가입해 놓은 2억 엔짜리 보험에 눈독을 들여서, 술을 마시게 한 다음 목 졸라 죽여서 나무에 매달아 자살을 위장한 것이었다. 다만 이때는 문제성을 직감한 경찰이 조사에

착수해서 즉시 범행이 발각되었다.

아마 액사(縊死)와 교살의 경우, 얼굴의 울혈이나 색조흔(索條痕) 등이 다르다는 것에 따라 간파해 낸 것이리라. 그런데 고모다는 어떻게 해서 그 난문을 해결한 것일까.

신지의 생각은 갈수록 심하게 뒤흔들렸다. 역시 고모다는 살인을 저지르지 않았을지도 모른다.

밖에서 돌아온 고모다는 우연히 가즈야의 자살을 발견한다. 그러나 그에게는 손가락 절단족 사건으로 체포된 전력이 있다. 의심이 자신에게 쏠릴 것을 두려워한 고모다는 일부러 신지를 불러서 첫 번째 발견자로 삼은 것이 아닐까.

고모다가 회사로 전화를 건 시간은 오후 1시 반, 가즈야의 사망추정 시각은 오전 10시에서 12시 사이, 그렇다면 충분히 생각할 수 있는 일이 아닌가.

아니, 잠깐만! 그렇다면 새끼 고양이의 목을 보낸 것은 무슨 뜻인가. 고모다에게 죄가 없다고 하면 그렇게까지 할 필요가 어디 있는가. 더구나 가즈야의 보험금은 이미 지급되었다. 따라서 방아쇠는 사치코에게 보낸 편지라고밖에 생각할 수 없다.

그것은 쓸데없는 짓을 하지 말라는 경고가 아닐까. 그렇다면 가즈야는 역시 살해당한 것이 틀림없다. 그리고 가나이시도.

그러나 만약에 고모다가 범인이 아니라고 하면…….

책을 들추는 사이에 어느 페이지에서 무의식적으로 손가락이 멈추었다. 항목명은 '친자 독살 사건(틸트만 부인 사건), 1951년, 서독'으로 되어 있었다.

그는 사건의 개요를 대강 읽어보았다.

1950년 6월. 엘프리데 틸트만의 남편 크루트는 재해특약이 있는 5만 마르크의 생명보험에 가입했다. 그 이외에도 많은 보험에 가입했지만 보험금의 수취인은 모두 아내로 되어 있었다. 같은 해 9월, 크루트는 세상을 떠났다.

1951년 2월, 틸트만은 아들인 마틴을 피보험자로 해서 동시에 세 개의 생명보험회사에 보험계약을 체결했다. 당시 독일에서는 14세 미만의 자식이 사망했을 때 보험금을 제한하는 규정이 있었는데, 자식이 14세가 되기 전에 사망했을 때에도 만기 보험금을 받을 수 있도록 해 달라는 틸트만의 강력한 요청 때문에 보험회사 직원이 이상하게 생각했을 정도였다고 한다.

1951년 3월, 14세 생일을 맞이한 마틴은 그해 6월에 숨을 거두었다. 틸트만은 장례식에서 손수건으로 눈물을 훔치며 비탄에 빠진 어머니 역할을 충실히 해냈지만, 실은 약으로 가장해서 마틴에게 납을 마시게 한 사실이 밝혀졌다……

갑자기 머릿속에서 가나이시의 말이 되살아났다. 마치 가나이시의 영혼이 이 세상으로 되돌아와서 그에게 영감을 불어넣은 것처럼.

"그들은 자기 자식에게조차 애정을 품지 않습니다."

그 순간, 머릿속에서 예리한 섬광이 번뜩였다. 어쩌면 자신은 당치도 않은 착각을 하고 있었던 것은 아닐까. 그는 선입관으로 인해 무턱대고 고모다를 의심했다. 가즈야는 사치코가 데리고 온 자식이었기 때문이다. 그러나 아내인 사치코가 범인이라고 하면?

자식이 피해자인 생명보험 살인에서는 '양자 살인'의 경우가 압도적으로 많다. 그것이 고정관념이 되었을지도 모른다. 자신의 피가 흐르는 자식을 죽이리라고 그 누가 생각하겠는가!

그러나 그러한 사건은 틸트만 부인 사건 이외에도 얼마든지 있지 않은가. 재혼의 방해물인 자식을 총으로 쏘아 호수에 빠뜨린다든지, 도망칠 수 없게 목욕탕에 가두어두고 집에 불을 지른다든지…….

그렇게 생각하자 모든 것이 앞뒤가 들어맞았다. 고모다는 범행이 불가능했을지 모르지만 사치코라면 충분히 할 수 있었을 것이다.

그의 뇌리에는 선명한 영상이 떠올랐다. 우선 쇠파이프에 줄을 걸어두고 한쪽 끝을 동그랗게 만들어 숨겨둔다. 다음에 가즈야를 꾀어내어 발판 대신에 바퀴가 달린 의자에 올려놓는다. 천장에 손이 닿는지 잡아보라고 한 것일까. 친어머니의 말이기 때문에 가즈야는 아무런 의심 없이 시키는 대로 했을 것이다.

그때 사치코는 등뒤에서 재빨리 가즈야의 목에 밧줄을 건다.

바퀴가 있는 의자는 밀어버리기만 하면 되니까. 목이 조여들자 가즈야는 거의 순간적으로 의식을 잃어버리고 발버둥칠 틈도 없었을 것이다.

신지는 무의식적으로 팔을 문질렀다. 에어컨을 켜지도 않았는데 가느다란 소름이 돋아 있었던 것이다.

그러나 자신의 생각을 믿기에는, 감정적인 저항감을 뿌리칠 수 없었다. 아무래도 자신의 어머니가 떠올랐기 때문이다. 아버지가 세상을 떠난 이후, 그때까지 바깥 생활이라고는 한 번도 해본 적이 없던 어머니는 보험 세일즈를 하면서 자기 형제들을 키워주었다.

그 다음 떠오른 것은, 새끼 고양이를 지키려고 하던 어미 고양이의 처절한 형상.

원래 어머니는 자식을 지키는 법이 아닐까. 자신이 어떤 희생을 치르더라도 말이다.

만약에 가나이시의 설(說)이 맞다면, 그들이 자식에게 품는 감정은 우리가 느끼는 감정과는 근본적으로 다를지도 모른다. 그들은 고작해야 곤충이나 거미가 자신의 알을 품을 때 느끼는 정도의 감정으로 자식을 대하는 것이 아닐까.

자신을 잡아먹을지도 모를 무서운 상대의 팔에 안긴 아이는, 자신의 어머니가 그렇게 끔찍한 존재인지도 모르고 어머니의 냄새에 편안히 잠드는데 말이다.

냄새…….

문득 사치코의 향수 냄새가 코끝을 스치는 것 같았다. 또한 검은 집을 가득 메우고 있던 기이한 악취도.

머릿속에서 무엇인가가 전깃불처럼 번뜩였다. 그는 전화기를 들고, 잠시도 망설이지 않고 메구미의 전화번호를 눌렀다. 왜 지금까지 깨닫지 못한 것일까.

"예……, 메구미입니다."

호출음이 일곱 번 정도 울리고 나서야 메구미의 목소리가 들려왔다. 아직 12시도 되지 않았지만 잠을 자고 있었던 것 같다. 역시 새끼 고양이에 대한 충격이 길게 꼬리를 끌고 있는 것이리라.

"여보세요? 난데, 지금 당장 물어보고 싶은 것이 있어서 전화했어."

"뭔데요?"

메구미의 목소리가 어둡게 가라앉아 있었다.

"지난달 노리코 교수님의 연구실에 갔을 때, 교수님께서 정성결여자가 후각장애와 관계가 있다고 하신 것 같은데."

"지금 뭐라고 했지요?"

"후각장애 말이야. 냄새를 맡는 힘이 결여되어 있는 것! 노리코 교수님께서는 분명히 F라는 학생이 그랬다고 했잖아?"

그녀는 가까스로 정신을 차린 것 같았다.

"그런 말씀을 하셨나요? ……제 전공이 아니라서 잘 기억나지 않아요. 잠시만 기다려 보세요. 책을 찾아보면 있을지도 모르니까요."

책장을 찾는 듯한 소리가 이어지는 동안, 신지는 솟구치는 조바심을 억제할 수 없었다.

"있어요. ……하지만, 이것은 정설은 아니에요."

"괜찮으니까 읽어줘."

"정성결여자라고 판단된 범죄자 중에서, 선천적으로 후각장애를 가진 사람이 발견되었다는 것이에요."

메구미는 정성결여자라는 말에 힘을 주어서 말했다.

"원인이 뭐지?"

"……일설에 따르면 막 태어났을 때 어머니의 체취나 젖냄새를 느끼지 못하는 바람에, 정상적인 감정의 발달이 저해된 것이 원인이라고 해요."

그렇다면 그들이 부모가 되었을 때, 자기 자식에 대해서도 당연히 일반적인 애정은 가질 수 없으리라. 물론 그와 반대로 후각장애를 가진 사람이 모두 정성결여자인 것은 아니지만 말이다.

"그런데 갑자기 왜 그러세요?"

신지가 설명하는 동안 메구미는 아무 말도 하지 않았다. 하긴 그녀는 도저히 받아들일 수 없는 추측일 테니까, 침묵하는 것도 당연하다.

"사치코라는 여자, 손목을 그은 흔적이 있다고 하지 않았나요?"

메구미의 질문은 의외의 곳으로 이어졌다.

"그래. 그런데 왜?"

"정성결여자는 다른 사람뿐만 아니라 자신의 생명에도 전혀 관심이 없어서, 자살 미수를 반복하기 쉽다고 쓰여 있어요. …… 참고가 될지 모르겠지만요."

신지는 한순간 말문이 막혔다.

갑자기 사치코의 손목에 있던 깊은 상처가 눈앞에 떠올랐다. 우연히 그 상처를 보게 된 것도, 그녀가 피해자라는 선입관을 만드는 한 가지 요인이 되었다. 스스로 목숨을 끊을 생각으로 보험금 면책 조항에 대해서 물어보았다고 착각했기 때문이다.

그러나 그 문의는 사치코 자신이 자살하기 위해서가 아니라 자살로 위장하여 자기 자식을 살해하기 위해서가 아닌가.

그러나 지레짐작한 순진한 보험회사 직원은 상대의 자살을 만류하려고 한 나머지 자기 마음에 남아 있던 최악의 정신적 상처를 드러냈고, 그 사실을 알게 된 사치코는 순진한 보험회사 직원을 첫 번째 발견자로 꾸미려고 한 것이다…….

전화를 끊은 다음에도 신지는 멍한 상태에서 벗어날 수 없었다. 아직 결정을 내리기에는 너무 이르다. 모든 것은 가설의 영역에서 벗어나지 못했으니까. 그러나……

그때 갑자기 울려퍼진 전화벨 소리가 온 집 안과 함께 그의 마음까지 뒤흔들었다. 아무 말 없이 끊는 전화 공세에 시달린 이후, 전화벨 소리만 들어도 간이 덜컥 내려앉을 정도였다. 메구미가 무슨 생각이 나서 전화를 건 것일까.

"예?"

"여보세요. 신지 씨 댁인가요?"

목소리만으로도 금방 알 수 있었다.

"예. 지난번에는 여러 모로 신세를 졌습니다."

"노리코예요. 늦은 시각에 전화를 걸어서 미안한데, 혹시 주무시는 것을 깨웠나요?"

"아닙니다. 아직 잠자리에 들지 않았습니다. 지난번에는 정말 실례가 많았습니다."

"지금 그 작문을 읽어보다가 갑자기 생각이 나서 전화를 걸었어요. 빨리 말해 주는 편이 좋을 것 같아서요. 결론부터 말하자면, 그 작문에 쓰여 있는 꿈은 역시 이상해요."

기묘한 우연의 일치다. 노리코도 자신과 똑같은 시각에 그 사건에 대해서 생각하고 있었던 것이다!

"그러나 '꿈'을 읽었을 때는 정성결여라는 느낌을 받지 않았다고 하지 않으셨나요?"

"그래요. 그때부터 계속 '꿈'이 아니라 '그네의 꿈'이라는 작문이 마음에 걸렸어요. 이제야 겨우 생각났는데, 그것은 폰 프란츠의 책에 나오는 꿈과 똑같아요."

마리 루이스 폰 프란츠 여사는 융의 사랑하는 제자이며, 노리코가 스위스에 있는 융 연구소에서 수학했을 때 가르침을 전해준 스승이기도 하다.

"처음 보았을 때 즉시 깨달았어야 했어요. 문제는 그네가 아니라, 오히려 그것에 대한 감정적 반응이에요."

"무슨 뜻이지요?"

"'그네의 꿈'이라는 작문을 다시 처음부터 읽어보고 알게 되었지요. '나는 그네를 타고 발을 굴렀습니다.' '그래도 계속 탔더니, 더욱, 훨씬 높은 곳까지 가게 되었습니다.' '나는 미끄러져서 그네에서 떨어졌습니다.' '그리고 어두운, 아무것도 없는 곳으로 계속 떨어져 갔습니다.'"

노리코는 신지에게 생각할 시간을 주려는 것인지 잠시 말을 끊었다.

"'꿈'에 비하면 더욱 확실하다고 생각하지만, 단순한 동작 설명만 늘어놓았을 뿐 정서적인 반응을 보여주는 말이 하나도 없잖아요? 전체를 통해서 감정표현이라고 할 수 있는 부분은 불과 '재미있어서'라는 한 마디뿐이에요."

흥분이 머리끝까지 차올랐는지, 노리코의 목소리가 점차 높아졌다.

"혹시 아시는지 모르지만, 꿈속에서의 하늘과 땅은 무의식의 양극을 나타내고 있어요. 똑같은 무의식이라도 하늘은 집합적 무의식의 영역이고, 땅은 신체적인 영역을 가리키지요. 그런데 그 사이를 급격하게 흔들면 인간은 당치도 않은 엄청난 스트레스를 받게 되지요. 그러한 극과 극 사이를 왔다갔다하면서 재미만 느끼고 아무런 불안을 느끼지 않는다는 것은, 역시 이상하다고밖에 표현할 길이 없어요. 특히 가장 마지막 부분에 있는 어둠 속으로 떨어지는 곳에 이르면, 보통 사람들은 모두 공포에 질려 숨이 막힐 지경일 거예요. 하지만 이 사람은 다만 '어두운, 아무것도 없는 곳으로 계속 떨어져 갔습니다.' 라고 말했을 뿐이에요. 이것은 폰 프란츠가 분석한 꿈과 너무나 완벽하게 일치하고 있어요."

신지는 마른침을 집어삼켰다. 수화기를 들고 있는 손바닥은 이미 끈적한 땀으로 촉촉이 젖어 있었다.

"그래서 폰 프란츠 여사는 어떻게 말씀하셨지요?"

"'이 사람에게는 마음이 없다!' 고 단언했어요."

"마음이 없다구요?"

"폰 프란츠가 분석한 꿈은, 실은 유명한 연쇄 살인마의 것이었어요. 그녀는 사전에 그 사실을 모르고 있었지만요."

그날 밤, 신지는 잠으로 빠져들 때까지 더욱 많은 알코올의 도움을 빌리지 않으면 안 되었다. 그의 의식이 암흑 속으로 빨려 들어간 것은 창밖이 희뿌연하게 밝아오기 시작한 무렵이었다.

신지는 거대한 동굴처럼 생긴 곳에 서 있었다.

눈앞에는 상상을 초월하는 거대한 거미집이 있었다. 배경으로 깔려 있는 끝없는 어둠과 마찬가지로 거미집에서도 또한 한계라는 것을 볼 수 없고, 오로지 끊임없이 뻗어 있을 뿐이었다.

'아아, 또 나타났구나!' 그곳이 '죽음의 나라' 라는 것은 알고 있다. 번뇌의 어둠 속에서 방황하던 사자(死者)는 이 거미집에 걸려서 먹이가 되는 것이다.

눈앞에 매달려 있는 것을 쳐다보자, 그것이 가련한 희생자의 사체라는 것은 즉시 알 수 있었다.

거미가 뿜어낸 실에 빈틈없이 감긴 사자는 원망스러운 눈길로 자신을 쳐다보았다. 그 얼굴은 형 같기도 하고 가즈야 같기도 했다. 이미 목숨이 끊어진 상태이기 때문에 생자(生者)로서의 의식은 없지만, 거미에게 잡아먹힘으로써 또다시 죽음을 맞지 않으면 안 된다. 그것을 사자 나름대로의 의식으로, 스스로의 운명을 한탄하고 있는 것 같았다.

거미집이 가늘게 떨리기 시작하더니, 이윽고 커다란 흔들림으로 바뀌었다. 거미가 돌아온 것이다.

여느 때라면 악몽은 그곳에서 끝이 난다. 그러나 오늘은 끝나지 않았다. 숨이 막힐 것 같은 공포 속에서 기다리고 있자, 입이

떡 벌어질 정도로 거대한 무시무시한 생물이 모습을 드러냈다.

풍선처럼 크게 부풀어 있는 복부와 여덟 개의 울퉁불퉁한 발을 가지고 있는 생물, 거대한 거미……. 그러나 얼굴은 달랐다. 무겁게 축 늘어진 턱과 음습해 보이는 여자의 얼굴. 조각칼로 그은 듯한 찢어진 눈.

꿈에만 나타나는 특유의 관념을 통해, 신지는 그것을 '무당거미'라고 생각했다. 무당거미는 암흑 속에서 실에 매달려 흔들흔들 흔들리고 있었다. 그러나 극과 극 사이에서 흔들리면서도 움직임은 무엇 하나 느껴지지 않았다.

무당거미는 거미줄에 친친 감겨 있던 자식의 사체를 들어올려 목덜미를 물었다.

그때 죽어 있다고 생각한 자식이 갑자기 눈을 크게 떴다. 무당거미의 입가에서는 검붉은 선혈이 뚝뚝 떨어졌다.

무당거미는 고통에 몸을 떨고 있는 자식에게는 전혀 신경 쓰지 않고, 고기를 물어뜯더니 '쩝쩝' 소리를 내면서 집어삼켰다.

어디선가, 그들은 자신의 자식에게조차 애정을 품지 않는다는 소리가 들려왔다.

'마음이 없다.'

끔찍한 성찬을 벌이는 도중에, 무당거미가 문득 신지에게 눈길을 돌렸다.

그는 공포에 벌벌 떨면서 목청이 터져라 소리를 질렀다. 그 순간 발을 딛고 선 자리가 사라지고, 그는 언제까지나 언제까지나 끝도 없는 깊은 어둠 속으로 떨어졌다.

눈을 뜬 신지는 침대 밑에 떨어져 있는 자신을 발견했다. 속옷은 땀으로 뒤범벅되어 있고, 입 안은 깔깔하며 메스꺼움과 두통이 밀려들었다.

그러나 꿈의 기억은 뇌리 속에 뚜렷하게 남아 있어서, 아직도 악몽 속에 있는 듯한 느낌이 들었다.

그는 구토를 참고 일어서서, 침실 안에 높다랗게 쌓여 있는, 포장을 풀지 않은 상자들을 바라보았다. 이 상자들 가운데 대학 시절 메구미에게 영향을 받아 읽었던 심리학 관계의 전문서적이 들어 있을 것이다. 어차피 두 번 다시 읽을 기회가 없으리라는 생각에 내팽개치듯이 버려두었지만…….

신지는 파김치처럼 축 늘어진 몸에서 마지막 힘을 짜내어 상자들을 내렸다. 내용물 대부분이 책이었기 때문에 상당히 무거웠다. 더구나 타고난 게으름으로 '서적'이라고밖에 써놓지 않아서, 테이프를 떼어내고 하나하나 확인하지 않으면 안 되었다.

가까스로 눈에 익은 새하얀 표지에 시선이 미쳤다. 그는 상자를 뒤집어서 안에 들어 있던 책들을 바닥 위에 쏟아냈다. 이것이다. 꿈의 해석에 대해서 쓴 융의 책.

그 책을 들추어보고 나서야 겨우, 몇 번씩이나 거미의 꿈을 꾼 이유를 깨달았다.

역시 그렇다. 거미는 세계와 운명, 성장과 죽음, 파괴와 재생을 나타내는 한편, 꿈속에서는 인류의 집합적 무의식 속에서 어머니 이미지를 나타내는 원형인 '태모(太母)'의 상징인 것이다.

융에 따르면, 태모는 어머니다운 배려, 위로, 여성 특유의 주술적 권위, 이성을 초월한 지혜와 영적 고양, 도움이 되는 본능, 충동, 자애로운 모든 것, 육성, 지원, 성장과 풍요로움을 촉진하는 모든 것이라는 긍정적인 측면과, 온갖 비밀과 은폐, 암흑, 나락, 사자의 나라, 집어삼킴, 유혹해서 해를 끼치지만 운명처럼 도망칠 수 없는 것, 몸의 털이 솟구치는 모든 것이라는 어두운 측면을 겸비하고 있었다.

처음에는 사람의 자식을 잡아먹는 악귀였지만 나중에 회개하여 육아의 신으로 바뀌었다는 귀자모신(鬼子母神)은 바로 빛과 그림자를 가진 태모 자체라고 한다.

사건이 일어난 이후, 몇 번이나 거듭해서 거미의 꿈을 꾼 것은 과연 우연일까. 어쩌면 무의식에서는, 처음부터 범인은 어머니라는 것을 알아차리고 호소하고 있었던 것은 아닐까.

신지는 세면대로 가서 구강청정제로 입 안을 헹구었다. 거울에 비친 자신의 얼굴은 죽은 사람처럼 창백했다.

그는 뜨뜻미지근한 물로 세수를 하고 천천히 옷을 갈아입었다. 양복을 입자 신체 주위에 떠다니던 불쾌한 열기가 몸에 달라붙었다. 자전거를 들고 좁은 아파트 계단을 내려오자 온몸에서 땀이 솟구쳐 올랐다.

그러나 오이케 거리를 달리다보니 아침의 가녀린 바람이 이마에 밴 땀을 식혀주었다.

적어도 의식적으로는, 어제 저녁까지 사치코가 범인이라는 사실을 깨닫지 못했다. 그것도 무리는 아니다. 뭐니 뭐니 해도 처음에 느낀 고모다의 인상이 너무나 강렬했기 때문이다.

그러나 지금에 와서 생각해 보자 고모다의 등뒤에는 언제나 사치코의 그림자가 언뜻언뜻 비치고 있었다.

사체의 최초 발견자로 자신을 지명한 것은, 그 전에 자신에게 전화를 했던 사치코의 지시라고밖에 생각할 수 없다. 또한 날마다 똑같은 시각에 회사에 나타나서 압력을 가하는 뒤틀린 집요함도, 정신분열증 환자처럼 보이는 고모다보다 편집 증상이 있는 사치코에게 더 어울리는 일이다. 그리고 자신의 손을 깨무는 자해 행위도 사치코의 명령에 따라 어쩔 수 없이 한 짓이라면 이해할 수 없는 것도 아니다.

페달을 밟아서 온몸에 피가 돌아간 탓인지, 조금은 머리도 돌아가는 것 같았다.

그렇다. 초등학교에서 짐승들을 죽이고 여자아이를 연못에 빠뜨린 것도 고모다를 범인으로 생각했지만, 지금에 와서는 전혀 다르게 해석할 수 있다.

저항할 수 없는 가엾은 짐승들을 잇달아 죽인 것도 역시 사치코였을 것이다. 그리고 그녀는 일그러진 공격성과 동시에 자신에게 혐의가 돌아오지 않도록 하는 교활함까지 겸비하고 있는 것이리라.

다른 사람을 먹이로 삼고 살아가는 사람은, 연약한 사냥감을 알아내는 독특한 감각을 갖추고 있는 법이다.

아마 사치코는 그러한 직감에 따라서, 같은 반의 문제아였던 고모다가 의지가 약한 의지결여형 인간이라는 것을 간파했던 것이 틀림없다. 그녀는 누구의 눈에도 띄지 않도록 은밀히 고모다에게 접근했다. 그리고 소외된 환경 속에서 자란 고모다는 유일하게 관심을 보여준 사치코에게 마음을 허락하지 않을 수 없었다. 사치코에게 있어서 그를 마음대로 조종하는 것은 그야말로 식은죽 먹기보다 쉬운 일이었으리라. 그리고 그녀가 짐승을 죽인 직후에는 반드시 우리 근처를 서성이던 고모다가 눈에 띄게 되었고…….

여학생이 죽은 것도 사치코의 범행이라고 가정하면, 동기는 분명히 질투였을 것이다. 자신의 처지에 비해서 용모도 환경도 뛰어난 행복한 소녀가 미워서 견딜 수 없었던 것이다. 어쩌면 고모다가 그 소녀에게 어렴풋한 연정을 품은 것도 증오에 불길을 더하지 않았을까.

소풍을 갔을 때, 사치코는 어떠한 구실을 붙여 여학생을 멀리로 꾀어냈을 것이다. 그녀에게 거짓말하는 것쯤은 이미 몸에 배어 있을 테니까. 그리고 절구처럼 생겨 쉽게 기어오를 수 없는 연못에 빠뜨려 버린다.

단체 행동을 할 때마다 고모다가 사라지는 버릇도 계산에 넣었을 것이다. 사치코가 고모다의 알리바이를 증언한 것은 그를 비호하기 위해서가 아니라 실은 자신의 알리바이를 만든 것에 지나지 않았으리라.

물론 자신이 이야기를 날조하고 있다는 것은 알고 있었다. 모든 것은 억측에 억측을 거듭한 사상누각에 불과하다. 어느 사건에 관해서도 사치코의 유죄를 입증하기는커녕 의심을 갖기에 충분한 증거는 아무것도 존재하지 않는다.

그는 회사에 도착해서 성성한 백발을 자랑하는 수위에게 인사를 하고, 자전거를 쇼와생명 빌딩 뒤쪽에 있는 주차장에 넣었다. 그리고 아침 대신에 1층 엘리베이터 옆에 있는 자동판매기에서 캔커피를 뽑아서 마셨다. 관자놀이에서 차가운 땀이 흘러내렸다.

어쨌든 쇼와생명의 입장에서는 사건이 완전히 종결된 것이다. 잊어버리는 것이 가장 좋다는 것은 그도 잘 알고 있다.

그러나 그 전에 해야 할 일이 있다. 단 한 가지, 마음에서 떠나지 않은 것이 있었다. 그것을 확인하기 위해서는 극히 간단한 작업이 필요하다. 그것만 끝내면 그 다음부터는 평소에 하던 업무에 전념하기로 하자. 코앞에 닥쳐 있는 현안들은 마음의 무게만큼이나 높다랗게 쌓여 있었다.

신지는 오전 내내 격심한 숙취와 두통에 시달려야 했다. 그는 주방에 있던 생수를 주전자에 담아와서 벌컥벌컥 들이키면서, 머리 위까지 쌓여 있던 서류를 기계적으로 처리했다.

그리고 11시가 지나서 서류들이 일단락되었을 때 비로소 고개를 들었다. 요시오는 카운터에서 귀가 잘 들리지 않는 노인을 상대하고 있었다. 서류 쓰는 방법을 친절하게 설명하는 목소리가 그의 귀에까지 파고들었다. 고개를 돌리자 마침 컴퓨터 단말기 두 대 정도가 비어 있었다.

신지는 복지사무소에서 보내온 보험 내용의 조회서를 들고 자리에서 일어섰다.

가족 여섯 명의 이름과 생년월일이 쓰여져 있고, 계약 내용을 가르쳐주어도 상관없다는 부모의 동의서가 첨부되어 있었다. 아마 생활보호를 신청한 사람의 가족이리라. 컴퓨터로 계약자 이름을 조회해서 계약이 없으면 '해당 없음'이라고 쓰고, 있으면 자세한 내용을 써넣어서 서식을 반송해 주어야 한다.

그러나 그가 컴퓨터를 향해 처음으로 입력한 이름과 생년월일은, 그들 가운데 어느 누구의 것도 아니었다.

'시라카와 사치코' '1951년 6월 4일'

시라카와 사치코는 사치코가 처음으로 결혼했을 때의 이름이다. 생각해 보면 '고모다 사치코' 나 '고모다 시게노리' '고사카 시게노리' 는 이미 조회가 끝났지만, 사치코의 예전의 성으로는 한 번도 검색하지 않았던 것이다.

설마 하고 생각했지만, 화면에는 17년 전에 이미 소멸한 계약 1건이 나타났다. 피보험자의 사망으로 인해 사망보험금을 지급했다는 것으로, 피보험자는 '요시오' 라는 이름을 가진 사치코의 아들이었다.

대체 어떠한 상황으로 세상을 떠난 것일까.

생명보험회사의 컴퓨터에는 과거에 사망한 수백만 명, 수천만 명이라는 방대한 피보험자의 사인이 남아 있다.

'시라카와 요시오' 에 대해서는 너무 오래 되어서 자세한 것을 알 수 없었지만, 컴퓨터 화면상에 사인 코드 '497' 과 사고 원인 코드 '963' 이라는 숫자가 남아 있었다.

이 코드는 모두 후생성 통계정보부의 '질병·상해 및 사인통계분류제요' 를 기본으로 해서 생명보험협회의 사망률 조사위원회가 만들어놓은 것이다.

그 가운데 사인 코드는 신지도 잘 알고 있는 번호였다. 불길한 예감이 머리를 가로질렀다.

'497' 은 타살을 의미한다.

신지는 일단 자리로 돌아가서 책상 서랍에서 『사고 원인 코드집』을 꺼냈다.

실제로 일어날 수 있는 모든 사망 사고의 상황을 세밀한 부분까지 자세하게 분류해 놓은 책자였다. '816, 조종력을 잃어버린 비충돌성 자동차 교통사고'나 '976, 법적 개입에 근거하는 자세한 내용을 알 수 없는 수단에 의한 상해' 등, 언뜻 보기만 해서는 무슨 뜻인지 알 수 없는 항목도 많다.

'845, 우주선 사고'나 '996, 전쟁 행위에 근거하는 핵병기에 의한 상해'라는, 오늘날까지 한 번도 사용된 적이 없는 '처녀(處女) 코드'도 어느 날엔가 고개를 내밀 때를 은밀히 기다리고 있었다.

종이 위를 더듬어가던 손가락이 한순간 문득 멈추었다. 안내 책자에 따르면 사인 코드 '963'은 '액수, 또는 교수에 의한 가해'로 되어 있었던 것이다.

도서관 컴퓨터를 이용하여 17년 전의 신문을 검색하면서, 신지는 문득 자신이 무슨 짓을 하고 있는지 스스로에게 물어보았다.

지금에 와서 새삼스럽게 옛날 사건을 들춘다고 해서 무엇이 될 것인가. 설령 범죄의 증거를 잡았다고 해도 이미 시효가 지난 일들이다.

그래도 도저히 확인하지 않고는 견딜 수 없었다. 17년 전에 남아 있던 사망보험금 서류도 이미 폐기된 상태이기 때문에 도서관에서 조사하는 것밖에는 다른 방법이 없었다. 그 때문에 점심을 걸러야 했지만 어차피 오늘은 식욕도 없었다.

잠시 후 찾아낸 것은 사회면 구석에 있는 작은 기사로, '어린아이, 목졸려 숨지다'라는 표제가 붙어 있었다.

4일 오전 11시 30분경, 히가시 오사카시 가나오카 5번지 시라카와 이사무(30세) 씨의 거실에서 장남 요시오(6세) 군이 죽어 있는 것을, 시장에 갔다가 돌아온 어머니 사치코(28세) 씨가 발견하고 히가시 오사카 경찰서에 통보했다. 요시오 군의 목에서 밧줄 같은 것으로 졸린 흔적을 발견한 경찰에서는 살인 사건일 가능성이 높다고 보고, 5일 실시된 사법해부를 통해 자세한 사인을 조사하고 있다.

다시 이틀 뒤의 조간에는 '유아 살해, 아버지 지명수배'라는 표제 밑에 짧은 속보가 실려 있었다.

4일 오전, 히가시 오사카시 가나오카 5번지에서 발생한 6세 유아 교살 사건으로, 오사카 경찰서에서는 아버지 A(30세)를 살인 혐의로 지명수배했다.
아내인 S에 따르면 A는 사체가 발견되기 직전에 집에서 뛰쳐

나갔다고 하는데, 그 이후의 행적은 아직 알려져 있지 않다. A
는 2년 전에 오사카 시내에 있는 정신병원에 다닌 적이 있고,
최근에는 일도 하러 가지 않고 아침부터 술만 마시는 등, 우울
증 증세를 보였다고 한다.

시라카와 이사무가 정신병원에 다녔다는 사실만으로 마치 모
든 것이 설명된다는 논조였다. 물론 요시오에게 생명보험이 걸
려 있었다는 사실은 언급하지 않았다. 경찰의 발표를 기사화했
을 뿐, 이면 취재는 하지 않았던 것이리라.

신지는 그 이후의 신문을 조사해 보았지만, 이사무가 체포되
었다는 기사는 끝끝내 발견할 수 없었다.

어떻게 된 것일까. 다른 지방에서 일어난 일로, 별로 뉴스적
인 가치가 없었기 때문일까. 아니면 정신장애가 있는 용의자의
인권을 배려한 것일까. 그것도 아니라면 실종되었다는 시라카
와 이사무를 찾아내지 못한 것일까.

갑자기 신지의 가슴이 덜컹 내려앉았다. 17년 전이라고 하면
마침 사치코가 교토에 있는 검은 집으로 이사한 해가 아닌가.

과연 그 두 가지 사실에 아무런 연관성이 없을까.

3

7월 15일 월요일

7월에 들어서자 교토에서는 매일같이 뜨거운 여름이 계속되었다.

오사카 사카이시의 초등학교에서 발생한 집단식중독은 이날 병원성대장균 O-157에 의한 것이라고 판명되었다. 앞으로 O-157에 관련된 입원급부금 청구가 잇달아 나올 가능성이 있기 때문에, 보험회사로서는 결코 무관심하게 있을 수 없는 문제였다.

오후 2시가 막 지났을 무렵이었다. 신지는 땀을 비오듯 쏟아내며 회사로 들어섰다. 후시미 영업소의 영업소장과 함께 고객에게 사죄 방문을 하고 돌아오는 길이었다. 생활설계사가 수금 시간을 지키지 않아서 보험 계약이 효력을 잃을 뻔했다는 불만 이었다.

총무부로 발길을 돌렸을 때, 그는 온몸의 털이 곤두서는 듯한 기이한 긴장감에 휩싸였다.

기타니 총무부장의 책상 주위에 요시오와 오사코 영업부장이 모여서 낮은 목소리로 쑥덕공론을 펼치고 있었다. 그러한 분위 기에 민감한 여직원들은 다만 고개를 숙이고, 여느 때보다 더욱 열심히 일에만 신경 쓰는 척했다.

"신지 주임. 잠깐 나 좀 보지."

요시오가 굳은 얼굴로 신지를 보며 손짓했다. 오사코도 왠지 불퉁한 표정을 지으며 그를 쳐다보았다. 가까이 다가가자 기타 니의 책상 위에는 사망보험금·고도장애보험금 청구서류가 놓 여 있었다. 기타니는 도저히 믿을 수 없다는 표정을 지으며 팔 짱을 낀 채 꿈짝도 하지 않았다.

"이것을 보게. 내 눈을 의심할 수밖에 없어……"

요시오의 나지막한 목소리가 긴장으로 인해 가늘게 떨렸다. 언제나 쾌활한 웃음으로 일관하던 그의 한쪽 뺨이, 싸늘한 긴장 으로 인해 일그러진 것처럼 보였다.

보험금 청구자는 고모다 사치코. 힘을 주어 눌러쓰는 악필 사 인은 이미 눈에 익은 터였다. 사인 옆에는 새로 만든 것인지 기이할 정도로 커다란 도장이 찍혀 있었는데, 지나치게 많이 묻힌 인주가 붉은 피처럼 딱 달라붙어 있었다.

형용할 수 없는 불길한 예감이 머리를 파고들었다. 청구서류 뒤에는 필요한 서류 일체와 우송되어 온 봉투가 클립으로 고정되어 있었다. 지금 막 우송되어 온 것이리라. 병원 진단서에는 파란 연필로 상해부위를 표시하는 간단한 그림이 그려져 있었다.

언뜻 본 순간, 신지의 몸은 그대로 얼어붙은 듯이 딱딱하게 굳어졌다.

"이렇게까지 할까? ……보통."

오사코가 힘없이 중얼거렸다. 신지는 그 어떤 대답도 할 수 없었다.

"어느 쪽이든, 청구가 들어온 이상 대응하지 않을 수 없네. 한 번 보러 가겠나?"

기타니가 책상 위로 시선을 떨군 채, 누구에게라고 할 것 없이 입을 열었다.

"이번에는 제가 가겠습니다."

요시오가 우울한 목소리로 입을 열었다.

"아닙니다. 이 사건은 처음부터 제가 맡았으니까 마지막까지 저에게 맡겨주십시오."

신지가 황급히 끼여들었다. 언제까지나 요시오에게 기댈 수는 없다고 생각한 것이다.

"이번은 특별하니까, 미안하지만 두 사람이 같이 다녀오게. 창구는 다른 부서에서 지원받을 테니까 아무 걱정하지 말고."

기타니가 눈을 지그시 감고 목덜미를 주물렀다.

"나는 보험금 과장에게 말해 두지. 시다라 과장도 깜짝 놀라겠군……."

"갑자기 청구서류를 우송하다니, 언제나 사용하는 수법이군. 문제는 이 청구용지를 언제 손에 넣었느냐 하는 것이야. 아닌 밤중에 홍두깨도 유분수지. 완전히 뒤통수를 얻어맞은 꼴이군."

택시의 뒷좌석을 절반 이상 점령한 요시오의 낮은 목소리가 분노를 가누지 못하고 파르르 떨려왔다.

"나오기 전에 우즈마사 영업소에 전화를 걸었더니, 며칠 전에 갑자기 사치코가 나타나서 용지를 달라고 했다더군."

"그래서 잠자코 주었답니까?"

"여직원이 주었다고 하더군. 이유도 묻지 않고 말이야. 더구나 우리 쪽에는 한 마디 연락도 없이! 도저히 생각할 수 없는 일이야."

"사치코가 나타난 것은 언제였다고 합니까?"

"지난주 수요일. '사고'가 있었던 바로 다음날이지."

요시오는 그 말을 끝으로 아무 말도 하지 않았다. 신지도 그 다음 말을 잇지 못했다. 평소에 잘 타지 않은 택시를 탔기 때문인지, 병원이 가까워짐에 따라서 더욱 긴장이 증폭되는 듯한 느낌이 들었다.

고모다가 입원한 니시쿄구에 있는 병원은, 그의 기억에 따르면 모럴 리스크가 의심되는 목록에는 들어 있지 않았다. 택시운전사에게 물어보자 훌륭한 의사와 최신 의료기기를 갖추고 있는, 그 지역에서는 정평이 있는 병원이라고 한다.

고모다가 부상을 입은 즉시 구급차로 우송되었다는 진단서 내용을 믿는다면, 자신들의 사정에 적합한 병원을 선택할 수 없었을 것이다.

택시가 가쓰라역에서 야마테 쪽으로 들어가자, 그들이 찾고 있는 병원이 한눈에 들어왔다. 높이는 3층밖에 되지 않았지만, 건평으로 본다면 야마시나 병원의 두 배가 넘을 것이다. 페인트를 칠한 지 얼마 되지 않았는지, 건물 자체도 깨끗했다.

병원 앞에 있는 로터리로 들어가자 주차장은 거의 만원으로 사람들의 출입도 빈번한 것 같았다.

입구에 있는 안내 데스크에서 고모다의 병실을 물어, 마치 백화점을 연상시키는 번쩍번쩍한 에스컬레이터를 타고 3층까지 올라갔다. 요시오도 여느 때와 달리 긴장했는지, 계속해서 밭은 기침을 해댔다.

병실 앞에 도착했을 때, 신지는 그대로 도망치고 싶은 충동을 억제할 수 없었다.

더 이상 그들과 관계를 맺고 싶지 않았다. 오늘따라 유달리 상식이 통하는 정상적인 사람들을 상대로 정상적인 일을 하고 싶다는 생각이 뼛속까지 스며들었다.

이번 사건은 이미 신지의 모든 생활에 어두운 그림자를 길게 드리웠다. 이대로 그들과 관계를 가지게 되면 돌이킬 수 없는 무서운 사태를 맞이할 것 같다는 막연한 느낌이 되살아났다.

그러나 지금에 와서 피할 수는 없다. 병실 문에 이름이 하나만 적혀 있는 것으로 보아 아마 1인 병실인 모양이었다. 요시오가 기침을 한 번 하고 가볍게 노크를 했다.

"예."

안에서 들려오는 목소리는 틀림없이 사치코였다.

"실례하겠습니다."

요시오가 먼저 입을 열며 병실로 들어가고, 신지도 그 뒤를 따랐다.

"이번에 좋지 않은 일이 있었다고……."

그러나 요시오는 뒷말을 잇지 못하고, 나지막하게 몇 번이나 헛기침을 했다. 신지는 요시오의 뒤에 서서 침대에서 상반신을 일으키고 있는 고모다를 쳐다보았다.

고모다의 커다란 눈은 한꺼풀 막이 씌워져 있는 것처럼 탁하게 보여서, 과연 자신들을 알아보았는지도 알 수 없었다. 피부에서는 완전히 윤기와 빛이 사라지고 기름기가 모두 빠져서, 매일 회사로 찾아오던 시절보다 더욱 쪼그라든 느낌을 주었다. 그의 모습에서는, 살아 있다는 생기 같은 것은 한 조각도 느낄 수 없었다.

신지의 눈길은 붕대를 친친 감고 있는 시게노리의 팔에 빨려 들어갔다. 두 팔 모두 팔꿈치와 손목 중간부터 끝이 보이지 않았다.

진단서를 보았을 때부터 알고는 있었지만, 실제로 눈앞에서 그 모습을 확인하자 치밀어오르는 구토를 견디기 어려웠다.

"뭐라고 말씀드려야 좋을지……. 어쨌든 커다란 사고에 상심이 크시리라고 생각합니다. 이것은 약소하지만 병문안으로 가져왔습니다."

요시오가 가지고 온 과자 상자를 내밀자 사치코는 미소를 지으며 반가운 듯이 받았다.

"진단서를 봐서 대강은 알고 있지만, 사고에 이른 상황을 조금 더 자세하게 말씀해 주실 수 있겠습니까?"

"이 사람은 얼마 전부터 재단기를 이용해서 일하고 있었어요. 그런데 지난 화요일에는 기계 상태가 좋지 않았던가 봐요. 그래서 일이 끝난 다음에도 혼자 남아서 기계를 점검하고 있었는데, 잠시 딴 생각을 하다가 칼날을 스토퍼로 세운다는 것을 깜빡했지 뭐예요? 그러자 뭐가 잘못되었는지 갑자기 전기가 들어오는 바람에 이 꼴이 되었답니다."

사치코는 득의양양한 표정으로 아무런 막힘 없이 신나게 '설명'했다. 그녀의 표정에서는 고모다에 대한 동정이나 사고에 대한 분노가 전혀 느껴지지 않았다.

"혼자 남아서 잔업하신 것은 상사분의 명령 때문입니까?"

그 질문을 하자 사치코는 갑자기 돌변해서 까랑까랑한 목소리로 떠들어댔다.

"잔업을 꼭 상사가 명령해야 하나요? 이 사람은 기계 상태가 걱정되어서 확인하려고 한 것뿐이라구요. 원래 책임감이 강하거든요."

"그런데 맨 처음 발견하신 분은 누구시죠?"

"제가 발견했어요. 시간이 너무 늦어서 그런지 공장에는 아무도 없었거든요."

"부인께서는 무슨 이유로 공장에 가셨나요?"

"퇴근할 때가 지났는데 집에 오지 않아서, 걱정되어서 갔어요. 그랬더니 마침 사고가 일어났고, 그대로 내버려두었다면 큰일날 뻔했어요. 그보다, 뭐예요? 아까부터 기분 나쁜 목소리로 말하다니, 우리에게 무슨 불만이라도 있나요?"

"아니, 당치도 않습니다. 일단 윗사람에게 자세한 경위를 보고해야 하니까요."

사치코의 시퍼런 서슬에 한 걸음 물러나서, 신지는 슬쩍 고모다의 모습을 살펴보았다. 고모다는 마치 납으로 만든 인형처럼 침대에서 허공을 응시한 채 꼼짝도 하지 않았다.

고모다는 역시 냉혹한 살인귀가 아니라, 단순한 의지박약자에 지나지 않는다는 것을 새삼 깨닫게 되었다.

육친의 사랑을 받지 못하고 자란 그는, 끊임없이 부모를 대신해 줄 존재를 갈망했으리라. 그리고 막상 그러한 사람이 눈앞에 나타나자 아무런 의심 없이 상대방에게 자기 자신을 맡겨버렸을 것이다.

그 상대가 선의를 가진 사람이라면 문제는 없었다. 그러나 고모다처럼 마음에 치명적인 약점을 껴안고 있는 사람이 하필이면 최악의 상대를 만나다니…….

신지는 눈앞에 있는 가엾은 남자를 쳐다보았다. 그는 먹이인 것이다. 처음에는 손가락을 잘리고, 그리고 이번에는 두 팔까지 잘려버렸다…….

"그런데 보험금 말인데요, 얼마나 받을 수 있지요?"

요시오는 혐오감을 드러내지 않도록 눈을 질끈 감았다.

"……사고 상황에 문제가 없다면, 고도장애보험금으로 3,000만 엔이 지급될 겁니다."

생명보험 약관에는 피보험자가 소정의 '고도장애상태(高度障碍狀態)'에 빠진 경우, 사망보험금과 똑같은 금액을 지급하도록 되어 있다. '두 눈의 시력을 영구히 잃어버린 자' '언어 또는 섭는 기능을 영구히 잃어버린 자' '중추신경계, 정신 또는 흉복부 장기에 현저한 장애가 있어서 평생 보호를 필요로 하는 자' 등이며, 고모다의 경우에는 분명히 '두 팔 모두를 손관절 이상 잃어버렸든지 또는 두 팔의 용도를 영구히 잃어버린 자'라는 항목에 해당하고 있다.

사치코는 구토가 치밀어오를 정도로 만족스러운 표정을 지으며 고개를 끄덕였다.

"그래요? 자, 보세요. 이 사람은 이제 평생 동안 일을 할 수 없다구요."

사치코는 볼일이 끝난 물체를 보는 듯한 시선으로 고모다를 흘깃 쳐다보았다.

그때 신지는 싸늘한 전율을 느꼈다. 그녀에게 있어서 두 팔을 잃어버린 고모다는, 더 이상 이용가치가 없는 물건에 지나지 않는 것이다.

언젠가 이 남자는 살해당할 것이다. 그것은 거의 확신에 가까운 예감이었다.

"이번에는 가즈야의 경우처럼 이런저런 핑계를 대지 말고 빨리 지급해 주기 바래요."

사치코의 차가운 눈길은 다시 신지에게 돌아갔다. 신지는 온몸이 바싹 조여드는 것 같은 느낌을 받았다. 이 무표정하고 둔중한 여자가 가슴을 온통 후벼파는 두려움으로 다가온 것이다.

그때 침대에서 '아아, 우우' 하는 소리가 들려왔다. 온몸에 싸늘한 기운을 느끼며 쳐다보자, 지금까지 조각처럼 움직이지 않던 고모다의 입이 금붕어처럼 빠끔빠끔 움직였다.

"왜 그래요? 무슨 말이 하고 싶어요?"

사치코가 고모다의 입에 귀를 가까이 댔다. 고모다가 또다시 신음하듯이 무슨 말을 했지만 신지는 알아들을 수 없었다. 고모다는 자신을 내려다보고 있는 무서운 여자에게 구원을 요청하는 듯한 절망적인 눈길을 보냈다.

신지는 어이가 없어서 입을 다물지 못했다. 이러한 꼴을 당했으면서 아직 속박이 풀리지 않았는가! 고모다는 여전히 사치코에게 지배당하고 있었던 것이다.

그는 죽을 때까지 이 여자에게 지배당할 운명을 타고 태어났는가. 뼛속까지 모두 갉아먹힐 때까지.

"……아파."

고모다는 쥐어짜듯이 소리를 만들어냈다.

"어디가 아픈데요?"

"손……."

"손?"

"손가락 끝이 아파."

사치코의 얼굴은 순식간에 새빨갛게 달아올랐다. 아마 터져나오는 웃음을 참으려 했기 때문이리라. 신지와 요시오가 없었다면 미친 듯이 웃음을 터뜨렸을지도 모른다.

"무슨 말을 하는 거예요? 으흐흐! 이제 당신에게는 손이 없다구요!"

"손이 아파……."

고모다는 헛소리를 하듯이 나지막하게 중얼거렸다.

신지는 환지통(幻肢痛)이라고 생각했다. 요시오에게 손가락 절단족 사건에 대해서 들었을 때, 백과사전을 들춰본 기억이 되살아났다.

팔이나 다리가 잘린 다음, 잃어버린 팔다리가 아직 존재한다고 느끼는 것을 환각지(幻覺肢) 또는 환지(幻肢)라고 한다. 만약에 잘리기 전에 팔다리에 고통이 있었다면 그 감각이 계속 신경에 보존되어 이미 존재하지 않은 부위에 동통을 느끼는 현상이 일어나는 경우가 있는데, 그것이 바로 환지통이다.

성인이 되었을 때 팔다리가 잘렸다면 환지통은 그 뒤에도 몇 년은 지속된다고 한다. 고모다는 팔을 잃어버렸을 뿐만 아니라 앞으로도 끔찍한 고통에 시달려야 하는 것이다.

"손 따위는 없다고 했잖아요. 보라구요! 똑똑히 보세요!"

사치코는 고모다의 목을 비틀어서 붕대에 감싸인 그루터기 같은 팔을 보여주려고 했다.

"……우리는 이만 실례하겠습니다."

요시오가 숨죽인 목소리로 입을 열었다. 더 이상 눈 뜨고는 볼 수 없는 심정이리라. 신지가 안도의 한숨을 내쉬며 발길을 돌렸을 때였다. 갑자기 사치코가 그들을 불러세웠다.

"아, 잠깐만요."

요시오가 긴장된 얼굴로 뒤를 돌아보았다.

"고도장앤지 뭔지…… 그것을 받을 수 있지요? 그리고 말이에요, 이 사람이 죽으면 다시 보험금을 받을 수 있나요?"

고모다의 치료를 담당한 하타노라는 의사는 흔쾌히 전후 사정을 이야기해 주었다.

"사고가 발생한 시각은 9일 오후 11시경이었습니다. 우쿄구에 있는 공장의 연락을 받고 즉시 119 구급대원들이 출동했지요. 그러나 그때는 어찌된 일인지, 원위단단(遠位斷端) 두 개가 모두 발견되지 않아서……."

"원위단단이 무엇입니까?"

"신체의 잘려진 부분을 말하지요. 어쨌든 고모다 씨의 용태는 일각을 다투었기 때문에, 더 이상 없어진 팔을 찾을 수가 없어서 일단은 병원으로 데리고 왔습니다."

하타노는 팔을 찾지 못한 것이 분해서 견딜 수 없는 것처럼 보였다.

"대단히 안타까웠지요. 왜냐하면 대형 절단기에 의한 사고라고는 하지만, 고모다 씨의 팔은 짓이겨지지 않고 아주 깨끗하게 잘렸거든요. 쉽게 말하자면 잘려진 팔을 현미경을 통해 수술하면 그 다음은 별로 문제가 없다는 뜻입니다. 잘려진 팔을 즉시 찾았다면 충분히 재접합술이 가능했을 텐데……."

.:……그러나 고모다의 잘려진 팔이 접합되기를 바라지 않는 사람이 있었던 것이다.

"결국 어쩔 수 없이 두 팔을 모두 단단성형술로 수술할 수밖에 없었습니다. 물론 지금 말씀드린 것처럼 절단면은 깨끗했기 때문에 혈관을 묶기만 했지만요."

"그런데 그 팔은 결국 찾아내지 못했나요?"

"아닙니다. 고모다 씨가 병원으로 오고 나서 4, 5시간이 지났을 무렵, 부인이 찾아내서 가지고 왔습니다. 너무 오랫동안 고온에 방치되어 있어서 이미 사용할 수 없었지요."

하타노는 또다시 억울함을 곱씹는 듯한 표정을 지었다.

"원위단단은 비닐봉투로 감싸서 얼음으로 차갑게 해두면 거의 6시간에서 12시간은 유지됩니다. 그런데 부인은 아무것으로도 감싸지 않고 잡균이 득시글대는 균상자에 넣어가지고 왔습니다. 하긴 나중에 얼음을 넣어 차갑게 했다고 해도 어차피 때는 늦었겠지만……."

"그 여자는 괴물입니다!"

요시오가 꼬깃꼬깃한 손수건으로 이마에 밴 굵은 땀방울을 닦으면서 토해내듯이 소리쳤다.

"역시 수상한가?"

오사코는 분노를 터뜨리는 요시오의 모습에 놀라움을 감출 수 없는 표정을 지었다. 아마 자제력을 잃고 소리치는 요시오의 모습은 처음 보았으리라.

"수상쩍고 뭐고 할 것 없이, 그 여자는 사람이 아닙니다. 그 여자에게는 인간의 마음이라는 것이 없습니다!"

요시오의 생각은 고명한 심리학자의 결론과 정확히 일치했다. 교묘하게 가장한 겉모습 사이로 끔찍한 본성이 고개를 내민 순간, 전율은 그 두 배로 느껴지는 법이다.

"하긴 여자는 모두 요괴 같은 것이니까 개중에는 그런 여자가 있을지도 모르지. 그러나 아무리 생각해도 그 남자를 이해할 수 없네. 아내의 말에 따라 살인을 도와주는 것은 이해할 수 있다고 쳐도, 어떻게 자신의 손까지 자를 수 있을까?"

오사코는 도저히 이해할 수 없다는 듯이 고개를 가로저었다.

"똑같은 사건이 전혀 없는 것은 아닙니다."

신지는 생명보험범죄의 사례집을 꺼내어 접어놓은 페이지를 펼쳤다.

"1925년 오스트리아에서 '에밀 마렉 왼쪽 다리 절단 사건'이라는 것이 일어났습니다. 이것은 도끼로 자신의 왼쪽 다리를 자른 사건입니다."

"어떻게 자신의 다리를 자르지?"

"그러니까…… 빈에서 기사로 일했던 에밀 마렉이 도끼로 나무를 자르려고 하다가 실수로 왼쪽 다리를 잘랐다고 호소했습니다. 그러나 그 사고가 보험 계약을 체결한 지 겨우 24시간 뒤에 일어난 것과, 전문가들이 일격에 다리를 자르는 일은 불가능하다고 감정한 것, 또한 간호를 했던 남자가 다리의 상처는 병원에서 조작되었다고 증언한 것 등을 통해, 에밀이 형사소추를 받게 되면서 온 나라가 떠들썩했지요. 그런데 에밀의 아내였던 마르타라는 금발의 절세 미녀가 울며불며 남편의 무죄를 호소하는 바람에, 여론은 다시 에밀에게 우호적이 되었죠. 결국 에밀 마렉은 보험금 사기 혐의에서 벗어나서 보험회사로부터 거액의 위로금을 받았다고 합니다."

"그렇다면 실제로 사고였다고 할 수 있지 않은가?"

"많은 상황 증거를 다시 검토한 결과, 자신이 직접 자른 것이 틀림없다고 합니다."

신지는 다른 페이지를 펼치며 말을 이었다.

"그런데 그 마르타라는 여자 말인데요, ……원래는 길거리에 버려져 있던 아이를 어느 독지가 부부가 데려가서 키웠다고 합니다. 마르타는 커가면서 눈에 띄는 미모를 갖게 되었지요. 그 이후 마르타는 어느 늙은 부호의 애인이 되어 호화 저택의 상속인이 되었는데, 얼마 지나지 않아서 그 늙은 부호는 세상을 떠나고 맙니다. 그로부터 몇 달 뒤에 에밀 마렉과 결혼을 했지만, 씀씀이가 헤퍼서 경제적으로 궁지에 몰려 있던 가운데 지금 말씀드린 왼쪽 다리 절단 사건이 일어난 것입니다. 그런 다음 돈을 모두 써서 또다시 궁핍에 처했을 때, 갑자기 에밀이 숨을 거두었습니다. 사인은 폐암이라고 합니다. 그로부터 한 달 뒤, 이번에는 딸이 세상을 떠납니다. 그런 다음 마르타는 늙은 친척 부인과 같이 살게 되었는데, 그 부인도 얼마 지나지 않아서 숨을 거두게 됩니다. 그 결과 모든 유산을 마르타가 상속받게 되었지요.”

아무도 끼여들려고 하지 않았다. 신지가 그러했던 것처럼, 이번 사건과의 기묘한 유사성을 알아차린 것이다.

신지는 ‘검은과부’라는 이름의 거미를 떠올렸다. 일반적으로는 검은과부거미라고 하는데, 거미 중에서도 가장 독을 많이 품고 있어서 한 번 물리면 건강한 어른이라도 목숨을 잃는 일이 있다고 한다.

검은과부는 교미한 뒤에 암컷이 수컷을 먹어버리는 것에서 연유한 이름으로, 그야말로 마르타나 사치코 같은 사람에게 어울리는 이름이 아닌가. 그녀들 주위에는 어느 사이엔가 가까이 다가온 불운한 희생자로 인해 자꾸자꾸 시체가 쌓이는 양상을 보여주고 있다.

“그런 다음 마르타는 다른 노부인에게 방을 빌려주었는데,

그 노부인도 또한 즉시 세상을 떠나게 됩니다. 경찰이 시신을 검사한 결과, 쥐약에 사용되는 중금속 타륨이 검출되었습니다. 그래서 에밀과 딸과 친척 노부인의 시신을 검사한 결과, 모두 타륨에 의해 사망했다는 것이 확인되었지요. 또한 마르타가 가끔씩 식사를 돌봐주고 있던 별거 중인 아들까지 타륨 중독으로 중태에 빠져 있다는 사실을 알게 되었습니다. 그 아들은 가까스로 목숨을 구했지만, 결국 마르타는 살인죄가 인정되어 사형이 집행되었다고 합니다."

"요컨대 이 에밀이란 남자도 여자의 말에 따라 자신의 다리를 잘랐다는 것인가?"

"그렇습니다. 더구나 에밀은 재능이 뛰어난 기사로, 지적 수준도 상당히 높았다고 합니다. 그래도 마르타에게 조종을 당했으니까…… 일종의 마성(魔性)이 있었겠지요."

"그야 그 여자는 아름다웠으니까 그렇지."

오사코가 불만스러운 듯이 중얼거렸다.

그때 회의실 문이 열리고, 다른 사무실에서 전화를 걸던 기타니가 들어왔다. 보험금 과장과의 의논이 난항을 거듭했는지 1시간 이상 걸린 것이다.

"부장님, 본사에서는 뭐라고 하던가요?"

요시오의 질문에 기타니는 빙긋이 미소를 지었다.

"계속 투덜투덜거리며 울화가 치미는 말만 했지만, 결국은 받아들이지 않기로 했네. 상황에 따라서는 소송도 불사한다는 방침을 세웠지. 신지 주임, 일단 경찰에 연락해 주겠나?"

"알겠습니다."

대답은 했지만 정말 경찰이 움직여줄지는 의문이었다. 기타니가 신지의 마음을 읽었는지 한 마디 덧붙였다.

"하지만 경찰이 사건을 파헤치기만을 느긋하게 기다릴 수는 없어서, 보험 데이터서비스에 의뢰하기로 했네. 4월에 온 건달처럼 생긴 남자가 있잖는가?"

"미요시 말입니까?"

"그래. 가까운 시일 안에 여기에 들를 걸세."

결국 그렇게 되는군. 미간에 주름을 잡고 복잡한 표정을 짓는 요시오를 보고, 신지는 요시오가 그러한 방법에 반대한다는 것이 생각났다.

잘만 하면 분명히 빨리 처리할 수는 있다. 그 대신 일이 뒤틀어졌을 때는 도저히 수습할 수 없는 일이 벌어지고 만다……

그럴지도 모른다. 그러나 이 시점에서 그 밖에 또 어떤 방법이 있는가. 경찰은 분명한 증거가 나올 때까지는 좀처럼 움직이지 않을 것이다. 때로는 독으로 독을 제압하는 것도 어쩔 수 없는 일이 아닌가.

그 점에 있어서 산전수전을 모두 겪은 미요시라면, 사치코의 상대로 부족함이 없지 않은가.

역시 경찰은 믿을 수 없다는 것이 분명해졌다.

기요시 형사는 외출에서 돌아오지 않았고, 그 대신 마주한 형사의 얼굴에서는 귀찮다는 표정이 역력했다. 신지보다 두세 살정도 적을까, 머리를 짧게 깎아서 그런지 운동선수가 그대로 경찰관이 된 듯한 느낌을 주는 젊은 형사였다.

"우리 쪽에서도 신고서를 받아 조사는 하고 있습니다만."

"그 결과, 교토 경찰서에서는 사건성이 없다고 판단하셨습니까?"

젊은 형사는 얼굴을 찡그리고 의자에 몸을 깊숙이 기대면서 거만하게 신지를 내려다보았다.

"프라이버시라는 것이 있어서, 민간인에게는 수사상의 기밀을 말할 수 없습니다."

신지는 울컥 치밀어오르는 분노를 억제하며 질문의 방향을 바꾸었다.

"한밤중에 공장에서 일어난 사고인데 수상쩍은 점은 없었습니까?"

"그러니까 그러한 것을 관계자 이외의 사람에게 말할 수 없다고 하지 않았습니까?"

"지금 '관계자 이외'라고 하셨는데, 우리 보험회사에서는 고모다 씨를 피보험자로 하는 3,000만 엔짜리 생명보험이 걸려 있습니다. 만약에 사건성이 없다고 하면 고도장애보험금으로

3,000만 엔을 지급해야 합니다."

"그것은 조금 전에도 들었지만, 우리 경찰은 민간 보험회사를 위해서 일하는 것이 아니라구요!"

형사는 초조한 듯이 담배에 불을 붙이다가, 뒤에서 동료 형사가 무슨 말을 하자 버럭 소리를 질렀다. 형사들 사이에서만 통하는 암호인지 신지는 전혀 알아들을 수 없었지만, 동료 형사는 웃음을 터뜨리며 알았다는 듯이 손을 들었다.

젊은 형사는 얼굴을 찡그리고 담배를 피우면서 발을 떨기 시작했다. 빨리 돌아가라는 무언의 압력이라는 것은 알았지만, 쉽게 물러날 수는 없었다.

"만약에 이번 사고가 범죄인 경우, 보험금을 지급하면 범죄를 조장하는 꼴이 되어서 공공질서와 미풍양속의 관점에서도 바람직한 일은 아니잖습니까?"

"그것은 뭐 그렇지만……."

"고모다 씨와 사치코 씨는 조사하셨나요?"

"우리도 해야 할 일은 제대로 하고 있다구요."

자신을 무시했다고 생각했는지 형사는 발끈 화를 냈다.

"그 결과, 그것이 사고였다는 결론을 내렸습니까?"

"그래요. 아니…… 그러니까 그것은."

어차피 이야기를 제대로 들을 수 없다면 밑져야 본전이라는 생각으로 화를 내게 만드는 것도 한 가지 방법일지 모른다.

"부인에게서 들은 말을 종합해 볼 때, 수상쩍은 점이 한두 가지가 아닙니다. 밤늦게까지 남아 있던 이유도 애매모호하고, 재단기 같은 위험한 기계를 사용하면서 스토퍼를 걸어두지 않은 것도 믿을 수 없습니다. 게다가 마침 사고 직후에 부인이 공장에 나타난 것은, 우연으로 치기에는 너무나 환상적인 타이밍이 아닐까요? 그것은 나 같은 초보자라도 이상하다고 생각하는데, 그래도 경찰은 사고로 처리합니까?"

형사는 도저히 참을 수 없는지, 벌떡 일어나 고래고래 소리 질렀다.

"본인이 사고라고 주장하는데 우리더러 어쩌란 말입니까? 아무리 그래도 돈 몇 푼을 위해서 두 팔을 자르는 얼간이가 어디 있다구요!"

신지는 그런 사람이 있다고 반론하고 싶은 것을 꾹 참았다. 『생명보험 범죄사례집』에는 1963년, 일본에서도 두 팔을 자른 사람이 있었다고 기록되어 있다. 그러나 이 젊은 형사에게 그런 말을 한다고 해서 무슨 의미가 있겠는가.

그는 시간을 빼앗은 것에 대해서 사과하고 교토 경찰서를 나섰다. 적어도 경찰의 자세는 분명하다. 어디까지나 민사 사건으로 포착해서 개입하지 않기로 방침을 세운 것이다. 이제는 보험 회사가 독자적으로 대응하는 수밖에는 다른 방법이 없다.

7월 17일 수요일

병실의 문 앞에 섰을 때, 신지는 심장을 바늘로 콕콕 찌르는 듯한 긴장감을 느꼈다. 뒤를 돌아보자 미요시는 햇살에 그을린 가죽 같은 얼굴에 수많은 주름을 지으며 빙긋이 미소를 짓고 있었다. 아무리 생각해도 이 남자도 또한 괴물이다. 솔직히 말하자면 이런 자리에는 같이 있고 싶지 않았다.

그러나 상황이 상황인지라 이번만큼은 미요시에게만 맡겨둘 수 없었다. 교섭이 이상하게 비틀어져서 또 다른 문젯거리를 만든다면, 자신을 비롯한 회사까지 웃음거리가 될 것은 뻔한 일이었다. 그는 요시오와 의논한 다음, 처음만은 사태의 상황을 지켜본다는 의미에서 동석하기로 한 것이었다.

신지는 숨을 크게 내뱉고, 결심을 단단히 한 다음 병실 문을 노크했다.

"예."

사치코의 목소리에는 그저께에 비해서 상당한 불쾌함이 배어 있었다.

"실례하겠습니다."

안으로 들어가자 사치코는 침대 옆에 있는 의자에서 일어나서 뜨개질거리를 든 채 그를 쳐다보았다. 가느다란 눈에 원한이 가득 찬 험악한 빛이 담겨 있었다. 전화로는 아무 말도 하지 않았지만, 특유의 동물적인 예리한 감각으로 대결을 예감한 것 같다. 그녀의 온몸에서 피어오르는 살기는, 자신의 둥지에 침입한 외부의 적을 노려보는 짐승을 연상시켰다.

"남편분의 상태는 좀 어떻습니까?"

사치코는 신지의 질문에는 대답하지 않고, 뒤를 따라 들어온 미요시를 평가하는 듯한 시선으로 똑바로 쳐다보았다.

"아아, 이쪽은 조사를 담당하고 있는 미요시 씨라고 합니다."

"안녕하십니까?"

미요시는 가볍게 인사했지만 명함을 꺼내려고 하지는 않았다. 그는 눈도 깜빡거리지 않고 사치코를 쳐다보다가 고모다에게 시선을 옮겼다.

"오오, 이럴 수가……! 정말 단호한 결심을 하셨군."

미요시는 금속성이 나는 날카로운 목소리로 말하고 나서, 침대로 다가가서 고모다의 두 팔을 거리낌없는 시선으로 말똥말똥 쳐다보았다. 그리고 고모다의 귓가에 얼굴을 바싹 대고는, 나지막하지만 똑똑히 알아들을 수 있는 목소리로 덧붙였다.

"마취도 하지 않고 했다면 엄청나게 아팠겠군? 안 그래?"

고모다는 놀랍게도 처음으로 약간의 반응을 보였다. 천천히, 아주 천천히 미요시에게 얼굴을 향한 것이다.

미요시는 일그러진 얼굴을 펴면서 새하얀 앞니를 그대로 드러냈다. 언뜻 보기에는 웃는 것처럼 보였지만, 그의 눈에서는 얼음처럼 차가운 빛이 솟아났다.

고모다는 잠시 움찔거리더니, 즉시 자신의 껍질 안으로 들어가서 전지가 끊어진 로봇처럼 꼼짝도 하지 않았다.

　"이렇게까지 하는 사람은 처음 보는데! 용기가 있다고 할까."

　미요시의 입에서 조롱 섞인 미소가 흘러나왔다. 바로 옆에 앉아 있던 사치코는 아무 말이 없었지만, 얼굴빛은 점차 백지장처럼 창백하게 바뀌었다.

　"하지만 부인, 이래서는 안 되지. 아무리 돈이 필요하다고 해도 너무 지나치잖아?"

　미요시가 고모다의 잘린 팔 위에 가볍게 손을 올려놓는 것을 보고, 신지는 흠칫 놀랐다.

　"손가락 하나 정도라면 우리도 가볍게 눈감아줄 수 있지. 수고한 값으로 말이야. 하지만 두 팔을 자르고 3,000만 엔을 내놓으라고 하는 것은 너무 악질적인 방법이 아닌가?"

　"뭐, 뭐야…… 당신은?"

　사치코는 눈을 떼굴떼굴 굴리며 미요시와 신지를 번갈아 쳐다보았다. 두 사람의 대응이 너무나 달라서 당황한 것이리라.

　"보험에는 약관이라는 것이 붙어 있지. 글자가 너무 작아서 읽기 힘들다면 커다란 책자로 된 것도 있는데, 그것을 읽어봤나?"

　"약관……?"

　"이거야."

미요시는 서류가방에서 계약 약관이라고 쓰여 있는 작은 책자를 꺼내 하늘하늘 흔들었다.

　"여기에 쓰여 있는 것은 고도장애보험금의 면책 사유라는 거지. '피보험자가 다음과 같은 이유에 의해 고도장애상태가 되었을 때'라고 말이야."

　미요시는 약관의 면책 사유를 읽어주기 시작했다.

　"'보험계약자의 고의, 피보험자의 고의, 피보험자의 자살 행위, 피보험자의 범죄 행위, 전쟁 기타 변란 …… 단, 회사의 재정에 미치는 영향이 적을 때는 지급하는 일도 있습니다'라고 되어 있거든."

　"그것이 어쨌다구요?"

　완전히 미요시의 페이스에 말려든 사치코가 가까스로 목소리를 짜냈다.

　"댁과 같은 경우, 남편의 두 팔을 자른 것은 보험계약자의 고의나 피보험자의 고의 가운데 어느 하나에 해당되지. 따라서 보험금을 지급할 수 없다는 뜻이야."

　"무슨 말…… 무슨 말을 하는 거죠? 그런 증거가 어디 있다구요. 증거가 있으면 보여주세요!"

　사치코는 온몸을 벌벌 떨더니 침을 튀기며 달려들었다.

　"증거 말인가? 증거는 이제 곧 찾을 거야. 재판을 하는 동안 상황 증거는 얼마든지 나올 테니까."

"재판······?"

사치코의 목소리가 가늘게 떨렸다. 그것이 분노 때문인지 공포 때문인지, 신지로서는 알 수 없었다.

"우선 그쪽이 보험금을 지급하라는 민사소송을 제기하겠지만 얼마든지 받아주겠어. 우리는 앞으로 몇 년이 걸려도 상관없으니까. 그리고 또 한 가지, 형사재판이 남아 있는데, 그건 장난이 아니라구."

미요시는 갑자기 병실이 쩌렁쩌렁 울리는 커다란 목소리로 개가 짖듯이 떠들었다.

"남편의 두 팔을 자르다니, 간덩어리가 부어도 엄청 부었구먼. 당신, 알고나 있어? 상해죄는 10년 이하의 징역이라구! 두 팔을 잘랐으니 틀림없이 10년은 콩밥을 먹어야 할 거야! 10년 동안, 감옥에 들어가 있고 싶어? 그러고 싶어?"

사치코의 얼굴에서는 핏기라고는 한 점도 찾아볼 수 없었다. 입술을 반쯤 벌리고 있는 그녀의 가슴이 위아래로 세차게 흔들렸다.

"미······미요시 씨."

신지는 계속해서 고함을 지르려는 미요시를 황급히 만류했다. 고막이 터질 것 같았기 때문이었다. 그렇게 소리를 지르면 아무리 벽이 두터워도 병실 밖으로 소리가 튀어나갈 것이 틀림없다.

"아아, 죄송합니다. 원래 목소리가 조금 크거든요."

미요시는 아무 일도 없었던 사람처럼 다시 부드러운 미소를 지었다.

"그래서 말인데 부인, 재판을 하게 되면 서로 돈도 들고 시간도 들지. 그러니까 이것에 서명 날인만 해주면 우리도 더 이상 시끄럽게 할 생각은 없어."

미요시는 서류가방에서 계약 해제 용지를 꺼냈다.

"이것은 이 보험을 없었던 것으로 한다는 동의서지. 고도장애보험금은 지급되지 않지만, 지금까지 댁이 납입한 보험료는 전액 돌려줄 거야. 당신도 좋지 않나? 하긴 남편이 불쌍하기는 하지만, 부인이 감옥에 가지 않는 것만으로도 위안이 될 거야."

사치코가 내민 종이를 받으려고 하지 않자 미요시는 조각처럼 굳어져 있는 고모다의 팔 위에 용지를 올려놓았다.

"내일이라도 다시 올 테니까, 그때까지 어떻게 할 것인지 태도를 정해두라구. 미리 말해 두지만, 더 이상 이상한 방향으로 나가면 우리도 가만 있지 않을 거야……!"

마지막으로 다시 한 번 못을 박아두고 미요시는 재빨리 병실에서 나갔다. 사치코는 원래 표정에 변화가 없기 때문에 언뜻 침착하게 보였지만, 의자 등받이를 잡고 있는 손끝이 새하얗게 변해서 바들바들 떨리고 있었다.

도저히 혼자 남아 있을 용기가 없어서 신지도 애매하게 인사를 하고 미요시의 뒤를 따랐다.

에스컬레이터 앞에서 기다리는 미요시를 보고, 그는 무슨 말을 해야 좋을지 알 수 없었다. 미요시의 방법에 대해서 자기 나름대로의 느낌을 말해야 할까. 그러자 어색한 분위기를 풀려는 듯이 미요시가 먼저 입을 열었다.

"그래도 오늘은 신지 주임이 옆에 있어서 품위 있게 말한 편입니다."

"예에."

"해제 교섭에도 여러 가지가 있으니까요. 하긴 신지 주임처럼 비단결 같은 마음을 가진 사람은 천성적으로 이러한 방법을 싫어하겠지만요. 그러나 세상에는 상식이 통하지 않는 일도 있으니까, 우리 같은 걸레가 나서야 할 때도 있는 것이지요."

"아니, 그런 것이……."

"그건 그렇고 그 여자는 정말 대단하더군요. 실례의 말씀이지만, 신지 씨에게는 너무 버거운 상대입니다. 그 여자는……."

미요시는 잠시 말을 끊었다가 목소리를 낮추고는 다시 입을 열었다.

"틀림없이 사람을 죽였습니다."

등줄기에 싸늘한 오한이 스쳤지만, 뭐라고 대답해야 좋을지 몰라서 신지는 침묵을 지키기로 했다.

"처음에만 입회하겠다고 하셨지요? 이 다음부터는 제게 맡겨

주실 수 없겠습니까?"

미요시는 신지 같은 애송이가 옆에 붙어 있는 것에 불만을 가진 것 같았다. 어디까지나 자신은 프로라는 자부심 때문이리라.

이런 상태라면 그가 없을 때 어떤 태도로 나갈지 상상도 되지 않았지만, 오히려 그것이 편하다는 생각이 들었다. 떡은 방앗간에서 만들어야 한다는 옛말도 있지 않은가.

신지는 미요시와 사치코의 대결을 보면서 예전에 본 다큐멘터리 영화를 떠올렸다.

애리조나 사막에 사는 '데저트 자이언트' 라고 하는 거대한 지네는, 자기보다 조금이라도 체구가 작으면 상대를 가리지 않고 덤벼들어 먹어치운다. 상대가 거대한 전갈이라도 예외는 아니다.

데저트 자이언트는 도망치는 거대한 전갈을 위에서 덮친 다음, 수많은 발을 사용해서 꼼짝도 못하게 고정시킨다. 그 때문에 위험한 독침이 있는 전갈의 꼬리는 일자로 뻗은 채 움직일 수 없다. 상대의 공격을 완전히 차단한 데저트 자이언트는 남은 몸으로 전갈의 머리 너머로 돌아가서 기다란 독이빨을 가슴에 박아넣는다……

그러나 포식자끼리의 싸움은 약간의 힘의 차이가 서로의 입장을 정반대로 바꾸어놓기도 한다. 파브르의 『곤충기』에는 전갈이 독침을 이용하여 지네를 잡아먹는 것으로 되어 있다.

사람에게는 역시 적재적소라는 것이 있다. 미요시의 말대로, 세상은 그러한 분업 위에서 성립되고 있는 것이리라.

밤 11시가 넘어서 쓸쓸히 아파트로 돌아온 신지를 맞이한 것은, 자동응답기에 가득 들어 있는 메시지였다.

버튼을 누르자 기계는 담담히 30건의 메시지를 재생시켰다. 예상했던 대로, 어느 것에도 모두 말이 없었다. 시간은 오후 2시에서 3시 사이. 즉 신지와 미요시가 병원에서 사치코를 만난 직후였다. 아마도 사치코는 병원에서 전화를 건 모양이었다.

또 시작이군. 지치지도 않고 예전과 똑같은 방법으로 어리석은 짓을 하려는 것인가. 이미 그 수법에는 익숙해져서 처음처럼 강력한 효과는 없다. 그런데도 불구하고 똑같은 수법을 사용하는 것은 벽에 부딪혔다고 토로하는 것이나 다름이 없다.

그래도 일부러 30번이나 전화를 건 것은 무엇 때문일까. 미요시에게 당한 분풀이를 하려는 것일까. 그것이 아니면 표적은 어디까지나 신지라는 것을 주장하고 싶기 때문일까.

양복을 옷걸이에 걸면서 더 이상은 깊이 생각하지 않기로 했다. 어리석은 장난 전화에 구태여 골치를 썩을 필요가 어디 있으랴. 그냥 무시하자. 그러는 사이에 미요시가 해결해 줄 것이다.

신지는 무언의 메시지를 모두 지워버리고 나서 냉장고로 다가가서 캔맥주를 꺼냈다. 스스로도 알코올 의존증에 빠져 있다는 것은 잘 알고 있다. 최근에는 알코올의 도움을 빌리지 않으면 잠을 잘 수도 없다. 어쩌면 조만간에 금주 모임에 신세를 져야 할지도 모른다.

문득 부엌의 작은 창문이 눈에 들어왔다. 한순간 시야를 가로질렀을 뿐이지만, 일단 눈길을 돌리고 나서 다시 한 번 쳐다보았다. 어쩐지 이상한 느낌이 들었기 때문이다.

일반 자물쇠의 위아래 방향이 반대로 되어 있었다. 열려 있는 것이다.

신지는 마시던 캔맥주를 식탁 위에 놓고 자리에서 일어섰다. 깜빡 잊고 잠그지 않았다는 것은 생각할 수 없다. 적어도 최근 두세 달 동안은 창문을 연 적이 없기 때문이다.

자물쇠에 가까이 다가가자 이번에는 더욱 커다란 변화가 눈에 들어왔다. 창문 유리에는 격자 모양의 철선이 들어가 있는데, 그 격자의 네모난 조각 하나가 잘려진 다음 다시 끼워져 있었다. 손으로 살짝 누르자 네모난 유리 조각은 밖으로 떨어졌다.

아마 그 작은 구멍을 통해 철사 같은 것을 이용해서 열쇠를 열었으리라. 그러나 위, 아래에 있는 특수 자물쇠 때문에 창문을 열지 못하자 침입을 포기한 것이 틀림없다.

그는 병실에서 뜨개질을 하고 있던 사치코를 떠올렸다. 의외로 손재주가 있을지도 모른다. 그의 피해망상은 이미 망상이 아니라 현실로 나타나고 있었다.

그렇다면 자동응답기의 의미도 알 수 있다. 신지의 주의를 끄는 미끼인 것이다. 본래의 의도는 아파트에 침입해서 그가 없는 동안 무슨 짓을 하는 것이다. 그것이 무엇인지는 짐작도 되지 않지만 이미 단순한 협박의 영역을 넘은, 분명한 위협을 온몸으로 느낄 수 있었다. 그는 잠시 망설이다가 결국 경찰에 신고하기로 했다. 이런 정도로 경찰에서 움직이리라고는 생각하지 않았지만, 적어도 기록에 남겨두어서 손해날 일은 없을 것이다.

두 명의 경찰관은 전화를 건 지 10분 만에 찾아왔다. 그리고 창문에 난 구멍 이외에 없어진 것은 없느냐고 묻더니, 너무나 형식적인 태도로 기록을 했다. 유리 창문의 상태를 보고 장난이라고 생각하는 것 같았다.

그러나 긴장감이라고는 눈을 씻고도 찾아볼 수 없는 그들의 태도에서, 한 가지 추측할 수 있는 것이 있었다. 최근에 이 주변에서 똑같은 수법의 빈집털이는 발생하지 않았다는 것이다. 따라서 범인은 역시 사치코라고밖에 생각할 수 없다.

신지는 업무상의 문제로 자신이 노리는 사람이 있을 가능성이 있다고 했지만, 경찰관들은 거의 관심을 보이지 않았다. 자동응답기의 무언의 메시지도 이미 지워버렸기 때문에 협박받고 있다는 증거는 하나도 남아 있지 않았다. 교토 경찰서의 기요시 형사에게 연락해 달라고 부탁할 때도 건성으로 대답할 뿐이었다. 그는 날이 밝는 대로 자신이 직접 전화하기로 결심했다.

토르소 4

가까이 다가감에 따라 벽에 기대고 있는 사람에게는

그리스 조각의 토르소처럼 몸체는 있지만

머리와 두팔이 없다는 사실을 알게 되었다.

이것이 메구미인가. 미칠 것 같은 공포로 신지의 몸은

학질에 걸린 사람처럼 덜덜 떨려오기 시작했다.

1

7월 20일 토요일

눈은 감겼을 때와 마찬가지로 느닷없이 떠졌다.

목덜미에 손을 대자 이미 소리가 나지 않는 이어폰이 툭하는 소리와 함께 귀에서 떨어졌다. 신지는 눈을 비비고 손목시계를 보았다. 새벽 1시 54분. 침대에서 뒤척이다 CD를 듣는 사이에 깜빡 졸았던 것 같다.

왜 갑자기 눈이 떠졌는지는 알 수 없다. 몹시 끔찍한 꿈을 꾼 것 같지만 내용은 생각나지 않았다. 왼쪽 가슴에 손을 대보았다. 잠을 자고 일어난 것치고는 심장의 고동이 몹시 빨랐다. 마치 100미터 달리기라도 하고 있었던 것처럼.

침대맡에 있는 리모컨으로 에어컨의 온도를 보자 28도가 되어 있었다. 잠들기 전에 싸늘한 기운을 느껴 온도를 올리고 그대로 잠이 든 것이다. 땀을 많이 흘려서 그런지 목이 몹시 칼칼했다. 그는 불을 켜두었던 부엌으로 가서 냉장고 문을 열었다. 그리고 수십 개 늘어선 캔맥주를 꺼내서, 차가운 알루미늄 캔을 얼굴에 대고 굴린 다음 뚜껑을 땄다.

맥주를 한 모금 들이키자 갑자기 공복감이 밀려왔다. 저녁을 라면과 만두로 적당히 때우고 나서 벌써 7시간이 지난 것이다. 뭔가 먹을 만한 것을 찾았지만, 냉장고에도 식기 선반에도 먹을 것이라고는 보이지 않았다. 생각해 보니 바쁘다는 핑계로 슈퍼마켓에 들른 지가 언제인지 까마득했다.

하는 수 없다. 귀찮기는 하지만 가까운 편의점에 들르는 수밖에. 어차피 쓰레기 봉투와 식기용 세제, 면도날과 같은 잡다한 물건을 사오지 않으면 안 된다. 그는 캔맥주를 비우고 나서 지갑을 청바지 뒷주머니에 쑤셔넣고 맨발에 운동화를 신었다. 최근 들어서는 아무리 가까운 곳에 갈 때에도 꼭 불을 끄고 빈틈없이 열쇠를 채우는 습관이 몸에 배어 있었다.

엘리베이터에서 밖으로 나왔을 때, 공기 속에 여느 때보다 강렬한 콘크리트 냄새가 떠다니는 것이 느껴졌다. 아마 습기 때문이리라. 비를 재촉하는 기운이 살갗을 파고들었다.

하늘을 올려다보자 가느다란 초승달이 구름 속에서 희미하게 빛나고 있었다. 우산을 가지러 갈까 생각했지만 다시 7층까지 올라가기가 귀찮아서 그대로 가기로 했다. 어차피 티셔츠에 청바지 차림이고, 조금 비를 맞는다고 해서 감기에 걸리지는 않을 것이다.

호리카와 오이케 교차점에 있는 편의점까지는 걸어서 약 5, 6분이 걸리는 거리였다.

이렇게 야심한 시각에도 편의점에는 손님이 끊이지 않았다. 술장사를 하는 듯한 나이를 알 수 없는 여자가, 알로에가 들어 있는 드링크를 꼼꼼히 쳐다보고 있었다.

너무 늦게 왔는지 사려고 했던 초밥이 떨어져서, 그 대신 컵에 든 스파게티와 피스타치오 같은 안주거리를 비롯하여 생활 잡화류들을 바구니에 넣었다. 그리고 잠시 멈추어서서 주간지를 읽었다.

편의점 비닐 봉투를 들고 아파트로 돌아왔을 때는 2시 27분이 넘어서고 있었다.

현관 앞에는 나갈 때는 보지 못했던 자전거가 놓여 있었다. 앞쪽에 장바구니가 달린 것으로, 주인이 상당히 게으른지 체인에서 페달, 스포크 등은 모두 먼지를 덕지덕지 뒤집어써서 지저분해질 대로 지저분해져 있었다.

자전거를 항상 반짝반짝 닦아놓는 신지로서는 이마가 찌푸려지지 않을 수 없었다. 물론 이렇게 해놓으면 열쇠를 채우지 않고 방치해 두어도 절대로 훔쳐가지 않는다는 이점은 있겠지만.

이렇게 늦은 시각에 집에 오는 사람이 있는지, 엘리베이터는 바로 한 걸음 차이로 위로 올라가 버렸다. 그는 오랜만에 운동을 하기 위해 7층까지 걸어가기로 결심했다. 대퇴근이나 대경골근뿐만 아니라 복근이나 등줄기의 근육까지 균형적으로 단련하기 위해서이다.

그런데 2층까지 올라갔을 때 이상하게 발이 무거워졌다. 심장의 고동이 거칠어지고 이마에서 굵은 땀방울이 솟아났다. 요즘 들어 운동이 부족하고 체중도 늘었지만, 이 정도로 벌써 지치다니 한심하기 짝이 없다는 생각이 들었다.

3층을 지났을 때 위쪽에서 엘리베이터가 멈추는 소리가 들렸다. 아마 5층 정도일 것이다. 그런 다음에 계단을 올라가는 듯한 발소리가 들려서 갑자기 의아한 생각이 들었다.

이 아파트의 엘리베이터는 각 층마다 멈추기 때문에 계단을 사용하는 사람은 거의 없다. 따라서 엘리베이터에서 내린 다음 계단으로 올라간다는 것은 이해하기 어려운 행동이었다.

그는 어느 사이엔가 완전히 발소리를 죽이고 위에서 들려오는 소리에 귀를 곤두세웠다. 6층과 7층 중간에 있는 층계참에 도착하자 위에 있는 사람의 발소리는 더욱 뚜렷하게 들렸다.

한쪽 발을 끄는 듯한 느긋한 걸음걸이. 그 발소리가 공허한 콘크리트 공간에 기이할 정도로 크게 울려퍼졌다.

어딘가에서 들은 적이 있는, 기억에 남아 있는 발소리였다. 마치 리듬을 맞추는 것처럼 발을 끄는 소리. 거미가 사냥감에게 다가갈 때에 보이는, 이리저리 왔다갔다하는 듯한 동작…….

그는 흠칫 숨을 들이마시고 멈추어섰다.

5층에서 일단 엘리베이터를 내린 다음 계단을 통해 7층으로 올라가는 것은, 바야흐로 사냥감을 향해 신중히 접근하는 포수의 행동이 아닌가. 7층에서 직접 엘리베이터를 내린 경우, 자신이 저격할 상대와 맞닥뜨릴 수도 있기 때문이다.

층계참에서 살그머니 위를 올려다보자 발소리의 주인은 마침 계단에서 7층 복도로 들어가고 있는 참이었다. 발소리를 죽이며 7층까지 올라가자, 이번에는 상대방의 발소리가 상당히 가까운 곳에서 들려왔다.

분명히 기억에 남아 있는 발소리였다.

신지는 살그머니 고개만을 내밀고 7층 계단을 살펴보았다. 다음 순간 재빨리 고개를 집어넣었지만 그것만으로 충분했다.

틀림없다……. 고모다 사치코다.

잊을려야 잊을 수 없는 뒷모습. 아무렇게나 고무줄로 묶은 거센 머리칼, 통통한 몸을 거무스름한 적갈색 원피스로 감싸고, 커다란 쇼핑백을 들고 있는 모습.

왼발을 끄는 것처럼 걷는 것은 회사나 병원에서 보았을 때에 깨달은 사치코의 버릇이었다. 예전에 발을 다친 적이 있을지도 모른다.

걸음수를 세고 있자 사치코가 어디쯤 걸어가고 있는지 짐작이 되었다. 발소리는 복도에서 다섯 번째에 있는 그의 집 앞에서 멈추어섰다.

어떻게 하려는 것일까. 인터폰을 누를까. 그렇지 않으면 유리창문을 부수고 침입하려는 것일까. 갑자기 세찬 종소리처럼 심장의 고동이 빨라졌다.

그러나 곧바로 들려온 소리는 그의 예측을 완벽하게 배반했다. 쩔그럭 쩔그럭, 열쇠구멍에 열쇠를 끼워넣는 소리.

설마! 신지는 심장이 오그라드는 것을 느끼고 숨을 들이마셨다. 말도 안 돼! 열릴 리가 없어!

그러나 열쇠는 너무나 어이없이 돌아가고, 날카로운 금속성 소리는 권총소리보다 더 크게 아파트 전체에 울려퍼졌다.

이럴 수가! 그는 혼란스런 머리를 껴안고 그 자리에 우뚝 멈추어섰다.

어떻게 사치코가 내 집 열쇠를 가지고 있는가!

그는 온몸이 귀가 된 것처럼 예리하게 청각을 곤두세웠다. 문이 열리고 닫힐 때 손잡이가 내는 서글픈 소리와 함께, 안에서 잠그는 소리가 들려왔다. 나머지 여운이 완전히 사라지기 전에 신지는 숨을 죽여 계단을 뛰어내려갔다. 마치 악몽을 꾸는 것 같았다. 뭐가 뭔지 도저히 이해할 수 없다. 다만 무엇인가, 당치도 않은 일이 일어나고 있는 것만은 분명하다.

1층 현관에서 잠시 멈칫거리며 그는 아파트를 올려다보았다. 밤하늘에는 여전히 구름이 무겁게 드리워져 있고 가냘픈 바람이 불고 있었다.

역시 착각은 아니었다. 그의 방에는 분명히 꺼놓은 불이 켜져 있다. 커튼을 치지 않은 창문을 통해 언뜻 사람의 그림자가 비치었다.

그런 다음 다시 아무런 예고도 없이 불이 꺼졌다.

그가 없다는 것을 깨닫고 돌아오기를 기다리는 것이리라.

아파트를 나서면 왼쪽으로 20, 30미터 떨어진 곳에 공중전화가 있었다. 그는 7층의 창문에 신경을 집중하면서 발소리를 내지 않도록 조심조심 뛰어갔다. 수화기를 들려고 했을 때, 아직까지 오른손에 편의점 봉투를 들고 있다는 사실을 깨달았다.

봉투를 바닥에 내려놓고 경찰에 신고하려고 하다가, 갑자기 다른 충동이 고개를 치켜들었다.

사치코는 그 방에서 무슨 짓을 하려는 것일까.

어리석은 짓은 그만둬라! 머리 한쪽 구석에서 경계하는 목소리가 울려퍼졌다. 어서 경찰에 전화를 걸어라. 여기는 너무나 가깝다. 계속해서 꾸물거리고 있으면 사치코가 나왔을 때 맞부딪치게 될 것이다!

그러나 신지는 100엔짜리 동전을 넣고 자신의 전화번호를 눌렀다. 호출음이 울렸다. 예상한 대로 사치코는 수화기를 들지 않았다. 그 대신 자신이 녹음해 놓은 자동응답 메시지가 흘러나왔다.

"저는 지금 외출 중입니다. 용건이 있으신 분은 '삐' 소리가 난 다음에……."

신지는 자동응답 메시지 속에 결코 이름을 넣지 않는다. 모르는 사람에게 이름을 가르쳐주는 것은 위험하는 생각에서였다. 만약에 전화를 건 사람이 자신을 아는 사람이라면 목소리만 들어도 알 수 있을 것이다.

발신음이 들린 다음에 #와 4자리 비밀번호를 누른다. 9, 6, 3, 0…….

'전달된 메시지가 없습니다.' 라는 차가운 기계음이 귀를 파고들었다.

다시 9라는 버튼을 누르자 수화기를 통해 텅 빈 공간에서 울려퍼지는 잡음이 들려왔다. 전화의 모니터 기능으로 자신의 방에서 나는 소리를 들을 수 있는 것이다.

그는 사치코가 최근의 전화기 기능을 자세히 알고 있다고는 생각하지 않았다. 자동응답기 정도는 알고 있다고 해도, 밖에서 용건의 유무를 확인했다고밖에 생각하지 않을 것이다.

잡음과 함께 들리는 것은 나지막한 중얼거림과 특유의 발소리였다. 사치코는 어둠 속에서 방 안을 맴돌고 있는 것 같았다.

중얼거리는 소리는 가까이 오거나 멀어지는 바람에 쉽게 알아들을 수 없었지만 끊임없이 계속되고 있었다.

'무슨…… 원한이 있어서……' '먹고 살아가는 것을 방해하다니' '바싹 굶어죽게 만들 테다, 두고 보자' '보험회사가……' '돈을 벌고 있는 주제에' '엄청난 건물' '역 앞에' '굉장한 건물을 짓고' '……가만둘 줄 알구!' '뒤에서 더러운 짓이나 하고……' '몇 푼 안 되는 돈' '얼간이 녀석이……' '지저분하게' '잠자코 돈을 주면 되는데' '제 녀석은 비싼 월급……' '그 어린 녀석이!' '어디로 갔지?' '왜 빨리 안 오지?' '돌아오기만 해봐라!' '돌아오기만 하면' '생선회를 떠줄 테다……!'

목소리에 담긴 엄청난 분노와 위협은 의심할 여지가 없었다. 그러나 사치코의 목소리는 격앙되기는커녕 이상할 정도로 단조로워서, 사람의 목소리라고 하기보다 미쳐서 날뛰는 말벌의 날개소리를 연상시켰다. 그러나 그것이 오히려 그를 커다란 공포의 구렁텅이로 몰아넣었다.

사치코의 목소리에 뒤섞여 벨벳 천을 날카로운 못으로 긁는 듯한 기묘한 소리가 들려왔다. 그리고 가끔 울분을 터뜨리는지, 무엇인가가 부서지는 소리가 연속적으로 울려퍼졌다.

신지는 그대로 얼어붙은 것처럼 수화기를 귀에 대고 있었다. 그러자 3분 정도 지나서 날카로운 소리가 들린 다음에 전화의 접속이 끊어졌다.

그는 수화기를 내려놓고 아파트를 올려다보았다. 그리고 겨우 경찰에 전화를 걸려고 생각했을 때, 밤의 정적을 뚫고 문이 열리는 듯한 희미한 소리가 들려왔다.

귀를 기울이고 있자 계단을 내려오는 사치코의 발소리가 들리는 것 같았다. 그는 깜짝 놀라 재빨리 공중전화 옆에 있는 음료수 자동판매기 뒤에 몸을 감추었다.

어째서 즉시 경찰에 전화를 걸고 안전한 장소로 도망치지 않았을까. 그는 자신의 무모한 행동을 믿을 수 없었다. 만약에 아파트를 나선 사치코가 자신이 있는 곳으로 걸어온다면…….

잠시 동안은 아무 일도 일어나지 않았다. 조금 전에 들은 소리가 착각이었다고 생각했을 때, 느닷없이 아파트 현관에서 사치코의 모습이 나타났다.

그녀는 현관 앞에 있는 자전거로 걸어가더니 바구니에 쇼핑백을 넣고 열쇠를 열었다. 쇼핑백에는 정체를 알 수 없는 가늘고 긴 물건이 들어 있었다.

귀찮은 듯이 페달을 밟자 기름칠을 하지 않은 자전거는 삐걱거리며 소리 높여 울었다. 자기 쪽으로 다가올지도 모른다는 공포에 온몸이 마비되었지만, 그녀는 다행히 그가 숨어 있는 곳과는 반대 방향으로 사라졌다.

교차점을 건너갈 때 브레이크가 끽끽거리며 귀에 거슬리는 소리를 냈는데, 그 소리는 마치 까르륵거리는 웃음소리처럼 들려왔다. 그는 사치코가 떠나는 것을 지켜보고 나서 아파트로 뛰어들어, 엘리베이터를 타고 자기 집으로 들어갔다.

문은 휑뎅그러니 열려 있었다. 캄캄한 방 안에 들어가 반사적으로 불을 켜려고 하다가, 그는 문득 손길을 멈추었다. 만약에 사치코가 뒤를 돌아보기라도 한다면 방에 불이 켜져 있는 것을 보고 달려올지도 모른다.

그는 현관 옆에 있는 신발장에서 비상용 회중전등을 꺼내어 방 안을 비추어보았다. 일그러진 동심원 속에서, 방 안은 상상 이상으로 참혹하게 변해 있었다.

선반에 있던 유리식기와 에어컨, CD 플레이어, 텔레비전 같은 전자제품은 모두 산산조각으로 부서지고, 커튼과 달력, 옷걸이에 매달려 있던 양복과 침대 매트리스는 예리한 칼로 갈기갈기 찢겨 있었다.

역시 사치코는 흉기를 가지고 있었던 것이다. 그는 새삼스럽게 오싹 소름이 끼쳤다. 오늘밤에 편의점에 간 것은 정말 우연이었다. 만약 계속 집에 있었다면 지금쯤 가나이시처럼 난도질을 당했을 것이 틀림없다.

캄캄한 방 안에서, 더구나 불과 몇 분밖에 안 되는 짧은 시간에 이렇게까지 철저하게 파괴할 수 있다니!

그때 발끝에 무엇인가가 닿았다. 회중전등을 비추어보니 두 조각 난 크리스털 액자로, 금년 봄에 아마노하시다테에 갔을 때 찍은 기념사진이 들어 있었다. 사진 속의 메구미가 상큼한 미소를 지으며 자신을 쳐다보고 있었다.

갑자기 차가운 얼음이 등줄기를 뚫고 지나갔다. 무의식적으로 전화기에 손을 뻗었지만, 손에 닿은 것은 잘려진 코드 끝에 매달린 플라스틱 잔해뿐이었다

그는 재빨리 정신을 차리고 방에서 뛰어나갔다. 엘리베이터 안에 있는 동안에도 조바심을 이기지 못해 자기도 모르게 계속 제자리걸음을 했다.

엘리베이터 문이 열리자마자 그는 젖 먹던 힘까지 다 짜내어 공중전화를 향해 전속력으로 달려갔다. 지갑을 열었을 때 동전 하나가 떨어져서 바닥에서 튕겼다. 그는 닥치는 대로 동전을 투입구에 넣고 나서 정신 없이 메구미의 전화번호를 눌렀다.

빨리 받아줘……. 제발 부탁이니까 집에 있어줘.

기도하는 듯한 심정으로 기다리고 있을 때, 통화가 연결되는 소리가 들려왔다.

"아, 메구미! 나야……!"

"안녕하세요, 메구미입니다. 저는 지금 전화를 받을 수 없으니, 용건이 있으신 분은 '삐' 하는 소리가 난 다음에……."

기계에 녹음된 메구미의 목소리가 흘러나오자, 그는 절망으로 눈앞이 캄캄해졌다.

"메구미! 나야, 신지! 급한 일이야. 만약 집에 있다면 빨리 전화를 받아! 빨리!"

미칠 듯한 심정으로 정신 없이 떠들어댔지만 아무리 기다려도 응답은 없었다. 그는 멍하니 수화기를 내려놓았다. 역시 메구미는 집에 없는 것이다. 그녀가 이렇게 야심한 시간에 밖으로 돌아다닐 리 없다.

그 다음에는 주저하지 않고 다른 번호를 누르는 자신을 발견했다.

"예. 경찰서입니다."

"여보세요. 저, 아는 사람이 유괴……되었을지도 모릅니다."

"여보세요. 전화를 거신 분은 누구시죠?"

갑자기 시간이 정지한 것 같았다. 주위에 있는 세계가 한꺼번에 암흑으로 감싸이고, 모든 소리가 일시에 사라졌다. 그 와중에서 가느다란 사고(思考)만이 어지럽게 맴을 돌았다.

어떻게 말해야 경찰을 납득시킬 수 있을까. 메구미가 사치코에게 납치되었다는 증거는 하나도 없다. 열쇠를 거론한다고 해도 충분한 근거는 될 수 없다. 그녀가 이런 시간에 집에 없을 리가 없다고 해도 코끝으로 비웃을 뿐이리라.

그러면 어떻게 할까. 그렇다! 무엇이라도 좋으니까 경찰을 움직일 수 있는 말을 하는 것이다. 그것이 거짓말일지라도.

……아니, 안 된다. 전화만으로 경찰이 자신의 말을 완벽하

게 믿고, 검은 집을 수색할 리는 없다. 당연히 우선은 사정 청취부터 하자고 할 것이다. 그래서는 너무 늦다. 만약에 메구미가 아직 살아 있다고 해도 신지를 죽이는 데 실패한 사치코는 분풀이를 하기 위해 집에 도착하자마자 그녀를 죽일 공산이 크다. 어떻게 해서라도 그 전에 메구미를 구해내지 않으면 안 된다.

여기에서 그녀의 집까지는 7, 8킬로미터 정도 될까. 아무리 자전거가 늦더라도 30분 안에 도착할 것이다. 사치코가 사라진 지 벌써 3, 4분, 그렇다면 이제 26, 27분밖에 남지 않았다.

그때까지 경찰에서 사정 청취를 끝내고 담당 경찰관을 납득시켜 현장으로 향하게 할 수 있을까. 틀렸다. 도저히 그 안에 도착하리라고는 생각할 수 없다. 게다가 그의 설명에 조금이라도 빈틈이 있다면 모든 것은 끝장이다.

"여보세요. 전화를 거신 분의 이름을 말씀해 주시겠습니까?"

상대의 목소리에서는 조바심이 배어나왔다. 아마 장난이라고 생각하고 있을지도 모른다.

"저는 쇼와생명 교토 지사에 근무하는 와카쓰키 신지라고 합니다. 유괴되었을지도 모르는 사람은 구로자와 메구미. 감금되어 있을 가능성이 있는 장소는 우쿄구 사가역 근처에 있는 고모다 사치코라는 사람의 집입니다."

"사치코? 무슨 일이지요……?"

장난이 아니라고 생각했는지 경찰관의 목소리에서는 긴장이 흘러나왔다. 신지는 경찰관의 말을 가로막고 빠르게 떠들어댔다.

"지금 자세하게 설명할 시간이 없습니다. 사정은 수사1과의 기요시 경관이 잘 알고 있습니다. 빨리 구하지 않으면 메구미는 살해당할 가능성이 있습니다. 지금 당장 그 집을 조사해 주십시오!"

"아, 잠깐만요! 당신의 전화번호는……?"

신지는 내동댕이치듯이 수화기를 내려놓았다. 이미 한시의 여유도 없다. 다행히 오토바이의 키는 아파트 열쇠와 함께 열쇠고리에 붙어 있었다. 그는 뒤쪽에 있는 주차장으로 가서 오토바이에 열쇠를 꽂고 출발 버튼을 눌렀다. 차가운 공기를 뚫고 힘찬 시동 소리가 울려퍼졌다.

그는 오이케 거리에서 교차점을 지나서 니조성을 오른쪽으로 보면서 오시고지 거리로 들어섰다. 이 시간에는 도로가 복잡하지 않기 때문에 빨리 가면 5, 6분 만에 검은 집에 도착할 것이다.

다만 속도위반으로 경찰에게 잡히는 일만은 피해야 한다. 티셔츠에 청바지, 맨발에 운동화를 신고, 더구나 헬멧도 없는 차림이어서는 폭주족이라는 오해를 받아도 어쩔 수 없다.

도중에 사치코의 모습이 보이지 않을까 신경을 썼지만, 그녀의 모습은 어디에도 없었다. 이 길로 갔다면 이미 추월할 즈음인데, 어느 좁은 골목길로 들어간 것일까.

마루타마치 거리를 지났을 때, 빗방울 하나가 목줄기에 떨어졌다. 편의점에 갈 때부터 날씨가 허물어질 것 같더니 드디어 빗발을 뿌리기 시작했다. 제발 부탁이니까 아직 내리지 말아다오. 조금만 더 기다려다오. 5분만이라도 더 기다려다오.

가느다란 빗방울로 인해 아스팔트는 점차 검게 물들었다.

지금 여기에서 사고라도 일으키면 메구미는 영원히 돌아오지 못한다. 메구미만은 결코 눈을 뻔히 뜨고 죽게 내버려둘 수 없다. 조심해라. 모든 신경을 긴장시키고, 빨리, 안전하게.

어쩌면 메구미는 이미 살해당했을지도 모른다……. 생각하지 않으려고 해도 최악의 상황이 머리를 가로질렀다. 조금 전에 들은 사치코의 처절한 목소리가 생생하게 되살아났다.

"생선회를 떠줄 테다……!"

그는 고개를 흔들어 그 생각을 뿌리치려고 했다.

사치코의 습성으로 볼 때 납치한 사람을 즉시 죽이지는 않는다. 가나이시만 해도 상당히 오랫동안 감금한 다음에 집요한 고문을 하면서 처참하게 죽이지 않았는가. 메구미가 납치당한 것이 오늘이라면 그렇게 빨리 죽여버릴 리가 없다.

그러나 마음속에서는 다른 목소리가 반론을 펼쳤다. 조금 전에 아파트에 찾아온 것은, 분명 그 자리에서 자신을 살해하기 위해서가 아닌가. 자전거밖에 가지고 오지 않은 사람이 어떻게 납치를 하겠는가. 그렇다면 그 자리에서 깨끗하게 숨통을 끊어버릴 생각으로 찾아온 것이리라.

그렇다면 메구미는……?

그때 불법으로 주차되어 있는 트럭의 뒷부분이 눈앞으로 다가왔다. 재빨리 브레이크를 밟으면서 피하려고 할 때, 타이어가 옆으로 미끄러져서 하마터면 균형을 잃어버릴 뻔했다.

온몸에 식은땀이 흘렀지만 가까스로 자세를 유지해서 넘어지는 것만은 피할 수 있었다.

노면이 비에 젖었다고는 하지만 그런 것치고는 너무나 심하게 흔들렸다. 그렇다. 분명히 오토바이를 산 다음에 한 번도 타이어를 교환하지 않았다. 이미 닳을 대로 닳아서 마찰력이 없어졌을지도 모른다. 바꾼다 바꾼다 하면서, 바쁘다는 핑계로 그대로 놓아둔 것이다. 자그마한 실수가 때로는 생명을 앗아가는 일도 있으리라.

다행히 비는 더 이상 본격적으로 내리지 않고, 오토바이는 순조롭게 나아갔다.

이대로 쭉 가다가 왼쪽으로 꺾어지면 도게쓰교(橋) 부근이 나온다. 신지는 앞에 있는 좁은 길에서 왼쪽으로 꺾었다. 자동차 한 대가 가까스로 지나갈 수 있을 정도로 비좁은 길인 데다, 가로등도 별로 없어서 어두컴컴했다.

이윽고 지하철 건널목을 지나자 낯익은 길이 나왔다. 신지는 잠시 오토바이를 서행시켰다.

눈앞에 불쑥 나타난 검은 집은 어두운 밤하늘을 배경으로 불길한 그림자를 떨구며 고요히 숨을 쉬고 있었다. 이곳에 오는 것은 고모다에게 호출당한 이후 처음이지만, 대낮에 보았을 때보다 훨씬 음침한 분위기를 자아냈다. 그는 일단 지나쳐서 40미터 정도 떨어진 곳에 오토바이를 세우고 엔진을 껐다. 시계를 쳐다보자 2시 42분이었다. 출발부터 도착까지 6분이 걸렸지만, 자전거를 타고 오는 사치코와는 20분의 차이가 있을 것이다.

대문을 밀어보았지만 예상대로 꼼짝도 하지 않았다. 그는 검은 집의 담을 따라 걸으면서 들어갈 수 있는 장소를 찾았다.

좁은 골목과 마주한 곳에 전봇대가 서 있었다. 그곳으로 올라가면 담을 넘어갈 수 있으리라. 다만 내려가는 장소는 마당이 될 것이다.

신지는 고모다가 기르던 수많은 개들을 떠올렸다. 어쩌면 목이 터져라 짖어댈지도 모른다. 그러나 이웃집에서 경찰에 연락한다고 해도, 지금에 와서 새삼 잃어버릴 것은 아무것도 없다. 경우에 따라서는 오히려 좋을지도 모른다.

전봇대에 튀어나와 있는 쇠막대에 발을 대고 올라가면서, 그는 새삼스럽게 자신이 하고 있는 짓을 생각해 보았다. 가택 침입에다 기물파손, 너무나 훌륭한 현행범이 아닌가.

만약에 메구미가 납치당했다는 것이 쓸데없는 기우에 지나지 않는다면 징계 해고감이리라. 회사의 온정을 받아 주의 정도로 끝난다고 해도, 인사 카드에 남은 한 줄의 기록은 그의 미래를 영원히 닫아버릴 것이다.

그러나 상관없다! 신지는 전봇대에서 벽 위에 손을 대고 체중을 옮겼다. 메구미의 목숨을 그런 것에 비하겠는가!

그 순간, 개들이 울어대지 않는다는 것을 깨달았다. 검은 집은 마치 깊은 산속에 자리한 듯이 정적에 휩싸여 있었다. 어떻게 된 것일까. 개의 예리한 후각이라면 이미 신지의 냄새를 알아차렸을 것이다.

그는 가까스로 담에 손을 댄 다음 조금도 망설이지 않고 안으로 뛰어내렸다.

허리 주위까지 무성하게 자라나 있던 잡초 위에 떨어져서 충격은 거의 없었다. 그 순간 덤불에 숨어 있던 거대한 모기떼가 그의 얼굴을 향해 달려들었다. 그는 고개를 숙이고 마구 손을 흔들면서 풀을 헤치고 앞으로 나아갔다.

비는 어느 사이엔가 그치고, 옅은 구름 사이로 가느다란 초승달이 고개를 내밀었다. 달빛을 받은 마당은 손질을 한 흔적은 찾아볼 수 없이 황폐해질 대로 황폐해져 있었다.

역시 어디에도 개들은 없는 것 같았다. 사치코가 처분해 버린 것일까. 어쨌든 안도의 한숨이 새어나오는 것은 사실이었다.

다행스럽게도 덧문은 닫혀 있지 않았지만 유리문에는 자물쇠가 채워져 있었다. 신지는 한쪽 운동화를 벗어 유리문에 대고, 힘을 조절하면서 신중하게 주먹을 내리쳤다.

세 번만에 유리가 깨지자 예리한 송곳으로 신경을 긁는 것처럼 날카로운 소리가 울려퍼졌다

어쩌면 이웃 사람이 소리를 들었을지도 모른다. 신지는 운동화를 신고 유리가 깨어진 구멍에 손을 집어넣어서 빗장처럼 걸려 있는 자물쇠를 빼냈다.

그때 엄지손가락에 예리한 통증이 느껴졌다. 손을 빼려고 하다가 유리에 찔린 것이다. 청바지 주머니에서 꾸깃꾸깃한 손수건을 꺼내 상처를 묶었지만, 어둠 속에서도 눈 깜짝할 사이에 손수건의 색깔이 거무칙칙하게 변하는 것을 알 수 있었다. 그러나 더 이상 우물쭈물거릴 수는 없다.

그는 유리문을 열고 복도로 올라갔다. 운동화 밑에서 마룻바닥이 삐걱삐걱 소리를 냈다. 심장의 고동은 조금 전부터 교회의 종소리처럼 세차게 울리고 있었다. 흥분 상태에 빠져 있는데도, 코를 찌르는 듯한 독특한 냄새는 어김없이 콧속으로 파고들었다.

그는 일단 거실로 통하는 장지문을 열었다. 예전에 고모다와 마주했던 거실은 암흑 그 자체였다. 그는 불을 켜고 싶은 욕구와 싸워야 했다. 집에 켜놓은 불은 상당히 멀리에서도 똑똑히 보인다. 사치코가 집에 도착하기도 전에 침입자가 있다는 것을 깨달아서는 곤란하다. 그제서야 아무런 준비도 없이 뛰쳐나온 자신의 어리석음에 화가 치밀었다. 적어도 회중전등과 최소한

의 무기가 될 만한 것은 준비해 왔어야 했다.

그는 장지문을 활짝 열어 유리문으로 새어들어오는 창백한 빛줄기를 받아들였다. 이미 어둠에 눈이 익숙해져서 희미하기는 하지만 윤곽을 알아볼 수는 있었다.

거실은 특별히 달라진 것 같지 않았다. 그러나 구토를 유발하는 고약한 냄새는 예전보다 더욱 강렬해진 것 같았다. 습기 때문일까.

신지의 눈은 오른쪽으로 빨려들어갔다. 바로 가즈야의 공부방. 가즈야의 사체를 발견한 장소……. 지금도 그곳에 사체가 매달려 있는 것만 같아서 견딜 수 없었다.

그는 마음속에 솟구쳐 오르는 미신 같은 공포와 싸워야 했다. 그래도 망상은 사라지지 않았다. 사라지기는커녕 문 건너편에 있는 사체의 모습은 더욱 생생해졌다. 가즈야의 사체는 어두운 방 안에서 신지가 찾아올 날을 기다리고 있었던 것은 아닐까.

그를 제정신으로 돌려놓은 것은 메구미였다. 그는 마음을 다져먹고 상처 입은 손을 문의 손잡이에 대고 살짝 잡아당겼다.

문지방 위에서 나무가 미끄러지는 소리가 들린 순간, 시야 가득히 거대한 그림자가 뛰어들어왔다. 깜짝 놀라 소리를 지르려는 순간, 거대한 그림자의 정체는 가구로 변해 있었다.

그는 일단 안으로 들어갔다. 유리창으로 새어들어오는 어렴풋한 달빛을 통해 커다란 탁자와 다리가 네 개 달린 의자, 서랍장, 등나무 의자들을 똑똑히 알아볼 수 있었다. 가즈야의 방을 창고로 사용하는 것일까.

손목시계의 초록색 야광도료를 칠한 바늘은 새벽 2시 46분을 가리키고 있었다. 여기에 도착한 지 벌써 4분이 지나고 있었다. 사치코가 돌아올 때까지는 앞으로 15, 16분, 더 이상 여유 부릴 시간이 없다.

안쪽에 있는 문을 연 순간, 신지는 자신도 모르게 두 손으로 입을 틀어막았다. 썩은 생선에서 풍기는 격렬한 악취가 밀려든 것이다.

그는 손수건을 감은 오른손을 입에 대고 암흑만이 존재하는 좁은 복도에 발을 내딛었다. 달빛도 그곳까지는 닿지 않아서, 거의 손으로 더듬어서 앞으로 나아가야 했다. 한 걸음을 내딛을 때마다 악취는 더욱 강렬해져서, 뱃속에 있는 온갖 장기들을 뒤흔들어 놓았다.

앞으로 나아가자 막다른 곳에는 작은 미늘창이 있었다. 숨을 죽이며 열어보았지만 그곳은 단순한 벽장에 지나지 않았다. 안에는 조그마한 공간만을 남기고 천장까지 궤짝이나 나무 상자 같은 것이 빼곡히 쌓여 있었다.

다음에는 그 옆에 있는 문을 열어보았다. 안쪽에 있는 방보다 더욱 넓은 곳으로, 7평은 족히 되지 않을까. 악취는 그곳에서 흘러나오는 것 같았다.

그는 눈을 가늘게 뜨고 어둠 속을 살펴보았다. 부엌 같았다. 창문 옆에는 싱크대가 놓여 있고, 벽을 따라 식기 선반과 냉장고가 나란히 자리하고 있었다.

다음 순간 신지는 부엌에는 어울리지 않는 커다란 철제 우리가 있다는 것을 깨달았다. 개집으로 사용하는 것일까. 안에 사람을 집어넣을 수 있을 정도로 엄청나게 큰 우리였다.

빨려들어갈 듯이 우리에 시선을 고정했을 때, 그는 아련한 기시감(旣視感)을 느꼈다. 아득한 기억 속에서 무엇인가가 되살아났다. 빈 우리…….

무엇인가 중요한 것이 떠오를 듯한 생각이 들었다.

그러나 지금 그곳에 멈춰서서 기억을 더듬을 시간은 없었다

시선을 돌리자, 그는 마룻바닥의 일부가 주위와는 다른 색을 띠고 있다는 것을 깨달았다. 마치 먹물이라도 뿌린 것처럼 한 평 정도가 더욱 짙은 그림자를 떨구고 있었던 것이다. 눈을 가늘게 뜨고 쳐다보자 그 부분만 마룻바닥이 없다는 것을 알 수 있었다.

안쪽에는 나무판자 같은 것이 쌓여 있고, 그 옆에는 커다란 삽이 벽에 기대어 세워져 있었다. 삽의 철판 부분에는 검은 흙이 덕지덕지 묻어 있었다.

신지는 바닥이 뜯겨져 있는 곳으로 다가가서 안을 들여다보았다. 그곳에는 흠칫 놀랄 정도로 크고 깊은 구멍이 패어 있었다.

그는 삽을 들고 구멍에 세워보았다. 삽의 끝 부분이 바닥에 닿지 않았다. 그러나 몸의 균형을 잃어버리고 기우뚱한 순간, 삽은 손에서 미끄러져서 구멍 속으로 떨어졌다. 한순간, 사이를 두고 바닥을 때리는 둔탁한 소리가 울려퍼졌다. 어쩌면 구멍은 생각보다 더 깊을지도 모른다.

농밀한 암흑 바닥에서는 쓰레기가 썩는 듯한 부패한 냄새가 떠다니고 있었다.

신지는 식기 선반을 더듬어서 성냥갑을 찾아냈다. 불을 켜려고 했지만 손이 떨려서 잘 켜지지 않았다. 계속해서 네 개가 꺾어진 다음 다섯 개째에서야 겨우 불이 붙었다.

그는 불 붙은 성냥에 의지해서 구멍을 들여다보았다. 빛이 구멍 바닥까지 닿은 것은 극히 짧은 순간의 일이었지만, 밑에는 갈색 흙부대 같은 것이 쌓여 있는 것처럼 보였다. 그러나 불은 즉시 꺼져버렸다. 다시 한 번 성냥을 켜자 구멍 바닥에 겹쳐져 있는 물체의 머리와 사지가 보였다.

그는 참을 수 없는 구토증에 휩싸였다. 성냥불이 나무를 타고 내려와서 그의 손가락을 태웠다. 그 순간 손을 떠난 불빛은 엄청난 수의 강아지 시체를 비추고 어둠 속으로 빨려들어갔다.

그는 다시 성냥을 몇 개나 켜서 안을 둘러보았다. 바닥 위에는 군데군데 마른 핏자국이 배어 있고, 사람의 발자국 같은 것도 남아 있었다. 그때 바닥에 말라붙은 엄청난 양의 핏자국이 눈으로 파고들어왔다.

자세히 보니, 그것은 무엇인가를 끌고 간 듯한 흔적으로, 위쪽에 유리가 달린 나무 칸막이 밑으로 이어져 있었다.

이 문 건너편에는 무엇이 있을까.

그는 떨리는 손으로 미닫이문을 열었다. '끼릭끼릭' 하는 소리와 함께 끈끈한 쇠냄새가 온몸을 휘감았다. 고양이 목이 들어 있던 비닐 봉투가 내뿜은 것과 똑같은 냄새로, 미세한 털구멍이 모두 막힐 정도로 강렬하고 생생했다. 그것은 생명의 냄새이며 동시에 죽음의 냄새이기도 했다.

그곳은 커다란 목욕탕이었다. 오른쪽에는 나무 뚜껑이 달린 커다란 욕조가 있고, 왼쪽에는 샤워기가 매달려 있는 샤워장이 두 개나 있었다. 절반 이상이 벗겨진 타일에는 군데군데 핏자국 같은 얼룩이 묻어 있고, 그대로 드러나 있던 벽이나 타일의 이음새 부분에는 새카만 때가 진득진득 배어 있었다.

그는 마침내 집 전체를 뒤덮고 있는 기이한 악취의 정체를 깨달았다. 눈앞에 펼쳐져 있는 것은 처참한 살육의 현장이었다. 그것도 아마 한두 번이 아니었으리라. 오래 된 핏자국을 새로운 피가 뒤덮으면서 만들어낸 악취가, 마침내 집 전체에 스며든 것이 틀림없다. 그와 동시에 쓰레기와 동물성 향수 냄새가 뒤섞이며 혼연일체가 되어, 냄새의 진정한 원인을 알 수 없게 되어 있었던 것이다.

목욕탕 위쪽에 있는 젖빛 유리창을 통해서, 희뿌연 달빛이 새어들어왔다. 바로 앞에 있는 벽에 체구가 작은 그림자가 자신을 향해 발을 내던지고 있었다. 빛이 뒤쪽에서 비치기 때문에 상반신은 검은 그림자로밖에 보이지 않았다. 그는 마치 빨려들어가는 것처럼 발길을 내딛었다.

다시 한 번 성냥불을 켰다. 가까이 다가감에 따라 벽에 기대고 있는 사람에게는, 그리스 조각의 토로소처럼 몸체는 있지만 머리와 두 팔이 없다는 것을 알게 되었다.

이것이…… 메구미인가.

미칠 것 같은 공포로 신지의 몸은 학질에 걸린 사람처럼 덜덜 떨려오기 시작했다.

손가락 사이에서 불꽃이 사라지자 그는 기계적으로 다시 성냥불을 켰다. 성냥불이 살을 파고들어간 아픔은 전혀 느껴지지 않았다.

나무의 그루터기 같은 몸뚱아리 옆에는 마치 자신을 향하는 것처럼 둥근 물체가 자리잡고 있었다. 그는 언뜻언뜻 흔들리는 성냥불을 가까이 댔다.

그것은 잘려진 인간의 머리였다. 양쪽 귀와 코가 사라졌지만, 미요시의 머리라는 것은 확실히 알 수 있었다.

그는 헉헉거리며 숨을 토해냈다.

운동선수처럼 짧게 자른 머리. 피가 모두 빠져나가서인지 햇살에 그을린 얼굴은 젖은 신문지처럼 창백하게 변해 있었고, 움푹 들어간 안구는 백내장에 걸린 것처럼 둔탁하게 보였다.

잘려진 목은 미요시가 생의 마지막 순간에 어떤 공포에 휘말렸는지를 웅변적으로 말해 주고 있었다. 그의 표정은 상상을 초월하는 고통으로 처절하게 일그러져 있었다.

그 옆에는 녹이 슨 커다란 실톱과 어깨 관절의 바로 옆에서 잘라놓은 두 팔이 아무렇게나 내동댕이쳐져 있었다.

피부가 움찔움찔거리고 온몸의 털이 모조리 곤두서는 것을 알 수 있었다. 어쩌면 사치코는 미요시의 손과 발을 살아 있는 상태에서 자른 것이 아닐까.

손에 든 오렌지빛 성냥불은 한순간 타오른 다음에 작아지더니, 초록빛이 감도는 붉은 잔상만을 남기고 어이없이 사라졌다.

신지는 문득 반딧불이 유충의 행동을 떠올렸다.

아름다운 시정(詩情)이 넘치는 이미지와는 반대로, 반딧불이는 극히 폭력적인 육식성 곤충이다. 빛을 뿌리는 것은 암컷과 수컷이 서로 부르기 위해서지만, 다른 종류의 암컷의 빛을 흉내 내어 가까이 다가온 수컷을 잡아먹는 종류도 있다고 한다.

유충도 또한 종류에 따라서는 다슬기와 같은 조개류 이외에도 지렁이나 노래기와 같은 것을 먹이로 삼고 있다.

자기보다 덩치가 훨씬 큰 노래기를 잡아먹는 반딧불이 유충은 마비성 독액을 주입해 상대를 꼼짝 못하게 만든 다음 관절을 하나씩 잘라먹는다. 그것도 사냥감이 살아 있는 상태에서…… 서류가방 안쪽에 붙어 있던 미요시의 가족 사진이 머리를 스쳤다.

그때 바로 가까운 곳에서 무엇인가가 움직이는 소리가 들렸다. 그는 숨이 멎는 것처럼 깜짝 놀라서 천천히 뒤를 돌아보았다. 소리는 뚜껑이 닫힌 욕조 안에서 들려왔다. 그는 온몸을 덜덜 떨면서도 크게 심호흡을 하면서 가까이 귀를 기울였다.

들린다. 약하기는 하지만 안에서 몸을 움직이는 소리……. 그는 밀려오는 공포를 뿌리치며 욕조를 덮고 있는 나무 뚜껑을 열었다. 숨을 죽인 비명소리와 함께 신지는 한순간 호흡을 집어삼켰다.

메구미다. 살아 있다. 그는 갑자기 온몸에 피가 뛰어다니기 시작한 것을 느꼈다. 메구미는 신지를 알아보는지 몰라보는지, 죽을힘을 다해 발버둥치면서 도망치려고 하고 있었다. 실오라기 하나 걸치지 않은 몸에는 새하얀 나일론 밧줄이 몇 겹이나 파고들어 있었다. 두 손과 발을 등뒤에서 엇갈려 묶어놓았기 때문에, 일어서는 것조차 불가능했다. 검은 테이프로 막아놓은 입이 부풀어오른 것은 아마 천조각을 밀어넣었기 때문이리라. 불행 중 다행으로 눈에 띄는 외상은 없는 것 같았다.

"메구미! 나야!"

그가 손을 뻗어도 메구미는 더욱 필사적으로 도망치려고 할 뿐이었다. 공포가 깊어진 나머지 완전히 제정신을 잃어버리고 있었다.

그는 욕조로 들어가서 메구미를 두 팔로 껴안았다. 처음에는 미친 듯이 발버둥을 쳤지만 잠시 지나자 이윽고 얌전해졌다. 아무래도 그의 감촉을 느낀 것 같았다.

"이제 걱정하지 마. 곧 구해줄 테니까."

이대로는 도망칠 수 없다. 신지는 나일론 밧줄을 풀려고 했지만 워낙 단단하게 묶어놓아서 쉽게 풀어지지 않았다.

"잠깐만 기다려."

그는 욕조에서 나가서 미요시의 사체 옆에 떨어져 있던 실톱을 가져왔다.

그것을 보자마자 메구미는 또다시 공포의 늪에 빠진 것처럼 발버둥치기 시작했다.

"괜찮아! 밧줄을 끊는 것뿐이니까. 걱정하지 마……. 발버둥치면 안 돼!"

그는 메구미의 발목을 묶고 있는 밧줄을 실톱으로 자르려고 했다. 그러나 톱의 이빨이 너무나 가늘어서 좀처럼 끊어지지 않았다. 실톱을 마음껏 움직일 수 있으면 몰라도, 어둠 속에서 더구나 끊임없이 발버둥치는 상태에서는 그녀의 몸에 상처를 입힐 가능성이 크다.

끈기 있게 실톱을 사용하는 사이에 가까스로 메구미의 발을 자유롭게 만들어줄 수 있었다.

문득 정신을 차리고 신지는 손목시계를 쳐다보았다. 2시 52분. 밧줄을 끊는 데 시간을 너무 많이 허비했다. 사치코가 돌아올 예상 시간까지는 앞으로 10분밖에 없다. 오차를 생각하면 실제의 여유는 거의 없을지도 모른다.

"이대로 도망치자. 팔과 재갈은 나중에 풀어줄게. 빨리 도망치지 않으면 그 여자가 돌아올 거야……."

신지는 손이 뒤로 묶여 있는 메구미를 껴안아 일으켜 세웠다. 그러나 실오라기 하나도 걸치지 않은 채 밖으로 데리고 나갈 수는 없다. 그는 티셔츠를 벗어서 메구미에게 입혔다. 자신에게도 헐렁했기 때문에, 끝자락을 잡아당기면 미니 스커트 정도의 길이가 될 것이다.

메구미는 아직 충격에서 회복되지 않았는지, 공허한 눈길로 멍하게 서 있는 것이 고작이었다. 그는 우선 갈 수 있는 곳까지 메구미를 업고 가기로 했다.

어두운 복도를 돌아서 거실로 나갔을 때, 현관에서 무슨 소리가 들려왔다. 그는 흠칫 놀라서 우뚝 멈추어섰다.

말도 안 돼! 너무 빠르다. 제발 사치코가 아니기를!

끼릭끼릭. 현관문이 열리고 닫히는 소리.

돌아왔다…….

신지는 그제서야 자신의 잘못을 깨달았다. 이 집에 침입함과 동시에 불을 켜고 메구미를 찾아내서, 될 수 있으면 커다란 소리를 내어 이웃 사람들이 경찰에 신고하도록 했어야 했다. 그러면 지금쯤 그와 메구미는 안전한 순찰차에 있을지도 모르는데.

그는 나아갈 수도 뒤로 물러설 수도 없다는 것을 깨달았다. 칼을 가지고 있는 사치코를 맨손으로 대항할 수는 없다.

그러나 갑자기 습격하면…… 갑자기 습격해서 칼을 꺼낼 틈을 주지 않으면 어떻게 되지 않을까.

등에서 메구미를 내려놓으려고 할 때였다.

갑자기 거실에서 불이 켜졌다. 불빛은 그가 있는 곳까지 도달해서, 그는 갑작스러운 빛에 눈을 깜빡거렸다.

온다……. 나무판자가 깔린 복도를 걸어오는 사치코의 발소리가 똑똑하게 들려왔다.

어떻게 해야 하나. 싸워야 하나. 아니면…….

문득 발소리가 멈추었다.

그는 흠칫거리며 숨을 들이마셨다. 마당에서 침입한 흔적을 알아차린 것이다.

유리문은 깨어지고 마루에는 운동화 자국이 덕지덕지 묻어 있을 것이다. 은폐 공작을 할 시간이 없는 만큼 쉽사리 눈치채는 것은 너무나 당연하지 않은가. 더구나 사치코는 아직 집 안에 침입자가 있다고 생각했는지 숨소리도 내지 않았다.

신지는 다시 메구미를 업고 발소리를 죽이며 뒷걸음질쳤다.

일단은 부엌으로 물러난 것이다.

빌어먹을! 그는 자신의 어리석음을 깨닫고 스스로에게 욕설을 퍼부었다. 조금 전의 삽이다. 삽을 구멍에 떨어뜨리지 않았다면 충분히 무기로 쓸 수 있었을 텐데.

그렇다고 구멍 속으로 뛰어들어가서 삽을 가지고 올 용기는 없었다. 애당초 사다리가 없으면 기어오를 수 없을 정도로 깊은 것 같았다.

그는 부엌을 지나서 막다른 곳에 있는 벽장문을 열었다. 가까스로 사람이 들어갈 만큼의 공간이 남아 있었다. 메구미는 좁은 곳에 들어가는 것이 죽기보다 싫은지, 들어가지 않겠다고 끈질기게 버텼다.

그는 힘을 주어 그녀를 껴안고, 자신이 먼저 뒤로 향해서 안으로 들어갔다. 살그머니 문을 닫자 가느다란 빈틈을 통해 불빛이 새어들고 있는 복도의 상황을 엿볼 수 있었다.

'끼릭' 하는 소리와 함께 거실 문이 열렸다.

거실의 불빛이 복도와 벽 위로 가늘게 떨어지고, 그 안에서 다른 그림자가 뻗어나왔다.

사치코는 주위의 기척을 살피며 천천히 복도로 걸어왔다.

빛을 등에 지고 있는 탓으로 자세한 표정까지는 관찰할 수 없지만, 온몸에서는 바늘 끝처럼 예리한 살기를 발산하고 있었다.

오른손에 든 거대한 식칼을 보고, 신지는 마른침을 꿀꺽 삼켰다. 칼날은 보통 칼의 두 배는 넘을 듯싶고, 일본도처럼 길게 뻗어 있었다.

예전에 한 번 똑같은 칼을 본 적이 있다. 지금부터 1년 전, 달빛이 어스름한 기온 축제의 밤이었다. 기타니를 포함해서 회사 직원들과 함께 일식집에 갔을 때, 주방장이 갯장어의 뼈를 자르기 위해서 사용하던 식칼이 아닌가. 그리고 보니 이 집에 살던 전 주인이 주방장이라고 했던가…….

경찰에서도 착각하고 있었다. 가나이시를 살아 있는 상태에서 몇 밀리미터씩 얇게 저민 것은 일본도가 아니었다. 미요시의 목과 두 팔을 자르는 데 사용한 것도 저 칼이 틀림없다. 거실에서 새어들어오는 빛을 맞으며, 칼은 번들거리는 빛을 뿌렸다.

사치코가 천천히 다가오자, 그와 함께 사람에게서는 찾아볼 수 없는 맹혹한 표정이 생생하게 드러났다. 위로 들춰진 윗입술 아래에서는 짐승처럼 보이는 누런 이빨이 그대로 드러나 있었다. 무엇보다도 온몸을 휘감는 공포의 정체는 그녀의 눈이었다. 언제나 졸린 듯이 가늘게 뜨고 있었기 때문에 깨닫지 못했지만, 사치코의 눈은 검은 눈동자가 극단적으로 작고 상하좌우에 새하얀 부분이 보이는 사팔뜨기 눈이었다.

그녀는 기묘하게 눈을 부릅뜨면서 그가 있는 쪽으로 한 발짝씩 다가왔다. 그는 온몸의 혈액이 얼어붙는 듯한 감각을 맛보았다. 마치 냉혹한 사냥꾼이 다가오는 것을 가슴 조이며 기다리는 가엾은 토끼처럼.

그때 문득 자신의 안구에서 뿜어나온 빛 때문에 들키는 것이 아닐까 하는 생각이 들었다. 그는 될 수 있는 대로 눈을 가늘게 뜨면서 꼼짝도 하지 않고 사치코가 다가오는 것을 지켜보았다.

그녀의 관심은 오로지 부엌으로 쏠려 있는 것 같았다. 그녀는 축 늘어져 있던 오른손으로 무거운 칼을 부여잡더니, 왼손을 뻗어서 부엌의 불을 켰다.

그리고 잠시 동안은 꼼짝도 하지 않고 안의 모습을 살폈다. 그녀의 몸짓과 표정 하나하나에는 기이할 정도의 치밀함이 배어 있었다. 다음 순간, 잠복한 자가 없다는 것을 확인한 그녀는 재빨리 안으로 들어갔다.

얼마나 지났을까, 목욕탕 문이 열려 있는 것을 보았는지 사치코는 마룻바닥이 꺼져라 쿵쾅거리며 부엌에서 뛰어나왔다. 벽장에는 눈길도 주지 않은 채.

다행이다! 신지는 마음속으로 쾌재를 불렀다. 우리가 이미 도주했다고 생각하면 얼마나 좋을까. 어쨌든 그녀가 이곳을 떠나기만 하면 도망칠 기회는 얼마든지 있다.

사치코가 천천히 거실로 발길을 돌렸을 때였다. 극한 긴장 상태에서 해방된 탓인지, 한순간 메구미를 껴안고 있던 팔에 힘이 빠졌다. 팔에서 빠져나가려는 메구미를 다시 껴안는 순간, 그녀의 목에서 가느다란 신음소리가 새어나왔다.

보통 사람이라면 알아차리지 못할 정도로 작은 소리였다. 그러나 사치코는 마치 총이라도 맞은 것처럼 화들짝 놀라며 뒤를 돌아보았다.

그는 절망의 벼랑에 서 있는 것처럼 정신이 아득해졌다. 왜 자신이 먼저 벽장 안으로 들어왔을까. 메구미의 몸이 가로막고 있어서 사치코가 가까이 다가왔을 때 벽장문을 열고 뛰어나갈 수도 없는데.

모든 것은 끝났다……

사치코는 쿵쾅쿵쾅 바닥을 걸어왔다. 숨어 있는 사람이 다시 한 번 소리를 내뿜기를 바라는 것일까.

그녀는 잠시 기다렸다가 이윽고 확신에 가득 찬 것처럼 시선을 벽장에 고정시켰다. 그리고 벽장을 향해 똑바로 걸어왔다. 왼발을 질질 끄는 듯한 독특한 발걸음으로……

절망적인 상태에서 메구미를 껴안는 순간, 복도 중간에서 갑자기 사치코의 발길이 멈추었다.

어떻게 된 것일까. 그때 신지의 귀에도 그 소리가 들려왔다.

사이렌이다. 구급차나 소방차가 아니라 분명히 순찰차의 사이렌 소리였다. 소리는 점점 커지면서 분명히 검은 집을 향해 가까이 다가오고 있었다.

사치코는 분노에 가득 찬 얼굴로 벽장을 노려보았다. 마치 문 안쪽에 있는 그의 모습이 보이기라도 하는 것처럼.

다음 순간, 그녀는 몸을 돌려 모습을 감추고, 신지는 메구미를 껴안은 채 벽장 안에서 털썩 주저앉았다.

2

8월 9일 금요일

스무 살이 조금 넘었을까. 여성 리포터가 현장에서 중계를 하고 있었다. 두 눈을 부릅뜬 표정과 마이크를 부여잡은 모습을 보면, 어쩌면 이것이 처음 맡은 일인지도 모른다.

신지는 인스턴트 커피를 한 모금 홀짝이고 나서, 잠옷을 벗고 와이셔츠로 갈아입었다. 풀을 너무 강하게 먹였는지, 빳빳한 옷깃이 목을 스치는 바람에 얼굴이 찡그려졌다.

"……잔악한 행위는 모두 이 집 안에서 행해진 것 같습니다. 맨 처음 시체가 발견된 장소 이외에도 수사 범위를 확대했더니, 이 집의 바닥에서는 이미 뼈만 남은 10여 구의 사체가 발견되었고…… 그 가운데 신원이 파악된 것은 용의자 사치코의 전남편인 시라카와 이사무뿐입니다. 앞으로 경찰의 수사가 어디까지 진행될지 기대해 보겠습니다."

화면 오른쪽 구석에서는 '검은 집의 참극! 잇달아 사체 발견!' 이라는 화려한 글자가 춤추고 있었다.

신지는 시원한 느낌을 주는 물빛 줄무늬의 실크 넥타이를 맸다. 일종의 조건 반사로, 긴장에 대비해서 갑자기 혈압이 상승하는 것을 스스로도 느낄 수 있었다.

"그런데 용의자 사치코는 교토 경찰서의 필사적인 노력에도 불구하고, 사건이 발생한 지 3주가 지난 오늘까지 행방이 묘연합니다. 용의자 사치코는 오사카 남부나 와카야마현 방면에 대해서도 잘 알고 있으니까, 경찰에서는 이미 그쪽으로 도망친 것이 아닐까 생각하고 있습니다. 그래서 오사카 경찰서와 와카야마현 경찰서에도 협조를 의뢰하고……."

양복 윗도리를 걸쳐입자, 그 순간 등줄기에서 식은땀이 솟구치는 듯한 생각이 들었다.

고온다습한 나라에서 뙤약볕이 내리쬐는 한여름에 양복을 입는 것만큼 어리석은 일이 또 있으랴. 그러나 고객과 마주칠 일이 없는 본사에서는 와이셔츠만 입어도 괜찮지만, 창구 업무를 담당하고 있는 지금은 그렇게 할 수 없다.

화면이 연예계 소식으로 바뀌는 것을 보고 신지는 리모컨으로 텔레비전을 껐다.

　자전거를 끌면서 현관문을 열었을 때, 문 옆에 떨어져 있는 갈색 물체가 눈에 들어왔다. 매미의 사체 같다는 생각이 언뜻 의식을 가로질렀지만, 별로 신경 쓰지는 않았다. 그 때문에 뒷바퀴가 문에 걸릴까 봐 뒤를 돌아본 순간, 멍청하게 자전거로 매미를 치고 말았다.

　자전거 앞바퀴에 깔려서 납작해지자, 죽었다고 생각했던 매미가 귀청이 떨어져라 비명을 질러댔다. 소름이 끼칠 정도로 날카로운 단말마의 비명…….

　그는 서둘러 자전거를 세우고 상황을 살폈지만, 매미는 이미 커다란 타이어 밑에서 몸의 절반이 납작하게 찌부러져 있었다. 그런데도 불구하고 강인한 생명력으로 비명을 지르며, 나머지 세 개의 다리와 한쪽 날개를 정신 없이 흔들어댔다.

　이대로 살려두는 편이 더 잔인한 짓일까. 신지는 그대로 자전거를 전진시켜, 단숨에 매미의 목숨을 끊고 말았다. 찌직. 매미에게서는 바싹 메마른 소리가 터져나왔다.

　밖으로 나오자 이미 뜨거운 태양이 더운 공기를 내뿜고 있었다. 그 사건 이후 순찰을 강화했는지 얼마 동안은 도로 위에서도 경찰관의 모습이 눈에 띄었지만, 최근 2, 3일 동안은 거의 보이지 않았다. 이제 위험하지 않다고 판단한 것이리라.

　아침부터 머릿속이 몽롱하고 집중력이 떨어진 듯한 생각이 들었다. 불면증으로 인한 나른함 때문일까. 그는 사치코가 체포될 때까지는 진정한 숙면을 포기하고 있었다.

오이케 거리로 나오자 지하주차장을 만드는 공사 때문에 교통이 규제되어, 드넓은 경관이 엉망진창이 되고 있었다.

오이케 거리를 가로지르려고 할 때, 빨간 신호를 무시하고 자동차 한 대가 달려들었다. 공사장 입간판 뒤에 있어서 자동차를 뒤늦게 발견했기 때문에, 자칫했으면 크나큰 접촉 사고가 일어날 뻔했다.

자동차가 코끝을 스쳐 지나간 순간, 차에 부착한 철조망이 아침 햇살에 빛났다. 원래 오스트레일리아에서 캥거루를 치어도 차체에 흠집이 생기지 않도록 부착하는 철조망으로, 자동차를 지키기 위해 보행자를 살해하는 흉기나 마찬가지이지만 아직 아무런 규제도 없이 방치된 상태이다.

뿌연 유리 속에 숨어서 운전자의 모습은 보이지 않았지만, 자동차는 욕설 대신 귀청을 찢는 크랙슨 소리를 쏟아붓고 도망치듯이 사라졌다. 문득 조금 전에 처절하게 숨져간 매미의 운명이 머리를 스쳤다.

회사에 도착해서 일을 시작한 다음에도 머리의 한쪽은 여전히 마비된 상태에서 벗어나지 못했다. 물론 공연히 기운이 없는 날도 있지만, 오늘은 바이오리듬이 상당히 좋지 않은 것이리라.

책상 위에 있는 서류를 대강 처리하고 나서, 그는 자리에서 일어서서 창밖을 쳐다보았다. 이미 태양은 하늘 높이 떠오르고, 아스팔트 위에서는 이글거리는 아지랑이가 피어올랐다. 창문 너머로 보이는 교토라는 도시는 완전히 전자레인지 속에 들어가 있는 것 같았다.

교토에 온 이후, 신지는 분지 특유의 혹독한 기후를 온몸으로 체감했다. 발밑에서부터 싸늘하게 얼어붙는 혹독한 겨울도 힘들었지만, 그 이상으로 견디기 힘든 것은 도쿄나 지바와는 비교가 되지 않을 정도로 한증막처럼 푹푹 찌는 여름의 더위이다.

이렇게 더우면 아무래도 생활설계사의 활동도 둔해지고, 자기도 모르게 고객을 방문하지 않고 커피숍에 앉아서 시간을 보내게 되는 법이다. 그래서 그런지 영업소에서 올라온 서류는 여느 때보다 훨씬 적었다.

그러나 이상하게도 히로미가 가지고 온 사망보험금 청구서류는 유달리 많았다. 언뜻 쳐다보아도 보통 날의 두 배는 되는 것 같았다.

잠시 들추어보자 대부분은 같은 사고에 의한 것이었다. 집에 불이 나서 아내를 비롯해 다섯 살과 두 살바기 아이 두 명이 불에 타서 죽은 사건이었다. 신문 기사의 복사본과 함께 붙어 있는 경찰과 소방서의 현장검증 결과를 살펴보자, 화재의 원인은 방화로 추정된다고 쓰여 있었다.

세 사람을 합치면 모두 11건의 보험에 가입해 있었다. 물론 친분 관계로 보험에 드는 일본에서는 결코 드물지 않은 일이다.

그러나 신지는 그 가운데 2건이 가입한 지 불과 한 달밖에 안 되었다는 사실을 깨달았다. 더구나 보험금액은 새로 가입한 2건이 유달리 많아서 총 7,000만 엔이나 되었다.

이것은 조기 사망으로 취급해서 어차피 본사에서 처리할 것이다. 그러나 서류를 확인하는 사이에 더위로 인해 게을러지는 것은 생활설계사만이 아니라는 사실을 깨달았다. 영업소장의 날인이 빠져 있는 것이 한두 개가 아니었기 때문이다.

그는 혀를 끌끌 찼다. 20개 이상의 영업소를 관리하다 보면, 아무래도 서류에 느슨한 직원이나 소장이 있기 마련이다. 시모가모 영업소의 다니 소장에게는 예전에도 몇 번이나 입이 닳도록 주의를 주었는데 전혀 개선의 기미가 보이지 않았다.

시모가모 영업소에 직통 전화를 걸자 소장은 현재 외출 중으로, 아마 지금쯤 지사에 있을 것이라는 여직원의 대답이 돌아왔다.

그의 이야기를 듣고 있던 요시오가 컴퓨터 키보드를 두들기면서 끼여들었다.

"다니 소장이라면 조금 전에 아래층에 있더군. 오사코 부장이 호출했다고 하던데, 아직 있지 않을까?"

신지는 다니 소장을 만나기 위해 7층으로 내려갔다. 고등학교를 졸업하고 온갖 고초를 겪으며 영업소장에 이른 다니 소장은, 신지보다 열 살이나 많았다. 그래서 주의를 주는 것도 꺼림칙했지만 한 번 못을 박아둘 필요는 있었다.

7층에서는 신입 생활설계사를 위한 강습이 행해지고 있었다. 복도 중간쯤 걸어갈 때, 앞에서 종종걸음으로 다가오는 사카키바라 과장과 부딪쳤다. 그녀는 빼빼 마른 40대 후반의 여성으로, 주로 생활설계사의 교육을 담당하는 사람이었다.

"아, 신지 주임."

그녀는 몹시 곤혹스러운 표정을 지었다.

"무슨 일이 있습니까?"

"신입 생활설계사 강습을 받으러 온 사람 수와 도시락 수가 맞지 않아서요."

"남았습니까? 그렇다면 제가 먹을게요."

강습에 참가할 예정이었던 사람이 당일에 오지 못하게 되는 것은 흔히 있는 경우로, 남은 도시락은 남자 직원에게 돌아오곤 했다. 언제나 그러한 것처럼 유명한 도시락 가게의 특제품이었기 때문에, 공짜로 먹을 수 있다면 두 손을 들고 환영할 처지였다.

"그렇다면 얼마나 좋겠어요? 그런데 하나가 부족하지 뭐예요? 지금부터 추가로 주문해도 점심시간까지는 오지 못할 것이고, 한 사람만 다른 것을 줄 수도 없고."

"부족할 리는 없지 않습니까?"

"신지 주임도 그렇게 생각하지요? 도시락 수를 계산하면 정확히 들어맞는데, 오늘 온 생활설계사의 수가 한 사람 많아요. 갑자기 참가자를 늘려놓고 연락하지 않은 영업소가 있나 봐요."

신지는 복도 안쪽에 있는 제3회의실을 쳐다보았다. 고등학교 교실 정도 되는 넓은 회의실에는 먹글씨도 선명하게 '신입 생활설계사 강습회 회장'이라고 쓰여진 입간판이 세워져 있었다.

신지는 잠시 동안, 얼굴을 찡그리며 복도를 뛰어가는 사카키바라의 뒷모습을 쳐다보았다.

카운터 너머 시계를 쳐다보자 이미 저녁 8시 반이 지나 있었다. 신지는 두 개의 굵은 상아 인감을 손가락 사이에 끼우고 번갈아 인주를 묻혀 서류에 찍는 작업을 반복하면서, 가끔 인감의 측면이나 손가락에 묻는 인주를 휴지로 닦아냈다. 스탬프식 도장과 달리 어느 정도 힘을 주어서 찍어야 하기 때문에, 손가락이 쿡쿡 쑤시고 아프기 시작했다.

그럭저럭 2시간 가까이 사람이 아니라 산업용 로봇이 해야 할 일을 계속했지만, 끝날 기색은 전혀 보이지 않았다. 생활설계사를 관리하는 서류에, 지사장과 총무부장의 도장을 교대로 찍고 있는 것이다.

영업을 포함해서 하루의 대부분을 밖에서 생활하는 지사장에게, 이렇게 많은 서류를 보고 있을 틈이 있을지 없을지는 상식적으로 생각해 보면 쉽게 알 수 있다. 그러나 실제로는 본사에 있는 각각의 부서가 각각의 서식을 작성하고 있기 때문에, 지사에서는 매일매일 엄청난 양의 서류를 본사에 보내야만 한다. 그 결과 당연한 일이지만, 누군가가 지사장이나 총무부장을 대신해서 도장을 찍지 않으면 안 되는 것이다.

그러나 아무리 단순작업이라고는 하지만 지사장의 인감을 이제 갓 입사한 여직원에게 맡길 수는 없어서, 신지처럼 가장 아래의 직책을 가진 사람이 직원들이 모두 퇴근한 다음에 부지런히 도장을 찍는 처지가 되는 것이다.

똑같은 동작을 기계적으로 반복하는 사이에 그의 의식은 집중력을 잃어버리고, 보이지 않는 옆길로 새어들어갔다. 어느 사이엔가 그의 머리를 점령하고 있는 것은 메구미에 대한 생각뿐이었다.

기요시 형사의 말에 따르면 사치코가 메구미를 유괴하는 데 사용한 수법은 치졸함과 교활함, 그리고 놀라울 만한 인내력이 기묘하게 뒤섞인 방법이었다.

7월 19일 아침, 사치코는 대학 구내로 들어갔다. 더덕더덕 기운 낡은 옷에 밀짚모자와 수건으로 얼굴을 감추고, 상자를 가득 올려놓은 리어카를 끌면서 들어갔다고 한다. 그것이 극적인 효과를 자아내어 누구에게도 주목을 받지 않고 지나갈 수 있었던 것이다.

아마 메구미가 어느 건물의 어느 연구실에서 공부하는지 사전에 조사했으리라. 사치코는 리어카를 건물 뒤쪽에 숨겨놓고 메구미의 연구실과 가장 가까운 여자 화장실로 잠입했다. 그리고 그곳에서 3시간이 넘게 오로지 메구미를 기다렸다고 한다.

출구에서 가장 가까운 화장실이 아침부터 계속 잠겨 있었다는 증언을, 여러 명의 대학 관계자에게서 들을 수 있었다.

오전에 한 번, 메구미는 화장실에 갔던 것 같다. 그러나 그때는 동료와 함께 갔기 때문에 사치코도 포기하지 않을 수 없었다. 그러나 점심시간에 다시 갔을 때는, 마침 화장실 안에는 메구미 이외에 아무도 없었다고 한다.

사치코는 사냥감의 발소리를 들은 거미처럼 화장실 문을 열고 튀어나가 메구미의 목에 식칼을 들이대고 재빨리 그 안으로 끌고 들어갔다.

분노에 불타는 어마어마한 표정과 식칼에 기가 질린 메구미는 저항할 기력을 잃고, 사치코가 시키는 대로 새하얀 알약을 삼켰다고 한다.

그 알약이 무엇인지는 확인할 수 없지만 먹자마자 즉시 멍해졌다는 메구미의 이야기에서, 기요시 형사는 모르핀 같은 마취진통제가 아닌가 추측했다.

나중에서야 입원하고 있는 고모다에게 모르핀의 유사물질인 염산 코데인을 포함한 진통제가 처방되었다는 것을 확인했다.

알약 마취제가 효과를 보이기까지는 시간이 걸리기 때문에, 사치코는 주의에 주의를 거듭하여 메구미의 얼굴에 클로로포름이나 에테르처럼 자극성이 있는 약품을 대었다고 한다. 그리고 메구미가 완전히 의식을 잃어버리자 준비해 둔 이불 보따리에 집어넣고 리어카까지 운반했다.

사치코는 리어카 위에 이불 보따리를 싣고 나서 그 위를 상자로 덮었다. 그리고 독액으로 사냥감을 마취시켜 소굴로 가지고 가는 나나니벌처럼, 대학에서 검은 집까지 약 10킬로미터의 길을 리어카를 끌고 갔다는 것이다.

가령 그런 생각을 했다고 해도, 보통 사람 같으면 도저히 실행으로 옮길 수 없는 참으로 대담한 방법이 아닌가! 백주 대낮에 모든 사람들이 지켜보는 가운데, 4시간 이상에 걸쳐 유괴한 사람을 리어카로 끌고 가는 것이다.

그러나 정신적, 육체적인 부담을 제외하면 가장 확실한 방법인지도 모른다. 실제로 리어카를 끌고 가는 동안 누구 한 사람 사치코를 주목하지 않았던 것이다.

검은 집에 무사히 도착해서 이불 보따리를 목욕탕으로 끌고 간 사치코는, 메구미의 옷을 모두 벗겨 꽁꽁 묶은 다음 지갑 속에 있던 신지의 아파트 열쇠를 빼앗았다. 그리고 혼수 상태에서 메구미가 깨어나기를 기다렸다.

메구미가 눈을 떴을 때, 가장 먼저 눈으로 뛰어들어온 것은 미요시의 모습이었다. 미요시가 사치코에게 잡힌 것은 그 전날 밤이었던 것 같다. 전화를 걸어 계약 해제에 응하겠다고 해서 유인해 냈으리라. 보통 사람은 상상도 할 수 없는 살벌한 아수라장을 헤쳐온 미요시의 자유를 어떻게 해서 빼앗았는지는 명확하지 않다. 그러나 잘려진 사체의 뒷머리에서 금이 갈 정도의 타박상이 발견되었다.

진정한 지옥이 시작된 것은 바로 그 이후였다. 사치코는 잠에서 깨어난 메구미의 눈앞에서 미요시를 살아 있는 상태로 해부하기 시작한 것이다.

미요시를 죽인 다음에 왜 메구미를 죽이지 않았는지는 사치코를 통하지 않으면 알 수 없지만, 경찰에서 위촉한 심리학자는 신지의 목을 보여주기 위해서일 것이라고 설명했다.

사건이 일어난 직후, 메구미는 요양을 할 겸 요코하마에 있는 집으로 돌아갔다. 육체적으로는 거의 상처가 없었지만, 원래 예민하고 세심한 그녀에게는 정신적인 충격이 너무나 컸던 것이다.

신지는 몇 번이고 전화를 걸었지만 메구미와는 한 번도 통화할 수 없었다. 그와 통화를 하면 어쩔 수 없이 끔찍한 사건이 떠오를 테니까, 잠시 동안은 그냥 내버려두라는 것이 표면적인 이유였다.

그러나 그런 사건에 휘말리게 한 신지에 대해서, 그녀의 부모님은 강렬한 불쾌감을 감추려고 하지 않았다.

그는 메구미 부모님의 감정을 억제한 부드러운 목소리를 떠올렸다. 두 사람의 말투는 놀라울 정도로 비슷했다. 결코 격정에 휘말리거나 목소리를 높이는 일이 없고, 상대의 말을 가로막지도 않는다. 그러나 그는 지금까지 그토록 완고하게 거절하는 사람을 만나본 적이 없다.

지난 주말, 그는 직접 요코하마에 가서 메구미를 만나려고 했지만 포기하지 않을 수 없었다. 부모님의 깊은 분노를 생각하면 불에 기름을 쏟아붓는 결과로 이어지리라는 것은 뻔한 일이었기 때문이다. 일단 뒤틀린 감정은 서서히 시간을 들여 회복하는 수밖에 없으리라……

"오늘 안으로 도장을 다 찍어야 하나? 부장님께서 한턱 낸다고 하니까 그만 정리하고 맥주라도 마시러 가지. 생맥주 맛이 기가 막힌 집을 알고 있는데."

요시오가 옆에서 말을 걸자 기타니도 신지를 쳐다보고 고개를 끄덕였다. 마음이 움직여 서류를 정리하려고 했을 때, 책상 위에 있는 전화벨이 사무실 공기를 뒤흔들었다. 그의 직통 전화였다.

"예, 쇼와생명 교토 지사입니다."

"신지 주임님이세요? 시모교 영업소의 요시코인데요."

"아, 안녕하십니까? 늦은 시간까지 수고가 많으십니다."

대답은 그렇게 했지만 그는 당황스러움을 감추지 못했다.

다카쿠라 요시코는 아직 40대 중반으로, 보험 판매액으로는 매달 전국에서 손꼽히는 실적 우수자였다.

수완가로 널리 알려져 있는 변호사의 아내로, 돈이 궁색해서가 아니라 여가를 주체하지 못해서 생활설계사가 되었다고 한다. 그런데 눈 깜짝할 사이에 교토 지사의 넘버원이 되고, 다른 생활설계사를 도와주면서도 그 지위를 10여 년 이상 지속하고 있다. 최근에는 대담이나 에세이 등이 쇼와생명에서 발간하는 사보뿐만 아니라 일반 여성지에도 실리게 되어서, 상당한 유명인이 되었다고 할 수 있다.

요시코가 성공한 데는 남편의 사회적 지위와 폭넓은 인맥, 선행 투자의 일환으로 고객에게 값비싼 선물을 할 수 있을 정도의 경제력도 밑받침이 되었지만, 역시 본인의 인격이 가장 큰 부분을 차지했다. 머리 회전이 빠른 데다가, 아직까지 천진난만한 밝음 속에서도 곧은 심지를 느끼게 하는 매력적인 여성이었기 때문이다.

"지금 니시진에 있는 섬유회관 앞인데요, 지금부터 시다라라는 고객을 만나기로 되어 있어요……."

음질로 보아하니 휴대전화로 걸고 있는 것 같았다. 배경에서는 희미한 종소리와 기계적인 소리가 뒤섞여 있었다. 어딘가에서 들은 것 같은 소리이지만 정확하게는 알 수 없었다. 게다가 그녀가 이야기하는 도중에 가끔 매서운 바람이 몰아치는 소리가 뒤섞여 있었다. 계절에 맞지 않게 세찬 바람이 부는 것일까.

"실은 그런 다음에, 신지 주임님께 의논드리고 싶은 일이 있는데요."

"무슨 일이지요?"

신지는 조심스럽게 물어보았다. 요시코 정도면 본사의 임원들과도 잘 알고 있어서, 의논할 일이 있으면 영업소장을 뛰어넘어 지사장이나 총무, 영업의 두 부장에게 하는 것이 보통이다. 지금까지 신지에게 무엇인가를 의논한 적이 한 번도 없었다.

귀찮은 일이 아니라면 좋겠는데……. 그는 그렇게 생각하며 요시코의 말을 기다렸다.

"조금 복잡한 일이라서 시다라 씨를 만난 다음에 다시 전화를 드릴게요. ……10시쯤 될 것 같은데 괜찮을까요?"

요시코는 생활설계사 노동조합의 임원이기도 하다. 비상식적인 부탁이라는 생각은 들었지만 싫다고 할 수는 없었다.

"알겠습니다. 그러면 회사에서 기다리고 있겠습니다."

"죄송해요. 밤늦게 억지를 부려서요. 오늘 점심시간에 계약 전환의 시산 때문에 지사에 들르긴 했지만, 그때는 공교롭게도 신지 주임님이 안 계셔서요……."

또다시 매서운 바람이 몰아치는 소리.

"그렇습니까? 잠시 자리를 비웠나 보군요."

"……그렇다면 다시 전화를 드릴게요."

요시코는 무슨 말인가 덧붙이고 싶은 것 같았지만 결국 그대로 전화를 끊어버렸다.

사정을 설명하자 요시오와 기타니는, 요시코의 부탁이라면 어쩔 수 없다고 하면서 먼저 자리에서 일어섰다.

넓은 총무부에 혼자밖에 없다는 생각이 들자, 갑자기 의욕이 사라지는 것을 느꼈다. 그래도 그 시간을 메우기 위해서는 계속해서 도장을 찍는 수밖에 없었다.

9시가 조금 지나서 1층에 있는 수위가 총무부에 고개를 내밀었다. 체구가 작은 데다 머리에 흰 눈이 내린 것처럼 백발이 성성했지만, 자위대를 정년 퇴직하고 재취직해서 그런지 힘으로는 젊은 사람에게 뒤지지 않는다는 기백이 넘치는 사람이었다.

"잔업을 하시나요? 언제나 수고가 많습니다."

"죄송합니다. 조금 더 걸릴 것 같습니다. 10시에 전화가 오기로 되어 있거든요."

"그러세요? 그렇다면 8층의 셔터는 열어둘까요?"

신지는 잠시 생각에 잠겼다.

쇼와생명 교토 제1빌딩에는 두 대의 엘리베이터와 계단실, 그리고 건물 외벽에 붙어 있는 비상계단이 있다. 그런데 화재가 발생한 경우 연소를 방지하기 위해서, 야간에는 계단에서 각 층으로 통하는 입구를 모두 철제 방화문으로 닫도록 되어 있었던 것이다.

물론 만일에 정전이 되어 엘리베이터를 사용할 수 없다고 해도 비상계단이 있으면 특별한 지장은 없을 것이다. 그러나 신지는 왠지 계단실을 열어두었으면 하는 생각이 들었다.

"조금 귀찮으시겠지만 그렇게 해주실 수 있나요? 퇴근할 때 말씀드릴 테니까요."

"알겠습니다. 계속 수위실에 있을 테니까, 무슨 일이 있으면 말씀하십시오."

수위가 경례를 붙이고 밖으로 나가자, 잠시 동안 7층에서 순서대로 계단문을 닫는 묵직한 소리가 울려퍼졌다.

신지는 다시 도장 찍기에 몰두하여, 가까스로 정리가 되었을 때는 9시 40분이 지나 있었다.

그러자 갑자기 공복감이 몰려왔다. 생각해 보니 점심시간에 메밀국수를 먹은 이후에는 뱃속에 아무것도 넣지 않았던 것이다. 그때 갑자기 생활설계사의 도시락 사건이 떠올랐다. 그 도시락이라도 남아 있었다면 이렇게까지 배가 고프지는 않았을 텐데. 그러나 실제로 남기는커녕 오히려 부족하지 않았던가.

그러나 지금 다시 생각해 보니 몹시 이상하다는 생각이 들었다. 각 영업소에는 보험 건수와 금액뿐 아니라 신입 생활설계사의 채용수에 대해서도 혹독한 할당이 부과되어 있다. 신입 생활설계사가 적은 영업소는 영업부장이나 지사장의 날카로운 눈길과 질책에 시달려야 하는 것이다.

따라서 수강자가 늘어난 경우, 영업소에서 지사로 연락하지 않는 것은 생각할 수 없는 일이다. 인간의 습성상 실수는 숨겨도 수훈은 과시하고 싶은 법이니까.

그렇다면 왜 도시락이 부족한 것일까.

문득 끔찍한 상상이 뇌리를 가로질렀다.

말도 안 돼! 지금 무슨 생각을 하는가! 너무 피곤해서 머리가 정상적으로 돌아가지 않는 것이다. 그것과는 아무 상관이 없는 망상이 아닌가!

웃음으로 넘기려고 하면 할수록, 그 상상은 더욱더 신빙성을 획득해 갔다.

사치코는 아직 다른 지방으로 도망치지 않고 교토 시내에 잠복하고 있는 것이 아닌가. 교토라는 도시는 온통 산으로 둘러싸여 있어서 숨어 있을 장소는 얼마든지 있다. 아무리 경찰이라도 산을 모조리 수색하는 것은 거의 불가능에 가깝다.

만약에 사치코가 아직 교토 시내에 머물고 있다면 이유는 단 한 가지, 자신을 죽이는 것이다.

사치코는 무슨 일을 저지르기 전에 꼼꼼하게 사전 조사를 하는 습성이 있다. 그렇다면 오늘밤 신지를 습격하기 위해서 점심시간에 회사에 왔을지도 모른다. 사치코의 외모는 극히 평범하고, 설마 백주 대낮에 당당히 회사에 찾아오리라고는 아무도 생각하지 않는다. 게다가 신입 생활설계사들처럼 많은 중년 여성들과 함께 들어오면 수상쩍게 생각할 사람은 아무도 없을 것이다.

어쩌면 기회만 있었다면 그 자리에서 자신을 살해할 생각이었을지도 모른다. 그러나 8층 총무부에 가까이 오면 요시오를 비롯해 사치코의 얼굴을 알고 있는 사람을 만날 위험이 있다. 그래서 오전에는 결국 포기하지 않을 수 없지 않았을까.

하지만 그녀의 집요한 성격을 생각하면 쉽게 포기하지는 않을 것이다. 게다가 시간이 지날수록 경찰에게 잡힐 가능성이 커지는 이상, 될 수 있으면 빠른 시간을 선택할 것이 틀림없다. 그리고 자신이 혼자 있는 시간을 노린다는 것은 뻔한 일이다.

신지는 고개를 들어 형광등 아래에 휑뎅그러니 놓여 있는 총무부를 둘러보았다. 컴퓨터가 꺼지고 사람이 없다는 것만으로, 낮과는 전혀 다른 장소로 변모한 듯한 느낌이 들었다. 문득 지금 혼자 있다는 사실이 가슴에 싸목싸목 밀려들어왔다.

그것은 도저히 있을 수 없는 일이다. 역시 자신은 피로와 공복으로 인한 허탈감으로 머리까지 이상해져 있는 것이다. 만약에 사치코가 자신을 노린다고 해도 어떻게 특정한 날에 밤늦게까지 혼자서 잔업하고 있다는 사실을 알 수 있을까.

그는 인감을 들어올리려고 하다가 그대로 얼어붙었다.

요시코에게서 걸려온 전화가 생각났던 것이다. 그것은 어쩌면…….

그는 다시 한 번 머릿속으로 대화를 되새김질해 보았다.

전화를 받았을 때, 요시코의 말에서 개운치 못한 무언가가 느껴졌다. 애당초 평소에 별로 교류가 없는 신지를 지명해서 의논하고 싶다는 것도 자연스럽지 않고, 주위에 대한 배려로 널리 알려져 있는 그녀가 10시에 전화할 테니까 회사에서 기다려 달라고 하는 얼토당토하지 않은 조건을 내건 것도 이상했다.

곰곰이 생각해 보자 더욱 이상한 점이 발견되었다. 요시코는 분명히 '계약 전환의 시산 때문에' 회사에 들렀다고 했다. 머리를 온통 메구미가 장악하고 있는 바람에 자기도 모르게 흘려들었지만, 생각해 보면 도저히 있을 수 없는 일이었다. 요즘 생활설계사에게는 한 사람에 한 대씩 휴대용 단말기나 노트북을 지급하고 있다. 따라서 계약 전환의 시산 정도라면 얼마든지 자신이 직접 할 수 있을 것이다. 게다가 그녀는 하루도 빼놓지 않고 회사에 얼굴을 내밀고 있다. 그런데 일부러 회사에 왔다는 말은 해서 무슨 의미가 있는가…….

갑자기 가슴이 덜컹 내려앉았다. 요시코가 회사에 왔을 때 사치코의 눈에 띈 것은 아닐까. 요시코의 얼굴은 사내외를 망라하여 수많은 책자에 실려 있으므로, 사치코의 입장에서 보면 절호의 표적으로 비쳤을지도 모른다.

전화기로 손을 뻗었을 때, 그만한 이유로 경찰에 전화를 거는 것은 조금 망설여졌다.

잠깐만! 생각해 보자. 그 밖에도 수상한 점들이 있을 것이다……. 전화의 잡음과 함께 들려오던 종소리 같은 소리와 규칙적인 울림. 그것은 분명 어딘가에서 들은 소리다. 그것도 한두 번이 아니라 수도 없이.

전철 소리……. 그렇다. 그것도 한 량으로 편성된 노면 전철 같은 소리였다. 교토에는 이미 시내 전차가 폐지되어서, 그러한 소리를 내는 것은 게이후쿠 전철의 아라시야마선과 기타노선, 그리고 에이잔, 게이한게이신선 정도밖에 되지 않는다.

요시코는 어디에 있다고 했었지? 분명히 '지금 니시진에 있는 섬유회관 앞'이라고 했다. 그러나 니시진 근처를 달리고 있는 선로는 하나도 없다. 적어도 전화의 배경음으로 들릴 정도로 가까운 곳에는…….

요시코는 일부러 탄로나도록 거짓말을 해서 신지에게 위험을 알려주려고 한 것이다. 그렇게 생각한 순간, 숨겨져 있던 또 하나의 힌트가 뚜렷하게 모습을 드러냈다.

니시진에서 요시코가 만나기로 한 사람은 '시다라'라는 고객이라고 했다. 그녀는 일부러 그 이름을 두 번이나 강조했다.

왜 진작에 깨닫지 못했을까. '시다라'라는 이름은 그렇게 흔한 이름이 아니다. 그것은 다름 아닌 보험금과장의 이름이 아닌가. 요시코는 그 이름을 언급함으로써 모럴 리스크가 관여하고 있다고 경고하려 했던 것이 아닐까.

그는 자신도 모르게 벌떡 일어섰다. 그 매서운 바람소리 같은 소리의 정체를, 그제서야 겨우 깨달았기 때문이다.

어째서 더 빨리 깨닫지 못했을까. 그것과 똑같은 소리를 불과 보름 전, 더구나 똑같이 전화선을 통해서 듣지 않았던가. 그것은 예리한 칼날이 매끄러운 천을 스치는 소리로, 사치코가 요시코에게 거대한 식칼을 들이대고 위협하고 있다는 무엇보다 좋은 증거가 아닌가.

그는 메구미에게만 신경을 쏟은 나머지 다른 모든 것들을 건성으로 생각했던 자신의 어리석음을 저주했다. 시계를 보니 10시가 되기까지 불과 5분밖에 남지 않았다.

그는 내선 전화를 들어 수위실을 호출했다. 그러나 호출음만 허무하게 울려퍼질 뿐, 한참을 기다려도 응답이 없었다.

갑자기 신호도 도중에서 끊기고, 수화기에서는 아무런 소리도 들리지 않았다. 외선 버튼을 눌러보았지만 회선은 완전히 죽어 있었다.

그는 살그머니 수화기를 올려놓았다. 자신을 죽이기 위해 사치코가 건물에 침입했다는 것은, 이제 의심할 여지가 없었다.

전화 회선이 끊어진 이상, 휴대전화가 없는 그가 외부에 도움을 요청할 방법은 아무것도 없다. 살아나가기 위해서는 스스로의 힘으로 탈출하는 수밖에 없는 것이다.

무기가 될 만한 것을 찾기 위해 총무부를 둘러보았지만, 도움이 될 만한 것은 무엇 하나 발견되지 않았다. 그는 귀를 기울이며 복도의 상황을 살펴보았다. 복도에서는 아무런 기척도 느낄 수 없었다.

일단 총무부의 불을 끄고 복도로 나오자 막다른 곳에 있는 비상구의 초록빛 사각 표시등만이 밝게 빛나고 있을 뿐, 빛이란 빛은 어디에서도 보이지 않았다.

엘리베이터는 두 대 모두 1층에 멈추어져 있었고 버튼을 눌렀지만 꼼짝도 하지 않았다. 분명히 의도적으로 세워져 있는 것이다.

그렇다면 과감히 결심을 해서 비상계단으로 도망쳐야 하는가. 그러나 비상계단의 잠금쇠를 풀면 자동적으로 비상벨이 울리고, 그 순간 사치코는 그가 도망치려고 한다는 것을 알고 1층에서 잠복하고 기다릴지도 모른다.

그러면 어떻게 해야 하는가.

엘리베이터가 멈춘 이상, 이제 남은 선택은 이대로 8층에서 꼼짝도 하지 않고 기다리든지 계단을 사용하는 수밖에 없다.

어쩌면 사치코는 8층의 방화문이 열려 있다는 사실을 모르지 않을까. 엘리베이터 두 대를 모두 세워둠으로써 그를 완전히 궁지로 몰아넣었다고 희희낙락하고 있을지도 모른다. 그런 다음 건물에 불이라도 지를 생각이든지……

그는 위험을 감수하고 계단으로 내려가기로 결심했다. 조금만 조심하면 사치코와 가까운 거리에서 부딪치지 않을 수 있다. 만약에 계단에서 사치코와 마주친다 해도, 아무리 운동을 하지 않았다고 해도 중년 여성의 걸음보다는 빠르리라. 그때야말로 8층으로 올라와서 비상계단으로 도망치면 된다. 잠금쇠를 푸는 데는 겨우 2초밖에 걸리지 않을 테니까.

신지는 복도를 둘러보고 나서 소화기를 들어올렸다. 사용하는 방법은 화재 훈련을 통해서 알고 있다. 핀을 빼고 노즐을 목표물에 향한 다음 손잡이를 당기기만 하면 되는 것이다. 무슨 일이 벌어지면 조금은 시간을 벌 수 있으리라.

그는 계단실로 발을 집어넣고, 1층까지 트여 있는 좁은 틈새를 통해 아래를 내려보았다. 7층에서 2층까지는 어두컴컴한 비상등이 켜져 있고, 1층은 완벽한 어둠으로 감싸여 있었다.

그는 발소리가 울려퍼지지 않도록 조심하면서 살그머니 계단으로 내려갔다. 7층 이하의 계단 입구는 모두 방화문으로 닫혀져 있는 것 같았다. 따라서 엘리베이터를 사용할 수 없는 지금으로서는, 다른 층으로 도망칠 방법이 없다는 뜻이다.

각 층이나 층계참 앞에서 발길을 멈추고 사치코가 숨어 있지 않은지 기척을 살피느라, 8층에서 5층까지 내려가는 데 무려 1분이 넘게 걸렸다. 그러나 5층과 4층 사이의 층계참으로 내려섰을 때, 갑자기 거무칙칙한 물체가 시야에 들어왔다.

그는 황급히 멈추어 서서 고개만 내밀고 살그머니 밑을 내려다보았다. 층계참 바로 아래에서 바닥에 엎드린 채 쓰러져 있는 사람의 그림자가 있었던 것이다. 희미한 조명 아래에서도 누구인지는 쉽게 알 수 있었다. 거무튀튀한 얼룩이 점점이 묻어 있는 새파란 와이셔츠. 그리고 파뿌리처럼 새하얀 머리. 벌컥 벌어져 있는 목덜미에서는 시커먼 액체가 계단을 타고 4층까지 흘러내리고 있었다.

수위는 밑에서 다가온 사치코의 습격을 받고 위로 도망치려고 했으리라. 그러나 완전히 도망칠 수는 없었다……

그는 계단에 소화기를 놓고 수위의 손목을 만져보았다. 이미 맥박은 없다. 완전히 목숨이 끊어진 것이다. 그러나 사체가 따뜻한 것을 보니 살해당한 지 얼마 지나지 않은 것은 분명했다. 사치코는 아직 근처에 있을지도 모른다.

신지는 갑자기 호흡이 기묘하게 빨라지고 심장이 격렬하게 고동치는 것을 느꼈다. 침착해라! 공포에 휘말리면 끝장이다. 어쨌든 냉정해져라……

발길을 돌려서 다시 올라가려고 할 때였다. 역시 평온한 마음을 잃어버려서인지, 계단에서 미끄러지다가 아슬아슬하게 멈추어섰다. 그 순간, 마치 탭댄스라도 추는 것처럼 커다란 발소리가 계단 전체에 울려퍼졌다.

그는 숨을 헉헉거리며 계단을 뛰어올라갔다. 괜찮다. 당황하지 마라. 어쨌든 8층으로 돌아가라. 화재경보기를 누르고 비상 문을 열고, 그런 다음에는 도움이 오기를 기다리면 된다. 사치 코가 어느 쪽에서 습격해 온다고 해도 도망칠 길은 있다. 지금 이야말로 냉정하게 신중하게, 절대로 당황하지 말고 침착해야 할 때가 아닌가!

갑자기 엘리베이터가 웅웅거리기 시작했다. 그러자 날카로운 발톱으로 심장을 움켜잡는 듯한 공포가 온몸을 습격했다. 벽 하나를 사이에 둔 계단실 옆의 공간에서 쇠로 만든 상자가 자꾸자꾸 올라간다.

그는 젖 먹던 힘까지 모두 짜내서 걸음을 옮기려고 했지만, 공포로 인해 과도하게 분비된 아드레날린이 그의 다리에서 자유를 빼앗았다. 호흡은 점점 거칠어지고, 무릎은 지금이라도 무너질 것처럼 덜덜 떨렸다.

평소에는 조바심이 날 정도로 느리던 엘리베이터가 지금은 쏜살같이 올라가서, 그가 7층에 도착하기도 전에 8층에서 멈추어졌다.

낮에는 거의 들리지 않는, 문이 열리고 닫히는 소리까지 똑똑히 들려왔다. 그리고 또다시 정적이 찾아왔다.

그는 땀샘 구멍에 있는 가느다란 신경까지 모든 신경을 귀에 집중했다. 그러나 귀를 파고드는 소리는 아무것도 없었다.

어떻게 하면 좋은가. 올라갈까, 내려갈까, 그렇지 않으면 이

자리에서 멈추어 있을까.

　그러나 계단 중간에서 꼼짝도 않고 서 있는 것은 더 이상 참을 수 없었다. 그는 난간 너머로 다시 한 번 아래쪽을 내려다보았다. 아래쪽에서는 농밀한 어둠에서 사악한 독기가 뿜어나오고 있는 것처럼 보였다. 마치 빌딩 전체가 사치코의 어둠의 집으로 변해 버린 것처럼.

　문득 정신을 차렸을 때, 그는 어느 사이엔가 계단을 올라가고 있는 자신을 발견했다. 지금 제정신이냐! 마음의 목소리가 그에게 경고의 메시지를 보냈다. 사치코는 8층에서 너를 기다리고 있을 것이다!

　그러나 그의 발길은 멈추지 않았다. 직감은 왠지 자신이 올바른 방향으로 가고 있다는 것을 확신하고 있었다.

　그는 8층 앞에서 잠시 숨을 멈추었다. 사치코가 복도에 숨어 있다면 반드시 알 수 있을 것이다. 인간이 자신의 기척을 완전히 없애버리는 것은 불가능한 일이다. 희미한 숨결, 공기의 움직임, 냄새, 그리고 체온…….

　그는 잠시 숨을 죽이고 나서 비스듬한 공간에 모든 의식을 집중했다. 그리고 가슴 깊은 곳에서 숨을 토해냈다.

　없다.

　적어도 8층 복도에서는 사치코의 기척을 느낄 수 없었다. 그는 소리를 내지 않도록 조심하면서 나머지 계단을 올라갔다.

살그머니 고개를 내밀었지만, 복도의 모습은 자신이 내려가기 전과 조금도 달라지지 않았다. 그의 눈은 복도 막다른 곳에 있는 초록빛 비상구로 빨려들어갔다. 초록빛 비상구는 빨리 이곳에서 도망치라고 유혹하는 것 같았다. 자유와 안전의 상징인 초록빛……

그러나 그곳에 도착할 때까지는 네 개의 사무실 출입구를 지나가지 않으면 안 된다. 만약에 사치코가 그 네 개의 사무실 가운데 어느 하나에 숨어 있다면.

비상구 바로 앞에 있는 화장실 문이 그의 눈으로 뛰어들어왔다. 그러자 메구미를 유괴하기 전에 사치코가 화장실에서 숨어 있었다는 말이 떠올랐다. 범죄자는 원래 똑같은 수법을 반복해서 사용하는 것이 아닐까.

그는 뒤를 돌아 엘리베이터를 쳐다보았다. 층수 표시판을 보자 한 대는 계속 1층에 멈춰 있었지만, 조금 전에 올라온 것은 아직 8층에 머물러 있었다.

엘리베이터는 원래 8층에서 사람을 내려주면 자동적으로 1층으로 내려가는 것일까. 그렇지 않으면 다른 층에서 부를 때까지 마지막으로 움직인 층에 머물러 있는 것일까.

그 어느 쪽에도 확신을 가질 수 없었다. 지금까지 엘리베이터가 움직이는 것에는 한 번도 관심을 가진 적이 없었다. 게다가 사람들이 많이 다니는 시간과 아무도 없는 지금은 운행 방법이다를 수도 있지 않을까.

그렇게 생각한 것은 또 한 가지 상상하기도 싫은 가능성이 남아 있기 때문이다. 사치코가 8층에서 내린 척을 하고 아직 엘리베이터 안에 숨어 있을지도 모른다는 것이다.

그가 멍청하게 엘리베이터의 문을 연 순간, 안에서 튀어나와 식칼로 난도질할 생각일지도 모른다. 그 기다란 칼날만 있으면 문이 완전히 열리기 전에 상대에게 치명상을 입히는 것은 식은 죽 먹기일 것이다.

어느 쪽인가. 그의 눈은 엘리베이터와 비상구 사이에서 어지럽게 방황했다. 다시 계단으로 내려가는 것이 좋을까. 그러나 수위의 사체와 맞닥뜨려야 한다고 생각하니 온몸에 소름이 끼쳤다. 더구나 만약에 1층의 방화문이 닫혀 있는 경우, 퇴로는 완전히 차단되어 독 안에 든 생쥐꼴이 되고 말 것이다.

평범하게 생각하면 엘리베이터를 비워두고 비상구 가까이에 숨어 있을 가능성은 매우 희박하리라. 어서 도망치라고 재촉하는 것이나 마찬가지이니까.

그러나 사치코는 그가 그렇게 생각하리라는 것까지 알고 있을지도 모른다. 그 여자의 놀랄 만한 간교함을 생각하면……

어차피 이대로 있으면 결말이 나지 않는다. 과감하게 엘리베이터의 문을 열어보는 수밖에 다른 방법이 없지 않은가. 쓸데없이 시간을 낭비하면 더욱 사치코를 유리하게 만들 뿐이다.

만일 엘리베이터에 그 여자가 있다면……. 그때는 뒤도 돌아보지 않고 뛰어서 비상계단을 통해 도망치는 수밖에 없다. 사치코는 엘리베이터 문이 어느 정도 열릴 때까지 나올 수 없을 테니까, 그 사이에 비상구를 열고 밖으로 도망칠 수 있을지도 모른다.

그러나 엘리베이터 문이 열리는 소리에 복도 안쪽에서 사치코가 뛰어나온다고 하면…….

신지는 잠시 망설였다. 그 경우, 엘리베이터를 타고 1층까지 내려갈 여유는 도저히 없을 것이다. 계단에서 살해당한 수위는 1층의 문을 닫지 않았을 것이다. 신지를 위해 8층의 방화문을 열어둔 사람이 1층의 문을 닫아버렸을 리가 없다.

사치코는 문의 조작 방법을 알 리가 없기 때문에, 1층의 문은 아직 그대로 열려 있을 것이다. 그렇다면 계단실은 마지막 도피처로 사용하자. 그 어느 쪽이든, 이것은 도박인 것이다.

신지는 손바닥에 촉촉이 밴 땀을 바지에 닦고, 눈앞에 있는 엘리베이터와 비상구까지 뻗어 있는 복도 양쪽에 신경을 쓰면서 엘리베이터의 삼각형 버튼을 눌렀다.

'찌링' 하는 메마른 차임벨 소리와 함께 엘리베이터가 꿈틀거리면서 강철로 된 문이 천천히 열리기 시작했다. 그는 뒤로 조금 물러나서 도망칠 자세를 취했다.

없다……. 안은 텅 비어 있었다.

비상구에도 시선을 돌렸지만 그쪽도 쥐죽은 듯이 조용했다. 그는 발소리를 죽이며 엘리베이터 안으로 들어갔다. 그때 귀를 찢는 듯한 예리한 소리가 들려왔다.

그는 반사적으로 닫힘 버튼과 1층 버튼을 동시에 눌렀다. 한순간 멈추어 있던 문이 천천히 닫히기 시작했다. 그러나 마치 슬로 비디오를 보는 것처럼 속도는 어이가 없을 정도로 느릿느릿했다.

빨리 닫혀라! 그는 마음속으로 소리를 지르며 닫힘 버튼을 쾅쾅 두들겼다.

어쩌면 사치코는 일부러 숨어 있으면서, 자신이 엘리베이터 안으로 들어가기를 기다리고 있었던 것이 아닐까.

캄캄한 어둠 속에서 지금이라도 사치코가 뛰어나올 것 같은 공포가 그의 온 신경을 마비시켰다.

빨리…… 빨리!

마치 굼벵이가 기어가듯이 문이 닫히자, 신지는 온몸의 힘이 빠져서 그 자리에 털썩 주저앉을 뻔했다. 엘리베이터가 움직이기 시작했다.

그는 마음속으로 요시코에게 합장을 했다. 그녀의 전화 목소리는 믿을 수 없을 정도로 의연했다. 극한 상황에 처했으면서도 마지막까지 이성을 잃지 않고 그에게 메시지를 보내려고 한 것이다.

그녀에게는 아무리 고마움을 표시해도 부족할 것이다. 이미 이 세상에 없다는 것은 분명하지만······.

그때 문득, 밑으로 내려가는 엘리베이터의 독특한 감각과 함께 속이 울렁거리는 것을 느꼈다.

왜 그럴까. 간신히 호랑이 입에서 도망쳤다고 생각했는데, 왜 죽음의 전쟁터로 가는 듯한 느낌이 엄습하는 것일까. 엘리베이터가 한 층씩 내려감에 따라 점점 팽창되어가는 공포의 정체는 과연 무엇일까.

그는 고개를 들어 층수 표시판을 보았다. 엘리베이터는 이미 3층을 지나 2층으로 다가가고 있었다. 그때 온몸이 터질 정도로 무서운 생각이 섬광처럼 머리에 파고들었다. 함정이다······.

그 순간, 그의 손가락은 무의식적으로 2층 버튼을 눌렀다.

사치코가 8층에 숨어 있었다면 어딘가의 문을 열었을 것이다. 그러나 손잡이가 돌아가는 소리, 문의 볼트가 들어가는 소리, 화장실 손잡이의 삐걱거림······, 쥐죽은 듯이 고요한 8층에서는 그런 소리가 하나도 들려오지 않았다.

게다가 만약에 사치코가 8층에 숨어 있었다고 한다면 왜 빨리 뛰어나오지 않았을까. 그녀는 계단으로 올라가는 그의 발소리를 듣고, 빈 엘리베이터를 8층으로 보낸 것이다······.

이미 제정신을 잃어버린 상태에서 계속해서 2층 버튼을 눌렀지만 엘리베이터는 야속하게도 그대로 멈추지 않았다. 너무 늦은 것이다. 엘리베이터는 2층을 그냥 지나쳐서 곧바로 1층으로 향하고 있었다.

덮쳐누르는 절망감으로 눈앞이 아득해졌다. 그는 모든 버튼을 정신 없이 눌러댔다. 그러나 이미 손을 쓸 방법은 없다. 그 엘리베이터에는 비상연락 장치는 있어도 긴급정지 버튼은 없었다. 그는 층수 안내판을 주먹으로 치며 머리를 부딪혔다…….

다음 순간, 도착을 알리는 차임벨 소리가 울려퍼졌다.

문이 열렸다.

1층 복도는 비상등까지 모두 꺼져 있어서 암흑 그 자체였다. 그 순간, 강렬한 향수 냄새가 코를 파고들었다.

그는 반사적으로 닫힘 버튼을 눌렀다. 천천히 문이 닫히려고 하는 순간! 갑자기 옆에서 손이 뻗어나와 문을 잡았다.

그는 한 걸음 뒷걸음질쳤다. 다음 순간, 사치코가 모습을 드러내고, 처절하도록 일그러진 미소를 지으며 닫히는 문 사이로 억지로 몸을 들이밀었다.

그때였다. 그는 식칼을 든 오른손이 문 뒤로 빠지는 것을 보고 젖 먹던 힘까지 모두 짜내서 사치코에게 달려들었다. 허를 찔린 사치코는 식칼을 내리치려고 했지만, 기다란 칼날이 문에 부딪혀서 마음대로 되지 않았다.

그는 그 순간을 이용해서 식칼을 든 사치코의 오른 손목을 단단히 움켜잡았다. 그리고 마치 씨름 선수처럼 뒤엉키면서 엘리베이터 밖으로 나갔다.

절망이 사라진 순간, 마음속에서는 격렬한 공격 충동에 불이
붙어 명치 주위를 뜨겁게 달구었다. 완력에는 자신이 있다. 아
무리 흉폭하다 하더라도 상대는 겨우 중년의 여자가 아닌가. 식
칼만 빼앗으면 된다…….

그때 사치코의 바늘처럼 날카로운 손톱이 그의 눈을 엄습했
다. 재빨리 고개를 돌렸지만 손톱에 닿은 관자놀이가 후끈거리
는 열기를 내뿜으며 뜨거워졌다. 뺨을 타고 흐르는 피의 감촉.

사치코는 손톱을 곤추세우며 집요하게 눈을 노리고, 신지는
오른손으로 그녀의 오른손을 잡으며 목을 움츠리는 수밖에 없
었다.

그는 오른발로 사치코를 걸어차려고 했지만, 몸이 딱 달라붙
어 있어서 생각처럼 힘이 들어가지 않았다.

오른손을 잡힌 사치코는 분노를 참지 못하는 야수처럼 괴성
을 지르며 입에 거품을 물고 발버둥쳤다. 그는 사치코를 너무
만만하게 본 것을 깨달았다. 도저히 자신의 힘으로 막을 수 없
는 거대한 산고양이 같았기 때문이다.

왼손의 손톱이 예리하게 갈아놓은 송곳처럼 그의 목줄기를
갈랐다. 그는 고통으로 인해 비명을 지르면서도 오른손만은 놓
지 않았다.

빨리…… 빨리 식칼을 빼앗아라!

그의 오른손은 사치코의 손목이 새하얗게 변할 정도로 세차게 부여잡고 있었다. 그래도 사치코는 식칼을 놓지 않고, 악다문 이빨 사이로 엄청난 거품과 타액을 내뿜으면서 그의 사타구니를 걷어찼다. 갑작스러운 기습에 잠시 머뭇거린 순간, 사치코는 재빨리 몸을 낮추고 그의 오른팔을 깨물었다.

캄캄한 어둠 속에서 귀청을 찢는 그의 비명소리가 울려퍼졌다. 사치코의 짐승 같은 이빨이 계속해서 그의 팔을 파고들었다. 그는 고통을 참지 못하고 왼손으로 사치코의 뺨을 후려갈겼지만, 그녀는 민첩한 사냥개처럼 악다문 오른팔을 놓아주지 않았다. 송곳니가 피부로 파고들어 따뜻한 피가 떨어졌다.

더 이상 견디지 못하고 손가락의 힘이 빠졌을 때, 사치코는 그 틈을 놓치지 않고 오른손을 빼냈다.

아뿔싸! 생명줄을 잃어버린 신지는 그 자리에서 멈추어섰다. 그러자 사치코는 오른손 하나로 그를 벽으로 떠밀었다. 믿을 수 없을 정도로 강력한 힘이었다. 그는 몇 걸음 뒤로 물러서서 벽에 손을 짚었다.

사치코는 재빨리 방향을 바꾸어, 신지 앞에서 높다랗게 식칼을 치켜들었다. 재빨리 몸을 비틀어 피하려고 했지만 제대로 피할 수 없었다. 그는 엉덩방아를 찧으면서 본능적으로 머리를 감쌌다. 식칼이 오른팔을 스쳤다고 생각한 순간, 마치 쇠파이프로 얻어맞은 듯한 충격이 뼛속까지 전해졌다.

오른팔이 부러진 것처럼 마비되고 맹렬한 오한이 온몸을 휘감았다. 그는 벌벌 기어서 복도 쪽으로 도망쳤지만, 뒷문은 벌써 방범용 셔터로 막혀 있었다. 뒤를 돌아보자 사치코가 식칼을 든 오른쪽 손목을 매만지면서 유유히 걸어오고 있었다.

그때 계단실 앞에서 입을 벌리고 있는 방화문이 눈에 들어왔다. 신지는 방향을 바꾸어 죽을힘을 다해 계단으로 뛰어올라갔다. 상처에서 뿜어나오는 검붉은 피가 어깨에서 흘러내려 가슴을 적시면서 바닥으로 뚝뚝 떨어졌다.

네다섯 개의 계단을 올라가자 즉시 숨이 헉헉거렸다. 팔다리가 꽁꽁 얼어붙은 얼음장처럼 차가웠다. 다리에도 힘이 들어가지 않고 싸늘한 기운이 뼛속 깊이 스며들었다.

층계참에서 고개를 돌리자 사치코는 천천히 계단을 올라오고 있었다. 이제 아무리 발버둥쳐도 도망칠 수 없을 것이라고 얕잡아 보는 것일까.

2층에서 7층까지는 모두 방범문이 잠겨 있어서 밖으로 도망칠 수 없다. 완전히 도망치기 위해서는 일단 8층으로 올라가서 복도 반대편에 있는 비상계단을 이용하는 수밖에 없다.

자신의 거친 숨소리가 귓속에서 메아리쳤다. 4층을 올라가려고 할 때, 갑자기 무릎이 털썩 꺾였다.

피가 어느 정도 빠져나갔을까. 아마 동맥은 잘리지 않았으리라. 동맥의 피는 분수처럼 격렬하게 솟구쳐 오르니까. 실혈사

(失血死)의 한계는 몸 속에 있는 혈액의 절반, 2리터……. 이 상태로는 도저히 8층까지 올라갈 수 없다.

그는 왼손으로 넥타이를 빼내 한쪽 끝을 입에 물고 오른쪽 팔목을 묶었다. 고통은 변함없지만 출혈은 조금 줄어든 것 같았다.

아래쪽에서는 사치코 특유의 발소리가 들려왔다. 한쪽 발을 질질 끌면서 천천히 걸어오는 소리.

그는 나머지 기력을 짜내어서 벌떡 일어섰다.

시야가 흐려지고 현기증이 일었다. 속이 울컥거려 침을 뱉으려고 했지만, 입 안은 완전히 말라 있어서 아무것도 나오지 않았다.

이제 여기에서 죽는 것인가. 오늘이 바로 그날이었나.

아침부터 불길한 예감이 가슴을 휘감았다. 그런 것은 원래 시간이 지나야 깨닫는 법이다. 사람에게 일어나는 대부분의 일은, 깨달은 순간에는 이미 늦어버린다…….

4층을 지나자 층계참 밑에 쓰러져 있는 수위의 모습이 눈에 들어왔다. 도저히 위로 넘어갈 기력은 남아 있지 않았다. 그는 왼손으로 계단을 짚고 비척거리면서 수위의 시신 옆으로 돌아갔다.

마지막 순간은 한 걸음씩 다가오고 있다. 그러나 이상하게도 죽음에 대한 공포는 일어나지 않았다. 사치코의 발소리가 가까이에서 들려왔다. 이제 간격은 10미터밖에 되지 않을 것이다.

그때, 그의 왼손 끝에 차가운 물체가 닿았다. 써늘하고 단단한 감촉. 무겁다……. 그는 무의식적으로 그 물체를 가까이 끌어당겼다. 소화기였다. 수위의 시신을 발견했을 때 너무나 놀란 나머지 그곳에 놓아둔 것이었다.

그는 사치코에게서 등을 돌린 다음, 두 발 사이에 소화기를 끼우고 핀을 잡아뺐다. 그리고 왼손으로 손잡이를 잡았다.

등뒤에서 발소리가 가까이 다가왔다. 고개를 돌리자 4, 5미터 떨어진 곳에서 그림자처럼 희미한 사치코의 모습이 눈에 들어왔다. 축 늘어진 오른손에는 무거운 식칼이 들려 있었다.

그는 고통을 참으면서 오른손으로 소화기 손잡이를 잡았다. 그리고 방향을 바꾸어 사치코의 눈에 목표를 정하고 왼손으로 힘껏 손잡이를 잡아당겼다.

다음 순간, 높은 압력을 가진 이산화탄소와 함께 분출한 소화제가 새하얀 연기를 내뿜으며 사치코의 머리를 습격했다. 좁은 계단은 무럭무럭 피어오른 새하얀 연기에 감싸여서 거의 숨을 쉴 수 없었다.

한순간 계단의 공허한 공간을 뚫고 짐승의 포효 소리가 빌딩 전체에 메아리쳤다. 눈에 정확하게 들어갔는지, 사치코는 두 눈을 누르고 있었다.

그는 손잡이에서 손을 떼었다. 연기 속에서 거품을 맞아 새하얘진 사치코의 머리가 나타났다. 그녀는 시력을 잃어버린 다음에도 알아들을 수 없는 저주의 소리를 퍼부으며 한 걸음씩 가까이 다가왔다. 식칼을 부여잡은 오른손이 격렬한 분노로 가늘게 떨리고 있었다.

그는 소화기를 머리 높이 치켜들었다. 그리고 적당한 거리로 들어온 순간, 혼신의 힘을 다해 사치코의 머리를 내리쳤다.

문득 뼈가 부러지는 감각이 손에 느껴지고, 사치코는 썩은 나무처럼 하늘을 보고 쓰러졌다. 머리 뒷부분이 계단에 부딪히는 둔탁한 소리와 함께. 축 늘어진 사치코의 몸은 소화기에서 나온 흰 거품으로 뒤범벅이 된 계단으로 미끄러졌다.

갑자기 눈앞에 어렴풋한 안개가 끼고, 다음 순간 신지는 어둠 속으로 빨려들어갔다.

에필로그
끝나지 않은 전쟁

죽음의 악취로 충만한 검은 집이

우리 사회의 내일의 모습이 아니라고 누가 장담할 수 있는가.

어쩌면 진짜 악몽의 시작은 지금부터일지 모른다.

1

8월 11일 월요일

"이 전화예요. 용건이 끝나면 그냥 끊으시면 돼요."

담당 간호사가 전화기를 쳐다보며 불퉁하게 소리쳤다. 조금 살이 찌기는 했지만 눈에 생기가 살아 있는 전통적인 미인이었다. 그때까지 중상을 입은 그를 동정하며 친절하게 대해주었는데, 왜 갑자기 태도가 돌변한 것일까.

신지는 일단 고맙다는 인사를 하고, 삼각천으로 목에 매달고 있는 오른팔에 신경 쓰면서 휴게실 소파에 앉아 수화기를 들어올렸다.

"여보세요. 신지입니다."

"······여보세요."

메구미의 목소리였다. 누구인지 궁금해 하던 신지는 갑자기 숨이 멎는 것 같았다.

"여보세요? 메구미?"

"다친 데는 괜찮아요?"

"그래. 수술도 잘 되었고 아무런 문제가 없어. 예리한 칼로 단숨에 베었기 때문에 오히려 치료는 빠르다고 하던데."

"불행 중 다행이네요. 뉴스를 보고 깜짝 놀랐어요."

"그래. 설마 그렇게 되리라고는 꿈에도 생각하지 못했어."

신지는 수화기를 들고 있는 손바닥에서, 소화기를 내려쳤을 때의 감각이 되살아나는 것을 느꼈다.

얇은 도자기 병에 들어 있는 부드러운 두부 같은 물질. 조금 힘을 주어 때리면 부서지고 마는 연약한 물질. 그것이 우리의 모든 존재를 관장하고 있는 것이다.

"상처도 상처지만, 우울에 빠져 있지 않을까 걱정했어요."

그러나 그에게는, 살인을 저질렀다는 실감은 거의 없었다. 사치코의 죽음이 남긴 것은 단지 생리적인 불쾌감과 꺼림칙한 뒷맛뿐이었다.

그는 너무나도 간단명료한 자신의 사고방식에 대해서 스스로 놀라움을 금치 못했다. 사치코가 아무리 잔악하기 짝이 없는 방법으로 살인을 저지른 살인귀라고는 하지만 자신과 똑같은 인

간이 아닌가! 그런데도 불구하고 바퀴벌레의 목숨을 빼앗은 것
만큼의 감정밖에 솟구치지 않는 것이다. 양심의 가책이라고는
한 조각도 찾아볼 수 없는 것에 대해서, 그는 오히려 뒤꼭지가
서늘해지는 느낌을 받았다.

"괜찮아. 그것은 어찌할 수 없는 상황이었고, 실은 조금 전까
지 경찰에서 진술을 받아갔어. 목격자는 없지만 상대가 상대인
만큼 정당방위로 인정받을 수 있다고 했어."

"다행이네요."

안도의 한숨을 내쉬는 메구미의 마음이 전달되자, 갑자기 가
슴이 뜨겁게 달아올랐다.

"하필이면 오른팔을 다쳐서 여러 가지로 불편한 점이 많지
요?"

"지금은 어머니가 매일 돌봐주고 있어서 괜찮아. 그렇게까지
안 해도 된다고 말씀드렸지만, 도통 듣지를 않으시는군."

"나도 병문안을 갔으면 좋겠는데……."

"마음만으로도 고마워. 그보다 메구미는 어때? 이제 좀 괜찮
아졌어?"

"예."

메구미는 갑자기 입을 다물었다.

검은 집에서 일어난 사건이 생각난 것이리라. 그것은 아무리
강한 심지를 가진 사람이라도 견디기 힘든 가혹한 체험이었을

것이다. 하물며 메구미처럼 지나칠 정도로 섬세한 신경을 가지고 있는 사람에게는…….

그때 메구미가 숨을 들이마시고 나서 불쑥 입을 열었다.

"그래도 내 생각은 바뀌지 않아요."

"응?"

"나는 선천적으로 사악한 사람은 없다고 믿고 있어요."

신지는 벌린 입을 다물지 못했다.

"그런 일이 있었는데도 그 여자가 증오스럽지 않아?"

"무섭기도 하고 증오스럽기도 했어요. 죽이고 싶다는 생각도 했고요. 하지만 그것 때문에 그 여자를 괴물로 취급한다면 내가 지는 것이라고 생각해요."

"사치코가 한 짓을 생각해도?"

그는 도저히 믿어지지 않아서 다시 한 번 물어보았다.

"어린아이는 원래 자신이 당한 것과 똑같은 방법으로 살아가려고 하는 법이지요. 사치코는 틀림없이 다른 사람에게서 그러한 대접을 받아왔을 거예요. 그래서 그러한 삶밖에 살 수 없는 거지요. 사람을 상처 입히거나 죽이는 것이 나쁜 짓이라고, 아무도 가르쳐주지 않았던 거예요."

그렇게 처참한 체험조차 메구미의 신념을 바꾸지는 못한 것 같았다. 신지는 그녀의 강인함에 혀를 내두르면서도 마음이 따뜻해지는 것을 느꼈다.

"당신은 지금도, 사치코는 사이코파스가 아니었다고 생각해?"

"사이코파스라는 말은 사용하지 마세요. 죽은 사람을 나쁘게 말하기는 싫지만, 내가 볼 때 가나이시라는 사람은 마음의 병을 앓고 있었던 것이 분명해요. 그 사람은 자신의 마음속에 있는 사악함을 다른 사람에게 투영하고 있었을 뿐이에요."

"가나이시를 너무 지독하게 평가하는군."

"당신은 고모다 부부에게 눈길을 빼앗겨서, 가나이시의 정체를 깨닫지 못한 거예요."

"정체?"

"정말로 위험한 것은 바로 가나이시 같은 사람이지요."

"뭐야?"

그러나 가나이시는 이번 사건의 피해자가 아닌가! 신지는 메구미의 말을 이해할 수 없었다.

"물론 내 말을 금방 이해하리라고는 생각하지 않아요……. 나는 가나이시 같은 사람들을 알고 있어요. 그것도 바로 나와 가까운 곳에 있지요."

누구를 가리키는 것일까. 갑자기 궁금증이 솟구쳐 올랐다.

"그것 때문인데요, 당신에게 사과해야 할 일이 있어요."

"무슨 뜻이지?"

"그 동안 우리집에 전화를 자주 걸었다면서요? 어제 처음으로 얘기를 들었어요."

"그것 말이야? 당신은 아직 충격에서 깨어나지 못했잖아."

"그렇지 않아요. 그것은 단지 구실이에요. 우리 부모님은 당신과의 교제를 끊게 만들고 싶었던 것뿐이에요."

"하긴 생각하기도 싫은 끔찍한 일을 당하게 한 사람이니까 그렇게 생각하시는 것도 당연하지."

"그렇지 않아요. 그런 뜻이 아니라구요!"

메구미의 목소리에는 조금씩 분노가 침투되고 있었다.

"우리 부모님은 무엇이든지 자기들 마음대로 하려고 해요. 언제까지나 나에게 귀여운 레이스가 달린 옷을 입혀서 아장아장 걸어다니는 인형으로 만들고 싶어하지요."

"그만큼 당신을 사랑한다는 증거가 아닐까?"

"아니에요. ……처음부터 이야기할게요."

메구미는 숨을 깊이 들이마시고 나서, 쌓이고 쌓였던 이야기를 털어놓듯이 서두를 꺼냈다.

"우리 부모님은 정략 결혼을 했지요. 장래가 촉망되는 젊은 사업가와 은행 지점장의 딸이었으니까요. 서로에게 아무런 애정도 없이 출발한 만큼, 결혼을 해도 낯선 느낌은 조금도 달라지지 않았던 것 같아요. 그러다 이혼이라도 하면 곤란하다고 생각한 주윗사람들이, 빨리 아이를 만들라고 권했지요. 왜 흔히 자식은 부모를 연결하는 고리라고들 하잖아요. 하지만 그들이 살아 있는 고리가 된 당사자의 심정을 알기나 하겠어요? 나는 언제나 양쪽에서 잡아당겨 몸이 두 개로 찢어지는 듯한 심정으로 살아왔어요."

"두 분의 사랑 사이에 끼여 있었군."

"그렇지 않아요. 우리 부모님은 단지 나를 이용해서 게임을 하고 있었던 거예요. 어느 쪽이 나를 마음대로 움직이느냐 하는 게임 말이에요. 나는 언제나 부모님의 사이를 좋게 만들려고 하다가 끊임없이 마음의 상처만 입었어요. 내가 한쪽 말을 들으면 다른 한쪽이 상처 입지 않을까 해서 언제나 고통스러웠지요. 하지만 그 사람들에게는 그런 걱정이 필요 없었어요. 원래 아무도 사랑하지 않는 사람들이니까요."

"하지만 당신은 사랑했잖아?"

"아니에요. 그 사람들에게 있어서 나는 게임의 말에 불과했어요. 그래서 내가 자신의 의지를 갖는 것을 용서할 수 없었던 거예요. 그들은 교토에 있는 대학에 갈 때도 이런저런 구실을 붙여 포기하게 만들려고 했어요. 이번 사건도, 다만 집으로 데리고 갈 구실로 이용했을 뿐이구요."

부모의 관계가 원만하지 못하면 아무래도 자식은 비뚤어지기 쉬운 법이다. 그는 메구미의 말에 오해나 과장이 있을 것이라고 생각하면서도, 그녀의 부모님과 통화했을 때 받은 등골이 서늘해지는 기묘한 느낌을 떠올리자 납득할 수 있을 것도 같았다.

"맨 처음 가나이시를 만났을 때 이상한 느낌이 들었는데, 잠시 이야기를 나누는 사이에 우리 부모님과 똑같은 부류의 사람이라는 것을 알게 되었어요. 인간 그 자체에 대해서 냉혹하게 보는 사람들에게는 공통적인 분위기가 있거든요."

"마치 당신 부모님께 인격장애가 있다는 말처럼 들리는데."

"아니에요. 우리 부모님은 너무나 평범한 사람들이에요. 문제는 그들이 공통적으로 가지고 있는 병적인 염세주의지요. 삶이나 세상에 대해서 가지고 있는, 바닥을 알 수 없는 절망! 그들은 자신들의 눈에 들어오는 모든 것에, 그 어두운 절망을 투영하지요. 인간의 선의나 노력이 세상을 좋게 만들 수 있다는 것을 결코 인정하려고 하지 않아요."

아무런 대꾸도 할 수 없는 신지는, 묵묵히 듣고 있는 수밖에 없었다.

"그래서 이 세상에 있는 모든 존재, 모든 사건이 악의에 가득 찬 것으로 보이는 거예요. 그러한 세상에서 자기 자신을 지키기 위해서 그들은 교묘한 트릭을 사용하게 되지요. 배신을 당해도 상처 입지 않도록 모든 것에 대해서 마음의 인연을 끊거나 애착을 갖지 않아요. 그리고 자신들의 존재를 위협하는 것에 사악이라는 딱지를 붙여서, 막상 무서운 사건이 일어나더라도 고통당하지 않도록 배수진을 쳐두지요. 우리 사회에 정말로 커다란 해악을 끼치는 것은 알아보기 쉬운 인격장애를 가진 사람보다, 오히려 평범하게 보이는 보통 사람들이라고 생각해요."

신지는 자신의 냉혹함을 지적받은 듯해서 갑자기 뜨끔해졌다. 그는 살인에 대한 양심의 가책에서 자아(自我)를 지키기 위해, 무의식적으로 사치코를 인간의 범주에서 제외시키려고 했을지도 모른다. 그렇게 마음을 조작하면 자신처럼 평범한 사람도 쉽게 살인을 저지를 수 있고, 그것은 가나이시가 주장한 사이코파스보다 훨씬 무서운 것일지도 모른다.

"······그 두 사람은 그러한 때만 힘을 모으지요. 감정을 버리고 공통의 이익을 위해 협조할 때만 말이에요. 고등학교 시절 세계사 시간에 '합종연횡'이라는 말을 배웠을 때, 가장 먼저 우리 부모님을 떠올렸을 정도니까요."

메구미는 여느 때와 달리 말이 장황해졌다. 신지는 문득 가나이시의 말을 떠올렸다. '선의로 가득 찬 길도 지옥으로 통하는 일이 있다'. 정말로 그런 속담이 있는지 없는지는 모르지만 그렇게 생각할 정도면 염세주의의 벼랑에 서 있는 것이 아닌가. 그러나 그 반대도 또한 진실일지도 모른다. 즉 '악의로 만들어진 벽도 방파제가 되는 일이 있다'. 메구미는 부모에 대한 반발심으로 마음에 단단한 껍질을 만들게 되었고, 그 단단한 껍질은 검은 집에서 받은 끔찍한 정신적 상처에서 그녀를 지켜주었을지도 모른다.

"······얼마 전부터는 말도 안 되는 구실을 만들어서는 아버지

회사에 있는 젊은 직원을 만나게 하려고 해요. 평소에는 서로 잡아먹을 듯이 으르렁대던 사람들이, 그때만은 은밀하게 눈짓을 하며 뜻을 맞추는 거예요. 그 모습을 보고 있자니 속이 뒤집어지는 것 같아요."

메구미는 어느 사이엔가 함부로 흘려들을 수 없는 말을 했다. 신지는 평정을 가장하면서 되물었다.

"상대는 어떤 사람이지?"

"정말 끔찍한 사람이에요. 도쿄 대학 출신으로, 운동선수처럼 떡 벌어진 어깨에다 햇살에 그을린 건강한 피부, 180센티미터 정도 되는 키, 가르마는 정확히 7 대 3으로 나누고, 언제 만나도 밝고 쾌활하다는 느낌을 주지요."

말만 듣고 보면 너무나 완벽한 남자가 아닌가. 신지는 조금씩 걱정이 되었다.

"그러나 그 사람들이 선택한 사람이라면, 그러한 외모는 겉포장일 가능성이 많아요. 그 어느 쪽이든, 이제 그 사람들의 말을 따르지 않을 거예요. 내 인생이니까, 내 배우자는 내가 결정해요."

"그래."

마음속에서 따뜻한 느낌이 배어나왔다.

"조금만 기다리세요. 곧 갈 테니까요."

"정말이야? 하지만 부모님은……?"

"이제 아무 상관없어요. 그들과 헤어질 결심을 했으니까요."

"나로서는…… 기쁜 일이지만, 다시 한 번 차분히 이야기해 보는 편이 낫지 않을까?"

"괜찮아요. 그보다 내 말만 해서 미안해요."

"아니야, 생각보다 훨씬 건강한 것 같아서 마음이 놓여."

"이제 당신에 대해서 말해 줘요."

"글쎄……."

그는 고개를 돌려 휴게실 안을 둘러보았다. 다행히 그 이외에는 늙은 노파 한 사람이 깜빡깜빡 졸고 있을 뿐이었다.

많은 피를 흘린 탓에 빈혈 기운이 있어서 그런지 아직도 머리가 흔들거렸다. 그러나 무슨 일이 있어도 메구미에게 하고 싶은 말이 있었다.

"한 가지 문제가 해결되었어. 내게는 커다란 문제가 말이야."

"어떤 문제지요?"

"세상을 떠난 형에 관한 일이야. 당신은 눈치챘겠지?"

"……예에."

"언제 알았어?"

"예전부터 무슨 일이 있다고는 생각했지만, 형에 관한 일이라는 걸 알게 된 것은 어린 시절 곤충을 잡으러 간 이야기를 들었을 때예요."

"그래?"

"형과 함께 갔다는 말을 했을 때, 그 말을 몹시 어렵게 하는 것 같았거든요. 그리고 곤충의 '곤' 자의 의미에 대해서 말을 하려고 하다가 결국은 말하지 않았잖아요. 그래서 나중에 옥편을 찾아보았더니, '곤(昆)'이라는 글자에는 '형(兄)'이라는 의미가 있다고 되어 있더군요."

그는 메구미의 명민함에 마음속으로 혀를 내둘렀다.

"그래……. 형은 초등학교 6학년 때 아파트 옥상에서 뛰어내려 스스로 죽음을 선택했지. 나는 오랫동안 그것을 내 탓이라고 생각해 왔어."

그는 6학년 선배들의 협박을 받아 형이 당한 집단 괴롭힘을 아무에게도 말하지 않은 것을 이야기했다. 그러는 동안 메구미는 끼여들지 않고 잠자코 이야기를 듣고 있었다.

"하지만 어쩌면 진상은 그렇지 않을지도 모른다는 생각이 들었지. 바로 당신을 구하기 위해 검은 집에 갔을 때였어."

"무슨 뜻이죠?"

당연한 일이지만 메구미는 뭐가 뭔지 이해를 잘 못하는 것 같았다.

"어둠으로 둘러싸인 그 집의 부엌에는 커다란 우리가 있었지. 투견이라도 넣어두는 것이 아니었을까. 아마 그 안에 가나이시가 감금되어 있었을 거야……."

한순간 메구미가 숨을 들이마시는 것을 느끼고 그는 황급히 말을 이었다.

"그때 어디선가 본 듯한 기시감을 느꼈는데, 단순한 착각이 아니라는 생각이 들었지. 다음 순간, 갑자기 어린 시절의 일이 생각났어. 우리 아파트 베란다에 빈 우리가 놓여 있었거든. 물론 검은 집에 있었던 것보다 훨씬 작은, 새장 정도의 크기였지만 말이야. 그런데 우리의 문이 열려 있었고 안에는 아무것도 없었어. 내가 그것을 본 건, 바로 형이 세상을 떠난 날이었지."

"그 우리에 무엇을 키웠어요?"

"다람쥐. 형이 키우고 있었어. 형은 동물을 좋아해서 하루도 빠짐없이 정성껏 돌봐주었거든. 해바라기씨를 주기도 하고 안에 종이를 깔고 배설물도 청소해 주었어. 그리고 슬픈 일이나 괴로운 일이 있으면 물끄러미 다람쥐를 바라보곤 했지."

"……계속하세요."

"다람쥐를 놓아준 사람은 내가 아니야. 어머니도 아니었지. 어머니는 쥐처럼 생긴 작은 짐승을 끔찍이 싫어해서 우리에는 손도 대지 않았으니까. 그렇다면 형이 죽기 전에 우리 문을 열어주었다는 거잖아."

"……마지막으로 자유롭게 해주고 싶었던 것이 아닐까요?"

"그렇지는 않을 거야. 만약에 그럴 생각이었다면 아마 숲으로 데려가서 놓아주었을 테니까. 아파트 베란다에서 놓아준다면 다람쥐가 어떻게 살아가겠어?"

"그렇다면 어떻게 된 거예요?"

"놓아준 것이 아니라 도망친 것이 아닐까? 형은 괴로운 마음을 달래기 위해 다람쥐와 얘기하려고 했을 거야. 그런데 우리 문을 열어주었을 때 잘못해서 손에서 빠져나가 버리지 않았을까? 그 전에도 똑같은 일이 있었는데, 형은 그때도 기를 쓰고 잡으려고 했었거든."

"그래서 옥상으로 올라갔나요?"

"그랬을 거야. 낡은 아파트 옥상으로 올라가는 것쯤이야 다람쥐에게는 아무것도 아니었겠지. 그리고 형은 다람쥐를 찾으려고 옥상으로 올라갔고, 난간 밖에 앉아 있는 것을 발견했지."

"그렇다면…… 사고가 아니었나요?"

"그것을 확인하는 것은 참으로 간단해서, 신문 기사를 검색할 것까지도 없었지. 어머니가 생활설계사를 하던 관계로 형은 보험에 가입해 있었거든. 기계를 두들기면 사인 코드라는 것이 있는데, 지금까지는 한 번도 보지 않았지. 하지만 요전에 용기를 내어 확인해 봤어."

"그런데 어땠어요?"

"사인 코드는 482였어. 그것은 '불의의 추락'을 가리키는 코드야. 만일을 위해 사고 원인 코드도 조사해 보았더니 882, 즉 '건물 또는 기타 건조물에서의 추락'이라고 되어 있더군."

메구미의 한숨에 따뜻함이 배어 있었다.

"당신이 잘못 알고 있었던 거군요. ……그런데 왜 오해를 하고 있었지요?"

"형이 세상을 떠난 다음, 나는 모든 것을 내 탓으로 돌리며 자폐증 환자처럼 높다랗게 벽을 쌓아놓았지. 따라서 형에 대해서는 누구와도 말을 하지 않았고 신문도 보지 않았어. 얼마나 갇혀 살았는지, 지금도 그 무렵의 기억이 완전히 빠져 있을 정도야."

신지는 잠시 말을 끊고, '후욱' 하고 깊은 숨을 내쉬었다.

"어제 어머니에게 물어보았지. 역시 형은 도망친 다람쥐를 잡으려 하다가 난간에서 발을 헛디뎌 아래로 떨어졌다고 하더군. 경찰에서 그렇게 판정했다는 거야. 어머니는 당연히 나도 알고 있다고 생각했고, 물론 그것 때문에 계속 괴로워하고 있으리라고는 상상도 하지 못했을 거야."

"어쨌든 다행이군요. 이제 당신을 괴롭히던 죄책감에서 완전히 해방되었으니까요."

"그래."

그것이 무엇을 의미하는지, 누구보다도 신지 자신이 잘 알고 있었다.

"이쪽으로는 언제 올 거야?"

한순간 무거운 분위기가 사라지고 메구미가 쿡쿡거리며 웃음을 터뜨렸다.

"갑자기 왜 그래요?"

"만나고 싶어."

"어머! 뭔가 속셈이 있는 것 같은데요?"

"속셈이 있으면 어때? 무슨 말을 해도 좋으니까 빨리 오라구!"

"어떻게 할까?"

조바심을 일으키는 메구미의 말투에, 그는 갑자기 초조함을 느껴 소리쳤다.

"알고 있잖아! 지금 당장 당신을 갖고 싶다구!"

문득 시선을 느끼고 고개를 들자, 어느 사이엔가 조금 전의 간호사가 휴게실에 들어와서는 어이없다는 표정으로 그를 쳐다보고 있었다. 그는 죄 지은 사람처럼 화끈 달아오른 얼굴을 재빨리 돌렸다.

8월 23일 금요일

신지는 오른쪽 어깨에 가방을 메고 아파트를 나섰다. 사치코 사건이 끝난 이후, 그의 생활은 많이 변해 있었다. 왼팔밖에 사용하지 못하는 관계로 당분간 자전거 출근은 포기하고, 지금은 오이케역에서 시조역까지 1구간을 지하철을 이용하고 있었다.

오이케역 갤러리에 전시되어 있는 미술품을 옆눈으로 바라보며, 그는 에스컬레이터를 타고 지하로 내려갔다. 사치코에게 다친 상처는 다행히 감염이 일어나지 않고 일주일만에 제자리를 잡았다.

일주일의 절반은 지바에서 날아온 어머니 노부코가, 나머지 절반은 메구미가 간호를 해주어서 그 다음주에는 퇴원할 수 있었다. 그러나 최근까지도 이따금씩 통증이 엄습하는 바람에, 팔에는 붕대를 감고 가끔은 진통제를 복용해야만 했다.

상처에 나쁘다는 이유로 알코올에 손도 대지 않는 것도 커다란 변화였다. 바로 한 달 전만 해도 알코올 중독이나 간경변을 향해 정신 없이 달려갔다는 것을 생각하면, 오히려 건강면에서는 좋은 일이라고 할 수 있었다.

꼼짝도 하지 않고 누워만 있다 보니 머리를 가득 채우는 것은 성욕뿐이었다. 그러나 상처에 나쁘다는 이유로 메구미가 상대해 주지 않아서 욕구불만은 점점 증폭되고 있었다.

가장 어려운 일은 목욕이었다. 오른팔을 완전히 비닐 주머니로 뒤덮어 끝부분을 테이프로 묶고 목욕하지만, 욕조에 들어가 오른팔이 젖지 않도록 하는 것은 이만저만 힘든 일이 아니었다.

그러면서 한 가지 사실을 깨달았다. 왼팔로는 절대로 왼팔을 씻을 수 없다는 것이다. 허벅지 위에 수건을 펼쳐서 왼팔을 문지르는 등 온갖 방법을 짜내어 발버둥을 쳐보았지만, 그 어느 것도 잘 되지 않았다. 오른팔을 사용할 수 있을 때까지 당분간 왼팔을 씻는 것은 포기하기로 했다.

퇴원한 다음 얼마 동안은 회사 근처에서 대기하고 있던 방송국 기자와 카메라맨들이 마이크를 들이밀기도 했다. 그러나 무슨 질문에도 대답을 하지 않자, 최근 며칠 사이에는 그림자도 찾아볼 수도 없었다.

퇴원하고 첫 출근한 날은, 회사에 도착하자마자 히로미의 꽃다발과 전직원들의 박수 세례를 받았다. 그러나 사흘째에 이르자 불편한 팔만을 남기고 모든 것은 원래의 일상으로 돌아가기 시작했다. 대부분의 일은 여전히 서류를 확인하거나 인감을 찍는 것이어서, 왼팔 하나로도 불편함은 별로 느끼지 못했다.

이런 상태라면 그날 밤 사치코에게 난도질당했다고 해도 그의 책상 위에는 사흘 동안 꽃이 장식되고, 그 다음은 바쁜 일상 업무에 매몰되면서 차츰차츰 잊혀져 갔으리라.

갑자기 다카쿠라 요시코의 모습이 떠올랐다. 그녀의 시신은 신지가 입원하고 있는 동안 사쿄구 다카라가이케 공원에서 온몸이 처참하게 난도질당한 상태로 발견되었다. 전화 배경에서 들린 소리는 역시 에이잔 전철이었던 것이다. 장례식은 쇼와생명 본사에서 사장을 비롯한 수많은 중역들이 참석한 가운데 성대하게 치러졌다고 한다. 장례식에 참석할 수 없었던 그는, 퇴원한 다음날 요시코와 수위의 무덤을 찾아가서 아무도 몰래 꽃을 바쳤다.

엘리베이터에서 내리자 총무부 앞에서 법인영업과장 다치바나와 마주쳤다. 다치바나는 옆구리에 오늘자 시사주간지 몇 권을 끼고 있었다.

"신지 주임, 이 주간지 보았나?"

다치바나는 신지를 보자마자 만면에 미소를 지으며 끝을 접어놓았던 페이지를 펼쳤다.

그곳에는 고모다에 관한 기사가 쓰여 있었다. 사치코가 사망한 지 며칠 뒤, 고모다는 병원 옥상에서 뛰어내려 자살을 기도했다고 한다. 건물이 저층인 관계로 부상은 심하지 않았지만, 우울증이 상당히 악화되어서 현재는 정신과 병동으로 옮겼다는 것이다.

어떻게 사진을 촬영했는지, 병실의 침상 위에서 멍하니 눈길을 떨구고 있는 고모다의 모습이 잡혀 있었다.

신지는 잠시 눈길을 보낸 다음 재빨리 시선을 돌렸다. 다치바나는 그가 관심을 갖고 있다고 생각했는지, 친절하게도 다음 페이지를 펼쳐주었다.

그곳에는 각각의 인물을 찍은 두 장의 사진이 실려 있었다. 한 장은 우락부락하게 생긴 남자가 정면을 쳐다보고 있는 증명사진이었고, 또 한 장은 통통하게 살이 찐 젊은 여자가 마당에서 개와 장난치고 있는 사진이었다. 그 어느 쪽에도 본인이라는 것을 알아볼 수 없도록 눈에는 검은 칠을 해놓았다.

"지금도 산더미처럼 쌓인 시체 가운데 신원이 확인된 사람은 이 두 사람뿐이라더군. 나머지는 아직 누가 누구인지 모른다고 하던데!"

남자는 살해당할 당시 30세였던 사치코의 전 남편이고, 여자는 겨우 24세로 화장품을 팔기 위해 우연히 검은 집에 들렀던 화장품 외판원이라고 한다.

"그 밖에도 사치코는 자기 친자식을 세 명이나 살해한 혐의가 짙다고 하더군. 가즈야와는 별도로 말이야. 자식을 죽인 것은 모두 보험금이 목적이었던 것 같아. 2건은 다른 회사이지만, 1건은 아무래도 우리 회사인 것 같더군."

시라카와 요시오, 여섯 살……. 신지는 이름을 기억하고 있었다. 그가 컴퓨터로 검색해 도서관 신문에서 확인한 이름이다.

"애당초 이런 괴물을 만난 것이 불운이라고 하면 불운이지."

분명히 불운했던 것이리라. 자신도, 고모다도, 그 밖의 수많은 사람들도……. 그러나 도대체 얼마나 운이 나빴던 것일까.

100만 분의 1, 10만 분의 1, 또는 1,000분의 1……. 오늘날 일본에서 사치코와 같은 사람을 만날 확률은 과연 어느 정도일까.

총무부로 들어가자 마침 요시오가 전화를 끊는 참이었다. 그러나 자신을 쳐다보는 요시오의 얼굴이 여느 때와 달리 새파랗게 질려 있었다.

"무슨 일이 있습니까?"

"잠깐 이쪽으로 와보겠나……?"

요시오의 책상 위에는 서류가 펼쳐져 있었다. 사망보험금의 청구서류로, 복사된 신문 기사가 붙어 있었다.

"기억하고 있겠지? 사치코가 지사를 습격한 날 처리한 서류일세."

신지는 그 일을 기억하고 있었다. 방화로 인해 집이 완전히 불에 타고 아내와 자식 두 명이 사망한 사건이었다. 세 명에게 걸려 있던 보험은 모두 11건으로, 그 가운데 2건은 가입한 지 한 달도 안 되지만 보험금액을 합치면 7,000만 엔이나 되는 엄청난 금액이었다.

시모가모 영업소장으로부터 이야기를 들으려던 참에 사치코 사건이 일어나는 바람에, 결국 신지는 그 이후 관여하지 않았던 것이다.

"처음에는 시모가모 소장도 좀처럼 사실을 말하지 않더니만, 어제 회사로 불러 무릎을 맞대고 담판을 지었더니 그때서야 겨우 실토하더군. 이 2건에 관해서는 그쪽에서 먼저 영업소로 찾아와서 보험에 가입하겠다고 했다더군. 더구나 특약도 아무것도 필요 없고, 만기가 되어서 돈을 못 찾아도 좋으니까 계약 기간 안에 가능한 많이 받을 수 있는 보험으로 해달라는 거였어."

"그것은 문제가 있잖아요? 왜 그 시점에서 더욱 엄격하게 확인하지 않았지요?"

그는 불만이 잔뜩 밴 목소리로 묻지 않을 수 없었다.

"이번 달 시모가모 영업소의 성적은 그야말로 참담했지. 그래서 지사장이나 영업부장으로부터 상당히 독촉을 당한 끝에, 어떻게든 계약을 성립시키려고 영업소장이 생활설계사에게 거짓말을 하게 했던 거야. 다른 고객의 소개를 받아 찾아온 고객으로 하기로 말이야."

보험회사의 영업소장은 끊임없는 압력에 시달려야 했다. 매달 지사에서 열리는 영업소장 회의에 몇 번 참석한 적이 있지만, 그 기묘한 분위기에 눈이 휘둥그레지지 않을 수 없었다. 거의 피라미드 상술이나 종교단체의 집회를 연상시켰던 것이다.

실적이 좋은 영업소장은 입이 닳도록 찬사를 받는 한편, 할당량을 달성하지 못한 영업소장은 집중 포화를 피할 수 없다. 월급 도둑이라는 매도와 인격을 짓밟히는 질책 앞에서도 고개를 숙이고 견디지 않으면 안 되는 것이다. 개중에는 지사장 앞에서 무릎을 꿇거나, 심한 경우에는 발길질까지 당한다고 한다.

그것을 생각하면 자기 나름대로 작은 공작을 한 영업소장을 책망할 마음이 들지 않았다.

"이번에는 우선 간이보험에서 불이 붙었어. 간이보험의 조사는 지독하기로 유명하니까. 그래서 우리에게도 문의가 왔는데, 그 결과 다른 생명보험이나 공제조합까지 합치면 보험금액이 3억 엔이 넘는다고 하지 뭔가?"

신지는 청구서류를 쳐다보았다. 보험계약자 및 보험금 수취인, 미야시타 류이치. 1963년 출생으로 되어 있는 것을 보면 올해 서른세 살······.

"직업은 뭐지요?"

"예전에는 철근공으로 일했는데 지금은 아무것도 하지 않아. 그러니까 무직이란 뜻이지. 보험료만도 월 30만 엔 정도 납입해야 했겠지만, 아무래도 고리대금업자에게서 빌린 것 같네."

등줄기에 서늘한 감촉이 가로지르고 오른팔의 상처가 쿡쿡 쑤셔왔다.

"그런데 지금 막 미야시타에게서 전화가 걸려왔네. 서슬이 시퍼래져서 말이야. 왜 보험금을 지급하지 않느냐, 지금 그쪽으로 갈 테니까 이야기를 하자, 경우에 따라서는 가만두지 않겠다고 고래고래 소리를 지르더군. 집이 이 근처이니까 아마 10분이나 15분만 있으면 도착할 걸세. 기타니 부장님이 아야베에 가서 그런데, 몸이 좋지 않은 것을 알지만 함께 만나줄 수 있겠나?"

"알겠습니다."

세상의 거센 파도를 모조리 헤쳐나온 요시오의 얼굴이 몹시 굳어 있었다. 사치코 사건이 일어났을 때조차 별로 본 적이 없는 표정이었다.

생명보험이란 과연 무엇일까. 신지는 자리로 돌아가서 스스로에게 물어보았다.

뛰어난 치안과 저축을 좋아하는 근면한 국민성을 바탕으로 세계 제일의 가입률을 달성한 시스템. 평균수명이 늘어나고 경제가 순조롭게 발전하여 생명보험회사들은 화려한 봄을 구가했다. 그러나 그것도 이미 한때의 지나간 꿈으로 멀어져가고 있다.

사회 전체가 현재 미국에서 진행되고 있는 것과 같은 거대한 도덕적 붕괴에 직면하고 있기 때문이다. 정신의 가치를 경시하고 돈이 최고라는 풍조, 사고력과 상상력의 쇠퇴, 사회적 약자에 대한 배려의 결여, 그러한 징조들은 이미 손해보험 분야에서 시작되고 있다. 손해보험업계에서는 공공연하게 청구 금액의 절반은 사기라고까지 말하고 있으며, 그것이 생명보험에까지 파급되는 것은 시간 문제이다.

그렇게 되면, 보장에 대한 비용이 기하급수적으로 상승하게 되고, 결국 그 부담은 국민 전체에게 돌아가는 수밖에 없다.

이러한 것을 단순히 세기말이나 과도기적 현상으로 볼 수 있을까. 그렇지 않으면 우리 사회 전체가 되돌릴 수 없는 파국을 향해 달려가고 있다는 증거일까.

인간의 정신적 위험인 모럴 리스크는, 예전에는 사회가 발달함에 따라 급격히 감소하리라고 생각했다. 그러나 실제로는 정반대의 방향을 더듬어가고 있다. 그 원인은 죽은 가나이시와 일부 사회생물학자가 주장하는 것처럼 복지제도에 있는 것일까. 그러나 현재의 복지제도가 약자에게 그렇게까지 따뜻하게 배려

한다고만은 볼 수 없다.

그렇다면 농약이나 식품가공물, 다이옥신, 전자파와 같은 사회오염이, 인간 존재의 근간인 유전자를 잠식하고 있다는 증거일까.

가나이시는 신지의 눈앞에서 황폐해진 미래에 대해서 설명했었다.

범죄자가 늘어나서 모든 형무소가 가득 차 넘치고, 형사재판도 시간이 너무 많이 걸려서 완전히 기능을 상실하게 된다. 또한 도시에서는 한밤중에 외출하는 것은 불가능해지고, 아파트 단지는 슬럼화하며 공공시설은 장난에 의한 오손(汚損)이 심해져서 더 이상 사용할 수 없다.

본격적인 고령화 사회의 도래와 범죄율의 급증에 따라 세출(歲出)은 천정부지로 뛰어오르게 되고, 그와 함께 기생충 같은 관료들과 만연된 탈세로 인해 국가 재정은 파탄 지경에 빠지게 된다. 아니, 이미 파탄되었다고 할 수 있지 않을까. 그런 다음에는 질서를 잃어버린 어두운 사회 속에서 사이코파스들이 설치고 다닐 것이다.

가나이시의 말을 대변하자면, 그들이야말로 새로운 사회에 가장 잘 적응하도록 진화한 종족이라고 할 수 있다. 그리고 우리 사회는 언젠가 그들에게 잡아먹히게 되리라.

그것은 가나이시의 병적인 염세주의가 낳은 환영에 지나지 않을까. 죽음의 악취로 충만한 검은 집이 우리 사회의 내일의 모습이 아니라고 누가 장담할 수 있는가.

메구미는 선천적인 범죄자는 없다고 굳게 믿고 있다. 열악한 환경과 유아기에 받은 정신적 상처가 범죄를 만들어내는 온상이지, 사람에게 이상한 딱지를 붙이는 것은 잘못된 일이라고.

신지는 일단 메구미의 말을 믿기로 결심했다.

생명보험이라는 것은 통계적인 사고를 아버지로, 상호부조 사상을 어머니로 해서 태어난 위험을 줄이기 위한 시스템이지 결코 인간의 목에 걸린 현상금이 아니다.

그럭저럭 20분이 지났을 때 엘리베이터가 낮은 신음소리를 냈다. 왔다! 갑자기 온몸이 떨렸다. 어쩌면 이 사람도, 사치코와 똑같은 부류일지도 모른다.

그때 갑자기 예전에 본 과학 프로그램의 한 장면이 되살아났다. 외국 방송사에서 제작한, 개미를 주제로 한 다큐멘터리 프로그램이었다.

화면에서는 나뭇가지 위에 있는 엄청난 개미들이 미친 듯이 우왕좌왕하고 있었다. 나무의 빈 구멍에 사는 개미인 것 같았다. 그 개미들은 자신의 소굴로 들어가서는 알이나 유충들을 필사적으로 끌어냈다. 뭔가 당치도 않은 재앙을 피하려는 것처럼.

다음 장면을 통해, 재앙의 정체가 고무보트를 거꾸로 뒤집은 듯한 기묘한 모습의 유충이라는 것을 깨달았다.

그것은 가막조개나비의 유충이었다. 가막조개나비 종류에는 개미와 공생 관계에 있는 것도 많지만, 그 유충만큼은 나무 위에 있는 개미 소굴을 덮쳐서 알이나 유충들을 모조리 먹어치운다고 한다.

　나뭇가지 위를 느린 속도로 기어가면서 가막조개나비의 유충이 접근하자, 소굴을 지키고 있던 개미떼들이 죽음을 각오하고 덤벼들었다. 그러나 유충은 개미에 비해서 훨씬 거대하고 피부가 두터워서 전혀 충격을 받지 않는다. 발을 노린다고 해도 고무보트를 뒤집어쓴 것 같은 돌기물 때문에 개미의 날카로운 턱이 닿지 않았다.

　개미들에게 지옥에 떨어지는 것 같은 악몽을 안겨준 유충은, 기다란 몸을 파도치듯이 움직이며 천천히, 아주 천천히 소굴을 향해 다가갔다.

　개미떼들은 하나로 똘똘 뭉쳐서 마지막 방어선을 치려고 했지만 상대는 전혀 개의치 않고 조금씩 앞으로 전진했다. 마침내 개미의 방벽이 산산조각으로 흩어지면서, 개미들은 하나둘씩 나뭇가지에서 떨어진다.

　이미 승패의 귀추는 분명했다. 아무리 개미들이 나선다고 해도 도저히 모든 알이나 유충, 애벌레들을 보호할 수는 없다.

　이윽고 포식성 생물은 개미집에 도착하여, 유연한 머리를 소굴에 들이박았다. 그리고 그로테스크한 입을 움직여서 개미들이 가지고 나가지 못한 알이나 유충들을 게걸스럽게 우적우적 씹어먹었다……

엘리베이터가 멈추고 문이 열렸다. 안에서 나온 사람은 숨이 막힐 정도로 키가 큰 사내였다. 190센티미터는 넘지 않을까.

요시오가 창백한 얼굴로 일어서고, 신지가 그 뒤를 따랐다. 사내는 어깨를 움츠리듯이 들썩이며 유리문을 열고 카운터 안으로 들어왔다. 치켜뜬 눈의 안광이 기이할 정도로 강렬하게 빛났다.

사내는 우락부락하게 생긴 턱을 오만하게 치켜들고, 눈도 깜빡거리지 않고 총무부 안을 힐끔 둘러보았다. 창구 담당 여직원들은 모두 얼어붙은 것처럼 숨소리도 내지 못했다.

사내와 시선이 마주친 순간, 신지의 혈압은 끝없이 높아가고 심장 박동은 빠른 드럼처럼 정신 없이 쳐대기 시작했다.

어쩌면 진짜 악몽의 시작은 지금부터일지 모른다. †

새우와 고래가 함께 숨쉬는 바다

검은 집

지은이 | 기시 유스케
옮긴이 | 이선희

펴낸이 | 황인원
펴낸곳 | 도서출판 창해

신고번호 | 제2019-000317호

3판 1쇄 발행 | 2014년 04월 25일
3판 9쇄 발행 | 2021년 04월 19일

우편번호 | 04037
주소 | 서울특별시 마포구 양화로 59, 601호(서교동)
전화 | (02)322-3333(代)
팩시밀리 | (02)333-5678
E-mail | dachawon@daum.net

ISBN 978-89-7919-618-4 (03830)

ⓒCHANGHAE, 2013, Printed in Korea

※ 책값은 커버에 있습니다.
※ 잘못된 책은 구입하신 곳에서 교환해드립니다.

Publishing Club Dachawon(多次元)
창해·다차원북스·나마스테